谨以此文集献给对口援藏卅周年

散文集 上

放飞云城

邹宗森◎著

中国华侨出版社
·北京·

图书在版编目（CIP）数据

放飞雪域 / 邹宗森著. -- 北京：中国华侨出版社，
2025. 1. -- ISBN 978-7-5113-9266-4

Ⅰ. I267

中国国家版本馆CIP数据核字第202438FB61号

放飞雪域

著　　者：	邹宗森
责任编辑：	罗路晗
特邀编辑：	刘春荣
封面题字：	徐培栋
封面设计：	程　跃
版式设计：	麦瑞工作室
经　　销：	新华书店

开　　本： 787毫米×1092毫米　　1/16开　　印张：30.75　　字数：368千字

印　　刷： 昌昊伟业（天津）文化传媒有限公司

版　　次： 2025年1月第1版

印　　次： 2025年1月第1次印刷

书　　号： ISBN 978-7-5113-9266-4

定　　价： 118.00元（全两册）

中国华侨出版社　　　北京市朝阳区西坝河东里77号楼底商5号　　　邮编：100028
发行部：（010）64443051　　传　真：（010）64439708

如发现印装质量问题，影响阅读，请与印刷厂联系调换。

序

郑　峰

　　龙年的盛夏，天地间正是万物蓬勃，生机盎然的时节，邹宗森先生的散文大作，如飞龙在天，付梓了。

　　邹宗森是山东省第三批援藏干部，在当时的日喀则地区昂仁县工作了三年。援藏期间，他利用业余时间，创作了一大批描写西藏风土人情方面的作品。二十年后的今天，他的散文集《放飞雪域》上下集，就要与读者见面了，可喜可贺。

　　我和宗森是多年的老同事，我在淄博市张店区任区长和区委书记期间，就和他相识相知。那时他是区政府办公室副主任兼法制办主任，负责综合文字工作。知道他不仅公文写得好，散文也写得十分漂亮。多年后读到他写的西藏散文，眼前为之一亮。他创作的西藏系列作品，通过一幅幅清新自然的雪域风情画卷，演绎出一幕幕生动感人的生活场景，让读者身临其境，产生情感的共鸣。

　　蓝蓝的天上白云飘，雪域高原，骏马驰骋，壮硕的牦牛负重行走在崇山峻岭间，墨绿的草原，引吭高歌的牧羊人，神圣的布达拉宫，顶礼膜拜的朝圣者，这些只有在影像中才能见到的西藏风情，沉积定格在脑海中，成为他文学创作的源泉和宝藏。

援藏三年，他深入昂仁及周边地区调研考察，接触到大量藏族同胞，并深入了解他们的生活方式、文化习俗，为他日后的创作提供了真实、生动的素材，也激发了他创作的动力和灵感。特别是对富有浓郁特色的建筑、服饰、饮食、人际交往等细节描写，真实展现了西藏地区独特的风土人情和文化特点。他在《冈底斯的守望》中写道："我们七名来自齐国故都的伙伴，跨越万里之遥，来到了以前只从书本里有所了解的雪域高原，在即将四十不惑之年与冈底斯邂逅了。近千个日日夜夜的守望，是初心、是责任、是担当、是意志，其中的酸甜苦辣、艰难困苦，只有我们自己知道。但我们都更乐观地面对这段守望，视为人生旅途中的一段重要经历，一笔宝贵财富。"

宗森是带着浓厚的藏汉民族感情在书写西藏。他在文集的压轴篇《一个妈妈的女儿》中写道："西藏，是祖国永远的西藏，藏族人民是中华民族大家庭中永恒的一员。西藏的脉搏与祖国紧紧相连，始终与祖国同呼吸、共命运、心连心。有幸能为西藏发展和稳定尽一份绵薄之力，是我一生中最值得欣慰的大事，这份经历可是我跨越万里的一次征程！"这正是宗森真挚情感的流露和坦诚表白。

宗森的西藏系列散文，不仅写景抒情，还涉足历史典故，文化名胜，风土人情，文化传承等。让读者在欣赏美丽风景的同时，领略到西藏独特的文化风貌。这些充满艺术魅力的文字，温暖细腻，构思精美，大大增强了阅读的乐趣和体验感。

　　细细咀嚼《放飞雪域》中的每一篇散文，让读者感受到藏族人民乐观豁达、热情纯朴、虔诚善良的民族特质。这次出版的文集中收录了 100 余篇散文，绝大部分是在援藏期间创作的，近 30 万字，实为不易。在正逢中央第三次西藏工作座谈会，确定全国对口支援西藏 30 周年之际，《放飞雪域》无疑是宗淼为庆祝 30 周年献给广大读者的一份厚礼！

　　是为序。

　　（作者系淄博市委原常委、张店区委书记、市委宣传部部长、中国作家协会会员、中国美术家协会会员、中国书法家协会会员）

目 录
CONTENTS

湖光山色秀美城

这边是山，那边是水，小城就在山水间。山水同辉，日月做证，山水孕育了小城。

山称之为昂仁宗山，水谓之曰昂仁金错，城自然是昂仁县城。

昂仁，是后藏日喀则地区西部的一个农牧大县，地处雅鲁藏布江上中游、冈底斯山南麓，4513 米的平均海拔令人畏惧，称得上是"生命禁区"，工作三年的县城驻地也达到 4380 米，环境险恶、氧气稀薄可想而知。3.9 万平方千米的辽阔县域，哺育着 4.6 万勤劳、朴实、善良的藏族儿女。

昂仁，又是一块历史悠久、神奇而美丽的地带，正像培栋同志所说："二龙戏珠，神水惠泽黄金地，物华天宝，迥巴藏戏桑桑酥油源于此；日月同辉，圣光普施碧云天，人杰地灵，唐东杰布一世班禅诞于斯。"

昂仁金错湖面积不大也不小，约有 23 平方千米，但与仅有 2 平方千米左右的县城相比还是大了许多。它属于构造型咸水湖，呈东北西南的椭圆形状，据说有鱼类生长，但几乎没有人见过，有些人前往垂钓，但都无功而返。湖水随季节的变化而呈现不同颜色，夏秋季最为壮观，微风拂过，时常波光粼粼，惊涛拍岸，成为一个蔚蓝的海洋，吸引着成群的鸽子、野鸭在此嬉水玩耍，间或出现"海市蜃楼"和空中彩虹的奇观。当地人尊称昂仁金错为圣湖、神湖、"海子"，它日夜守护着县城人民走过昨天，来到今天，迎接明天。

宗山不高但神圣。宗山遗址突兀于山头上，它曾有辉煌的历史，只可惜后来落寞。遗址所在的山头矗立在县城东南隅，地势险要，东南面皆为悬崖峭壁，它下面又是相对开阔的草原平坝。而通向县城西北面的山坡稍为平缓，也是人们登宗山的必经之路。遗址居高临下可俯瞰全城，又能凭借险要扼守东南之外部侵扰，具有明显的军事防御功能。山景迷人，是县城人民休闲娱乐的好去处，节假日、双休日总能看到休闲玩耍的人们，在宗山遗址拍个照也是一份难得的惬意。山上生长着上千年的草甸，每到七八月的雨季可采到野蘑菇和当归等，既可以当药材，又可食用。半山腰有著名的"曲德寺"，历史上它曾是后藏扎什伦布寺所辖的四大寺院之一，距今已有800多年历史。藏传佛教格鲁派（黄教）创始人宗喀巴曾在曲德寺讲经传法，一世班禅16岁时在这里辩经获胜，被宗喀巴收为亲从弟子。山上最热闹的时候是一年一度的"晒佛节"（也叫展佛节），这一天全县及邻县的朝拜者不下万人云集于此接受活佛的摸顶祝福，成为藏族人民欢乐的海洋。

山清水秀城更美。任何一座城市都有其演变的历史，昂仁县城也不例外。"昂仁"藏文语意为"野鸭子沟"或"长长的沟"。在农奴制下，藏族同胞生活在水深火热之中，在中国共产党和伟大领袖毛主席的领导下，西藏于1951年5月23日实现了和平解放，从此实行民主改革，废除了西藏政教合一的封建农奴制度，昂仁县各族人民也像全藏一样迎来了美好的新生活。世纪交接之时，中央召开第三、四次西藏工作座谈会，西部大开发的嘹亮号角吹到了昂仁大地，雪域高原小山城沸腾了，藏汉干群心情沸腾了，他们的潜能终于有了尽情释放的那一天。

历史铭记那一刻：1995 年 6 月，齐鲁大地的几名铮铮汉子响应中央的号召，接受组织的挑选，气宇轩昂地来到了这块雪域净土，开始了对口支援工作。从此，三年一轮换，援藏干部、技术干部同当地藏汉干部群众一道，风雨同舟，肝胆相照，接力棒已传到了第三批援藏干部的手中。齐鲁男儿离别亲人和故土，在"世界第三极"和"生命禁区"置个人安危于不顾，舍小家顾大家，付出何其多，奉献何其大！但他们无怨无悔。漫步于县城大街小巷，体验着今天昂仁的现代文明和发展成果，听一听藏族同胞的赞誉之词，就找到了答案，也令我们这些把青春奉献之歌写在昂仁大地的热血男儿心情释然。今日的县城再也不是昔日的"野鸭子沟"，已成为日喀则地区一颗闪耀的明珠，成为拉萨通往阿里国道线上的重要驿站。

昂仁县城

站在宗山遗址，俯视县城和昂仁金错，思绪万千，感慨良多，我突然明白了一个道理：湖光山色是一种自然纯真的美，而县城的美是一种内在动感的美，是世世代代甘愿奉献的平凡人创造了这种美，它是一种民族精神的体现。这种美只有起点，没有终点！

天上布达拉

如果说大自然神奇地创造了地球上最伟大的杰作——"珠穆朗玛峰"的话，那么，世世代代生活在它脚下的藏族儿女则用鲜血和生命筑起了地球上最高的宫殿——"布达拉宫"。

虽然在高度和规模上两者似乎不可相提并论，但在人类的眼里，它们却都朝着同一个方向，就是我们梦想的屋顶——天空，骄傲地耸立着。种种因素所限，到西藏游"珠峰"的可能性不大，但到了西藏不游览布达拉宫可就成为终身憾事了。

布达拉，是观音圣地"普陀洛迦"的梵语译音，意思是观音持航船以普救众生。藏族同胞有个说法：到"布宫"朝拜，次数最好为单……布达拉宫坐落于拉萨市中心的"红山"上，占地约40公顷，高119米，共13层，建筑面积13万平方米，有大小房间2000多间。它始建于7世纪初松赞干布时期，到17世纪五世达赖时期进行了重建和扩建，后又经历代达赖的逐步扩建，最终形成如此宏大的规模。它的主体由红宫和白宫组成，是集殿堂、庙宇、城堡和灵塔为一宫的神殿，是西藏最大、最完整的古代宫堡建筑群。

布达拉，它神秘、肃穆、伟岸，傲立尘世；它荟萃世间最美好的珍宝与伟大的心灵；它超越了一切世俗……它的存在本身就是不可思议的奇迹！

尽管我在拉萨从不同角度无数次瞻视它的容颜，尽管站在布达拉广场一遍遍仰望它的雄姿。然而，当我每次走进这座神圣的殿堂时，我的敬畏之情都盖过了剧烈的心跳和缺氧的气喘带来的无以名状的感觉。

从宽阔的布达拉广场出发，通过检票门后，沿着古老的台阶拾级而上，跨进平措堆朗大门的门槛，经过幽暗的廊道，进入宽敞亮堂的"东欢乐广场"，攀上陡峭的扶梯步入白宫，最后登上巍峨庄严的红宫。穿行在布达拉宫，每个地方都别有一番景致，到处被一种旷古的神秘与神奇包围，那些远古的思绪怦然在心中涌动……

藏王松赞干布与文成公主的塑像，供奉于布达拉宫最早的建筑之一——"法王洞"内。这是一座岩洞式佛堂。他俩深情的目光，似乎在诉说着那遥远的年代和姻缘。漫漫唐蕃古道，联系着大唐公主与藏王的联姻情缘，联结着藏汉民族悠久的心脉。联姻，只是故事的表面；发展，才是历史的深层。文成公主在当时的历史背景下，克服世俗偏见，以一名女性少有的勇气和智慧，迈出了举世为之震惊的历史步伐，踏上了一条漫无尽头的雪域之路，把中原的物质技术和先进文化带给了高原人民。以后，金城公主又带着《礼记》《左传》等经籍及绢帛数万、工匠数百进藏，并与吐蕃赞普赤德祖赞成婚。1300多年来，文成、金城公主早已成为汉藏友谊的化身，她们的功绩在高原大地被千古不绝地传唱。

岁月更迭，光阴荏苒，广袤慷慨的雪域高原哺育着一代又一代的藏族儿女。历经磨难，饱受沧桑，布达拉的风采依旧，它在高原儿女们的心中永远是至高无上的。众多精美的艺术作品，不计其数的珍宝文物，博大的宗教文化，奇特的建筑风格，无不昭示着藏民族用聪明智慧所创造的灿烂文明与辉煌。宫内随处可见的经幡，一盏盏不息的酥油灯，一条条洁白的哈达，灵动中显得盎然生机；一座座佛殿、灵塔及唐卡、壁画无一不在诉说着历史；而熠熠生辉的圣洁"金顶"，又在讲述着一个个爱国护教的动人故事。宫中所到之处皆感一种震撼，朝圣者虔诚的磕头声，喃喃的念经声，将布达拉演绎成一座尘世不染的圣殿，折射出藏传佛教的神秘和藏民族文化的内涵。

布达拉宫

站在布达拉的极顶，犹如站在历史的高度。放眼眺望，美丽的拉萨新貌尽收眼底。四周群山起伏，白云翻滚；拉萨河如同一匹湛蓝的锦缎，缓缓飘向远方；大昭寺门前广场上人头攒动，香烟袅袅，弥漫着浓郁的宗教色彩。看得出来，拉萨在传承传统风格的基础上更多地融入了现代气息，高楼大厦鳞次栉比，宽敞的马路上车往人来，一派繁荣。只有在中国共产党的坚强领导下，百万藏族农奴翻身得解放，才有了美好的新西藏。作为一名援藏干部，我为能有机会到西藏来贡献一份力量感到无上荣光。此时此刻，站在布达拉最顶端，我的心灵除了震撼之外，更觉得无比的纯净，一如拉萨恬美的蓝天。

在我眼里，布达拉宫似天界般深邃冷峻，它漠视一切喧嚣浮躁，那浓郁的宗教氛围神秘而肃穆。它是闪亮的文化遗产，不仅属于西藏、属于中国，更属于世界。

傲视万物的魂灵

　　汽车行驶在拉萨至昂仁的 318 国道上，一路上是长长的峡谷，南有喜马拉雅山脉，北望冈底斯山脉，公路一侧是奔腾不息的雅鲁藏布江，它也是西藏人民的"母亲河"。车轮在两列大山和一江间缓步崎岖前移，牵动着白色的峰峦如齿旋转，那飘洒的大云大雾如一道道帷幕垂挂，那滚滚的江水像一条白练飘逸而去。还有每隔一段路就能看到的猎猎飘舞的"经幡"，它在祝福我们吉祥平安，一路顺达。偶尔，还有成群的牛羊在路旁驻足，并友好地同车轮赛跑一段，目送我们远去。车子转过一道弯，峡谷间突然豁然开朗，呈现在眼前的是一片丹霞流云，我们如临仙境一般。原来是一块偌大的高原平地，其间有绿草，有树木，有沼泽，更多的是生长着的青稞和油菜花，一点不亚于内地的平原粮田。好神秘的西部世界，一瞬间看得我眼花缭乱、心旷神怡。

　　处在这奇妙时空的接合部，充满了一种神圣的向往，更加期待着与未知的奇遇相逢……很快，远远地、远远地，一座巍峨的山峰跳入了眼帘，它白得纯净，亮得晶莹，原来是一座剔透的雪峰，真可谓云间沃雪。前行不久，更令我目不暇接、兴奋不已，目光不停地从这座飞到另一座山，从一个峰头又飞到另一个峰头，远处汇成了一个白雪的梦幻世界。那一座座连绵不断的山峰，蜿蜒成水晶塔一般的峰巅，斑驳陆离，洁白而闪烁，在强烈的光线和透明的空气里闪耀着灿烂和辉煌。这就是无数人心驰神往的喜马拉雅山脉，它此时就毫不吝啬地伫立在我的眼前。在蔚蓝天际的映衬下，它无疑是傲视群雄的魂灵。

珠穆朗玛峰

车轮在公路上跳荡，颤起大山、大江的颠簸，留下如烟如风的痕迹，其喜气洋洋之态令我振奋不已，遐思也油然而生。我们的车子穿行于大山之间形成的厢廊甬道，情景就像传说中的藏羚羊的父系群体每年秋季到河畔湖滨，迎接妻子儿女的动人场面一样。公羊相对排立，将犄角交接架设成桥梁，让羔羊安全渡过。坐在车上，穿行于雄浑粗犷的高原山水间，总有一种作羔羊的感觉，感受到雪域大自然隐隐活动着令人敬畏的那般父子深情。这种被神圣力量保护的安全感，让我忘却了是在4000多米的高海拔地区行进，无畏一路的艰难险阻，欣赏着两旁旖旎的风光。

一路下来，十个多小时过去了，虽然颠簸与疲劳，并为轻微的高原反应所困扰，但一路有如诗如画般的风景相伴，一切不适与困倦已消失得无影无踪。

西藏的山雄伟，西藏的水清秀。相比之下，我更青睐西藏的雪，它白得富有灵性，富有精神，反射出的是纯洁的自然世界，同时也是心灵世界美之极致，有着任你想象的空间和内涵。

这里是地灵人杰的世界，它在不知不觉中蕴含着一种非凡的神圣。我向往这份神圣，更要以精诚所至的信念捍卫这份神圣。

悠然林卡行

　　"林卡"，在西藏意思是公园、绿地、树林。酷爱户外休闲生活的藏族人民，夏日里亲朋好友成群结队，纷纷进入林卡游乐避暑，称为"林卡节"，它是后藏日喀则地区特有的节日，最盛行的当数"六一林卡节"。节日期间，机关、企事业单位、学校等一般要放假七天，商贸流通等服务单位基本上也关门歇业。

　　西藏人民爱美，爱绿色，爱大自然。每当节日到来，身着节日盛装的藏族同胞便源源不断地从城里涌向郊区的林卡，汽车、骡马、自行车、摩托车载着人和桌椅、食品、饮具，熙熙攘攘地行进在大街小路上。有的人家在林卡里搭起帐篷。帐篷大都是白色的，绣着蓝色的吉祥图案，朴素而美观。还有的人家用五颜六色的帐幔围出一个小小的"乐园"，像蒙古族的篝火现场。在林卡，他们集吃、住、玩于一体，一住就是三五天甚至更长时间，尽情享受着美好的大自然和绿色给人带来的轻松、舒适和惬意。乡下农牧民的条件远不及城里人，但他们也会乘农闲之时，携亲带友，到野外尽兴一玩，有的远赴城郊，加入游林卡活动的大军之中。

　　我们首次进藏不几日，正逢"林卡节"，县里专门安排了一次游林卡活动。因几天来已耳闻不少关于游林卡的趣事，对这次活动自然是心领神会，欣然接受。

昂仁县城的林卡，实际上就是几年前淄博援藏投资建设的一处公园，成为群众休憩娱乐的重要场所。逛林卡的准备工作还挺复杂的，扎起帐篷后，要架炉灶、安桌椅、铺卡垫，摆上各种点心、菜肴、饮料等。好在这些当地的藏汉同事事先已准备妥当。当我们步入林卡时，顿感眼前豁然一亮，但见这里大约有 50 亩地的样子，整个就是一块大草皮，其间点缀着参差不齐的数棵藏红柳，还有一泓偌大的水面。在方圆不足 2 平方千米的昂仁县城，有这么个休闲娱乐的好去处，真让人欣喜不已。

林卡里扎起的帐篷大约有 20 顶，大小不等，五颜六色，是一道亮丽的风景线，

县城公园一隅

它们都是当地群众扎的。据说，帐篷不是随意都能扎得起的，一般是比较富裕人家的专利，进入林卡设帐篷每户每天还需交纳 10 元的管理费。我们一入林卡，便受到了朴实好客、无拘无束的藏族同胞的热烈欢迎。县里虽然设置了固定帐篷，可热情的藏族同胞坚持尽地主之谊，纷纷邀请到他们的帐篷内坐一坐，如果拒绝，他们就会不高兴，认为你看不起他们。我们只好客随主便，悉遵之邀，他们都会给我们敬献洁白的哈达，并频繁敬上他们自制的青稞酒。我们同他们拉拉家常，青稞酒喝不惯可以喝碗他们现场

制作的酥油茶，最后一般要同他们合张影，以示尊重和纪念。置身于绿草茵茵、鸟语花香的环境，我们兴致盎然，心旷神怡，身心的疲惫和高原反应也已抛到九霄云外。

我们进到县里专门搭的大帐篷中来，经过简单忙碌，一切安排就绪，便各投所好，下棋的下棋，聊天的聊天，感兴趣的同志还跟着藏族干部学起了打酥油茶，也有的跟着藏族姑娘、小伙儿唱起了悦耳高亢的藏歌。我们玩着玩着都走出帐篷，情不自禁地加入激扬奔放的锅庄舞队伍中，整个林卡上空充满了欢声笑语。

午餐自然是简单随意的野餐。我们对藏餐还没有适应，吃的仍然是汉餐，但青稞酒、酥油茶却没少喝。野餐之后，我们还是习惯性地玩起了内地的传统节目"刮风"。几个藏族姑娘、小伙儿一边不住地倒茶添酒，一边饶有兴致地看着我们玩，看到不懂的地方还用不太流利的汉语问一下，看来对新事物的好奇，是人所皆有的本性。几个藏族同志则围在一起玩"色子"。"色子"是藏族群众十分喜爱的一个娱乐项目，藏语叫"雪甲"，一般2~4人参加。他们把卡垫往地上一铺，盘腿而坐，把色子放进特制的木碗里，高高举起摇晃几下，大喝一声"嗨"，重重扣下，将扣下的木碗掀开确认点数，押下"铜钱"，一路过关斩将，既紧张更显轻松愉快，真是乐在其中。

时间不知不觉地过去，太阳开始西沉。我们暂时忘却了高原反应带来的不适，意犹未尽地告别了美丽的"林卡"。

相约扎什伦布寺

    犹如去拉萨必拜谒布达拉宫一样，来到日喀则必游览扎什伦布寺，否则，当地人一定会摇着头为你感到惋惜，并会很不理解地问：那你来日喀则干吗？

    的确，扎什伦布寺在日喀则人以及很多藏族百姓的心目中，就像麦加在穆斯林、耶稣在基督教徒心目中的地位一样，崇高而神圣，甚至就是他们生命中的一部分。

    扎什伦布意思是"吉祥须弥"，扎什伦布寺意为"须弥福寿寺"，是后藏黄教最大的寺院，可与达赖的布达拉宫媲美。扎什伦布寺于1447年由黄教创始人宗喀巴的弟子、一世达赖喇嘛根敦朱巴创建，自四世班禅罗桑却吉以后成为历代班禅的驻锡地，经不断扩建，最终形成目前的规模，并成为后藏地区举行宗教仪式和政治活动的中心。扎什伦布寺前几年离城市还有约2千米路，随着近几年日喀则城市规模的迅速扩大，现在扎什伦布寺已与城市融为一体。

    三年中，我已记不清有多少次来过这里。从昂仁县颠颠簸簸四五个小时后，拐过最后一个山角，离地区还有七八千米时，首先为一个灰白的庞然大物所吸引，那是一块巨大的"展佛台"，据说由 5000 多立方米的石材砌成，台高 32 米，底宽 42.5 米，上宽 38 米，墙厚 3.5 米，如此高大厚实，加之又建在尼色日山腰处，使它在辽阔的年楚河谷里格外醒目，它也成为扎什伦布寺的一个标志。每年的藏历 5 月 14～16 日。是日喀则传统的展佛节，这三天内，展佛台上要分别展示 1000 多平方米的无量光佛、释迦牟尼佛和弥勒佛绣像。

展佛台的下方就是扎什伦布寺，它的背山形如大象奔跑，犹如日喀则的屏障。远远望去，层层叠叠，错落有致，蔚为壮观，神秘至极。扎什伦布寺建筑面积达 15 万平方米，环绕一周约 3000 多米，主要由讲经场、措钦大殿、汉佛堂、强巴佛殿、灵塔殿、展佛台等组成，置身此等规模的寺庙建筑之内，逐一参观没有三两天时间是不行的。我在藏三年，三进扎寺，但总是来去匆匆，落得回回忆犹未尽，次次流连忘返。

扎什伦布寺

跨进大门，穿过讲经场，便到了措钦大殿，它处于整个寺庙的中心，是全寺最早、最具代表性的建筑，历时 12 年才建成，可容僧众 3800 多人。为法事活动的重要场所。大殿中供奉有班禅大师的精雕细刻、庄严精美的宝座，经堂内释迦牟尼佛堂、弥勒佛堂和度母佛堂，供奉的佛像都是扎寺最古老的塑像。经堂上悬挂着近百幅唐卡，其中以清代唐卡《无量寿佛净土图》最为珍贵，描绘了重重叠叠的琼楼琳宫，空中天女散花舞姿翩翩，无量寿佛端坐中央莲台上说法，座下天乐齐奏、祥云呈瑞，展示了极乐世界特有的"最高神仙福分"。唐卡中还有历世班禅、达赖喇嘛的生平事迹，画面色调巧润，构图明快，妙笔飘逸。大经堂四周墙上有众多古老壁画，色彩鲜艳，形象生动，是不可多得的艺术珍品。

走出措钦大殿，来到扎寺的西侧，这里是九世班禅曲吉尼玛于1914年修建的强巴佛殿，大殿高30米。殿内供奉的强巴佛（未来佛）是扎寺的主供佛，佛像呈坐姿，高22.4米，端坐于3.8米高的基座上。这尊铜像当时由110个工匠，用了4年左右的时间才建成，仅黄金就用了400多千克，耗用紫铜更是达110多万千克，是当今世界上最大的鎏金铜佛像。在当时落后的条件下，藏族人民创造出这一奇迹让人惊叹。佛像神态安详，举在胸前的佛手似乎能轻轻弹去人们郁结心间的千般忧伤和万种愁绪。

关于"强巴佛是世界上最大铜佛"之说，曾有过一段戏剧性的演变过程。在这之前，一直盛传世界上最大的铜佛在日本的奈良市，直到20世纪80年代末期，一位细心的浙江人来日喀则旅游时，发现了两者的差距，他悄悄做了丈量与核实，然后把情况反映给有关部门，经过一番论证和鉴别，权威机构终于改变了过去的看法：世界上最大的铜佛不在日本的奈良，而在西藏的日喀则。这多少有些类似于雅鲁藏布大峡谷的发现。

与强巴佛殿对称的宫殿，是五世至九世班禅的灵塔殿"扎什南捷"，旁边是四世班禅罗桑却吉的灵塔殿"曲康夏"，亦为扎寺的重要景点。而更吸引人们目光的是 1993 年落成的中国藏传佛教的杰出领袖、第十世班禅大师的灵塔殿。它位于扎寺左侧，取名"释颂南捷"，意为天堂、人间、地下三界圣者的灵塔祀殿，祀殿建筑面积 1933 平方米，主殿高 35.25 米，整个建筑以西藏古代宗教风格为主，采用现代工艺和古代建筑风格相结合的方式。殿内金碧辉煌，包金灵塔面积为 253 平方米，塔身高 11.55 米，班禅大师的"金身"就安放于灵塔之中，灵塔遍镶珠宝，塔上有一颗硕大的金刚钻石格外引人注目，它是班禅大师生前所收藏的。塔的四周绘有善陀、菩提本尊等佛的壁画和坛城。塔身覆盖具有民族宗教特色的金顶，加上一排经钟，金光闪闪，宏伟壮丽。为建此殿，当时国家拨款 6400 万元、黄金 614 千克、白银 200 多千克以及其他珍贵材料等，是新中国成立以来国家投资最多、建筑规模最大的一座寺院灵塔，足见国家对这位爱国护教领袖的重视。如今，来这里参观的国内外游人和各界人士络绎不绝。

每当看到扎寺金顶红墙、重楼叠宇的轮廓，心中就会油然涌出一份敬意，不禁想起清朝驻藏大臣和琳曾对扎寺的一首赞美诗：

> 塔铃风动韵东丁，一派生机静空生。
>
> 山吐湿云痴作雨，水吞活石怒为声。

舞动的经幡

在雪域圣地西藏，令人怦然心动的东西实在太多，经幡就是其一。每当在山口、河边、路旁、寺庙以及村庄，看到猎猎而动的经幡，我的心中便涌起一种随风升腾的感觉，真正融入了大自然之中。

经幡，也叫风幡或神幡，藏语为"塔俏"，意思是不停地飘动。经幡就是把质地稀疏的白布分别染成蓝、红、黄、绿色以及本色，在上面印上经文或神像图案，用绳子连在一起，高高地悬挂在显眼处，白、蓝、红、黄、绿五色分别象征祥云、天空、火焰、大地和水。在藏族信徒中，经幡挂起以后，经过风的吹动，如同自己念了一遍又一遍的经文；也有人说，通过风把经幡吹散，其布丝吹到哪里，运气就会降到哪里。

与藏族同胞同工作、同生活三载，我被他们的虔诚深深感染。我以为，挂起经幡不仅仅是求福，而且为高原增添了美丽壮观的景色。我经常在想，如果没有经幡飘扬的岁月，高原会是什么样子？尤其是藏历新年和其他重要的宗教节日期间，家家户户在屋顶上挂经幡的场景，比内地春节的贴对联还要热闹，为节日增添了无比欢乐祥和的气氛。

其实，汉族历史上也有挂幡的记录。它是长条形的旗子，最早用于军队标志，其后广泛用于山寨、城郭名号以及祭祀、礼仪等，一些店铺、酒楼也常挂幡作招牌。无独有偶，在西藏我查看资料所知，经幡的最初使命，也并不是用于祝福，而是武装的标志。据说，经幡的前身是军械长矛，竖立在营前表示武装力量的威慑，这是因为吐蕃王朝从雅砻谷地崛起后，借助它强大的军事力量，征服游散部落。在烽火连绵的硝烟年代，选择在营地门前插立长矛来显示军威，是合乎情理的。随着藏传佛教从印度传入西藏，经历了上千年的风雨历程，最早体现军威的长矛才逐渐演变成祈求神灵消灾灭祸意义的经幡，也就成为西藏民族文化发展的必然了。

说起经幡，它还有一段鲜为人知的动人传说。

有一次我和几位藏族朋友在日喀则的一家甜茶馆喝茶聊天，大家无话不谈，气氛热烈，其中有位叫普布顿珠的老朋友给我们讲述了关于经幡的故事，至今在我的脑海中挥之不去。他说，经幡是由古印度女子身穿的"纱丽"演变过来的。在古印度，女子们都穿着薄薄的纱丽裙衫，丈夫远离家门时，妻子扯下身上的一块裙角挂在树上为其送行。天长日久，布的颜色退化了，年复一年，布丝被风吹走了，吹到哪里去了呢？据说随风飘到了丈夫的身边……在没有通信条件的远古时代，布丝带去了妻子的思念。丈夫看着这似乎被泪水冲洗得掉了颜色的纱丽，就会想起远方的妻子，听到妻子用身心唱出的呼唤之歌，于是扎好头巾，毅然回家。随着藏传佛教的不断兴旺，当初的纱丽变成了一块块薄薄的纱布，并染上了颜色，印上了经文和神像，成了今日的经幡。

是的，当一种寄托或者说某种梦想，很平常地融化在世俗生活中的时候，人们会突然懂得，那不是一种世俗和祈求，而是一种崇高的境界。

经幡的插挂或横或竖，也有的因势插挂，永远随风张扬、猎猎飘动，似乎在永无休止地诵念着"风马"上的经文，这正是西藏民俗文化的魅力所在。我同藏族司机每次出发，所到山口、圣湖、大桥，或者其他有经幡的地方，司机师傅都要小心翼翼地停下车来，振奋地高呼吉祥诵词，向空中抛撒一种印有"宝马驮经"的五彩小纸片"风马"，并把事先准备好的经幡和哈达系挂在大经幡上。我也深受感染，学着他们的动作挂经幡、撒风马、系哈达，并"双手合十"，祝福路途平安吉祥，祝愿远方的亲朋幸福安康。这已成为我在西藏三年经常重复的动作，只要是在出发途中。但我乐此不疲，也算是一份精神寄托吧！

经 幡

舞动的经幡，像一道道彩虹装点着圣洁的巍巍雪域净土，像一片片五彩花朵撒播着藏民族特色的精神风韵，也向人们展示着高原独特的人文景观。我更乐意用欣赏的眼光去注视它，每次心中都会涌出别样的感动。我所见到的经幡，最长的莫过于布达拉红山与药王山之间的长达数百米的层层叠叠飘展的万旗风马经幡；最大的要算青藏公路边念青唐古拉主峰山口处的经幡群，可谓是一个经幡的海洋；最为激动的是2004年5月下旬陪淄博记者采访团翻越中尼公路上海拔5200多米的嘉措拉山口时，刚刚下过的一场大雪使视线中的整个原野变成了银色世界，站在齐脚深的雪地里，迎着山口呼啸的经幡，仿佛自己是世界上最伟大、最幸运的勇士！最壮观的当数"水羊年转湖节"时纳木错扎西岛上挂满的经幡，有数十万条之多，此情此景，对心灵是个巨大的震撼。立柱式经幡却是另一类壮美，我见到最高的是大昭寺广场上高达数十米的经幡柱，望一眼就会对它的圣洁肃然起敬；最多的要数亚东县下司马镇的经幡柱群，自上而下挂满一层层经旗，在风的吹拂下发出"哗哗"的巨响，似一首绚丽动听的乐章。据藏族朋友介绍，在距林芝地区八一镇不远的一个山谷里，有一个数千平方米的经幡群，竖经幡的旗杆长则十余米，短则三五米，远远望去恰似凯旋般的幡海旗林，在雪峰翠谷的衬托下，是一道别致壮观的风景。

西藏，每一处经幡的集聚处都象征着每一个神灵的所在地，每一块经幡都寄托着每一个人美好的意愿和祝福。千百年来，这里的人们世世代代习惯用这种方式支撑着自身的希冀。"逐水草而居"的牧民，每迁徙一地，搭完帐篷后两件事，一件是点起牛粪炉子，另一件就是系挂经幡，祈求周围神灵的许可和保佑；朝拜者结伴跋涉过荒漠，也一定要扎一面醒目的风马经幡，祈求神灵使他们免入迷途或遭遇灾祸。阳春三月开犁播种时，农民在耕牛的头角上也一定要披挂或高插风马彩旗，那是致意大地之神，并祷求五谷丰登。最令人称奇的是，我在南木林一带见到了耕牛头角上高插鲜艳的五星红旗，可见祖国在他们的心目中是何等的伟大与神圣！

经幡和藏传佛教壁画、唐卡、雕塑一样，是藏族民俗艺术中一朵绽放的奇葩，它不仅在雪域高原永不停息地舞动着，也在我的心里永不停息地舞动着。

风雪唐古拉

    唐古拉山口是青藏公路上海拔最高的路段，是一个很多人没有机会，也难以逾越的制高点，这又给它增添了一层神秘色彩。

    那年的 5 月中旬沿青藏公路回淄博，早晨 5 点就从拉萨出发。当时青藏公路正在全线改造升级，我们计划当晚要赶到格尔木，只好披星戴月上路了。

    坐在车里，我就掩饰不住内心的兴奋，盼望那个扎根于心间的"殿堂"尽快呈现在眼前，虽然自己也知道唐古拉山口距我还很遥远，但还是像孩子般的天真冲动。跑在拉萨至当雄的近 200 千米路段上，感觉同内地公路没有什么两样，穿过当雄县开始断断续续地修路，很多路段只能走"辅道"。我们进入了真正意义上的羌塘大草原，感受到了苍茫原野的辽阔与宁静。看到了人与自然的和谐共处，越往前走海拔越高，人烟越稀少，仿佛自己回归到了大自然……

    过了那曲、安多两个藏北重镇，海拔缓缓地向 5000 米逼近，我也昏昏沉沉地进入了梦乡。在静静的梦中，慢慢地接近唐古拉山口。

"唐古拉"，藏语意为"高原之神"，是进出西藏的咽喉。唐古拉山脉雄踞青藏高原的腹地，西接喀喇昆仑山，东南连接横断山脉的怒山，它是横亘在唐蕃古道上的一座天险。自古以来，这里只有两个山口可以作为通道：一条是从查拉乌山口翻越唐古拉山，进入西藏的巴青县、索县，然后分道至拉萨和昌都；另一条是经过唐古拉山口和今天的青藏公路，在藏北那曲与唐蕃古道会合，进入拉萨。在唐古拉山宽广的山幅之间，分布着众多的湖泊、河谷和平坝，水草丰美，是天然的高原牧场，也是珍奇野生动物藏羚羊、藏野驴、藏黄羊等的栖息地。

"唐古拉山口就要到了，快醒醒！"不知过了多久，占都师傅把我们喊醒。呵！眼前简直是一个缥缈的神话世界，我们仿佛来到了地球之巅。占都说："车子

唐古拉山口

停稳了再下，外边风大得很，千万要慢走。"果然，下得车来，整个人似在狂风中跳舞摇摆，有种稍不留神就被风卷走的感觉。山口四周是薄薄的积雪，气温估计在零度左右，我裹着鸭绒衣还是冻得牙床在打战。

山口的东侧矗立着一座高约5米，用汉白玉为修建青藏公路而献身的人民解放军雕像纪念碑。

有人说，海拔高度也是一种境界。站在这里，顿觉山高人也高，是脚下的大山让人变得挺拔高大。眺望唐古拉山脉，像一条被风

吹拂的长长哈达飘落在天际，没有明显高起来的，也没有明显低下去的。远处，一座座雪峰千姿万态，银雕玉砌，琼楼玉宇；近处，云朵在山腰间飞翔，道路在云雾中躲藏。"站在唐古拉，伸手把天抓"得到了完全的诠释。

驻足西望，渺茫的天宇遮挡了我的视线。在离山口大约200千米的地方，是海拔6621米的唐古拉山主峰"格拉丹东"，它的藏语意为"冰琢佛像群"。格拉丹东是一座高耸入云、形似塔的冰峰，巨大的山体上包裹着一层层厚厚的晶莹皎洁的冰川，是取之不尽，流之不竭的固体水库，它西南的"姜根迪如"冰峰就是我国江河之冠"长江"的源头，这里冰峰雪岭的融水形成长江上游沱沱河的源头，著名的"长江第一桥"——沱沱河大桥就横跨在距唐古拉山口160千米处的沱沱河上，在桥上可一睹长江源头的风光。

人们不了解青藏高原，因此为她着迷。在这块世界最年轻的新大陆上，流淌着多少古老的传说，仿佛只要掀起一块土地，就会有远古的历史如泉水般涌出。唐古拉同样流传着美丽的神话故事：很久很久以前，玉皇大帝听说唐古拉是个鬼蜮之地，就把一头牛犊放到这里，命令它把周围的草啃光，变成一片荒凉。可牛犊见这里并非鬼地，善良的牧民在这儿憩息放牧，就从自己的鼻孔里喷出两股清泉来，滋润这里的土地，使唐古拉变得更有生机了。玉皇大帝知道后，十分恼怒，便"点牛为石"，不让它再复生，谁知，牛犊宁死不屈，在它变成石头以后，还顽强地从腿边、腋下的石缝中喷出两股清泉。这两股泉水汇成潺潺水流，便成了黄河长江的源头。

长江是有生命的。千万年来她是用何等顽强的毅力默默承受着命运的重压和期望的失落，才使那从格拉丹东深处冰峰上一点点滴出的生命终能汇聚成流，百川成河，生生不息，哺育了华夏文明。那是何等寂寞，又是何等坚韧的千万年啊！

站在唐古拉山口，一种庄严与敬畏源足下升起。

刚才还好好的天，突然间太阳被云层遮住，山口一下子昏暗下来，旋即雨雪交加。临时忘却的高原反应疯狂地向周身袭来，赶忙气喘吁吁地缩进车里，在狂风雨雪中离开了山口，很快进入青海省境内，向着昆仑山脉和格尔木方向驰去。

走近雅鲁藏布江

雅鲁藏布江，是世界上海拔最高的河流，有"天河"之称。对我来说它是何等熟悉，何等亲切。

三年前，初次进藏时透过飞机机窗，已清晰地看到了雅江，降落在贡嘎机场时，我们几乎是擦着雅江滑过。路过曲水雅江大桥时，我兴奋地给家人打电话："雅鲁藏布江就在我的脚下，江水清澈，潺潺流淌，映着蓝天白云，壮美极了！"

在西藏人民心目中，雅江与神山圣湖一样，具有崇高的地位。雅江俨然就是母亲，哺育了祖祖辈辈的藏族儿女。

雅江发源于喜马拉雅山脉的北麓，高山雪水在日喀则地区的仲巴县境内汇成一条河，叫"江曲藏布"，往下便称雅鲁藏布江。源头海拔大约在 5600 米处，雅江在我国境内全长 2057 千米，流域面积 24 万平方千米，流域平均海拔 4500 米，它的南面是喜马拉雅山脉，北面是冈底斯山脉，流入印度之后又经孟加拉国注入孟加拉湾。

我们对口支援的昂仁县属于雅江中上游，从拉萨到昂仁县的 480 千米沿途中多半是沿着雅江在跑，很多路段是从山腰间凿出来的，车子穿行在雅江峡谷中，那感觉真是"铤而走险"。尤其到了雨季，一旦出现山体滑坡和泥石流现象，对行人和车辆是巨大的威胁。在这段险恶路上也有"雨季慎跑车""夜间不跑车"之说。

雅江是一张多变的面孔。一会儿跌宕起伏，似万马奔腾；一会儿风平浪静，像羊群慢舞。有的地方，峡谷挤压，仅有十几米宽的江面，显得焦躁烦恼，左冲右撞；有的地方，江岸开阔，平展伸出数千米，又显得恬静温柔，水波不兴。

雅江，作为藏族人民的母亲河，惠泽着世世代代的藏族儿女，但它也阻断了两岸人民的往来，喊一嗓子就能听到对岸的声音，做一个动作就能清晰地表明什么意思，却让百姓长期望江兴叹！

滚滚流淌的雅江水难道就这样永远把西藏大地劈成两半吗？人们不甘心，但又无奈。一位民族英雄勇敢地站了出来，他就是距今600多年前的藏传佛教噶举派著名僧人汤东杰布。他出生于昂仁县多白乡的仁青顶村，因建桥需要募集资金而创作了藏戏，据说他一生共在雅江上建铁索桥58座，被后人尊为"建桥大师"和"藏戏鼻祖"。

今天，横跨雅鲁藏布江上的现代化钢筋水泥大桥已逐步取代了铁索桥。我们进藏短短三年间，看到从拉萨到昂仁的雅江水面上又先后建起了南木林桥、大竹卡桥、尼木桥等数座大桥，真正改变了过去靠牛皮船、铁索桥和机械船摆渡的历史。

亲近雅江，还会得到一份意外收获：直面水葬台。说是"台"，其实根本看不到巨石样的台子，一般在江边是一块空地，地头有一株柳，柳下有一堆石。石堆是玛尼堆，上面插着五色经幡，附近是灌木丛，在灌木丛上缠满了新旧哈达。据说每葬一个过世的人，便把这个人留在身上的哈达缠在树根上，标记这个灵魂远行而去，他的灵魂也随波升天。

藏族地区丧葬方式的选择主要依据死者的身份、地位以及喇嘛的占卜结果。回归原本，回归祖先居处，回归天堂！

当然，如果不是藏族同事指点，我们是很难辨认出哪里是水葬台的。

雅江曲水大桥

在西藏山南、林芝地区，雅鲁藏布江多半又是一幅平展的画卷，甚至江面宽阔得难以望到对岸，这些地方往往是通航江段，发挥着重要的经济效益和社会价值。在林芝的雅江段上通过尼洋河大桥进入米林县境内，世界第一大峡谷——"雅鲁藏布大峡谷"就展现在人们面前，高耸入云的雪山南迦巴瓦峰，急流回旋的雅江大转弯，无不是世界上难得一见的大奇观。

雅鲁藏布江，是我在西藏三年的忠实朋友。它是流淌在我心灵深处的大江，是我感受快乐无限的大江！

雅江丰碑汤东杰布

汤东杰布因建桥和创作藏戏而闻名。我来到西藏后，关于他义演自创藏戏募捐造桥的动人传说故事就不绝于耳。

其实，汤东杰布的诞生地，就在我工作的昂仁县多白乡一个名叫"仁青顶"的小村庄，由他创作并组建的第一个藏戏班子和他在雅鲁藏布江上建造的一座最早期铁索桥，就在离多白仅30千米的日吾其乡。几百年来，汤东杰布的事迹一直在西藏大地被藏族人民传颂着，西藏人民为有这样的传奇人物而自豪。

因县里设计有关汤东杰布题材的雕塑，终于有机会陪同内地来的一位专家去日吾其了解汤东杰布的生平。车子出县城不久向西南，便爬上了羊肠九曲的登山之路，在坡陡弯急的冈则拉山绕来绕去，好不容易下得山来，又一头钻进了崎岖狭长的山涧。因雨季水大，公路被冲垮，车子只好顺着山涧河道蜗牛般爬行，不时遇到水大的地方，还要停下车搬石头垫到水中才能通过。一路提心吊胆出了山涧口，宽阔的雅江横现在我们面前。稍事休息后，便顺着江边简易公路逆江而上，大约两小时后，先路过多白乡，再前行一小时，到达日吾其乡。

这两个乡是雅江岸边的一块盆地，也是昂仁县重要的农业乡，地势平坦，土地肥沃，水网纵横，科技推广是全县最好的，有"昂仁粮仓"之称。路上看到，连片的青稞、小麦已开始变黄，显示出一派丰收景象。当车子沿雅江转过一个山嘴时，对岸的一座金色八角塔和横跨江面的铁索桥映入眼帘。啊！到了，已非常疲惫的我们又打起了精神。

我们急切地来到近前，看到雅江那白浪翻滚的水面上，凌空横着的两道铁索桥（靠西北面的是汤东杰布建造的原桥，不久前停止使用），像刚毅不屈的老人，在向我们娓娓讲述着过去的历史……

时光倒回到 600 年前。那时，雅江上没有桥，唯一的渡河工具便是数量极少的牛皮小船，安全系数很低。江面风高浪急，不知多少生灵在渡江时被夺去了生命，大江两岸，人们鸡犬之声相闻，终生却难得往来。母亲河给这里的百姓带来了福，同时也给他们造成了无法弥补的祸。亘古以来，雅江两岸的百姓都在"望江兴叹"。

进入 14 世纪，"仁青顶"村子里的一个普通农户家里生下了一男孩，取名叫"朝乌班台"。由于他聪明过人，言行举止多与众不同，且还常常做出一些恶作剧的事，村人以为不祥，给他取绰号"追尊惹巴"（藏语"疯子"）。有一年，村里人普遍得了一种瘟疫，以为因他造成，遂群起驱赶他，但都被他巧妙施计躲过，最后他被赶到了雅江边，再也无法过江逃避。望着滔滔江水，他痛哭了一场。幸好这里离村子已远，追赶的人群劳累也回去了，但他幼小的心灵里便发下了宏愿：将来一定要在雅江上造桥！随着年龄增长，德吉央则逐渐长成一个身材魁梧的小伙子。每年在离家乡不远的一个叫汤东的草原上举行民间体育比赛时，都是他得第一名。久而久之，人们便送给他一个很荣光的称号：汤东杰布，藏语意为汤东赛场上的王。

这个民间传说一直延续至今，为人们所津津乐道。虽然"德吉央则"变成了"汤东杰布"，这并没让他忘记在雅江上造桥的宏图大志。

然而，要在宽阔湍急的江面上造桥，这在当时的西藏还没有先例，但丝毫没有动摇汤东杰布的意志。于是，他迈开双腿，历尽千难万险，涉足西藏各地和中原广大地区，甚至走到了印度、尼泊尔等南亚地区，历时近三年

日吾其铁索桥

时间，行程两万多千米。这一走令他开阔了眼界，见识了各式各样的桥，收集到很多造桥的资料。回到家乡后，根据当时的各种条件，最终选择建造铁索桥。碰到资金和物资难题，他冥思苦想，借鉴民间说唱艺术，创作了藏戏，并在日吾其一带组建了第一个藏戏班子，开展义演募捐，筹集造桥经费和相关物资。遇到造桥用铁难题，他一方面组织人力采挖铁矿石，自己冶炼；另一方面深入民间开展捐献废铁活动。人们听说汤东杰布募捐造桥，造福百姓，都慷慨解囊，有钱出钱，有铁出铁，有力出力。不久，在日吾其的雅江上架起了当时堪称奇迹的巍巍跨江铁索桥。

汤东杰布并不满足建一座桥，他要让雅江两岸的百姓都能畅畅地来往。他四处奔走游说，继续组建藏戏班子义演募捐，动员百姓们捐献废铁，在雅江上不断地选址造桥。据比较可靠的说法，他奔波一生，在雅江上共建铁索桥 58 座。在当时的运输、经济和建桥技术条件下，是何等的不容易！至今，我们在昂仁、拉孜、曲水等地方的雅江上，仍能目睹他当年建造的铁索桥，有的虽经后人作了一些加固和修缮，但风采依旧，还在被当地人们利用着，惠及西藏百姓。

站在日吾其铁索桥上，我的思绪又回到了现实。仿佛觉得面前不是一座桥，而是一座汤东杰布的纪念碑，它是汤东杰布把毕生智慧和力量献给雅江的真实写照。

在离铁索桥不远处，也就是日吾其乡的驻地，有一座规模醒目宏大的八角古塔，叫日吾其金塔。佛堂正中是莲花生大师，左边是一个玻璃佛龛，里面端坐的是一尊肉身像。据古塔管理人员讲，佛龛里供的是雅江工地总管强达·扎西多布杰的遗体。佛堂右边便是汤东杰布的塑像，他赤裸着紫褐色上身，蓄着雪白头发和胡子，慈眉善目，炯炯有神。他的遗体就安葬在古塔背后的山上。

汤东杰布为民造福的精神和事迹代代相传，永不泯灭，他是永远活在西藏人民心中尊敬的"大活佛"。历史也反复证明，凡是为黎民百姓谋福利、办实事的人，他就会被永远铭记在人民的心中。

汤东杰布，是雅鲁藏布江上一座高高的丰碑，他的灵魂已融入了一道道铁索桥中，融进了奔腾不息的雅江水中。但可以告慰汤东杰布的是，今日的西藏已远非过去所比，雅江及其众多支流上，已横跨着不计其数的现代化钢丝吊桥、钢架桥，还有一些钢筋混凝土大桥。雅江两岸车水马龙，过往交通更加方便，惠泽着广大藏族百姓。

感受丛林深处的艺术

　　罗布林卡，藏语意为"宝贝园林"。它位于拉萨西郊，由七世达赖喇嘛于18世纪40年代初建成，是一座典型的藏式风格园林，是历代喇嘛消夏理政的地方，也是西藏规模最大、风景最佳、古迹最多的人造园林，人们也称它是"西藏的颐和园"。

　　据西藏文献记载，以前的罗布林卡柳棘丛生，灌木浓荫，野兽出没，人称"拉瓦采"，意思是"灌木丛林"。拉萨古河道从这里流经，形成了众多的水塘，浇灌了丰沃的草地和丛林，水草肥美，景色宜人。

　　清代，奏请皇帝恩准，这里成为夏季休闲和最高管理者处理政务的地方。自此，罗布林卡逐渐由休闲疗养之地演变为处理政教事务的场所，此后，在每年的藏历三月十八日这天，达赖喇嘛从布达拉宫移至罗布林卡处理政教事务，消夏避暑，享受布达拉宫以外的轻松工作和生活，直到十月底再迁回布达拉宫。罗布林卡也被称为"夏宫"。

　　能够感受这座深藏于丛林之中的宫殿和园林艺术，一直是我来到西藏之后的一个愿望，三年时间虽然没有踏入布达拉和大昭寺次数那么多，但我还是带着好奇慕名两次走进了这片神秘的丛林。

进入林卡正门，迎面是一座醒目的阁楼，名曰"康松司伦"，它原为一座汉式小木亭，后改修为观戏楼，以后在其东边又加建了一处便于演出的开阔场地，专供历代喇嘛看戏用。这里也默默地见证了 260 多年来藏戏的发展与演变。

过了康松司伦向南拐弯，我们来到了格桑颇章。这一区域也是园内最早修建的建筑群，是历代喇嘛修习佛法的地方，里面绘有大量精美绝伦的佛教壁画。

从格桑颇章往西北大约走 120 米，是措吉颇章建筑群，它堪称罗布林卡中最美的景区，包括措吉颇章（湖心宫）、鲁康殿（龙王亭）、鲁康厦（东龙王亭）、仲增颇章等，而鲁康殿是过去专门祭祀龙王、卜卦吉凶的地方。据说，八世达赖喇嘛降白嘉措也像他的前世一样，醉心于风景优美、环境舒适的这片丛林中静坐禅修。他着力推进了罗布林卡的重新设计与扩建，增建了格桑颇章后苑的辩经台、

罗布林卡

鲁康奴（西龙王宫）、珠增颇章（持舟殿）以及宫墙。与此同时，他还下令在园内种植了各类花草树木，使得罗布林卡初具园林规模，由此奠定了后来人工造林和培植花卉的良好基础。

然而，初具规模的罗布林卡在九世至十二世达赖执政的近百年中，几乎没有增加新的宫殿和寺院建筑，只对其进行了一些简

单修整，直到 20 世纪初期，才又迎来了它的建设高潮期。罗布林卡三大宫殿之一的金色颇章在 1922 年建设完成，它是十三世达赖喇嘛的专用宫殿，为一座典型的藏式庭院风格建筑，主殿高三层，金描彩绘，殿顶为镏金法轮、经幢等装饰，极其富丽堂皇，极具视觉冲击。其底层日光殿是十三世达赖每日朝政的大殿，也是庆典、法会、会客以及举行宗教仪式的场所。

正在啧啧称奇之时，我们已来到被称为"新宫"的地方，也就是达旦明久颇章，藏语意为"永久不变宫"，宫高二层，黄墙红顶，庄严肃穆。我被宫殿四周墙上的 301 幅大型壁画震撼。这些壁画，描绘了上自神话时代藏族的起源、吐蕃王朝的兴亡、藏传佛教后弘期，中到格鲁派创始人宗喀巴大师的宗教改革以及觐见清朝皇帝，下至西藏和平解放，数千年西藏的重大历史事件和历史人物。这些壁画不仅作为宝贵的藏族文化财富供游人参观，而且为研究藏族的历史和藏汉关系的发展提供了重要的视觉资料。

来到达旦明久颇章的北殿，此时此景更为引人入胜，我被殿西侧经堂内的"释迦牟尼与八大弟子图"深深吸引，只见释迦牟尼佛端坐画面的中心，手持说法轮，慈眉善目，静如止水。八大弟子虔诚恭敬，形象逼真，显示出一种高贵单纯、静默悠远的禅思与意境。整个画面构图严谨，线条流畅，色彩艳丽，大气磅礴，充分展示了藏民族独特而鲜明的审美文化情调。

罗布林卡内大小的殿堂，几乎都绘制有大量的壁画作品。藏传佛教壁画艺术的美学观念、艺术技法，以及汉地、尼泊尔、印度等地的绘画风格，都在此得到了吸收、融合与创新，生动地诠释了藏族绘画艺术悠久的历史和不朽的魅力。

站在罗布林卡最高点——金色颇章的屋顶平台，或是透过明亮宽敞的窗户望去，在蓝天白云的映衬下，远处是贡布日神山，近处是拉萨河蜿蜒而过，远山近水，皆收眼底。园内绿树葱郁，亭台楼阁，与周围的群山、河流交相辉映。如果说罗布林卡是建筑之美与环境之美协调与统一的话，那么，在藏族人的意识里，始终包含有这样一种艺术观念，那就是完美的东西应该是浑然天成，抑或水到渠成的。

我游览罗布林卡后感慨万千。在这高高的日光城上，罗布林卡深藏于风景秀丽、环境幽静的灌木丛中，充满了浓郁的田园牧歌般的生活气息，反映出人与花草、人与环境、人与自然之间"和合共生""万物一体"的自然观念与园林情趣。

我以为，罗布林卡与神圣的布达拉和大昭寺一样，对西藏历史和社会文化同样产生深远的影响，而且她的现实影响更大，因为她早已被辟为拉萨乃至西藏人民的公园，再也不是以前达官显贵的专属，这片丛林深处的艺术，一定会定格于西藏人民的永恒记忆中。我亦如此。

亲近圣湖纳木错

　　"纳木错"藏语意为"天湖"，是中国第二大咸水湖，位居西藏三大圣湖之首，也是世界上海拔最高的湖，它的明净与辽阔，无愧于天湖的美称。

　　援藏期间初秋的一天，我们来到了纳木错。从当雄县城向北拐入一条土路，过了检查站，开始沿着弯弯曲曲的山路往高处攀行，很快便接近海拔 5200 米的"那根拉山口"，这里已是一片雪域世界。站在山口西眺，一幅天然的八卦图映入眼帘，雪山围困之中，一半是广阔的草原，一半是蔚蓝的天湖，似人间仙境，美不胜收。此时的山口处正舞动着飞雪，我们下车不一会儿已冻得嘴唇发紫，全身瑟瑟发抖，拍了几张照片，赶紧缩进车里，沿着飞雪的崎岖山路，慢慢向山下移去。

　　从山口到湖边不过 20 千米的路，却用去了一个多小时。下得山来，是湖边丰美的天然牧场，它是当地农牧民赖以生存的宝地。牧场被一条不宽的土路分成了左右两大片，一望无垠。沿着土路大约前行 10 千米后，穿过一座巨大的"石门"，终于来到了一个小岛上。这个岛的名字叫"扎西半岛"，据说湖上共有 5

个岛屿，它是最大的一个，足有 10 平方千米。石门和岛的山体上披满了经幡和哈达，山下一座座大小不等的玛尼堆，使来者感受到了浓郁的宗教氛围。向山体望去，有美丽的岩溶地貌景观，还有石柱、溶洞等自然景观。游人到纳木错，一般都是在这个岛上驻足、观光。岛上的扎西寺，是香客朝拜圣湖的必到之处。

今天我们的运气不错，到达湖边时，天晴了，风小了，雪也停了，似乎苍天专为我们这些远道而来的客人们，留出时间欣赏这世间难得的美景。在湛蓝的天宇下，在灿烂的阳光中，纳木错呈现出千姿百态的景观，刚刚过去的草原风雪，把一层层浪花推到岸边，形成了一道迤逦的风景线，湖面一会儿浪花飞溅，一会儿又风平浪静。她的浩渺，她的神秘，给我们的灵魂以震撼。站在岸边放眼望去，湖水深蓝如茵，遥不到边，如大海般辽阔壮美，对岸俨然是虚无缥缈的"海市蜃楼"，水天浑然一体，分不出天在水里，还是水在天上。湖的东岸是巍峨挺拔的念青唐古拉

纳木错

雪山，海拔 7111 米的主峰清晰可见，它像一个身着冰盔的雪甲武士，日日夜夜守在蓝天白云之间，山上的永冻冰川，是纳木错的固体水源，藏族人把它看作纳木错的"保护神"。

当地牧人有一传说，念青唐古拉是一位伟大的雪山神，而纳木

错里生活着美丽善良的蓝色女神多吉珍玛。他们既是一对守护藏北草原的神灵，又是一对相偎相依的爱侣。春天，他们驾着春风飘落人间；夏天，他们随着雨水在蓝湖和草原上行走；秋天，他们为牧民丰收而放声歌唱；冬天，他们住进冰雪和水晶的城堡，享受岁月的温馨。纳木错四周的冰雪奇观，不正是大自然为这对神仙眷侣特意安排的吗？对他们的爱情故事也是一个永久的回馈吧！

纳木错湖面海拔 4718 米，东西长约 70 千米，南北宽约 30 千米，湖面面积 1920 平方千米，水深平均 30 多米，作为有生命的神湖，它的属相是"羊"。每逢水羊年，按照西藏的民族传统要进行大朝圣，即朝拜者要顺时针绕湖一周，敬拜神灵。一般徒步行走至少需要 10 天，赶着驮行李的牦牛要走近 1 个月，如果是"磕等身长头"大约需要 3 个月的时间。但他们为着心中的那份向往和神圣，再苦再累也心甘情愿。

纳木错除了扎西半岛外，湖心还有四座岛屿，我们用肉眼无法看到，最大的一个也仅有 1 平方千米多一点。它们兀立在万顷碧波之中，显得微不足道，但它们都有神灵，每当春末夏初时，成群的野鸭、白鸽飞来栖息，生蛋孵雏，诞生新的生命。湖中有大量的鱼类生长，站在湖边偶尔能够看到清澈的水中游动着的小鱼。湖泊周围，常有野牦牛、岩羊、野兔等出没。在广阔的湖滨，生长着大量的火线草、苔藓、蒿草等草本植物，形成了水草丰美的天然牧场，全年均可放牧，呈现的是一派"风吹草低见牛羊"的田园牧歌。

纳木错北面是海拔 5000 米以上的平缓中略带起伏的藏北草原，就是美丽富饶的羌塘大草原。草原深处的牧民纯朴而又善良，湖的附近就住着几十户牧民，有几家在扎西半岛上开着餐馆，随时恭候来自远方的客人。

遇 见 唐 卡

　　说起唐卡，到过西藏的人对此可能不会陌生，它近乎是整个藏区不可或缺的文化元素。我在西藏工作三年，更是深深喜爱着唐卡，这份喜爱与信仰无关，也与佛教无关，是高超的绘画艺术和制作技艺感染了我，仅此而已。

　　唐卡，是藏文的音译，是一种用彩缎装裱后悬挂供奉的宗教卷轴画，距今已有 1300 年的历史。其题材涉及藏族的历史、政治、文化和社会生活等诸多领域，被称作藏族的"百科全书"。

　　有一次我带着浓厚兴趣，约上《西藏日报》的藏族记者朋友扎西次仁，他作为地道的"西藏通"引领我走进了"八廓街"，专门来到一家制作唐卡的艺术社，让我开开眼界了解唐卡的制作工艺。欣赏着琳琅满目的唐卡，画师用藏语给我介绍，扎西则客串翻译。画师讲，唐卡的绘制与单纯的绘画艺术有着很大的区别，颜料制作、绘画方法和思维模式都不同，其绘制要求严苛，程序极为复杂，必须按照经书中的仪轨及上师的规范进行，包括绘前仪式、制作画布、构图起稿、着色染色、勾线定型、铺金描银、缝裱开光等一整套工艺流程。制作一幅传统意义上的唐卡因大小及内容不同，短则二三月，长则二三年，皆因绘画题材不同而体现差异。

因熟人介绍并亲自引领到来，画师又得知我是内地来援藏的，他毫不保留地翻出了艺术社珍藏的几幅具有年代沉淀的唐卡，并详细给我介绍唐卡里的内容，让我大开眼界，对唐卡有了实质性的了解。唐卡艺术强调画面上看得多、看得全、看得远、看得细，构图别致，不受时间、空间的限制，在看似很小的画幅中，上有天堂，中有人间，下有地界。画师往往把情节繁多、连续性强的故事，巧妙地勾勒描绘于画面中，使画面内容丰富多彩。好的唐卡画面色彩鲜艳绚丽，对比强烈，穿透力极强，尽显神圣庄严，高贵典雅。

以后进得寺庙，关注唐卡成为"规定动作"，也是我非常珍惜的必修课。唐卡可以从很多角度去审视，去体会，懂点画法的人可以看技法、风格；研究民间美术的人可以看传承、内容和符号意义；而更多的人则是站在藏传佛教的层面去欣赏。其实，对于我们这一档"游人"来说，也不用太过纠结，看一下热闹的阵势也算是一种视觉享受。

唐卡源于生活且更有生命，它的形成与游牧部落的生活经历密不可分。藏族人民在辽阔而荒凉的雪域高原上逐水草而居，裹成一卷的唐卡成为随身携带或是流动的庙宇。毕竟，唐卡相比于塑像更轻便，也不同于壁画，无论走到哪里，只要把唐卡系挂在帐篷里，哪怕是一根树枝上，就能成为一种象征，让藏族人民祈祷、礼拜、观想，或佑护逝去的亲人。

唐卡到底起源于何时？到现在也是众说纷纭，无最终定论。我带着好奇查过有关藏史记载，在两千多年前修建的西藏第一座宫殿——雍布拉康的墙壁上绘有大量关于唐卡的壁画。就西藏绘画艺术而言，唐卡的历史大致可追溯到吐蕃时期。在漫长的1000多年间，由于各个时期的社会动乱，唐宋时期的古老绘画保存下来的唐卡已不多见。据说在萨迦寺存有一幅叫作《桑结东厦》的唐卡，上面画有35尊佛像，其古朴典雅的风格与敦煌石窟中同时期的壁画极为相似，是吐蕃时期甚为罕见的一件珍贵文物。

唐卡的题材多姿多彩。有取材于西藏社会历史和生活习俗的历史画和风俗画，也有反映天文历法和藏医藏药的科普唐卡。据史作画、以画言史是西藏唐卡的一个独有特点。反映西藏历史的唐卡，有通史性的，有断代性的，还有人物传记的。但她主要反映的还是宗教主题，画面中所表现的佛像大多严肃端庄，惟妙惟肖。可以说，每一幅唐卡都有一段历史，而你永远也猜不透画像背后究竟隐藏着怎样的故事。而这些故事，更加激发你去想象与梦幻。这也正是唐卡的魅力所在吧。

我所见到的布达拉宫、大昭寺、扎什伦布寺里的唐卡，虽然年代久远，但不失古朴与艳丽，总给人一种惊艳冷峻的感觉。而拉萨八廓街上售卖的唐卡，则大多是用来招揽游客买回留作纪念的，色彩要更加浓艳一些。但无论是传统的还是现代的，唐卡上一尊尊栩栩如生的佛像，一个个令人惊叹的故事，还是让人感慨万千。

在西藏期间，我多次仔细观察一些唐卡，画师们要构思数以百千计的不同场面，描绘数以千万计的人物，还要做到山川有别，建筑各异，风土民俗迥然不同，即使一时一地也有僧俗官宦百姓之分。耕耘畜牧，画工杂技，诸方礼仪，甚至刀戎甲胄，法鼓锣号，都要精心构图，无不显示藏族画师们高超的技艺及创作态度。

唐卡，在我看来，不愧是一种唯美、精致、神秘、高贵、古老的宗教艺术品，是藏族文化艺术的瑰宝。它因稀有独特，历经岁月磨砺而不朽，因而成为宗教艺术上品至尊的象征。而鲜为人知的是，唐卡还是一个没有姓氏的民族艺术奇葩。

唐卡画师都不在自己的画作上署名，但优秀的画师始终是会被人记住的。我无数次地欣赏后恍然明白，藏族是一个没有姓氏的民族，不过作为他们的集体姓氏，"藏族"始终绵延不息。生命终究会消失，姓氏也可能会被湮灭，然而，唐卡却永远活着。当信仰皈依于一方画幅，所有的署名都是对虔诚的亵渎。唐卡，与其说是一种艺术创作，不如说是一种虔诚的修行，又何必在一幅通透心灵的唐卡上署名呢？未曾署名的虔诚，应该是唐卡艺人乃至这个民族最崇高的修行了吧！

最早的唐卡，仅供藏传佛教寺庙悬挂、供奉用。慢慢地，演变为祈祷修炼的形式和观想内容，让广大修行者通过观想修行，可以从中得到唐卡本尊的加持。历经 1000 多年，随着时代变迁，如今，唐卡除了是圣物，也蜕变成了一种精美神秘的艺术品，被唐卡爱好者收藏或供赏，甚至被游人作为艺术品而广泛传回内地。

唐 卡

　　唐卡是藏族文化中独具特色的绘画艺术形式，凝聚着藏族人民的信仰和智慧，记载着西藏的文明、历史和发展，寄托着藏族人民对佛祖无可比拟的情感和对雪域家乡的无限热爱。我们也许并不十分了解西藏的宗教和信仰，但我们能从充满美丽和梦想的唐卡中感悟艺术，感悟生活，感悟生命，感悟未来。

　　遇见唐卡，关注唐卡，了解唐卡，就仿佛进入神圣的雪域净土，感受宗教信仰的震撼和洗礼。这就是唐卡的魅力，一种充满神奇与梦幻的艺术，它让人们的灵魂归于平静，趋于纯粹！

八廓街见闻

　　大昭寺可谓是拉萨的心脏、雪域高原的中心，环绕大昭寺有一条约 10 米宽、长 2000 米左右的狭窄小巷，是藏族信教者的转经路，它就是闻名遐迩的"八廓街"。

　　有人说，不到八廓街就等于没来拉萨，此话不假。八廓街既古老又神圣，它的转轴是信仰，那看不见的轴心永不腐蚀，永远辉煌。虽然在过去的年代这里陈旧不堪，有苦行也有贫困，一条条陋巷泥泞而浑浊，这里即便毫无计划的秩序，但也是一派亲切的简陋。人们仍然感谢它，是它伴着信教群众和八方来客度过了那些风风雨雨的年代。

　　八廓街作为古代吐蕃都市的雏形，是随着大昭寺的建成而逐渐形成的。7 世纪，松赞干布迁都吉雪沃塘，文成公主入藏嫁给松赞干布后，运用阴阳、五行规则，提议应在沃塘湖上建寺庙，以利于镇魔立国。藏王采纳了她的建议，遂率领部下的伦相大臣和王妃们进驻沃塘湖边，亲自督统大昭寺工程的进展，在湖的四面修建了四座宫殿，这就是大昭寺的第一批建筑。等到大昭寺建成后，四方来僧、八面信徒频频而至，大昭寺周围又相继出现了

18家旅店，远道来朝佛或做买卖的人有了落脚之地。15世纪以后，大昭寺已成为传播佛教的中心，八廓街上僧人宿舍、宗教学校、小寺庙之类的建筑应运而生，甚至在早年松赞干布时代竖立的那种大桅杆式的"法轮柱"也增加到四根。逐渐地繁荣，逐渐地拥挤，使这里逐渐成为包罗万象、无所不有的拉萨社会生活的缩影，西藏社会生活的集结地。它也迅速成为西藏社会生活的本来面貌表现得最深刻、最突出、最有代表性的地方。走进八廓街就仿佛走进了西藏的历史，走进了西藏民族文化和风土人情的艺术长廊。

每天朝拜者绕大昭寺顺时针旋转，川流不息于楼与楼之间，于是，八廓街便飞轮般地旋转起来。在这里，拉萨人拥有他们的世界，拥有他们古老而新鲜的生活，更拥有西藏以至中国、世界各个民族、各种肤色的人们来拉萨朝圣或观光的奔忙。

其实，在这些人们来拉萨之前，中国、世界一些地方的信息和产品早已先期到达，等候他们的不只是拉萨的新奇和神秘，还有熟悉而亲切的笑容。

确实，拍拍肩头的岁月，八廓街已抖落了一身尘埃，和煦的春风吹开了座座楼宇的每扇窗户，打开了许多人的心。在转经道的两旁，是一个挨一个的摊铺、店面，

八廓街

是五颜六色、琳琅满目的货物，上午 9 点半左右，商贩们纷纷迈出家门，沿街摆起各类琳琅满目的商品和工艺品，开始了一天的交易。接踵而至的人们无论是闲逛还是买东西，都已经置身于一个古朴典雅的世界之中，有西藏的饰品、药品、滋补品，也有来自印度、尼泊尔、巴基斯坦的金银制品、铜器、香水等，吃的、喝的、用的一应俱全，古董和新特产品一起相映成辉。八廓街年复一年、日复一日，就这样的活跃，也这样的繁华。在此旋转的不仅有千年的转经道，还有商贸繁荣给人们带来的眩晕。每天都喧嚣不停，沸腾不止，像江河也像海洋，有一种咄咄逼人的推力，走进八廓街的旋流，你就别打算停下来，在这份拥挤中总感到有一种莫名的动力在催促你一个劲儿往前走。

这里的每个痕迹都有时间的脚步走过。过去是磕长头的善男信女用身长丈量转经道的长度，用手中的念珠数着八廓街的年轮……如今，红男绿女用新的脚步踏出新的时间，偶尔还用摩托车骚动着这拥挤的世界。漂亮时尚的年轻人尽情地炫耀，也不只是为了自己。时代的进步，新的色彩随之多起来，流行歌曲和当地民歌混杂在一起，是为了刷新八廓街古老剥落的陈旧色彩，它们的歌唱赋予了八廓街以青春的声音、情感的欲望。

从都市乍到八廓街的人们，对这里的环境有必要重新认识，往往需要换一种礼遇来对待路人。像在现代化城市中人们用计算机软件传递知识的信息那样，在这里，人们用眼神和微笑来传递情感的信息。而且，在这里，人们的情感变得更加丰富多彩了，更加纯洁无瑕了。你到处都可以看到老妈妈那和蔼可亲的面庞，小男孩那活泼滑稽的笑脸。你会感到常有老爷爷在用他那慈爱的目光注视着你，而那些美貌的姑娘却又羞涩地遇你而让。在八廓街上，大家似乎都是熟人相逢而笑，这一切，没有遮掩、没有束缚地再现着人与人之间那共有的明朗、淳朴、自然的品质。

放飞雪域

蓝天白云重新镀亮了 21 世纪的八廓街。那些曾被挤压在阴冷漆黑的群房之中的人们，如今拥有了自己华丽的店铺，成了经理和老板，他们以崭新的姿态向国内外来客展示的不只是各式各样的商品，还有地域特色、风土人情、历史文化和神话传说，更有对美好未来的神圣向往。

八廓街仿佛是一座舞台，但这里的人们并非为观赏而表演，它是更加真实的生活。他们用自己的方式表现八廓街的沧桑变化，因为生活中收获的每一次进步，都被他们善良而敏锐的心灵深切地感受到了。

美丽的昂仁金错

　　初次踏进昂仁县城，给我的第一印象，这是一个充满生机的高原小山城，生机源于它傍"昂仁金错"而居。

　　在西藏，"错"就是"湖"的意思，昂仁金错即昂仁金湖。昂仁县城是个三面环山、一面临水的风水宝地。昂仁金错坐落于县城的西端，形似"花生"状，面积23平方千米，平均水深约8米，最深处达30米，湖面海拔4380米，县城海拔也以此为准。它是一座碱性内流湖，由雨水、雪水和从秋窝方向流出的山泉水混合补给。当地藏族同事告诉我们，这里却从来没有找到出水口，湖水的蒸发和进水的补给常年保持一种动态的平衡。

　　每当我从拉萨或日喀则一路颠簸十几个抑或四五个小时，到达离卡嘎镇3千米的山口时，总有一份激动在心胸，昂仁金错就像一面巨大的镜子，平静地躺在群山怀抱之中，清幽寂静，神秘动人。从卡嘎镇路口下219国道，是2002年秋季通车的6.7千米的高标准环湖柏油路，这也是昂仁县的首条硬化路。吹着和煦的微风，宽阔的湖畔沃野和清新空气扑面而来，望着微波荡漾、舒展无垠的湖面，眼界顿开，心境顿宽。黄鸭、小鸟在湖面上自由自在地或飞或落，俨然是以它们特有的形式欢迎我们风尘仆仆地归来，也是在报告着这里的百姓一切平安、祥和、幸福、安康。

昂仁金错灵动而富有神韵。它上千年来默默地注视着这里的变迁，1995年后，它又见证着来自齐鲁大地一茬茬的热血男儿怎样同当地干部群众一道，把昔日贫穷落后的昂仁县一举建设成为一颗闪亮的"高原明珠"，它还将见证昂仁更加辉煌的明天。昂仁金错，既是县城一道亮丽的风景，更是人们为之骄傲的圣湖，佑护着昂仁人民吉祥安康、扎西德勒！

昂仁金错，带给昂仁各族人民的是心悦神怡的心情，生活在湖边的老百姓最令人羡慕。他们在湖边春种秋收、逐草放牧，过着平静安详的日子。卡嘎镇的山当开发区正形成万亩规模，就是湖畔造就了这片平整肥沃的田野，目前成为昂仁县的高科技农业推广示范基地，种植以土豆、圆根、萝卜为主的大田高效经济作物，在调整全县种植结构、增加农民收入方面起着龙头带动作用。

昂仁金错是藏族同胞心目中的"大海"。春秋季风乍起时，整个湖面形成一种奇特的景观，烟波浩渺，波涛汹涌，拍岸声此起彼落，蔚为壮观；黄鸭、水鸽像是跳动的精灵，随波逐浪，搏击长空。藏族同事有几次好奇地问我大海是什么样，此时我会兴奋地对他们说："你们不是没亲眼见过大海吗？我们现在的昂仁金错就如同大海一般！"他们若有所悟地点着头，其实我也没有更恰当的语言宽慰他们，但以后我才知道，西藏人都是把湖形象地比喻成"海子"，就是他们心目中的大海。

据说昂仁金错里有鱼，但近年来从未见有人钓到过，但不甘心者大有人在，双休日、节假日、林卡节时，常能看到他们兴致勃勃地前往垂钓，但都是空手而归。我在湖边几次仔细观察，发现还是有浮游生物在活动，这正是大自然之神奇所在吧！

如果能沿湖转一圈，那将是无比惬意的享受，一路上会看到不同的风景。一汪湖水因深浅、阳光、云朵的不断变化，而呈现出层次丰富的变化，浅蓝、深蓝、淡绿、翠绿、乳白……依偎着山势，在曲曲弯弯里洒下无限柔情。淄博市的第七批技术援藏干部中有两名在一个周末曾徒步绕湖一圈，他们回来后"虽累但快乐着"，他们描述的沿途湖光山色自不必说，单是耕地、草场、荒漠、湿地和村落、牛羊群就足以让他们兴奋不已，我们更是羡慕不已。当然，

昂仁金错

走一趟一定要带足食物和饮水，他们从早上 9 点出发，一直到晚饭前才疲惫不堪地回来，虽然劳累，但他们更多的是开心。毕竟，能够徒步绕昂仁金错一圈是需要相当大的勇气的。三年中，我也一直想去转转湖，这个愿望终未实现。

有时独自站在宗山上眺望昂仁金错，心中的烦躁、厌倦、寂寞一扫而光；有时独自伫立"观湖台"上聆听涛声，心胸犹如大海般宽广。

昂仁金错，你是我三年的相知相依，我永远眷恋着你！

雾锁友谊桥

　　友谊桥是我国与尼泊尔的"界桥"，它坐落于西藏日喀则聂拉木县的樟木镇。它是中尼公路的起（终）点，从喜马拉雅山穿过苍茫的青藏高原，蜿蜒到达终（起）点上海广场约 5900 千米，国内称 318 国道，也是我国最长的国道。樟木镇是聂拉木县的一个边境重镇，樟木口岸也是西藏目前唯一的通商口岸。这里离聂拉木县城仅 30 千米，海拔却从 4200 米陡降至 2300 米，再到 13 千米外的友谊桥海拔只有 1700 米了。

　　独具特色的地形海拔，造就了这里森林植被明显的垂直景观，于是有了"山脚盛夏山岭春，山麓艳秋山顶冰，赤橙黄绿看不尽，春夏秋冬最难分"的说法。这也从另一侧面说明了当时打通中尼公路的艰难。为了建设中尼公路，无数筑路英雄长眠在了这巍巍青山的怀抱，尤其是樟木至聂拉木段的路，可以说是在坚硬的岩石间凿出来的，是在幽深的峡谷上架起来的，是在险峻的大山里劈出来的，是在浓重的云雾中闯出来的。长长的路，是先烈们对祖国、对人民留下的深情的眷恋！

　　没有公路，就没有今天的樟木。正是中尼公路，将樟木与内地、与世界沟通。

这些，无疑给樟木和友谊桥增添了厚重的神秘感。在即将离开西藏这片热土时，有机会陪同淄博新闻采访团的七位记者来到了这块令人神往的土地。

樟木，聚居者主要是藏族人和夏尔巴人，靠近边境的立新村是夏尔巴人的村落，这一民族的主体是尼泊尔境内的夏尔巴民族，据说祖上原在四川西康木雅一带。樟木沟谷曲折跌宕，山大沟深，处处是山涧流水，崖头挂满了瀑布，水流形成的巨大落差，撞击得沟底岩石"咚咚"作响，仿佛一支永不停息的山谷奏鸣曲。无论在镇上的什么位置、什么时间，都能听到激荡悠扬的涛声。

在镇上住一宿后，原计划到尼泊尔的小镇"巴拉比斯"去看一看，但因种种原因未能成行。在聂拉木烟台市援藏干部的安排下，我们还是有幸来到了友谊桥，也算领略一下异国风情吧。通过樟木海关检查站后，

友谊桥

是13千米的泥泞盘山土路，车子可以缓慢地开到友谊桥附近。因樟木口岸货运繁忙，道路狭窄，据说有时堵车长达几天。我们此行正赶上修路，上下行车都有专人引导指挥，得以顺利地按预定时间往返。不久这13千米的"跨国土路"将变成畅通无阻的"柏油路"。

樟木沟底，常年处于浓雾的包围之中。还好，我们到达桥头时，只有一层薄雾，引领我们的同志说这已经不错了，很多时候沟底的能见度不足几米。友谊桥就建在沟底，它是普普通通的一座水泥桥，桥下是奔流不息的波曲河。桥头处立着"友谊桥"石牌，中华人民共和国国门巍然屹立桥头，"国徽"在国门上闪闪发光，"五星红旗"在国门上迎风飘扬。中尼两国的边界线，就在友谊桥下的河中心线和友谊桥上红色的中间线。我们威武的边防战士在有条不紊地逐一检查着过往的两国公民和车辆，桥两头等待过境的车辆有秩序地排成了"长龙"，一派繁忙景象。

脚踩友谊桥，穿过薄雾，回望碧空，更体会到伟大祖国的强盛。我们怀着无比激动的心情，赶快抢拍几张照片，一瞬间，桥周围已被大雾笼罩，接着下起了小雨，沟谷和群山立时变得模糊。人在桥上，如踩云里雾里，飘然若仙加提心吊胆。此时，雨越下越大，雾越来越浓，浑身冷飕飕的，急忙钻进车里，车窗外一片潮湿，道路泥泞打滑，视野仅能在十几米内，车子东拐西弯也绕不出点滴清晰。

好不容易过了海关，雨雾变作凝团，惊险潜伏在悄无声息中。心像系在脖子上的铃铛，和着深谷里的水流声，一齐歌唱那离开前最动听的乐章！

拉鲁湿地印象

屈指算来，进藏已三载。经历过的岁月里，我无数次悄无声息地接近拉鲁湿地，她是我最忠诚的对话者，也是最可信赖的朋友。

拉鲁湿地位于西藏首府拉萨市的西北，现有面积6.2平方千米，是世界上海拔最高、面积最大的高原城市湿地，她昼夜不停地制造出大量的氧气，起着调节拉萨市区气候的重要作用，人们都亲切地称她为"拉萨之肺"。每天这里成千上万只候鸟嬉戏的热闹场面，无疑给这座高原日光城增添了一道亮丽的风景线。

我很惊讶，在高寒缺氧、紫外线强烈的拉萨，居然有这么大片的湿地，感慨西藏人、拉萨人的福气。但在西藏待得久了，才知道其实在西藏湿地已少得十分可怜，拉鲁湿地也到了岌岌可危的地步，从20世纪80年代的10平方千米左右锐减到了目前的面积。

许久以前，这里芦苇丛生，水草丰美，野鸭结群，嬉戏成趣，湿地具有完整的生态系统和丰富的水生物。尤其是地处湿地东侧的"流沙河"岸边及河面上更是一个候鸟、水生物栖息的欢乐世界。而今，受短期行为、经济利益驱动，过度放牧、采石挖沙对湿地造成了严重的人为破坏，一到冬春天，风沙四起，遮天蔽日，水草枯萎，野生鸟类几近绝迹。动植物可爱的家园都不复存在，谈何造福人类？

毋庸讳言，我们的社会充满美丽的同时，也有一些人忽略了维系自然平衡的"生态之肾"——湿地。这不能不说是人类莫大的悲哀啊！须知，万物和谐生存是大自然的造化，人类之所以热爱大自然，是因为它给了人类生存发展的条件。

拉鲁湿地

拉鲁湿地，不仅承载着生命的繁衍生息，而且在沧桑的风雨变迁中见证着人类文明的演绎。

好在，人们很快醒悟了，应该像保护人类自己的肾脏一样，保护赖以生存的湿地，共同奏响人与环境的和谐音符。

如今，一只只候鸟又飞回来了。慢慢地，慢慢地，拉鲁湿地上聚集了上万只候鸟，有黄鸭、灰鸭、斑鸠，甚至黑颈鹤等国家级珍稀鸟类也来做客了。即使是冬天，也能看到成群结队的野生鸟类在结冰的流沙河上嬉闹，昔日的臭水沟、荒草滩成了鸟类的天堂。

在拉萨，我经常和藏族朋友们聊起拉鲁湿地的话题。有位自治区电视台的马记者同我也算是老朋友了，对有关湿地的"版面"也更丰富。他给我介绍，为了拉鲁湿地的今天，一些有趣的故事时常发生着。譬如，为保证鸟类的栖息，每天都有专人负责定时给它们投喂食物。早上9点来钟，当阳光刚刚驱走丝丝寒意，喂养员已把成桶成桶的麦子、青稞用自行车或其他手扶式推车运到湿地的中心地带，然后熟练地将食物均匀地撒向四周，口中用亲昵的"鸟语"唤着自己给鸟儿们起的名字。听到召唤，一只只鸟儿心领神会地靠拢过来，争相觅食。喂养员一年四季，风里来雪里去，一边喂鸟，一边巡视，唯恐人们惊吓着鸟儿，破坏它们宁静的生活。

奉献"爱心"的又何止喂养员呢？马记者还给我讲过另一则小故事。据说湿地附近有个十来岁的普姆（藏语"姑娘"称普姆），有一天几只黄鸭飞到她家门口，普姆没有去惊吓它们，而是迅速跑到屋里拿来了很多青稞喂它们……几只黄鸭成了普姆的知己，每天饿了就要来吃青稞，吃饱了就愉快地飞回湿地。现在她和它们成了"心有灵犀"的好朋友。

布达拉宫、大昭寺、罗布林卡、八廓街……固然有其独到的吸引力，但对于长期生活在西藏的人（尤其是内地人），看得多了还是会生出几分厌倦，唯一使我割舍不掉的是拉鲁湿地，总有一种淡淡的情愫萦绕心头。很多时候，城市的空气迷迷茫茫地包围着我，让我在压抑中无处躲藏，哪怕是一个人安静地稍坐片刻。这时，就会不由自主地走近拉鲁湿地，走进她那舒展飘逸的胸怀。独自驻足在湿地的拱形桥上，眼前完全是田园诗一般的图画，抚慰着怡谧清淡、没有污蚀、没有焦躁的一片静地，脑际顿生一种敬重，我的心就会宁静下来。这是何等美妙的时刻！

　　我最终要从她妩媚的身旁游离，回到嘈杂的大街，回到喧闹的市区。我每每向别人讲述拉鲁湿地，虽然只能说出她的一些片段，而且可能是一些残缺的语言，但那都是内心里对她的一片忠诚，还有一份依恋，更是一种敬畏的真情。

牛皮船神韵

　　雅鲁藏布江，既狭窄又宽阔，既奔放又温柔，澎湃跌宕又舒卷自如，情不自禁又渺茫朦胧。每当看到江面上飘曳着形单影只的牛皮船时，就会坠入一种空前的激动之中。

　　牛皮船，小巧玲珑，造型别致，呈金黄色，是青藏高原的特有产物。相传西藏在两千年前就有了牛皮船，吐蕃王朝第九代赞普布岱功杰时代，雅砻部落的人们在漫长的生产生活实践中，依靠勤劳智慧，用柳木绷起牦牛皮，制成了小船在江河上行驶，使江河两岸人民告别了"望江兴叹"的历史。从此，牛皮船便和有"高原之舟"称号的牦牛并驾齐驱，分别成为雪域西藏水上和陆地运输的主力。

　　牛皮船的构造简朴实用，整体呈

牛皮船

菱形或椭圆形，底大口小，四周向外突出，轻者 20 多千克，载三五人；最重的也不过 50 千克，可容十几人同时过江。它质地坚韧、轻柔，浮力大、吃水浅，不畏急流暗礁，横渡涉水或逐流而驶，轻盈快捷，适于在高原奔腾湍急的江河中涉渡。它放逐于江河之中，远看如一片树叶，悠然自在，缓慢漂浮，盈盈而动；近看如大鹏翅膀，拍浪冲流，上下翻腾，猎猎而行。但不经意间却透着几分惊心动魄。

牛皮船在藏族人民的"母亲河"雅鲁藏布江上最为多见，作用也最为突出。雅江滩多水急，落差巨大，牛皮船在很多水域只能从上游漂流到下游，不能逆江而上。到达目的地后，船夫便把牛皮船靠岸晾干，扛在肩头背回出发地，有些地方江流傍山而行，山转水也转，上游和下游仅仅一山之隔，船夫一般要背着船翻山而过，虽然艰险了许多，但比溯江而上要省时省力得多。在拉萨至日喀则的江面上就能遇到这样的情景，渡江观光，其乐无穷。

牛皮船一般以自用为主，再就是搭载亲朋好友和百姓邻里，真正用于商业运营的是旅游景点的渡口，但也为数很少。船夫大都在 40～50 岁，体能充沛，经验丰富。我多次观察发现了一件有趣的事，船夫们总喜欢带一只绵羊为伴，经向藏族朋友咨询，才知道这样既可消除航路上的孤独，遇到危险情况时，它能带来一些信心与勇气。上岸后，绵羊又是主人的好帮手，船夫背着船，绵羊则帮他驮着食物和行李，温驯地跟在主人身边。脖铃发出清脆悦耳的声响，似乎在不停地叙说着人生旅程的沧桑轮回。实则，羊在藏族人的心目中代表着吉祥，船夫们认为在变幻无常的水面上始终有一个生灵在身边，能有效地规避水神水怪，逢凶化吉。

一次去山南地区考察，顺便到桑耶寺领略具有悠久历史的西藏第一座寺院的风采，终有机会搭上了牛皮船。渡口段江面开阔，看上去足有两三千米宽，江心还静卧着几个小岛，实际上是沙丘，到雨季丰水季节将被淹没。正是春光明媚、柳林葱茏、田野翠绿的时节，且见雅江舒展温柔，江面依势像条被微风吹拂的哈达，随意撒落在高原天际。人未上船，心已微醉；船一入江，飘然若仙。坐在船上，掬一把江水，清凉透骨，沁人心脾。小船和着桨叶划出的美丽弧线，撩拨得江水哗哗作响，似在倾听一首美妙乐章。眼观此等景象，顿感胸怀万丈，好不快活。

船夫巴桑顿珠 40 岁开外的年纪，非常开朗健谈，上船后不住地问这问那，还给我们讲关于雅江与牛皮船的故事。他说，别看这小小牛皮船，它的作用可大着呢。正是有了它，在雅鲁藏布江以南雅砻河谷的吐蕃王朝，才得以逐步北迁，到松赞干布时代，最终迁都到了拉萨。没有牛皮船就没有现在的拉萨。这话似乎有点绝对，但听来又感觉不无道理。可以肯定的是，藏民族正是发明了牛皮船后才随时出入大江南北，它对藏民族的开拓与发展，有着不可磨灭的历史功绩。

船至江心，似在大海上航行一般。我微倚船舷，有种醉仙的感觉，忽然眼前一亮，发现前方隆起一座特别巨大的山，雪峰模糊地滞留在视觉之中。它出奇高大，既像大地上生出的一座屏风，又像苍穹中放下的一张幕布，堵住了雅鲁藏布江流，遮住了半壁天空。看着我惊奇的目光，巴桑顿珠说："这座山叫沃德贡杰，它可不是普通的山，是西藏所有雪山神的父亲，那些伟大、著名的雪山神灵，都是它的儿子。"后来我请教藏族老同志，又查阅过史料，印证了船夫的说法。原来，沃德贡杰是最原始的山神，早在青藏高原形成之前就有了，最初它生活在变幻无常的虚空，后来下凡到了雪域藏土，娶库萨康玛为妃，生下了念青唐古拉、达拉岗布、雅拉香波等九位雪山神。这座神山之父一直活在西藏人民的心里。据说，神山周围保存着许多历史遗迹、古老寺庙、风景名胜和地质奇观。

刚过江心，时间已过去了半个小时，巴桑顿珠大概担心我们寂寞，给我们讲起了"船歌"的趣事。他介绍，船夫长年累月在江上漂泊，逐渐形成了独特的娱乐方式，其中唱船歌成为他们在摆渡中不可或缺的内容，它既调节桨速，又驱除孤单与寂寥。船歌分两种，一种悠长而舒缓，是在比较开阔的江流中行进时唱的；另一种是"号子"，是船夫与风浪搏击时，发自肺腑的呼喊，短促激荡，铿锵有力。看我们来了兴致，他就抢先说，我给你们唱两段。歌声悠扬地在雅江上空回荡，一会儿如江水远逝，白云曼舞，带着浓郁的抒情色彩；一会儿如惊涛骇浪，高低起伏，完全是呐喊的无字歌。唱得虽然一般，但我们已心满意足了。这是我一生中回味无穷的一次雅江之旅。

人类历史已进入 21 世纪，西藏交通状况也与两千年前无法同日而语。但在波涛汹涌的雅江和其他高原江河上，牛皮船仍在发挥着它的重要作用，不知疲倦地运载货物，接送百姓和游客。毕竟它是雪域高原上轻便实用的水上交通工具，不仅不会被淘汰，我甚至预言，有一天牛皮船将不单单是渡江渡河的工具，随着西部大开发和西藏的发展与开放，在雪域高原定会出现丰富多彩的牛皮船水上运动和娱乐项目。到那时，人们划着牛皮船，探圣水之源，跃急流飞瀑，享雪域之趣，寓运动于游乐之中，是何等的惬意与荣光！

是啊，牛皮船本身就是一种艺术，乘划牛皮船更是一种艺术享受。它那不可言表的神韵永远留在我的记忆里。

感悟于无声处的魅力

贡觉林卡，位于西藏日喀则市区东北郊，北依雅鲁藏布江，东临年楚河，处于雅江与年楚河的交会点。它由七世班禅丹白尼玛仿照拉萨罗布林卡建造模式，于清朝道光五年（1825年）始建，占地面积约50万平方米，原名叫"德吉经堂"。后因道光皇帝用汉、藏、蒙、满四种文字题写了"贡觉林宫"金字匾额，遂改名为"贡觉林宫"，意为"普度众生之林卡"。

贡觉林卡是七世和十世班禅大师消夏避暑和进行宗教活动的"夏宫"，也是仅次于罗布林卡的恢宏园林。每年藏历八月都要在此举行声势浩大的"跳神"活动，即"后藏"特有的西莫钦波节，这是由七世班禅大师于1846年创立的宗教活动并一直延续下来的。1954年楚河突发百年不遇的洪水，贡觉林卡内的宫殿神堂及很多建筑都被冲毁。此后，西莫钦波节就移至日喀则城西的"德庆格桑颇章"举行。

据西藏及日喀则历史文献记载，"德庆格桑颇章"原建于贡觉林卡，也叫"东风林卡"，所以那时的颇章又称为"贡觉林宫"，内有佛堂、金殿、护法神殿等建筑，以后不幸被洪水冲毁，另选址修建了目前这座"德庆格桑颇章"，被称为"新宫"，也是班禅大师的"夏宫"。

德庆格桑颇章新宫当时由国家拨款，十世班禅额尔德尼·确吉坚赞亲自主持建设。它位于日喀则城的西南部，与扎什伦布寺遥相呼应，直线距离不到 1 千米，是一座传统与现代相互交融的建筑，古朴典雅又雄伟奇丽，院中林木葱郁，花卉遍地。主体建筑中除了班禅大师的起居室、办公室外，还有大小经堂五间，供奉着百余尊精美绝伦

日喀则贡觉林卡

的佛像。最令人叫绝的是大厅西侧的彩色壁画，笔法圆润细腻，色彩绚烂夺目，清晰地描绘出佛教经典中的极乐世界与炼狱的故事，使宗教与艺术融为一体，让人情不自禁地沉浸于其中的梦幻故事之中。

屈指算来，我在日喀则地区昂仁县工作三年期间，曾去过贡觉林卡一次，去过"新宫"两次。其实走进贡觉林卡已是我援藏的最后一年，虽然晚了些，但我感觉还是不虚此行，仿佛到了一个旷世无双的高原大园林。身临其中，如同进入一个无声处的惬意世界，林卡内随处可见种类繁多的参天古树，遮天蔽日，郁郁葱葱，充斥着一片原始的古朴。阅读碑载资料得知，林卡内仅百年以上的树木就有 300 多棵，千年以上的有百余棵，主要树种为藏青杨、左旋柳、沙棘等，其中以古老的柳树最为

著名。或集中，或分散，皆是长条飘拂，婀娜善舞，鹅黄翠绿，多姿多彩。在林卡中，我还看到了一个更加令人称奇的现象，那是一些七扭八歪的旋柳，它们的共同特点是如螺旋状扭曲着，再仔细观察，更加令人难以置信，这些旋柳无一不是按顺时针方向扭曲生长着，有的匍地盘旋，有的左拐右倒，有的歪歪斜斜，有的直中带扭。这些虽然看着离奇，却给林卡增添了无限的妩媚，独具韵味。

本着人与自然和谐共生和发展成果由人民共享的理念，进入新世纪后作为援藏项目，上海市投资对林卡在保留原貌的基础上又重新进行了修葺，使其成为日喀则广大藏族群众休闲游玩的好去处。每年6月1日的"林卡节"都要在此举行规模盛大的游园活动，我个人对此理解为类似于以前的"跳神"活动吧。现在林卡内景点主要有德吉经堂、旺久钦姆神、祭母井等，还辟有游泳、洗浴、健身等设施。目前，贡觉林卡已与附近原有的则休林卡、回族林卡和南部琴桑园等形成了滨河旅游观光区，吸引着众多的中外游客和当地群众参观游玩，成为日喀则地区重要的旅游景观和人们休闲度假的绝佳胜地。

2001年国庆节后到日喀则处理完公务后，《日喀则报》的一名藏族记者朋友专门约上我，走进了班禅大师的新宫也就是"德庆格桑颇章"，真正领略了后藏的悠久文明和灿烂文化。"新宫"集传统与现代建筑艺术于一身，它共有三道门。第一道门前檐有四根八角朱漆大柱抵顶，门殿浮雕着凶悍不驯的野兽、各种花卉图案，而腾跃欲飞的蟠龙凌驾于花卉图案之上，真乃巧夺天工，似真似幻，大有让人屏气不敢出声的感觉，怕惊扰了如此巧妙的绘画用心。门壁两侧彩绘着卷云、猛虎、长龙、人物和佛教故事的壁画，笔法细腻，形神俱妙。过了第一道门便是一条幽深小径，红莹碎石铺路，白石玉块镶花，红白之间流转着静谧与深邃。过小径，来到的第二道门是一个前庭四合院，制式中规中矩，渗透着古朴与庄严，偶闻三两声鸟鸣，四周显得更加清幽寂静。我们迈进四合院进入了第三道门，一座建筑雄浑、富丽堂皇、庄严肃穆的宫殿便跃然眼前，里面载满了各式奇珍异宝和文献资料，尤其是大厅内的须弥山和轮回壁画，栩栩如生，大气磅礴，令所有到此者眼前一亮，不由自主地驻足凝神观赏。

我第二次走进"新宫"时，又是另一种感觉，分明是藏传佛教的伟大信仰力量。那是 2002 年夏季的一天，十一世班禅额尔德尼·确吉杰布从北京来到日喀则"坐床"，专门在德庆格桑颇章为广大信教群众"摸顶"赐福。当时，我们正好在日喀则，有幸目睹了这一盛况。当日清晨，德庆格桑颇章大院内外早已排满了等候班禅摸顶赐福的长龙队伍，人们等待着那激动人心的一刻。

伴随着众僧浑厚的诵经声和袅袅升起的桑烟，班禅一行从主殿缓缓步出。在宝座上坐定之后，活动正式开始……整个活动持续了数小时，班禅大师不辞辛苦，逐一为两万余信教群众摸顶赐福。班禅周围的僧人诵经队伍全程席地而坐，齐声诵经祈福。

在这里，"摸顶"是藏传佛教大师、高僧、活佛为僧众赐福、消灾而举行的一种宗教仪式。能得到班禅大师的摸顶，对信众来说是一生最高礼遇，也是莫大的幸福。

十一世班禅额尔德尼·确吉杰布难得回到日喀则。彼时，班禅大师代表后藏人民为感谢山东对日喀则的支持帮助，专程会见了山东的 50 多名援藏干部，并合影留念，定格下了珍贵的一瞬！

美丽的日喀则，给我留下了太多太多美好的憧憬与记忆。珠穆朗玛峰是她的后花园，雅鲁藏布江在这里奔流不息。从林立的雪峰到葱茏的沟谷，或从高到低，或从低到高，数千米落差之间，仿佛可以将雪山、冰川、森林、草甸、河谷一眼望尽……日喀则的美，美得如画，美得像诗，美得似歌，美在雪山之巅，美在河湖之畔，美在扎什伦布寺和贡觉林卡（德庆格桑颇章）一隅的宁静与禅意，也美在于无声处日夜流转如酥油灯般生生不息的人间烟火和惬意生活。

这种美充满着无穷无尽的魅力。

游桑耶寺

桑耶寺，坐落于山南地区扎囊县境内的海不日山脚下，是西藏的第一座寺院。

从贡嘎机场东行约 60 千米，便到雅鲁藏布江上的松嘎渡口。我们饶有兴致地搭上牛皮船，缓缓驶向江的北岸。这里江面宽阔，水波不兴，40 多分钟后小船才靠到了岸边，岸上早已有几辆面包车、北京吉普车、大头车、拖拉机以及马车等在此等候，他们都是当地藏民常年在这里作拉客和运货生意的。

到桑耶寺还有 15 千米的路程，我们花 100 元钱租了一辆相对较好的北京吉普，东拐西绕穿过一片难得一见的小树林，沿着车辙模糊的沙土小路崎岖而行。这一带的植被较差，由于是相对平坦的河谷地段，不远处山上的积沙有的已漫到山腰，我们更像是在沙洲中跋涉，个别路段基本上为流沙所埋。路上看到两辆动力弱的车子陷在沙中，只好马拉人推。好在我们的车子性能好一些，顺利地通过了沙洲。我再一次感受到了青藏高原有些地方日益沙化的威胁，难怪附近的贡嘎机场每年春季常因严重的"扬沙"天气而无法起降航班。但是，勤劳勇敢的西藏人民并没有畏惧大自然的肆虐，他们已在茫茫沙洲和沙化严重的地方坚持不懈地固沙造林，沿途看到一株株的藏红柳，一片片的白杨，一簇簇的沙棘，身躯虽弱，但它们顽强地与恶劣环境抗争，不久的将来这里定能"沙洲变绿野"。

一路拖着尘土，很快来到了桑耶寺。它掩映在一个绿色葱茏的世界之中，透着一份神秘与壮观。桑耶寺实际上是一片"寺林"，它的平面呈圆形，直径有336米，占地面积近9公顷，始建于763年，建成于775年，是藏传佛教历史上第一座佛法僧俱全的寺庙，被称为"建筑史上的佳作"。围绕主殿，四周布

桑耶寺

满大大小小的寺庙，不包括僧舍，共有108座，有的虽然倒塌残破，但其规模依然可见。想不到在人烟稀少的海不日山脚下，居然有如此众多的寺庙，实为大自然的一大奇观。

桑耶寺有着悠久的历史。相传，赤松德赞年幼时期，一些信奉原始苯教的权臣发动了西藏历史上第一次禁佛运动。赤松德赞成年后，决心大力弘传佛法，他用计谋处死了"崇苯反佛"的大臣玛善仲巴杰，派人先到汉地，后至印度迎请高僧，终于请来了印度大佛学家寂护。寂护向赤松德赞献策，应修建一座寺院，以使吐蕃王朝

游桑耶寺

069

有个传教扬法的场所。可是，寺院在破土动工后却遭到了地方势力和妖魔鬼怪的严重阻挠，眼见刚修起的一墙半柱，第二天却化为乌有。寂护束手无策，冥思苦想，最后建议赤松德赞派使者去天竺（今印度）迎请莲花生大师前来主持公道。莲花生大师一路降妖除怪，风尘仆仆来到吐蕃，他动用佛法，雇用一大批鬼神晚上看管，赤松德赞则动用人力白天修建，几年后终于建成了寺院。由于带有传奇色彩，故"桑耶"就是"没有想到"的意思。

进入大门，迎面是中心主殿"乌孜大殿"。殿门左侧立着的一座古老石碑格外引人注目，上面记录了 779 年藏王赤松德赞发布的一道敕令，首次正式宣布佛教为吐蕃的国教。大殿门口有一"兴佛盟誓"碑，碑文内容反映了吐蕃王室为了与苯教势力所代表的大贵族集团进行斗争，大力扶持佛教力量的历史事实。主殿高三层，上尖下宽，宛若一座宝塔，集藏、汉、印度三种风格于一身。底楼为浓厚的藏式风格，四周有一圈回廊，主供佛释迦牟尼像为石雕像；中层具有汉式经堂特点，472 个石佛均仿照汉人面目所塑，主供佛像是一尊高大的略带怒相的莲花生像。二楼主殿的左侧是历代达赖喇嘛朝拜桑耶时的行宫；大殿的顶层呈五顶相峙，明显地表现出了印度寺院的建筑风格，内中佛像也依照印度人的模样塑就。

下了主殿，我们来到回廊。这是围绕着主寺前院子内侧的一个壮观的回廊，可供信徒绕主寺转经，嵌置于墙上散发着油香味的无数经轮可谓桑耶的一道风景线。我大体算了一下，手触经轮逐个转动下来约需 5 分钟时间。

桑耶寺以象征须弥山的乌孜大殿为中心，在东、南、西、北四面接近围墙大门的地方，分别矗立着江白林、阿雅巴律林、强巴林、桑结林四座神殿，代表佛经上所谓四大部洲，而在它们每座洲的左右各建一洲，代表八小洲。众多神殿各有各的意义和作用，而一路参观走下来，我以为，在主寺西南的"扎觉加嘎林"也就是译经场，它的意义更为非凡。这是个幽静雅致的地方，当年聚集了全藏和中外很多翻译家，把佛教经典译成藏文，以便在全藏推广佛教教义。当初，赤松德赞派白·色朗、藏·列珠等西藏"七觉士"先行修行，看看吐蕃人到底能不能像天竺高僧一样，遵守出家戒律。这七人果然不负王命，都守戒学成，精通经典。同时，赞普又安排到天竺和汉地请来许多高僧和译师，指导藏族僧徒进行佛经翻译工作。从此以后，佛教便在吐蕃广泛流传开来。

桑耶内无论是主寺，还是大小殿堂，都给后人留下了大量珍贵的艺术品，如泥塑、唐卡、石雕、壁画等，其中以壁画的名气最大。除在西藏很多寺庙都能见到的佛教和西藏历史题材以外，桑耶寺史记、莲花生传记以及反映当地独特风土人情的壁画，都是其他寺庙里所见不到的，它无疑是西藏民俗文化的瑰宝。

寺内还有一些看点，如"四塔"、太阳殿和月亮殿，因还要赶时间过江，只能遗憾地道声"再见"了。出得院门，注视着在风中飘扬的经幡，看着一个个手捻佛珠、摇着转经筒进进出出的信徒和僧人，我真切地感受到在藏族人民的心目中，这里是远离尘世的静谧，是没有烦恼的超然。

走 过 羌 塘

"羌塘"藏语是"北方高地"之意,它南邻冈底斯山和念青唐古拉山,北接唐古拉山和昆仑山,其区域超过了三个齐鲁大地的面积,是我国五大牧场之一。

2003 年夏天陪培栋书记回内地汇报援藏工作,带车走"青藏公路",终于有机会踏上了通往藏北、通往西藏世代逐水草而居的游牧人的天地——羌塘大草原。

过了羊八井不久,我们进入了羌塘大草原,立刻为它的原始广袤所吸引,宽阔的草地上点缀着大小不等、黑白相间的牧民帐篷。在蓝天白云映衬下,远处呈现的是天地合一的绚丽画卷,连绵起伏的雪山线条分明,像仙女般在轻歌曼舞,举目望去是已经泛绿的草场,草场中间十曲八弯地嵌着一条极小极细的河流,成群的牛羊在悠闲地觅食。

牧羊人纯朴善良友好,当车子接近他们的时候,大多都会投来好奇的目光,并向我们挥手致意,脸上挂着灿烂的笑容。

到底是什么样的诱惑,引领我靠近这片神秘的高原热土,去探究那流淌在牧民血液里的、留存至今的、那种田园牧歌的灵魂?

是的，在漫长的 1500 多年，甚至更长的时间里，他们祖祖辈辈一直生活在这里。为什么不搬到低海拔的地方，去过安稳定居的生活，一定要留在这海拔 4500 米以上的羌塘？从古至今，严酷的气候，缺氧，暴风，雪灾，野兽，不时威胁着这里，贫瘠的土地无法耕种，连一棵树都种不活，但它却是天然的牧场，是游牧人的天堂，逐水草放牧成为他们不二的选择。

在我们这些外来人眼中，羌塘大草原相当于无人区，是"生命的禁区""世界屋脊的屋脊"，而在他们心里，这里是世世代代繁衍生息的可爱家园。他们血液里奔流的，是巍巍昆仑，是念青唐古拉，是神圣的"纳木错"，是养育长江黄河的源头。

因而，生活在这里的藏族儿女，注定保持了特有的高亢和悲怆，神山和圣湖是他们的寄托，每一个经幡飘曳的山顶、高处就是见证。每逢宗教节日，牧民们都会到山顶、高处挂起经幡，祈祷平安吉祥。藏语"经幡"称为"隆达"，隆就是风，达就

羌塘大草原

是马，风马旗随风飘动、翻卷，代表生命的轮回经久不息。

有帐篷的地方，通常有水，或有其他补给。我们好奇地走下路崖，被热情的牧民邀请进帐篷品尝酥油茶、青稞酒，端出他们一般舍不得吃的风干牦牛肉、羊肉。我们亲眼看到了女主人如何

在细长的木头酥油桶里，倒入"砖茶"烧的水，加入一些"盐巴"，再放入一小块酥油，上下搅动，很快就做成了醇香的酥油茶，青稞酒也都是他们自制的。主人还告诉我们，他们很少生病，是因为喝牛羊奶，吃牛羊肉，穿牛羊皮制作的衣服、鞋帽，住牛羊皮做的帐篷。但有一个细节他们没有说，我们在县里时到牧区调研得知，牧民到了中年以后，大多牙齿不好，也是这样的饮食习惯所致。

孩子上学怎么办？我们好奇地提出这个话题，一下打开了男主人的"话匣子"，他介绍说，现在藏北牧区的条件好多了，已经不是以前的纯游牧民族了，他们在适合放牧的季节来这里放牧，一般要持续半年时间。老人和孩子在村落里居住，他们有一儿一女两个孩子，都在乡小学读书。他们虽离不开哺育他们的羌塘大草原，但最大的愿望是让孩子能够考上大学，走出大山，走出羌塘，将来做个对社会有用的栋梁之材。听了他的一席话，我感到很吃惊，谁说游牧人目光短浅、胸无大志？当你走近他们时，你才能真正了解他们，看清他们的内心世界。

羌塘是古老的，然而又是充满活力的。

今天，我们看到的羌塘不再是荒凉、凄惨的，而是粗犷中生动而又美好的场景。牧民们在放牧的同时，开始了有计划地科学养畜，草场已经不仅仅是为自己谋生，在自给自足的基础上，"草料"已经成为商品，"牛粪"已经成为商品。牧民们的生活水平、生活质量已远非昔日可比了。

突然，一阵剧烈的头胀胸闷袭来，两腿发软，直觉告诉我高原反应加重了，这里毕竟是4500多米的海拔，赶忙辞别牧民，蹒跚回到车里。说来也怪，无论多高的海拔，在车里几乎没有什么感觉了。司机发动车子，我们向着更高的海拔挺进，这时车后传来牧民悠扬的羌塘古歌：

> 辽阔的羌塘草原啊，
>
> 当你不熟悉她的时候，
>
> 寂寞寒冷使你惆怅，
>
> 一旦投入她的怀抱，
>
> 草原就会变成可爱的家乡！

羌塘，绿色的、白色的两种风格，深深地印在了我的心中。羌塘，不但充满活力和别样，也不失为一块惬意快乐的"精神家园"。

玛尼堆与玛尼石

　　西藏，是一个充满神奇和梦幻的地方。这里，无论是在山口、道旁，还是在湖边、江畔，或是在寺前、殿后，几乎都可以看到这样一个神圣的场景：在蔚蓝的天空下，飘舞着五彩的经幡，而在经幡之下，一颗颗洁白的石头垒成了小山，而这些石头并非普通的石头，它们有一个悦耳动听的名字叫"玛尼石"，而那些石堆或小山，则叫"玛尼堆"。

　　玛尼堆，是藏族人民用于祈福的发明创造，也是藏族人民的历史文化瑰宝。玛尼堆的石头上大都刻有"六字真言"、慧眼、神像造型、各种吉祥图案等，所以也称为"神堆"，藏语称为"朵帮"。看似一座用石头堆积起的小建筑，却能抵御风雨风雪的侵蚀，如金字塔般坚不可摧。千百年来，它们坚毅地矗立于雪域高原厚土上，在传播藏传佛教文化的同时，向来自四面八方的客人们传递着友谊与祝福，它们是藏族儿女朴实和坦然的象征，用他们特有的方式，表达着对远方客人最真诚的祝福！

　　在广大藏地，玛尼石有着美丽动人的传说。相传，唐僧取经时，需涉"通天河"，过河得靠巨龟相助，巨龟帮了唐僧师徒，它托付唐僧到西天"如来佛"那儿打听一下，它什么时候可以修成正果。可是，唐僧到西天后忙于取经，忘记了巨龟拜托的"成仙"一事，取经归途又过通天河时，巨龟再驮唐僧师徒过河，行至河中间，巨龟问起相托之事，唐僧如实相告，巨龟一气之下沉入水底。唐僧师徒悉数落水，佛经也被河水泡湿了，等他们捞起佛经，放在河边岩石上晾晒，哪知快晾干时，一阵狂风吹来，佛经漫天飞舞，师徒紧拦快抓，仍有大量佛经散落在通天河两岸。散落的佛经就变成了现在的玛尼石。藏民信奉佛教，便将这些玛尼石搜集成堆，组成了星罗棋布的玛尼石堆景观。

　　还有一种说法，玛尼石是唐僧师徒的"晒经石"，他们把泡湿了的佛经放在石板上晾晒时，很多佛经文字便被印在了石板上。传说毕竟是传说，而玛尼石以及用它垒成的玛尼堆演变成了一种民族文化，是毋庸置疑的。玛尼石上的经文和其他图案，都是藏族匠工们用锤、斧、刀、凿等一笔一画，在坚硬的片石上文刻出来的，它也是藏族先民长期摸索而创造出的一种传统民间艺术。没有人统计过，青藏高原上玛尼石到底有多少块？从之分布其广来看，恐怕是一个天文数字。这么浩瀚的工程量，估计不会小于尼罗河畔的"金字塔"吧，它起源于何年何月，何人组织完成（也有专门组织完成的，后面还要提及，这里指民间自发刻制玛尼石和垒砌的玛尼堆），无从考证，但它肯定是藏族先人给后人留下来的一笔宝贵遗产，它在雪域高原上熠熠生辉，光彩照人。

　　不难想象，在海拔四五千米的青藏高原，人烟稀少，人迹罕至，文制出带有这么多经文的玛尼石，又把它们堆成规模宏大的玛尼堆，或把巨量的玛尼石散落于雪域世界的山山岭岭、草原深处，需要付出多少艰辛，克服多少困难。

玛尼堆与玛尼石

077

在西藏，当我们用一颗平静的心去体验它的古朴的时候，竟然会发现每一块石头的背后，还存在如此玄妙的故事和渊源。关于垒砌玛尼堆也有两种传说。一个传说是像金字塔一样的玛尼堆寓意神灵的保佑，而不断增加玛尼堆的高度，可以增强对这个地方的防御和保护能力；另一个传说是玛尼堆的出现，是为了保护这个地方被埋藏着的宝物不被发现和免遭破坏。

无论如何传说，这么多年来，处在万山之巅的藏族儿女，一直相信天地有灵，人神感应。在他们看来，山是神的化身，具有超人的灵性，而山神的肌体"石头"就是神灵的一部分。故此，

玛尼堆

爱神，就应当爱神的一切，于是他们将对神的忠贞与对自然的敬畏融合在一起，就形成了后来的玛尼堆。今天藏族人民不分男女老幼，无论徒步还是骑马，只要从玛尼堆跟前经过，除了要摘下帽子合掌顶礼外，还要往玛尼堆上添一块小石头，或者把自己早已备好的玛尼石拿出一块添上去，并虔诚地手摇转经筒，口念"六字真言"，按照顺时针方向绕其转上一圈，有些甚至要旋转多圈，祈求消灾免祸，赐福延年。若是乘车经过玛尼堆时，一般要下车大声呼喊"拉则"（祭祀术语），人们还会一边呼喊，一边朝空中抛撒"隆达"风马纸，祈求上苍的恩赐与神灵的保佑，并围绕玛尼堆转上一圈或几圈，再每人添上一块玛尼石，希望保佑他们一路平安吉祥。长

此以往，随着人们不断添加石头，玛尼堆的规模也就越来越大了。

当然，日常生活中围绕玛尼堆转圈，也是藏族僧俗每天必不可少的功课。在劳作和生活之余，或者专门抽出时间，他们就会手里捻着转经筒，口诵"六字真言"，顺时针方向绕着玛尼堆转一圈又一圈，在简陋的玛尼堆前与神灵进行心灵的对话。

其实，藏民族对玛尼堆的制作和垒砌是十分讲究的。除一些自发简单垒起的外，大多数比较正规和大型的玛尼堆，都是要经过精心设计的。藏区有一大批刻制玛尼石的能工巧匠，他们可以将任何一块石头都雕刻上图纹，每刻一块玛尼石，都会虔诚地向佛祈祷。可以说，一千个人眼里会有一千个"哈姆雷特"，他们都是仁者见仁，智者见智，透视出不同的匠工的不同风格，即使是同一个匠工，他在不同的石头上雕刻出的同一神灵也会千姿百态。随着时间的累积，藏族匠工们逐渐将玛尼石雕刻发展成为一种别具一格的艺术石刻，他们手下的每一块石头都是有精神的，都凝聚着藏族人民对美好生活的祈愿和向往。

玛尼石上的刻画生动形象，线条流畅，一如画一幅精美的艺术作品。刻玛尼石，可以自己刻，也可以请匠工刻；可以刻经文，也可以刻上自己的心愿。藏传佛教认为，"六字真言"着于身、触于手、藏于家，或书于门，皆能逢凶化吉，遇难成祥，一切祈求，无不满足。诚实的藏族儿女永远相信，只要持之以恒地把"六字真言"文刻于石块上，这些石块就会有一种超脱自然的灵性，能使他们洗清一世的"罪过"，并可引领他们走进向往已久的极乐净土。仓央嘉措说："那一日，我垒起玛尼堆，不为修德，只为投下一颗心湖的石子。"多么纯洁无瑕的表白，每每想起这句诗词，我的内心就增添了几分神圣。

　　据说，中国最大的玛尼堆不是在很多人认为的西藏，而是在青海的玉树。这并不奇怪，因为藏地是一个非常大的概念。玉树，藏语"遗址"的意思，似乎冥冥之中就注定了这是一个藏有无数遗址古迹的神奇之地。玉树藏族自治州是青海省第一个、中国第二个成立的少数民族自治州，在这片独特的高原自然风光内，矗立着世界上规模最大的"新寨玛尼堆"。新寨玛尼堆的创始人叫"加那多仁"，明朝晚期开始组织堆经石，至今已有300多年的历史了。现在玛尼堆的经石据称已达到25亿块之多，如此庞大的数字令到此的人们震撼不已。没有人知道它究竟有多少块玛尼石，但如今已围成的玛尼堆东西长283米，南北宽74米，高2.5米。有人说，这些玛尼石上刻的经文有近200亿字，堪称"世界第一石刻图书馆"。历经几百年的日积月累，这里已成为一座藏族人民信仰的长城、石刻艺术的长廊。可惜的是，这个地方我还没有去过，有机会一定要去领略一番、感受震撼。

　　玛尼堆和玛尼石作为一种文明标志和文化图腾，它不仅是藏族人民的，也是全中国人民和全人类的。我在西藏待了三年，无数次见过玛尼石，多次路过玛尼堆，每次对我的心灵都是一次震撼与洗礼。自己也学着藏族同事的样子，要么把他们为我提前准备好的玛尼石，要么就近捡一块认为合适的小石头，小心翼翼地添加到玛尼堆上。我想，只要心诚，其寓意都是吉祥美好的。三年间，我无论是去珠峰大本营、樟木口岸、林芝八一镇、山南雍布拉康，还是沿雅鲁藏布江而行，或是走青藏公路时，跟随藏族同事和司机师傅听到了很多关于玛尼堆和玛尼石的故事，"三人行，必有我师焉"，我体会得再贴切不过了。多少次，我都要虔诚地和他们一起，感受致敬"玛尼堆"的心灵涤荡。我会学着他们的样子，围着玛尼堆转上一圈，把一块精美别致的玛尼石小心翼翼地添到玛尼堆上，心情顿感轻松释然。

我恍然明白，千百年来，随着藏族人民孜孜不倦地文刻和堆放，久而久之，才有了今天众多整齐有序的玛尼堆或玛尼墙。"积石成塔，众志成墙。"玛尼堆、玛尼石，它是"六字真言"的"羽衣"，我可以毫不夸张地向人们诉说：它是用石头的形式，承载着另一种形式；它是用无言告诉无言，它让所有生命相信生命……

走进西藏，发现力量。玛尼堆与玛尼石，它是藏族人民刻在石头上的信仰、理想、感情和希望！

绽放的雪莲花

雪莲花，是属于青藏高原的，亭亭玉立于冰雪之中。她，不与百花争艳，悄悄地生长，静静地绽放，为了生命中不悔的承诺，沐浴着严寒，用款款深情，点缀出冰雪的唯美。

真正认识雪莲花，是在珠峰大本营。

那是金秋十月的一天。在内地依然是绿荫充盈的世界，西藏却是一叶落去秋瑟瑟。难得央视西部频道的崔记者进藏采访援藏工作，采访之余陪她到珠峰大本营走走看看，亲睹珠峰的雄姿。在枯燥乏味的雪域高原路上，我们聊了很多话题，她问我，你们在西藏工作两年多了，见过生长中的雪莲花没有，你喜欢雪莲花吗？望着她好奇地发问，我又一次想起了那圣洁的雪莲："非常喜欢。说来不怕你见笑，我还真没有见过盛开中的雪莲花！"

她有些茫然不解，其实我也不是很明白，我在西藏工作两年多了，确实没有机会看到过怒放的雪莲花。藏族司机阿旺师傅告诉我们："雪莲花是在青藏高原上生长的特有草本植物，同冬虫夏草一样是一种名贵药材。雪莲一般生长在海拔 4500 米以上的峭壁绝崖处，人们又亲切地称她为'冰雪莲'。一般很难看到。"的确，我几次下乡到过5000米左右的地方，甚至在茫茫千里青藏公路上，穿越浩渺的唐古拉山口、羌塘大草原、可可西里无人区，也未曾看到过绽放的雪莲花。当时估计是季节使然，抑或在青藏公路上颠簸前行，高原反应强烈，无暇顾及她的存在。

正是这样，在昂仁县的宿舍里，我一直珍藏着藏族朋友送给我的一棵雪莲花标本，陪伴我度过在藏的日日夜夜。在我心目中，雪莲花是迎风傲雪、不畏艰险，与恶劣环境顽强抗争的花中英雄，是不求索取、向大自然和人类奉献美的象征。能亲眼看到在雪域高原迎风傲立的雪莲花，成了我心中的梦想。

雪莲花

到达珠峰大本营时夜幕已降临，我们露宿在当地藏族同胞临时搭建的帐篷旅馆中，于狂风呼啸中，冒着剧烈的高原反应熬过了难忘的一夜。第二天是个爽朗的日子，我们无比激动地领略了珠峰的尊容。难得一来，加之我们的时间比较充裕，商定崔记者在大本营自由活动（因她反应较重），我与同来的技术援藏干部荆锐、李安军继续涉险前行。当然，这既要有勇气，又要冒着一定的风险。

从海拔5200米的大本营到6300米的前进营地，是一段相对平缓的过渡地带，两边是植被裸露的灰褐色大山，时有断崖峭壁。往里行进的多数是外国人，据说他们当中有些是来"登顶的"，往返于大本营至前进营地之间，是为了适应高原气候，为冲顶做必要的准备。我们大口大口地喘着粗气，几步一停顿，过了大约3个小时，估计也就走了二三千米，这时，已能清晰地看到珠峰脚下的绒布冰川，而实际上距离我们还有15千米以上。此时的海拔又上升了100多米，虽然很累并冒着风险，可我们也有了意外的收获，映入眼帘的是多个静卧着的高原小湖泊，在阳光、雪山映衬下"五彩缤纷"，似神灵的镜子守护着珠峰。脚下是一个巨大的冰盖，冰水轰鸣着源源不断地流出大山，流向远方。此时氧气越来越稀薄，我们也真正体会到"向生命极限挑战"的含义。担心机体的承受能力，我们也不敢贸然前行，决定休息一下赶紧回撤。坐在逶迤林立的雪峰下，环视着奇特的景观，忽然奇迹出现了，在离我们几米远的一块狭小的斜面峭壁上，一株翡翠托云似的雪莲花临风而立，羞涩中含着妩媚，温润灵动，若有所语。

顿时，我忘记了疲劳，眼睛亮了。手抠岩缝，脚蹬石隙，小心翼翼地爬过去，仔细地欣赏着从石缝中挤出来的雪莲，深深地为这株茁壮的小生命而惊叹！椭圆形浓绿叶片，层层紧密排列，错落有致，中间簇拥着一朵带着白色光晕的小花，好似一位纯情少女含羞浅笑，白瓣中央镶嵌着星星点点的淡色"黄心"。

我由衷地感叹这个小生命的顽强与执着，更感谢大自然的恩赐。我既迷恋于她，又不忍心打扰她。此时此刻，她震撼着我的心灵，在如此艰苦恶劣的环境中，一株看似弱不禁风的雪莲花却能傲然怒放，她那蕴积周身的力量从何而来？是高天流云的呵护还是狂风骤雪的洗礼？我找不到答案。蓦地，我想起了一位诗人的溢美之辞，似乎明白了雪莲花的蓬勃生命力所在：

　　哦，雪莲，圣洁的雪莲，迎着阳光，顶着风雨，露出灿烂，相守千年不化的冰雪，散发出醉人的芬芳；

　　哦，雪莲，圣洁的雪莲，悄悄生长，不图索取，孤寂中用顽强的生命，捧着一颗纯洁的心，绽放在雪域高原。

　　我激动的心情无法形容，偶遇雪莲花是我此次珠峰大本营之行的最大收获。真是于无声处起惊雷，不经意间大自然给了我一个最大的惊喜。

　　雪莲花，分明是雪域高原一颗绽放着的锦绣：美丽、张扬、剔透、辉煌！雪莲如此，人生更亦如此。

雍布拉康拾零

    雍布拉康，坐落于西藏山南乃东县泽当镇东南约6千米的"扎西次日"山上。藏语"雍布"是"母鹿"，"拉"是"后腿"，"康"是"上面"的意思，也就是"母鹿后腿上的宫殿"。

    山南地区是藏族古代文明的重要发祥地之一，在西藏历史长卷中占有重要的位置。这片古老而神奇的土地，曾经诞生过西藏第一块耕地、第一个村庄、第一座宫殿、第一位藏王……西藏民间普遍相传："地方莫古于雅砻，房屋莫古于雍布，赞普莫古于聂赤。"

    在西藏工作期间，曾两次踏进这块向往已久、心悦神驰的大地，每次我都被它古朴的历史渊源以及雅砻文化的内涵深深吸引。

    拉萨和山南之间，隔着巍峨的冈底斯山和滔滔的雅鲁藏布江，距离大约180千米，道路是西藏最好的"黑色柏油路"，贡嘎机场正好居于它们中间。出拉萨过曲水大桥后，一路沿着雅江南岸奔跑，但见水面开阔，水波不兴，与拉萨至日喀则段判若两江。这里，大山、蓝天、白云都成为雅江的最好映衬，它们构成了一幅绝妙的水彩画，江谷中的林木郁郁葱葱，两岸土地上麦浪翻滚，大片的油菜花构成一个金黄的世界，切身感受到了西藏"粮仓"的魅力。山南也是区别于阿里、林芝为代表的两种高原风格的另一类。

在这片古朴神奇的土地上，即使是最普通的、毫不起眼的一块石头、一泓清水、一株树木，都可能信手拈来一段不同寻常的曲折而又动人的美丽故事。千百年来，缓缓流淌的"雅砻河"不仅养育了世世代代生活在这里的藏民族，也孕育了悠久的藏族文明。地灵必人杰，聂赤赞普、松赞干布等名垂

雍布拉康

青史的藏族优秀儿女，用他们的勤劳、智慧和勇敢书写了雅砻辉煌的历史，使得山南罩上了一层神秘的面纱，始终撩拨着国内外游客和"援藏人"的心弦。

进入泽当，要了解雅砻的历史，常常会听到藏族祖先由猕猴演变的传说。很久很久以前，在雅鲁藏布江南岸的贡布日神山上的猴子洞中，居住着一个聪慧的猴王，它在观音菩萨的授意下，同一位妖艳的魔女喜结良缘，不久便生下6只小猴，它们性情各异，且十分顽皮，猴王便将它们送到山南雅砻河谷中的果林里，让它们自食其力，各自寻食生活。但随着一代代的繁衍，光靠吃野果维持不了生命所需，于是到观音菩萨那里从须弥山取来了谷种，撒向大地，大地便长出了谷物。众猴以谷物为生，慢慢地，长毛

变短了，尾巴消失了，逐渐演变成了藏民族的先民。

虽是传说，但在青藏高原漫长的岁月中，一代代通过辛勤的劳动，逐步进化为藏族原始人类，这与人类起源的原理是相通的。据有关史料记载，西藏自古就有原始土著居民居住。

相传，在公元前237年的一天，西藏原始苯教教徒牧人在放牧时，忽然发现了一个英姿勃发、与众不同的青年，这个青年的言行举止与本地的土著人完全不同。放牧人辨别不出这到底是怎么回事，就报告了部落长者，他们派出几个巫师盘问青年从哪里来，青年没有言语，而是用手指了指天。土著人就以为他是从天上来的"天神之子"，格外高兴，便一致拥立他为部落的第一位首领，起名为"聂赤赞普"。自此，西藏历史上就把藏王称为"赞普"，聂赤赞普便是西藏历史上的第一位吐蕃王。

自从有了吐蕃王，人们便开始修建王宫。雍布拉康便是聂赤赞普在雅砻一带建造的王宫，也是西藏历史上第一座宫殿，距今已有2200多年的历史。在很长一段时间内，这里都曾是部落首领居住的地方，直到松赞干布那一代，雅砻部落征服了其他诸小部落，建立了统一的吐蕃王朝，大本营才迁移到拉萨。

从泽当镇往东南走，富庶的雅砻河谷一览无余，扎西次日山上的雍布拉康逐渐进入视野。从远处看雍布拉康好似一顶大帐篷罩在山上，山体极像母鹿上的一条腿。汽车可开到山脚下，我们沿着"之"字形的人行道盘旋而上，到山顶估计垂直高度上升200米左右，海拔大约在3600米，在山路上边走边看边聊，几乎没感到劳累就到了宫堡前面的一个大平台上。如果嫌累坐牦牛或马上山，也不失为一种乐趣，因为它也是一种服务产业。从这里仰望宫堡，它坐东面西，形同传统的红色建筑，高耸云天，上窄下宽，造型酷似一座纪念碑。西藏人习惯地称它为夏宫，宫殿后来成为藏传佛教的寺庙。既然是夏宫，那肯定有冬宫，同来的藏族同事扎西次仁告诉我们，从这里再往南不远的"昌珠寺"就是冬宫，它是后来松赞干布与文成公主联姻时精心选址修建的寺院。可惜，我们没能一睹它的风姿。

我们按照当地民俗习惯，先绕宫殿回廊一圈后，每人花10元钱买上门票进了宫堡。第一层的前半部分为门厅，后半部分是佛殿，也是精华之处，主供佛是一尊释迦牟尼佛像，左右侧分别是聂赤赞布像和松赞干布像。第二层的廊道上是一间风格明快的佛殿，从廊道上可看到下面的佛殿。二层以壁画见多，手法古朴，色彩绚丽，富有浓郁的民间风格，另外，还悬挂着众多的"唐卡"。据说，宫殿中有一件"玄秘之物"是从天而降的，到了公元7世纪才揭开谜底，原来是从印度传来的三部《经书》，这是传入西藏的第一批佛教经典。第三层实际上是紧挨殿堂的一座烟囱式碉楼，这也正是雍布拉康的一大特色，而且印证了我们从远处映入眼帘像座纪念碑的缘故了。

站在宫殿回廊处远望，满目山清水秀，风光旖旎。我自言自语："这是在青藏高原吗？"这又分明是在青藏高原！西边的雅砻河飘飘洒洒，灵动无限，喇叭形的河谷中阡陌纵横的粮田和绿荫环绕的村落交相辉映，生机盎然，看得出雅砻河谷养育了山南人民，而这里的人民也正用勤劳的双手编织着"传承先祖文明，塑造现代小康"的雅砻新传说。

远离了世俗的喧嚣，当我们饱览着西藏山河的壮美画卷，追溯着它久远的凝重历史时，更为能够切身感受到西藏和平解放半个世纪后翻天覆地的沧桑巨变而由衷地赞叹。

酥油·酥油灯·酥油花

    俗话说，一方水土养一方人，雪域高原尤为如此。在高寒缺氧、地广人稀的广袤藏地，酥油这个特有的物种，就养育着世世代代藏族儿女。千百年来，酥油是每个藏族家庭和藏族人民须臾不可或缺的食物，它是名副其实的藏族食品中的佼佼者。在西藏待了三年，酥油和它衍生的链条引起了我浓厚的兴趣。

    西藏的酥油，是挤出的牛、羊奶经过轻微发酵后分离提炼而成。每到夏秋季，当农牧民把奶牛、奶羊的奶挤出时，就会得到全脂牛羊奶，让这种"奶"放置一段时间，奶油就会慢慢地浮到最上面，然后撇去奶油，开始手工搅拌数百甚至上千次，由于剧烈的摩擦力，产生的脂肪球相互粘连并形成了黄油，剩下的是酪乳另作他用。然后将黄油用牛粪点燃的炉火煮沸时，所有的水分都被煮掉，牛羊奶固体沉到了锅底，这就是最后的酥油，冷却后打包即可常年甚至多年使用。

    酥油，陪伴着藏民族走过了风风雨雨千百年，藏地人民至今还一直延续着手工制作酥油的习俗，这也是他们亘古不变的劳作习惯。其实制作酥油是个相当费体力的活，在我们外族人眼里，打酥油是一件十分辛苦、枯燥、乏味、寂寞的活计，但勤劳的藏地百姓却不这么认为，他们"苦中作乐"，为了缓解疲劳，消磨时间，牧女们总是一边打着酥油一边唱着藏歌，甚至好多是自编的歌，自己给自己助兴。我理解，此为藏族人与生俱来的一大挚爱吧！

酥油分多种，用藏牦牛牛奶制作的酥油最为上乘。产于夏秋季的牦牛酥油，色泽金黄，味道香甜，口感极佳，同样是牦牛，冬季制作出来的则呈淡黄色，品质大打折扣。用羊奶制作的酥油是白色的，比牦牛的逊色了许多。我们对口支援昂仁县生产的酥油有悠久历史，"桑桑酥油"更是以其品相、品质、品牌名扬全藏，良好的经济效益为昂仁农牧民带来了巨大实惠。

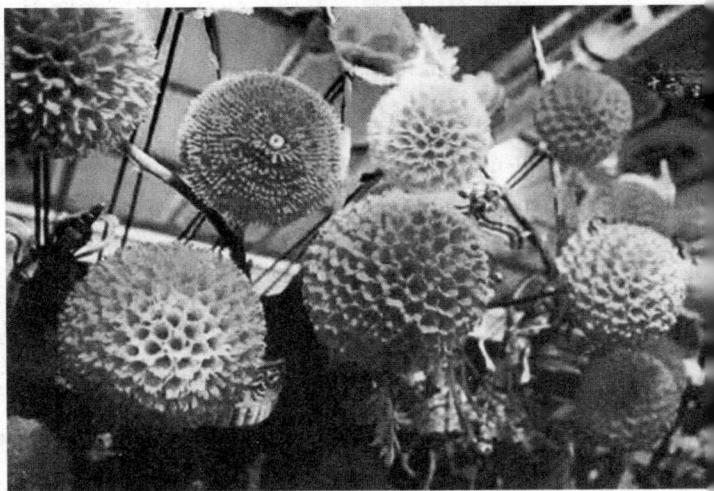

酥油花

在西藏人民的心目中，酥油是藏族文化的核心元素。一说起酥油，他们的眸中就会放光，这种光芒是无以言表的。他们认为酥油可以让身体和心灵有所依托，无论是微妙的还是浮在面上的，都真真切切地伴着他们一路走过春夏秋冬。他们甚至认为，酥油还有气场，使所有器官变得柔软而有韧性，并增强身体内部的精气神，浑身充满了无穷的能量。

确实，酥油在藏语中发音为"玛"。酥油不正像妈妈抚育儿女一样，始终如一地抚育着藏族人民吗？藏乡人民不也正像孩童依恋妈妈那样，一如既往地依恋着"玛"吗？酥油，实实在在就是藏乡人民最钟爱的"玛"！

酥油，是藏乡人民赖以生存的重要食物，那不得不说与之密切关联的酥油灯。酥油灯，顾名思义，就是用酥油作燃料点燃的灯。它像酥油一样，在藏族群众中也是处于至关重要的位置。除在寺庙能看到千万盏日夜不息闪烁的壮观场面外，在广大藏民家中，也能看到长明不灭的酥油灯。无论在家中举行念经法事，还是为逝者做祭祀活动，都要点上几盏或上百盏酥油灯。他们点酥油灯的最初用意是什么呢？据说，点酥油灯可以将世间变为火把，使火的慧光永不受阻，肉眼变得极为清澈，可看懂明善与非善之法，排除障视与愚昧之黑暗，获得智慧之心，使人们在世间永不迷茫于黑暗，转生高明聪慧，迅速脱离悲悯痛苦。

一盏盏酥油灯，传达着藏族百姓无限的虔诚和祈祷，让活着的人和逝者的灵魂得以交流和沟通。很多外来者走进西藏的寺庙，除了欣赏各种造型的佛像和护法神像外，最能吸引和震撼他们的，居然是那一盏盏生生不"熄"的酥油灯！他们不禁迷惑：为什么酥油灯要这样昼夜不间断地点亮，而且数量这么多？酥油灯在藏传佛教中是信徒们的精神之灯，是超度亡灵的引路明灯。生命的终结，如果没有酥油灯的陪伴，灵魂将在黑暗中被迷惑，所以点灯越多，对亡者的慰藉就越大，超度也就越顺利。

在藏族人的生命观里，他们觉得当点燃酥油（佛）灯开始，这一盏佛灯中的酥油，便开始燃烧自己的生命，肉眼可见一点点减少的酥油，它们不是不存在了，而是融进了世间一切，回归到了宇宙之中，回到那个他们原本来的地方，那个没有肉身前的本源之地。故此，对于生命的逝去，无须太过悲哀，无论是亲人还是朋友，他们的离开只是换了一种存在的方式，但他们永远都在。这就是酥油灯遍布藏区庙宇及家庭的奥秘所在，酥油灯长明透视的是生命观、祭祀观、义利观的辩证法。

酥油衍生的酥油花是藏族雕塑艺术的一种特有形式。它是以酥油为原料，以人物、花卉、飞禽、走兽、树木等为主题的一种高超的手工油塑艺术，具有悠久的历史。传说，641年，文成公主和松赞干布完婚时，带去一尊释迦牟尼佛像供奉于大昭寺内。这尊佛像原来是没有冠冕的，宗喀巴大师学佛成功以后，在佛像头上献了莲花形的"护法牌"，身上献了"披肩"，同时供奉了一束"酥油花"，这也是酥油花的最早来历。

为了这束酥油花，还引出了一则神秘的故事。当时，按藏传佛教习俗，供奉佛和菩萨的贡品有"六色"，即花、涂香、圣水、瓦香、果品和佛灯，可当时已是草枯花逝之际，采撷不到鲜花，只好用酥油塑造了一束花献于佛前。酥油的可塑性极强，柔软细腻，色泽艳丽，清香扑鼻，完全起到以假乱真的效果。相传，宗喀巴有天晚上做了个奇梦，梦见荆棘变为明灯，杂草化为鲜花，无数奇珍异宝，争奇斗艳，灿烂夺目。他醒后为了再现美妙梦境，立即组织艺僧们用酥油塑造各种花卉树木、奇珍异宝，连同无数的酥油灯一并供奉于佛像前。

塔尔寺是宗喀巴大师的诞生地，不久酥油花就传到了这里，并迅速在寺内得到弘扬和发展。在明朝万历年间，这种捏塑技艺在塔尔寺艺僧们的精心研制下达到了很高的艺术造诣，并迅速传播开来。

酥油花初期以莲花为主，题材较为单一，制作也相对粗糙，后来宗喀巴在塔尔寺相继组建了上、下两个酥油花院，专门培养捏塑艺僧。艺僧们不负众望，他们凭着对佛的虔诚和对艺术的执着追求，在酥油的捏塑技艺诸方面相互切磋，取长补短，造型花样不断翻新，内容题材不断丰富，技术技艺愈加精湛，很快超过了酥油花发源地西藏的一些寺庙，而被社会广泛地认可为"一绝"，酥油花也当之无愧地成为塔尔寺的"三绝"之首，从此冠绝全西藏。

作为一笔独特的文化艺术财富，酥油花既是藏族人民的，也是中国人民的，还是世界人民的。

偶遇青海湖

今天是个好天气，蓝蓝的天上飘着几朵棉花似的白云。我们从宾馆吃过早餐后坐上车从西宁出发一路向西，计划当日赶到800千米外的格尔木，路上要密接我向往已久的青海湖，心中不免有些激动。

我们走青海湖北线，出西宁很快上了环湖路，正值春天，青藏高原到了最好看的季节。沿路风景美不胜收，古朴的藏族民宅，连片的草原牧场和成群的牛羊，黄绿间杂的大片大片油菜花田尽收眼底。不一会儿，我们就穿越了著名的日月山，透过车窗放眼望去，远处青山如黛，巍峨而柔美，线条舒畅，让人觉得亲近。近处是齐整整的麦浪翻滚和油菜花飘，在车里似乎也能嗅到沁人心脾的芬芳。不时映入眼帘的还有悠闲的牧羊人骑在马上，喊着号子、扬着鞭子从容地指挥着牛羊群，与草原上点缀着的牧民帐篷，无不充满着诗情画意，使人心旷神怡。

正在欣赏与陶醉之中，青海湖已在向我们招手了。其实青海湖的东端离西宁也就一百来千米，路况又好，出城才一个多小时，我们的视觉已触到青海湖了。很快那蓝天在扩大，扩大得好像是有生命的东西，快速而灵动，那份灵动旋即向我靠近，让我来不及思维与遐想，只能兴奋地期待。我们激动地停下车赶到湖边，那心中一直憧憬的蓝色已是触手可及。虽是春天了，但毕竟海拔也在 3000 多米，而湖面也是冰封融化不久，周身还是凉意袭人、气喘吁吁。湖边有无数奇形怪状的石头，而且呈不同的颜色，大面积的沙粒平展地躺在岸边，浸在水里的却是晶莹剔透，湖水清清的，清得能看到水中的鱼儿和水底的沙石。

青海湖鸟岛

我们还要赶路，也不敢在湖边逗留时间长了，留下几张美照，坐回车里又继续向西。我们之所以选择走青海湖北线，也是怀揣一个心愿，那就是要去领略一下鸟岛的美丽景致，它可是我垂涎已久的地方。

离鸟岛还有一段距离，坐在车里，我开始昏昏欲睡，思绪也已穿越千年时空。据说，当年文成公主进藏远嫁途中，行至日月山山口，回首唐朝汉宫，思念之情油然而生，禁不住潸然泪下，最终泪水汇成了这个"蓝色"大湖。还有传说，青海湖是王母娘娘的那个瑶池仙境，蟠桃盛会的传奇故事就发生在这里，被神话般的演绎又增添了它几分神秘的色彩。

青海湖地处青藏高原的东北部，是我国第一大内陆湖，也是最大的咸水湖。青海湖藏语名为"措温布"，意为"青色的海"，藏古语叫"库库诺尔"，意为"蓝色的海洋"。它湖面海拔 3260 米，面积达 4456 平方千米，绕湖一周约 360 千米，空中俯瞰略呈"心脏形状"。

青海湖是断陷湖，北边的大通山、南边的青海南山、西边的橡皮山、东边的日月山中间的断层陷落，最终导致青海湖的形成。四座巍峨高山犹如天然屏障，将青海湖紧紧环抱其中，从山下到湖畔，是广袤平坦、苍茫无际的千里草原，而烟波浩渺、碧波连天的湖面，就像是一盏巨大的翡翠玉盘平嵌在高山、草原之间，构成一幅山、湖、草原、牛羊相映成趣的壮美风光和绮丽景色。

中午时分，我们到达了鸟岛镇。它位于青海湖的西北位置，也是环青海湖和沿湖北线至格尔木的重要驿站，这里规模不大，有几家小宾馆、小饭店和小百货商店，还有几家类似蒙古包的帐篷餐馆。我们入乡随俗，到帐篷餐馆点上清真饭菜，不到一个小时吃完，马不停蹄直奔心仪已久的鸟岛而去。

鸟岛距离鸟岛镇大约15千米，它坐落在青海湖的西北隅，分为一东一西两岛，即使这样也仅有0.5平方千米，但它的名气却大得很。在离鸟岛还很远时，我们已能听到叽叽喳喳、音色各异的鸟语，登上专门设立的观景台，一下子感觉进入了一个"鸟的王国"。举目远眺或近视，只见各种鸟类尽情嬉戏在天空与湖水之间，它们有的展翅翱翔，在天空划过一道道白色的长练；有的游弋追逐，在水面留下一道道银色波纹；还有的在岸上干脆懒洋洋地晒着太阳……

这里的鸟大都是候鸟。每到春天，当印度洋上的暖流涌来时，侨居南亚海岛的鸟禽便顺着清新的气息，越过冰雪皑皑的喜马拉雅山脉向北迁徙。一路上，它们吱吱嘎嘎地欢叫着，日夜兼程，有的飞到青藏高原的江河湖泊或者湿地，有的飞过沙漠到更远的地方，而更多的则飞到了青海湖鸟岛。

它们一到鸟岛，来不及洗去羽毛上的征尘，也顾不上安闲地歇息，便忙忙碌碌地衔草运枝，建造新居。这时候的鸟岛，简直成了一片欢腾的世界、繁忙的世界、喧闹的世界。云集到岛上的数十万只候鸟，从早到晚不停地起飞落下，落下又起飞，天上地下，岛上岛下，全是鸟儿们忙碌的情影。

它们在岛上安营扎寨后，四五月间，开始产卵育幼，到六七月间，鸟岛上的幼鸟长到羽毛丰满，能远近高飞时，双亲将带着它们到处去游荡、觅食，这个季节是小鸟长本领、增见识的重要阶段。此时，鸟岛上也变得相对寂静下来。到了七八月间，岛上又重新热闹了起来，这时候的鸟儿数量可比春天乍来时更多了。到了九十月间，幼鸟一个个都长大了，翅膀也练得硬了，这时，西伯利亚的寒流又渐渐南侵，岛上的鸟儿们又开始纷纷离开自己的家园，向东向南移居，到印度、尼泊尔、孟加拉国、泰国等南亚诸地避寒过冬。这样年复一年，周而复始，加之青海湖的良好生态，鸟岛上的候鸟逐年在增加。

站在如梦如幻的鸟岛上，我心飞扬。我想，当人们真正走近青海湖、走进鸟岛时，才会对"青海"两个字的含义理解得更加透彻，如此绝美的景色，配得上无数游客慕名而来。我被这青蓝色的湖水深深震撼，我见过很多的湖包括高原湖泊，但很难找到"蔚蓝"的感觉，在青海湖找到了，一见面它就牢牢印在我的脑海中，蓝得我眼里清澈，心里明净，整个人不由得醉了，尤其是闭上眼睛再睁开时，那分明就是如梦如醉如痴。

鸟岛，再见了；青海湖，再见了。时间不允许我们久留，匆匆待了半个小时，驱车很快重新路过鸟岛镇上了环湖路，拖着一路烟尘向格尔木奔去。

桑桑赛马会逸趣

从昂仁县西行大约 60 千米就是桑桑镇，是昂仁县第一大镇。全镇有 3600 余人，18 个行政村，镇周围的山谷地带是一望无际的大草原。一年一度的赛马会是桑桑草原规模盛大的传统节日，故又称"草原盛会"，每年藏历七月举行，一般为期三天，最后一天举行赛马活动。

赛马是藏族民众十分喜爱的一项运动，它不仅是农牧民闲暇之余的集会，交流农牧业生产经验的场所，而且是西藏民族精神的展示。

七月的桑桑，风和日丽，碧空万里，漫山遍野花草相间。节日的前几天，各村的农牧民就身穿艳丽的节日盛装，带上青稞酒、酥油茶、酸奶子、风干牛羊肉等食品，带上各类图案精美的帐篷、卡垫，骑着马或开着拖拉机，从四面八方涌向镇政府东侧的大草坝，他们在这里安营扎寨，一住就是数日。桑桑赛马会期间的热闹场景是一年中其他节日所无法比拟的。

我们应邀来到了桑桑。首先映入眼帘的是无边的草原、巍峨的雪峦、成群的牛羊。桑桑镇是农牧融合、以牧为主的重镇，桑桑草原养育着众多牛羊，也致富了当地藏族百姓。特别是驰名全藏的桑桑酥油，已于 2002 年正式加工投产，这是我们第三批援藏期间的重大开发项目，在当年的"珠峰文化节"上一炮走红，成为日喀则的名牌产品。小镇虽然规模不大，驻地有千余人居住，但规划建设得别致优雅，桑桑宾馆尤为显眼，也是淄博市投资建设的重大基础设施项目。桑桑之所以成为重要驿站，桑桑宾馆的作用功不可没。

进得镇来，便为浓浓的节日气氛所包围。离正式赛马的时间还早，但整个场地上已是彩旗招展，鼓乐喧天，赛马场两侧挤满了观众，那场面是相当壮观。美丽的藏族姑娘们用纱巾遮着面部，只露出两只水灵灵的大眼睛，别具特色的头饰、胸饰、腰饰叮当作响，清脆悦耳。英俊的藏族小伙子把辫子高高盘在头顶，英雄发上红丝穗垂落在两旁，腰间挂

桑桑草原赛马

着藏刀。男男女女的脸庞上都泛着特有的高原红晕，喜气洋洋之情溢于言表。场子周围搭起的无数顶帐篷如一朵朵竞相绽放的雪莲光彩夺目。很多姑娘、小伙儿干脆站到拖拉机上等着看比赛。他们的拖拉机很有特点，都是经过农牧民们精心装饰过的，像一辆辆迎亲的"大花车"，尤为醒目的是，每辆车前面都插着一面

鲜艳的五星红旗，"祖国永远在我心中"在拖拉机上成为一道亮丽的风景！

　　趁着尚未比赛，一同前往的藏族同事和我们说起赛马会的由来。1300多年前，娶文成公主成为汉人女婿的松赞干布模仿大唐礼仪，每逢议定大事都要庆祝一番，最好的方式就是骑马祝贺，久而久之，便成了固定的赛马会。而随着时间的推移，赛马的真正含义也发生了重大变化。在地广人稀的西藏大草原上，有时走一天也见不着一个人影，人们的孤独感自然滋生，而七八月正逢牧场青绿，牧畜膘肥体壮，正是一年中最美好而短暂的黄金季节，广大牧民渴望着相聚和交流，体验丰收的喜悦。每逢赛马会，不仅当地牧民齐聚一堂，就连很多地方的商人也纷至沓来，带来各种青藏高原特有的丰富商品，成为集传统体育竞赛、文娱活动、物资交流于一体的大型文化经贸活动。政府对赛马会也越来越重视，把它看成建设精神文明、发展地方经济的好平台、好途径。

　　正闲聊间，只见近百名英姿飒爽的骑手身着薄薄的黄色或红色缎子藏装，头顶毡帽，脚蹬藏靴，腰佩藏刀，手持马鞭，绕场一周后，到达指定起点，开始进行赛马热身活动。大约一小时后，正式比赛开始，首先进行的是快骑比赛。发令声一响，各路骑手扬鞭拍马，疾驰狂奔，从观众面前一掠而过，嘴里喊着"号子"，冲向终点。此时赛马场上响起了一阵阵掌声和欢呼声，他们祝贺快骑比赛优胜者的产生，同时也祝贺其他骑手的精彩表演。紧接着进行的是马术表演。骑手们跨上骏马，各个身轻如燕，充满信心，忽而像雄鹰展翅飞翔，忽而似飘带伸展自如，忽而弯腰侧挂捡起跑道上一条条排列着的洁白哈达，并举过头顶，回首一笑，喜悦尽在笑声荡漾中。这一欢乐的气氛也深深感染着观众，精彩的表演为整个赛马会增添了无比的乐趣。据我粗略观察统计，整场比赛，骑手捡拾哈达最多的可达 20 多条，在这项既比速度又比技巧的比赛中，那是相当不容易的。当然也有空手而归的，这对一名竞技骑手来说是不幸的，从他们垂头丧气的表情中不难看出此时的落寞。

在突出赛马主题的同时，另一幅景象也形成深深的印记。那就是热火朝天的物资交流和丰富多彩的文娱活动，藏族人民以敏锐的嗅觉把商品观念开始融入赛马会当中，同时他们以歌舞的方式娱美自己，娱美同胞，娱美生活，娱美可人的山山水水、草草木木，他们把赛马会演绎为展示物质文明和精神文明的重要场所。

夕阳西下，篝火晚会又精彩上演，那悠扬的欢笑声、歌舞声飘得很远很远，直到深夜，草原恢复宁静。人们期待着明日太阳的升起，人们更期待着来年相聚的美好时光……

走进日吾其金塔

一

日吾其金塔（也称日吾其寺金塔），当时金塔既属于日吾其旧寺的一部分，又是"塔寺合一"的相对独立单元建筑，位于昂仁县日吾其乡政府所在地日吾其村的西侧，距乡政府不足300米，离县城大约100千米。它南临雅鲁藏布江50米，所在位置海拔4260米，金塔构造为"坛城"状，呈多角多边的"亚"字平面布局。

日吾其金塔与西藏的传奇人物汤东杰布大师紧密联系在一起。我进藏工作后一直想去汤东杰布的出生地多白乡和它的近邻日吾其乡看一看，那里可是有现存完好的汤东杰布在雅鲁藏布江上建造的第一座铁索桥，更有他亲自设计并主持修建的日吾其金塔。因援藏小组要设计有关汤东杰布题材的雕塑，于是我率内地派来的技术援藏干部和县建设局有关同志，终于走进了这块令我向往已久的地方。

时间正值初夏，尚不到雨季，如果是雨季去多白和日吾其乡虽然路途不算远，海拔也不算高，但还是挺麻烦的，交通安全就是"一道坎儿"。沿途要翻越冈则拉山。山口虽不高，可沿山的土路是硬生生从山体上凿出来的，宽度仅能容一辆小车通过，大车一般要走另外一条线路，绕道桑桑镇大约得一天行程。我们决定当天下午出发，带上真空包装食物以及馒头、包子和方便面等，当然酒水不可或缺，计划晚上到日吾其乡住下，借此机会也去犒劳一下在基层艰苦环境中工作的藏族同志们。还有，学习用具及书本、常用药品一定不能忘记带上一点，慰问孩子们，给学校和干部群众送些常用药品，这是我们每次下乡的必备物品，也是基层干部群众最盼望和急需的。

我们下午两点起程，一行四人照例坐着局里的北京 212 吉普车，

日吾其金塔

沿着昂仁金错湖边的砂石路径奔卡嘎路口，这条出城路大约 6.7 千米，已列入援藏投资计划，很快将由柏油路面替代现在的路面，而且线形将更加流畅舒适。不多久车子就到了卡嘎加油站。给车子加满油开始沿着土路爬山，因为要绕山而行，很多地方坡陡弯急，抬眼往上看是绿茵青青的千年草甸，偶有牛羊群点缀其间；往下看是望不到底的悬崖，山路非常窄，感觉外侧的车轮似乎是不着地的。司机师傅也证实了这一点。好在藏族师傅跑这种山路习惯了，也很有经验。车速务必均匀而且要保持一定速度，特别是

途中不能贸然停车，那样是极其危险的。这段山路有一点好处是一天走不了几辆车，我们来回途中都没有碰上有车通过，不存在会车问题。坐在车里，我的心如悬半空，手心里是湿湿的，有时干脆闭上眼睛，什么也不想，其实是壮壮胆！在剧烈的心跳中我们来到了海拔4800余米的"冈则拉"山口，山口处有经幡在随风舞动，还有规模不大的玛尼堆。我们在此也没敢停车就开始下山，我此时收紧的心才稍有放缓，从视野开阔的地方往前眺望，远处那浩浩渺渺的雅鲁藏布江隐约可见，师傅说它离我们还有10多千米呢，到江边还需要一个多小时，但我心中已生出一分激动。

大约半小时，我们终于下得山来，开始在一条崎岖狭长的山坳中慢慢前行。说是山坳，其实就是山上发水时间久了冲出来的一条小河谷，有些水大的地方，需要下车帮助司机师傅从周围搬些石块垫一下，然后车子才能顺利通过。这就是在西藏下乡路上的特点，我们跑得多了也就适应了，心还得放宽，不能自己和自己过不去，因为在西藏好多地方是没有路的，只能勇敢地前行，否则到达不了目的地。在枯燥乏味的山坳中，艰难如蜗牛般行驶约10千米，大半个小时又过去了，此时的眼前豁然开朗起来，山坳小路从此成为尽头，宽阔平缓的雅鲁藏布江横亘在我们面前。终于可以放松一下了，我们赶快下车，又是伸懒腰，又是拍照片，又是捡起石子兴奋地往江水里扔，甚至好奇地掬起水洗把脸，明知它凉还要切身体验一下它到底有多凉，此时好似一群孩子般天真快乐。歇息娱乐20分钟后，我们的车子沿着江边简易公路继续逆江而上。

西藏人民的母亲河雅鲁藏布江在昂仁县从上至下流经日吾其、多白、卡嘎三个乡镇，境内长度252千米。这三个乡镇都在昂仁县城的周边，是全县重要的农业乡镇，而多白和日吾其是雅江河谷中的一块辽阔盆地，种植大量的青稞、油菜和土豆等，是县里的"粮仓"和"菜篮子"，世世代代养育着这里的藏族百姓。这里的江水日夜不息，缓缓流淌，漫江盈盈，或直或曲，或宽或窄，波澜不惊，碧波荡漾，仿佛在委婉地讲述着一些过去的故事。

多白乡在西藏历史上可是个声名显赫的地方。它是汤东杰布（传说1361~1485年，在世125年）的故乡，数百年来，广大藏民把他看作创造藏戏的"戏神"和修建桥梁的铁木工匠的"祖师"，是藏族人民心目中智慧、力量的化身。

汤东杰布小时候的名字叫"朝乌班台"，"汤东杰布"是他后来带领成群结队的僧俗百姓，到处风餐露宿，在急流险峡之上架设铁索桥而得到的尊号，意思是汤东赛场上的王。汤东杰布出生在雅鲁藏布江边一个叫"仁青顶"的村子，他去修行的寺庙需要过江，但是当时江上还没有桥，僧俗百姓只好蹚水而过，他亲眼看到不少乡亲还有牲畜被滔滔江水卷走。他出生地的村子附近有个渡口，船主和船夫比阎王还凶狠，不但要很多摆渡钱，还经常打人骂人。有一天，汤东杰布在渡口发誓愿："将来要在西藏的大江大河上修建无数座铁索桥，使岸与岸相接，让僧俗民众过江河就像走平路一样顺畅。"他的话，在当时当然不会有人相信，因为那时在雅鲁藏布江和其他江河上架桥还没有先例，也实在太难了。

确实，在600多年前的西藏大江大河上修架铁索桥谈何容易，当时甚至很多人嘲笑他是"彩云里跑马，石板上耕田"。干脆给他取个外号叫"追尊惹巴"，意思是"疯喇嘛"。但正是这个疯喇嘛在以后的行动中证明了他立下的宏愿。修桥需要大量的铁，他只好跑遍西藏甚至印度、尼泊尔等南亚去募化，去寻找，为此，他拓展丰富了传统的藏戏艺术，走到哪里，就用藏戏这种喜闻乐见的节目演化建桥的道理，从而募集了大量的铁块和铁器。然后他又亲自动手打制铁链、铁环，并教会了众多徒弟，培养了一大批能工巧匠。两岸互通，造福藏族百姓的那一天只是时间问题了。

我还在思绪当中，车子沿着江边又颠簸30千米后，终于来到了汤东杰布的故里多白乡政府驻地。此时已接近下午6点，乡里的领导和同志们早已等候在此，他们兴奋的心情溢于言表，给我们每人献上了洁白的哈达，执意让我们到办公室坐坐歇息一下，吃点便饭。说我们来一趟不容易，可以边吃边简单报告一下乡里的工作。他们一定要尽尽"地主"之谊，让我们品尝几杯酥油茶，按照习俗也要敬几大碗青稞酒，我们入乡随俗，只能爽快地接受藏族这一特有的礼仪。简单就餐后了解了乡里的一些工作生活情况，特别是庄稼长势和农牧民收入以及教育和医疗状况，给他们留下点食物、常用药品和孩子学习用具，同他们握手话别，向今天的终点站日吾其进发，预计一个小时左右抵达目的地。

二

离开多白乡政府后，司机师傅似乎明白我们急切的心情，在雅江河谷中加快了速度，一晃大半个小时过去了，车子经过几个左转右拐后激动人心的时刻到来了。只见在雅鲁藏布江岸边不远的地方，一座金光灿灿的佛塔映入了我们的眼帘，直觉告诉我们日吾其乡和日吾其金塔到了。

乡里的同志们在塔前等候我们，他们说时间完全来得及，建议先去雅江边上感受一下当年汤东杰布主持建造的铁索桥，然后再回来实地参观考察日吾其金塔，结束后正好黑天，安顿好就在乡政府招待所的房间里吃饭。我连忙说:"安排得非常周到细致,我们也是迫不及待地想先把这两件事办了,吃饭早点晚点都无所谓,反正今晚要住在这里。"乡领导一看我在夸赞他们,脸上也露出了"憨笑",并特别解释,由于条件所限,招待所就在政府大院里面,实际上就是一个三间的大平房,里面四周的藏式大沙发也兼备床的功能,沙发前配备藏式茶几,也相当于饭桌,房屋的正中是牛粪炉子,既烹调食物又烧水,同时兼顾取暖。听了乡领导的一席介绍,我对这一晚也是充满了期待。

几分钟后我们来到了江边。汤东杰布当时之所以在日吾其建造铁索桥和金塔,应该与他的成长和历史渊源有关。他的故乡在多白乡,与日吾其乡是近邻,而且从小到大的很多活动轨迹也是在日吾其与多白之间,日吾其段既是大河谷,又曾经有渡口,是两岸人民来往的一个重要驿站,也是当时物物交换的重要场所,这个地方的水流平缓,有角度不大的转弯,又迅速收窄了江面,更适合在此建桥,建造金塔也顺理成章了。

据史书记载,汤东杰布一生共修造了 58 座铁索桥,时光变迁,当时的很多遗址已不复存在,无法考究,而在日吾其乡,却完整地保存了据说是汤东杰布 76 岁高龄时主持修筑的第一座铁索桥。这座桥可以说设计得完美无瑕,以至于新中国成立后在它下游 150 米附近,建造了与其基本呈平行状的一座铁索桥,完全以它为"蓝本"。目前,考虑安全因素,老铁索桥已废弃,被政府保护了起来,但来观光的游人们必到桥头打卡参观,一些桥梁专家也是经常慕名来此考察。铁索桥上挂满了哈达,插满了经幡,日夜飘曳,默默见证着600 多年来此桥的辉煌和汤东杰布的传奇贡献。

我站在铁索桥头一端,抚摸着粗粗的铁链若有所思。乡领导介绍，这个桥一共有东、中、西三座桥墩，桥全长 90 米，宽约 1 米，仅能容 1 人通过。铁索桥共有四根主铁链通过此三座桥墩，每根链的宽度不尽相同，有 20 厘米、30 厘米、40 厘米三种规格，均系有宽 3 厘米、厚 1.5 厘米的铁条锻打而成，在四根主链的下方用牦牛皮绳吊铺木板作为桥面。该桥建筑稳固实用，结构简洁，尤其是中心桥墩的设计构造科学合理，在充分考虑到江水流量、流速、季节变化等因素的前提下，选择在河道中偏西一点的位置建造中心桥墩，既避开了流速最大的主

藏戏表演

流，又照顾到东、西桥墩之间的跨度，同时也使中心桥墩起到了分洪缓流的作用，因而此桥历经数百年的浪涛冲击，仍然能够巍然屹立在雅鲁藏布江水之中。

我的思绪还沉浸在对往事的回忆中，乡领导已引领我们缓慢回到了日吾其金塔旁。进得塔来，边看边聊，他们介绍说，相传该塔是汤东杰布设计并主持修建的，始建于 13 世纪末、14 世纪初，由上千名能工巧匠历经十年建成。塔为石、木、土和铜结构而成，塔高 35 米，共分 6 层，逐层收分，顶部为塔刹"十三天"及伞盖、日月火轮等。塔座有 80 个门和 80 个佛堂，塔颈与须弥山座一样有 20 个亮门，每层须弥座均另开有一个专供登塔的阶门，

加上塔身四方四门，共 108 个门。每层塔内为中空结构，均用土、石筑有台阶数级，可沿内壁盘旋而上，直到顶部的"十三天"。而各层的每个佛堂除塑有佛像外，还绘有满堂壁画。壁画中的人物绘制特色鲜明，多是裸身，全部赤足，下体只系一根飘带，或者紧身短裤及宽裙，腰系束带，有脚钏、臂钏、耳环和珠宝。这些壁画以数以百计的"坛城"图案为主题，构成了浓郁的宗教气息和艺术特色，体现了创作者高超精湛的造型设计能力，堪称日吾其金塔中的艺术瑰宝。若从壁画人物的服饰来看，具有印度、尼泊尔、孟加拉国等南亚国家的壁画风格，透着典型的热带、亚热带地区的特征。

日吾其金塔顶部高达 13 米，其中"十三天"相轮原系黄铜整体铸成，十三阶上有黄铜铸成的小佛像 9000 尊。顶部伞盖直径 7.8 米，上承 5 米高，有黄铜做成的日月轮和莲花座。该塔在二、三、四、六层正门上绘有巨大的佛眼，构成"眼光门"。遗憾的是，这座塔金顶部分的佛像，在"文化大革命"中被毁，现正在进行保护性初步修复。由于该塔的塔顶"十三天"是用铜整体铸成，上承黄铜日月轮及平面圆形"伞盖"的镀金塔顶，显得格外壮丽辉煌，故称日吾其金塔。这座塔同时也是一座"塔中有寺，塔寺结合"的奇特建筑，是西藏佛塔建筑史上的又一奇观。

岁月如流沙，从指缝里滑落，芸芸众生，千百年后终归尘土。日吾其金塔是一座建筑规模恢宏，风格鲜明，内部壁画精美古朴并且年代久远的寺庙，在整个"后藏"乃至广大藏区都是屈指可数的。据传说，汤东杰布设计这座塔时已是 90 多岁高龄，建成后它的独特造型和灿烂佛光风靡了"后藏"，远近众僧俗纷纷前来朝拜，一睹它的风采。乡领导继续介绍，日吾其金塔和江孜白居塔（亦称白居寺）是姐妹塔，日吾其为姐姐。彼时从江孜前来拜塔的众僧俗，看到此塔心灵得到巨大震撼，决心要在自己修行的地方也要建造这样一座佛塔，便用萝卜制作出模型，回去之后开始按模型仿造，很快在江孜修建了与日吾其塔一样的佛塔，即现在的白居塔。后来，两座姐妹塔都成为藏民族心目中的重要历史文化遗产。

走出金塔大门，迎着落日晚霞，再次仰望日吾其耸顶，更显金碧辉煌，光彩照人，在茫茫旷野上，它分明就是藏族人民"精神皈依"的归属。刹那间，心境仿佛开出一朵清幽的莲花，也寂寞，也淡薄，也默然，但更多的是宁静相依，世间的美景美意其实原就有定数，它终究惊喜了一颗颗坦然的心。那塔尖上的寄托，不就是让精神得到皈依的地方吗？"万物皆是爱莲"，这里区别于尘世烦琐，千百年来的宗教气息，氤氲迷离，是时光，是追忆，是永恒，但它们无须复活，只是默默地诉说，亦让所有仰望者永生难忘。这或许对我们设计汤东杰布雕像是个大大的启发吧！

此时的时针定格在了晚上的9点，天基本黑下来了，我们也结束了一天的行程，步行200多米，来到了相对开放开阔的乡政府。我们拿下行李后，简单洗漱整理了一下。在平房招待所内也是我们住宿的地方，他们早已把几张茶几拼到一起，备好了青稞酒、酥油茶，还有糌粑、雪肠、奶渣等，房子正中的牛粪炉上还炖着今晚的一锅"大件"，是乡干部自己在政府大院里养的高原土山鸡。我知道，不是遇重大节日和重要活动，他们自己是舍不得炖只鸡吃的。我们也赶快把专程带来的食物和美酒统统拿出来摆上桌，今晚可要美美地享受一顿"大餐"了。

夜幕完全降临，我看看表时针整整指向了10点，下乡晚宴正式开始。令我们预想不到的是，乡领导代表乡里的同志们和全乡人民发表了热情洋溢的欢迎词，并且最感动的一幕是在致辞环节中，给我们每人敬献上了洁白的哈达，这可是藏族人民的最高礼仪。他们还专门说刚到的时候未献哈达，就是为了留在晚宴上掀起一个小高潮。这还不够，过后他们又是代表干部又是代表藏族群众，又是代表金塔又是代表铁索桥，每人一下子得到了好几条哈达，真是满满的"仪式感"和幸福感。

乡领导最后特别对我们说，为了表达欢迎和尊敬之情，还请求我们一直佩戴着哈达喝茶、喝酒、吃肉，并且说所有的乡干部都要给我们唱藏歌敬酒，到时还要献哈达……我听后既惊又喜，这注定是一个不眠之夜了！

迢远赴雨路

去日喀则出差返回县城的途中是个阴雨天。出城后沿 318 国道，车子牵着一条灰白尘练，于大山夹峙的砂土路上蜿蜒翻搅。西藏的天有时就像"娃娃的脸"，不一会儿乌云密布，旋即下起了小雨，山谷上偶尔油菜花耀眼的金黄、青稞田的碧绿起伏和天空阴暗带雨的浓云，尽被收进了汽车挡风玻璃的视野。四轮在雨中如负重的苦力，载着几颗加速跳动的心，一头扎进群山环抱的峥嵘起伏之中。

视觉中的山水模糊，分不清谁更近、谁更远，谁在前、谁在后。在视线的尽头，在山与天接壤的地方，山想高，却高不上去；天欲低，也低不下来。山与天在雨水冲刷面前，突兀地交错又痛苦地和谐，一起组合成朦朦胧胧的舞台背景，是另一种美丽的风景。

车子驱驰了半天，雨却越下越大，单调乏味的引擎低响加上车内的闷热，成为有效的催眠剂。我很快昏睡过去，已茫然不知在何处，但觉飘飘忽忽有驾云腾空的虚幻，像是在高原驰骋，又像是在草原奔驰……猛地车身一震，将我颠回现实。睁眼一看，

路边小憩

山景如故，雨水如故，原来是一段路面被雨水冲垮，车子需小心翼翼艰难地通过，颠簸是避免不了的。这时，司机用不太流利的汉语提醒我，在西藏的路途中，尽量不要瞌睡，尤其是下雨天，一来颠得厉害，二来容易感冒。如果感冒了，那麻烦可就大了。司机的善意提醒很是令我感动。我冲司机一笑，只好打起精神，继续迎接雨水的洗礼，体味高原的山水即景。

今天的雨似乎要与我们一路同行了，无论你如何无聊烦躁，它都视而不见，下决心浇灌高原大地。而此时我才猛悟，时光已进入秋季，高原开始变得干燥少雨，空气中的氧气含量降低，这场雨无疑是一场"及时雨"。它入土成酥，将枯黄死褐化为浓绿艳紫的造化灵珠，它是飞越千山携生命而来的使者。它借亚热带炎炎骄阳的帮助，蒸腾回旋成翻涌如潮的暖湿气流，驾季风延展万里的巨翅，卷平野，掠冈峦，一路北来，赶赴云雨之汇。当季风横掠世界屋脊之时，轻柔地擦过一带河谷与它周围的群山，于是，遂在淅淅沥沥、滂滂沛沛的雨声中，流泻出四溢的浓黛重绿与缤纷绚烂。这雨，灵动中汇聚着柔情，因为它是历尽万劫仍两小无猜的喜马拉雅与浩瀚大洋的结晶。

雨刮器单调的响声里，公路仓皇地逃向山顶，几个蜿蜒就上了大山的臂弯。雨露拂扫净山的笨拙倦怠，缭绕雾岗，山色的浓淡相宜，山势的纵横交错，山与山之间的距离变化，又一一反映出雨露的澄澈。徜徉雨中，万念寂灭，面对自然就是面对自我，面对高原就是面对挑战。一路固执地跟来的，是绵绵的雨脚。

雨露飘落，不知疲倦，把它与山川的约会演绎成一曲迷人的交响乐。云涌天际，排雷轰响，燥渴的高原，敞开峰峦沟壑的胸膛，尽情拥抱同栖同止的旧爱，于淋漓的霏雨中神交魂感，再现大自然的美好神韵。这雨露，无疑昭示着藏族百姓今年又要收获丰收。

一路雨丝给我们带来了诸多不便，200多千米的路程足足跋涉了7个小时。一路上虽然艰辛，但想来留给我更多的却是回味无穷，因为它使雪域高原变成了另一种模样。

匆匆过往萨迦寺

　　这次去日喀则公务出差，我和局里的两名藏汉干部同事一起。午饭后即从昂仁县城出发，途中计划去萨迦县考察学习一下人家的县城环卫保洁工作经验，同时慕名到萨迦寺看一看。

　　我们大约 13：00 出发，出县城上 219 国道（新藏线），一个小时后到达 60 千米外的拉孜，这里也是 219 国道的终点。在拉孜稍事歇息后沿 318 国道（川藏线）继续前行约 30 千米，从此出岔道口指示牌右转向萨迦方向行驶，一路是砂石路面，路况还不错，车辆很少。沿途是典型的西藏高原风貌，因时值六月，正是庄稼好看的季节，青稞的泛绿、油菜花的艳丽和青青的牧场、零星的村庄，构成了一幅交相辉映的田园风光，映入眼帘的牛羊群无疑是这幅风光的绝佳点缀。我们提前做了"功课"，加之有藏族同事当向导，在车上拉着呱、听着藏歌，不知不觉就来到了318 国道外近 30 千米的萨迦县城。

　　萨迦县位于日喀则地区的中部，雅鲁藏布江的南岸，距离日喀则大约 150 千米，是个以农业为主的半农半牧县，由上海市对口支援，萨迦镇是县机关所在地。当我们走进萨迦，首先映入眼帘的是几片西藏民居，这些民居在外观上和西藏其他地方的民居似乎无大差别，但颜色却非常特别，它们外墙正面的主体被刷成黑色，左边和上边的一小部分是白色，而右边一小部分又被刷成红色。民居的大门是红色的，门和窗的上沿都挂着白色的香布，在蓝天白云下，黑色成了这里的主色调，给人一种强烈的视觉冲击。

上海市援藏干部和县建设局的同志热情接待了我们，简单座谈后，带领我们参观了县城容貌和对口援助的项目成果。到萨迦县一般要了解萨迦寺的情况，我们一行特别是我更是对萨迦寺充满了好奇，于是主人又引领着一同走进了萨迦寺。

萨迦，是西藏历史上"萨迦王朝"和藏传佛教四大教派之一"萨迦派"的发源地。13世纪中叶，这里曾是萨迦王朝的首府，是西藏地区的政治、经济、文化、宗教、军事中心。如今，站在曾经辉煌一时的萨迦北寺的残垣断壁之间，仿佛能触摸到一个王朝曾经远去的背影。

萨迦寺

我们沿着小路很快攀上了位于仲曲河北岸的本波日山坡上。这个小山的海拔不过百米，萨迦北寺就依山而建，由萨迦派创始人昆·贡却杰布于1073年创建。北寺本来规模宏大，高低错落，由于自然和人为的破坏，北寺的建筑大部分已残破，现在已废弃不用，只有几个僧人在看管着。但是，我们从其遗址的规模，仍隐约可见当时的鼎盛场景。近处的残墙和不远处的县城及仲曲河南岸的萨迦南寺，有一种浓浓的纵深感。因时间关系，我们边听着寺庙管理僧人的介绍，边匆匆环视"旧寺"，然后来到几百米外的萨迦南寺也就是"新寺"。

萨迦南寺，建在横穿县城的仲曲河的南岸，与北寺分处河两岸遥相呼应。它始建于 1268 年，是一座仿造汉地古代城池的建筑群，其城墙分为内外两重，内城墙高大厚实，东面开设大门，四角设有角楼，顶部有垛口，上面可供人环绕行走。外城墙则相对低矮，用土坯或夯土筑成，外城墙之外还有护城壕沟，城墙的设计具有很强的防御功能。寺院建筑坐西朝东，楼高三层，平面呈四方形坛城构造，由拉康钦莫大殿、拉康喇章（大经堂）、僧舍、佛学院、转经路和城墙及其瞭望楼等建筑单元组成，整个建筑给人的感觉就是一个井然有序、结构精密的密宗坛城。

进得寺院，首先是一条长长的廊道，长廊的最里端连接的便是拉康钦莫大殿。据萨迦陪同人员介绍，"拉康钦莫"在藏语中的含义是"大神殿"的意思。这里可以同时容纳千名僧人诵经，每天都迎接着络绎不绝的信众前来朝拜、瞻仰。大殿由 40 根高大粗壮的圆木大柱支撑而起，据说在这些柱子中有 4 根柱子十分有名，被藏地信众称为"四大名柱"，分别是忽必烈柱、野牛柱、墨血柱、猛虎柱，每根柱子都有其神奇的传说。而忽必烈柱自然名气最大，相传是当年忽必烈专门安排从蒙古运来送给萨迦寺建设用的。

萨迦南寺与西藏很多开放式格局的寺院相比，它更像一座城堡，其高墙大院壁垒森严，甚至连护城河至今仍依稀可辨，其宏伟壮观的程度，令所到之人惊叹不已。萨迦寺除了是藏传佛教萨迦派的"祖寺"之外，更是以其历史之长、规模之大、形象之巨、藏宝之丰而闻名于世。

萨迦寺的镇寺之宝是"白海螺"。传说，释迦牟尼曾亲自使用此枚白海螺，广大僧众和信徒非常珍视这只"法螺"，虔诚地认为只要听到这只海螺的声音，就可以消除罪孽，获得新生。还有，拉康钦莫大殿顶上的铜制宝瓶，据说是世界上最大的宝瓶。

位于拉康钦莫大殿南侧的"八思巴殿"，则是八思巴大师居住和圆寂的宫殿，还曾一度是萨迦派高级佛学院的学堂。八思巴殿兴建于元代，经历代维修形成现在的规模，大殿内供奉着众多佛像，大多是明清时代的珍品，墙壁四周是精美的壁画。殿中最珍贵的宝物是一尊镏金绿度母，是萨迦寺的奇宝之一。

萨迦寺以其馆藏海量的佛教经典而有着"第二敦煌"之称。墙壁上精美绝伦的坛城壁画，颜料都是采用上乘的绿松石、红珊瑚、黄蜜蜡等材料，精心磨成粉末绘制而成，颜色鲜艳，历久弥新，卓尔不凡。

萨迦寺里最为震撼的是大经堂正面佛像墙后，有一处堪称"世界文化奇观"的存在，这就是令来到这里的人们无不惊叹的经书墙，也叫"慧海经山"。这里据说有8万多卷藏书，其中包括2800多部是元、明期间的手抄经典，绝大多数发源于古印度，都有上千年的历史，完全可媲美敦煌莫高窟中的藏书洞。经书墙的长度和高度几乎同大经堂的面阔和高度相等，长约60米，高近7米，布局呈"凹"字形状，从下到上沿墙壁横格为8个单元，从左至右竖格为50个单元，形成了一个巨型的书架。由地面直达殿顶，异常壮观宏伟，让人心生敬畏与感慨。难怪人们惊呼，"它不仅是萨迦寺的伟大杰作，也是全人类稀有的珍贵宝藏"。

经书墙里还有号称世界上最大的经书——"八千颂铁环本"。这是我国现存最大的一部经书。它长达 1.31 米，宽 1.12 米，厚 1.1 米，重达千余斤，经板上系有 4 只大铁环，需由 4 位大力士同时使力，才能勉强搬得动。经书墙每格书架上的经书均为梵夹装，因规格大小不等而数量不同，其内容更是涉及藏族政治、社会、历史、法律、宗教、天文、历算、医学等人文和自然学科的方方面面。

在西藏，我时常问起一个话题，那就是："哪个建筑可以和布达拉宫相媲美？"很多藏族朋友的回答是"萨迦寺"。我游历了萨迦寺后更加确认了这一答案实至名归。

我正津津有味地沉浸于浩瀚的藏传佛教文化中，不经意间时间到了下午 5 点。我们婉言谢绝了萨迦主人的挽留，同他们握手话别，带着满满的收获离开县城，向着 150 千米外的日喀则方向驶去。

生命线的延伸

那是海拔 4000 多米的雪域高原，是藏族同胞赖以生存的栖息之地。

山，光秃秃的，像用刀剃过一般，裸露着头皮，唯到雨季方显一点生机。水，雪山圣水，终日缓缓流淌，富有灵气，雨季却肆虐而下，连同山上的沙土汇成了泥土，跑到路上就是一堵巨型的墙。

在西藏，最早其实没有路，现在有些特别偏远的地方也没有路，所谓的路正是人走出来的，它是藏族同胞的"生命线"。记不起是什么时候了，一条山涧土路由昂仁县城通到了 219 国道上，它缠缠绵绵蜿蜒于山谷和昂仁措之间，一半绕在山腰，一半处在云端，一半俯瞰湖水。岁岁年年，人们依赖这条路沟通着昂仁县城与外界的联系。而每到雨季它却被山水、雨水汇成的泥土无情地挡住了视线，人们只能"望路兴叹"，那才叫真正的举步维艰。

一天黎明，一阵清脆的鞭炮声撕开了沉睡的夜的帷幕，一簇筑路大军在路的周围安营扎寨。哦，那是淄博援助昂仁的又一项重大基础工程要开工了。大山似乎睡醒了，昂仁人民沸腾了，山城更加热闹了，人们奔走相告，欢呼雀跃，人人脸上洋溢着灿烂的微笑。山间传来镐锹相撞的"叮当"声响和挖掘机、推土机"嘟嘟"的欢唱。晨雾慢慢腾腾从沟底升起，微风飘飘忽忽从湖面吹来，迷惑了太阳的眼睛，云朵的面庞，大大咧咧地融入筑路队伍，悄无声息地拥入筑路人的帐篷。已经是桃红柳绿的季节，但天依然冷飕飕的。早晨上路冻得慌，一个个筑路人眉毛尖上挂着一层霜，各个脸色黝黑，头顶棉帽，脚蹬大头鞋，身裹厚棉衣；太阳出来直晒在筑路人身上，大家随即又变成了汗流浃背，恨不得把衣服脱光。所有苦累都清清楚楚地写在了筑路人的脸上，可从他们的表情上能够看出，再苦再累都是极其乐观的，他们为能延伸昂仁藏族同胞的"生命线"而自豪。

雾渐渐地消失在山坳里。蓝天白云依旧，湖水倒映着大山与轰鸣的工地，蔚为壮观。正午时分，太

昂仁县城修路现场

阳当头射来，晒得地皮发烫，如注的汗水在筑路人挂满尘土的脸上划出一道道沟壑。虽显疲劳，但这可是筑路人最兴奋的时候，他们更喜欢在阳光沐浴下施工，因为阳光一过寒冷又将袭来。他们干脆摘掉帽子、甩下棉衣，齐声喊着号子干了起来，唯恐阳光马上消失。

朝去暮来，日复一日，山就这样在颤抖，人声在鼎沸，机械在轰鸣，尘烟在升腾，生命线在延伸……

太苦了，太累了，场面太感人了。当地镇村自发组织藏族同胞送来了青稞酒、酥油茶、糌粑、奶渣等饮品食物，喝着香味扑鼻的酥油茶、醇香甘洌的青稞酒，吃上几颗透着清香的奶渣，劳累顿时消失，各个脸上挂着憨憨的微笑。迥巴藏戏演出队伍也来了，听着悠扬悦耳的六弦琴声，看着欢快激荡的锅庄舞，筑路人陶醉了。他们情不自禁地用干涸沙哑的喉咙哼起小调，有的还学起了锅庄舞。

夜幕降临，繁星闪烁，"生命线"又长了一截。仰望星空，万籁俱寂，筑路人思绪万千，思念如涌，想起了家乡的父老乡亲，想起了熟悉的土地和小屋，只能让明月捎去千里相思情。

百余个日夜过去了，汗水换来了收获之日。国庆节即将来临，昂仁县城到卡嘎镇的 7 千米 "生命线" 终于通车了，昔日逢雨即堵的沙土路被今天风雨无阻的沥青路取代。开通仪式那日，苍天慷慨地将漫天雪花洒向那群无畏无惧、可敬可亲的筑路人，这也是那一年秋冬的第一场雪，分明是雪域高原最圣洁的奖赏。

彩旗飘扬西藏路

　　在藏工作三年，不计其数地穿行在拉萨、日喀则、昂仁，或昂仁县城通往乡镇的公路及通道上，在领略雪域高原自然风光的同时，另一番景致也时常令我兴奋而冲动，有时心中更是生出一种敬畏。

　　跑在沿县城到日喀则或拉萨的 219 国道线上，不时有五颜六色的彩旗和五星红旗跳入眼帘。一路同行的藏族同事介绍，茫茫雪域高原路上，通常可以见到两种旗子……没等他说完，我便抢话道："那不是藏族老百姓住房上插着的那些好看的彩旗吗？"同事说："邹局长，你只答对了一半。"我好生诧异，对方看到我一脸不解的样子，就赶忙解释，藏族百姓的住房一般称"碉房"。村落里、路两旁，或山坡下、平坝上、田野里，一幢幢的碉房，像一座座城堡，给人一种稳固、凝重之感。碉房四角都要插上彩旗，它代表着党的关怀厚爱和藏族人民的感恩之情。还有一层意思就是象征五谷丰登，吉祥如意。碉房大多为石木结构，窗框涂成黑色，呈等腰长梯形状。碉房多分为两层，底层是牲畜房、储藏室，上层是堂屋、卧室、经堂等，厕所一般修在碉房外院墙角边上。屋顶一般是平顶，四周加砌女儿墙，女儿墙即碉房顶沿的黑色装饰墙。碉房内有烧灶、台面、储藏柜等。听了藏族同事的一席介绍后，我对藏民族的生活习俗特别是生活、居住常识，也有了更加深刻的理解。

碉房顶上飘动着的一面面彩旗，实际上多是挂的缠着五色布条的树枝，这既是装饰，又具寓意，反映出民族与建筑的关联，随着时代的变迁，它成为碉房不可或缺的组成部分。当然，现在更多的是纯布条做成的彩旗，一般是政府投资修建的搬迁村、户（在西藏村落雨季被冲毁的现象较多）。老百姓为了感谢共产党带给他们的温暖，就家家户户自发制作或买彩旗，插在房顶的四个角

藏族民居和五星红旗

上。碉房因飘动着一面面彩旗而跃动着生机。我相信，这种现象在西藏大地会越来越普遍，共产党的惠民政策一定会普照藏族人民，"大美西藏"在不久的将来也一定会享誉中国乃至世界。

在藏族同胞的宗教色彩观里，蓝色表示蓝天，白色代表白云，黄色象征黄土，红色寓意火焰，绿色意味绿水……这些美好的意境，使我陷入一片遐想之中，灵动的色彩，丰富的寓意，表达了无数藏族儿女千百年来祈求吉祥如意、幸福安康的愿望。

正在若有所悟地遐思中，道路的右前方忽现一片绿意，再近前，从树林中高高扬起一面五星红旗。"那是一处小学。""我

125

们去看一看。"果真是一所小学，有两排平房教室，四周有围墙，学校就像围在一座城堡中一样，这是为了防御寒冷和风沙。在西藏，还有很多学校是根本没有围墙的，尤其是乡镇小学亟待改善这种现状。校长巴桑罗布热情地接待了我们，了解得知，这所学校是内地援建的，他特别深情地指着国旗说，在西藏只要看到五星红旗飘扬，那必然是学校。

巴桑罗布介绍，学校有55名学生，除了校长外，还有两名教师，名字分别叫次多、平措。他们使用的课本是藏文、汉文对照本。我们饶有兴致地参观了教室，比较简陋，但整洁大气，明窗净桌。教室旁边是校长和两位教师的卧室、厨房和办公室，每人的房子都是三位一体。他们的厨房都有烧灶，正在用牛粪炉子烧着水，墙角各有一个偌大的尼龙袋，里边装的是牛粪饼，还有几个小袋子，装的多是羊粪或零散的牛粪，那是他们生活唯一的燃料。遗憾的是，这里还没有通电，他们和学生点的是酥油灯；也没有通自来水，用的是井水。

我好奇地从尼龙袋里拿出一块牛粪饼，感到很轻，没有异味。巴桑罗布校长告诉我们，牛粪饼是从藏族群众家里买来的，一拖拉机牛粪饼大约200元，一个教师冬天取暖、烧饭差不多够用。羊粪一般是从家里带来的，再就是学校附近的群众自发支援一些。一个教室一个冬天大约需要三拖拉机牛粪饼取暖。

巴桑罗布校长把所有的学生叫到院子里来，每人自带小木凳与我们合影，并向五星红旗行注目礼。我们从车上拿下一些自备的本子、铅笔、糖果之类的小礼物送给学生们，他们高兴地喊着"谢谢"，并齐声向我们祝福"扎西德勒"！

美丽英雄的亚东沟

我今天要赞美的这个地方，是在祖国版图西南角一处特别明显的凸出部位。它北接西藏日喀则和拉萨，南连印度西里古里走廊，西毗中印边境锡金段与尼泊尔相望，东接不丹，战略地位极其重要，自古以来就是连接南亚次大陆的必经之路之一。这里，就是日喀则喜马拉雅五条沟最东侧的亚东沟。它可是条美丽而英雄的沟谷，位于沟谷中的亚东县城，也是日喀则唯一一个驻地设在喜马拉雅山脉南麓山沟中的县城。

亚东，藏语名称为"卓木"，藏文本意为"漩谷或多急流的深谷"。一百多年前的老亚东村（当时称村），是在亚东河边一个过往商旅必须停留的村落，位于乃堆拉山口及仁青岗西南约6千米处，如牛颈般的地形用藏语音译后即为亚东，也被称为"纳东"。早先，过往商旅要想翻越险峻的喜马拉雅山脉垭口，必然要在此歇脚停留，老亚东村由此具有代表整片区域的概念，整条山谷也就被称为亚东沟，这便是亚东县名的由来。

在西藏，林芝有"西藏的江南"之称，而亚东却有"后藏的小江南"之说，从这个称谓中似乎可以窥见亚东其舒适和惬意程度。亚东是上海普陀区对口支援的县，我在2002年国庆节前和局里几名汉藏干部有幸走进了这里，一来学习普陀区对口支援工作的经验，二来考察县城的建设管理和绿化工作。

在日喀则吃过午饭后，我们踏上了奔赴亚东的行程。出日喀则之后，沿着国道319线经白朗到达江孜，再上国道219线经康马一路南下。沿途是丰饶富庶的年楚河谷，三个多小时后进入了亚东境内。车轮此时已奔驰在西藏著名的帕里草原，这里的平均海拔4500米。帕里草原是西藏最美、最肥沃的草场之一，它也养育了堪称"肉牛之冠"的帕里牦牛。

亚东沟

在我眼里，帕里草原完全是与羌塘大草原两种截然不同的美："羌塘"是一种空旷凛冽的美，而"帕里"则是那种五彩斑斓、田园牧歌般的美。再前行很快到达了帕里镇，亚东县城驻地虽然在亚东沟谷的下司马镇，但在历史上，人们知道更多的却是帕里镇，它距日喀则大约260千米，坐落在喜马拉雅山脊的一片开阔、灰黄的大坝子上，一排排土石结构的民居纵横排列在一起格外显眼。帕里镇是亚东南北地形的分界带，也是喜马拉雅山南北分界点，从这里至亚东县城50千米的路程几乎全部是下坡路。

趁下车歇息之际，站在路边望去，帕里草原上的无名野花和田地里的油菜花争奇斗艳，蓝天白云下，雪山环绕，绿野如茵，鲜花摇曳，牛羊悠悠，有牧人甩着鞭子、哼着山歌，悠哉游哉，好不快活。这可是无数人心仪神往的世外桃源般的"童话世界"。

继续南行已是满目葱茏，近处的高原草甸与远处的连绵山脉相映成趣。此时激动人心的时刻终于到来，令我们心怀神往的卓木拉日雪山跳入眼帘。卓木拉日海拔 7326 米，又名"神女峰"，与珠穆朗玛峰是姊妹峰。据说登上峰顶，就可以在雪山上看见一个美丽无比的少女头像，而从远处仰望雪山，呈现给人们的是一个亭亭玉立、长发披肩的侧脸美女。这也是这座雪山最为神奇的看点，民间流传的爱情故事将她称为世界第三高峰"干城章嘉"的新娘。

卓木拉日与附近另外六座错落有致的连绵雪山，在西藏古老的神话故事里被称为"喜马拉雅七仙女"，她们高耸入云、挺拔巍峨，给人的感觉更像冰川，湛蓝的天幕中竖立着厚厚的冰雪，望之璀璨，炫人耳目。远远望去，七位仙女与山脚下的"多庆措"相互依偎着，镶嵌在绿意如茵的帕里草原上。一排雪山，一汪碧湖，相互守望，壮观之中多了几分灵动与妩媚，令人心旷神怡。

多庆措，可是一个有故事的名字，很多藏族人也称她为"多情措"。这是一个典型的由降雨和冰雪融水汇成的高原湖泊，平均海拔 4200 米，湖面约 1000 平方千米，其中 1/3 在康马境内，2/3 在亚东境内。相传，多情措是卓木拉日每天遥望远处的干城章嘉时，由思念的泪水流向草原汇集而成，她犹如一块晶莹剔透的绿宝石，散落于帕里草原上，日出日落时，雪山与湖水熠熠生辉，丹青、翠碧、蔚蓝构成了多庆措多姿多彩的颜色，就连周围的湿地也呈现出柔美之情。这里的候鸟、雪山、湿地、草场、湖泊，共同绘就一幅生动和美的田园诗画。

过帕里镇不久便进入了亚东沟。亚东分为上亚东和下亚东，上亚东相对地势较宽，水草丰茂，主要以农牧业为主；下亚东地处亚东河下游，多为原始森林，最低处海拔仅有 1600 米。亚东县驻地则位于亚东沟中部的下司马镇，处于一片狭长的河谷中，深谷两边高耸的山峰像河蚌一样合拢，从帕里草原流下的雪水和温泉之乡康布的溪流在此交汇，形成了长年蜿蜒奔流的亚东河，最后流入不丹境内。

从上亚东到下亚东，海拔由 3000 米骤降到了 1600 米，它如同一根"木楔子"，直插进印度和不丹的交界处，被人们形象地称作"喜马拉雅的裂口"。亚东沟也是日喀则陈塘沟、嘎玛沟、樟木沟、吉隆沟、亚东沟五条沟中最大的一条，是一条长达 100千米的纵向大裂缝，沟谷中是奔涌不息的亚东河。沟内降水充沛，森林茂密，奇花异草，五彩纷呈，应了俗话说的"不到亚东沟，不知后藏美；来到亚东沟，便知东方美"。仅凭这两句话，就能想象到有多么秀丽迷人了。

置身亚东县城下司马镇，我们却有一种与众不同之感。这里自古是商贸重镇，特殊的地理环境和人文背景，使得亚东的建筑融汇了不同的地域风貌，如西藏东南部林芝的纯木结构、印度的铁木结构和不丹的土木结构建筑风格，都能在这里找到它们的影子，而临街的建筑大多是两层的木质结构，底层是商铺，二层是居住所用，就连宾馆也是如此。因是商贸重地，县城居民基本保留着家家经商的传统。历史上，亚东是西藏十分重要的国际商贸集镇，也是重要的国际通道，现在还留有不少旧时的驿站、英国人开设的邮局和其他历史遗迹。同时，这里也是

放飞雪域

130

茶马古道的最后驿站、丝绸之路南线的重要通道。据接待我们的普陀区援藏干部讲，如果来得巧或者多待几日，说不定能偶遇最原始古朴的不丹马帮，感受一下独特的异域风情，这里的一切都诠释着自然与人文的完美结合。

亚东沟里可以用四季常青来形容，加之我们这次来又是最佳的秋季，山上山下都是五颜六色的灌木丛，此时的景致在我眼里丝毫不逊九寨沟的风貌。沿着亚东沟一直下坡，森林越来越茂密，空气也更加湿润。位于下亚东乡的66.7平方千米原始森林，可谓是中国边境的一座珍贵的绿色宝藏，也是天然氧吧，层层叠叠的森林，潺潺的流水，湛蓝湛蓝的天空，组成了西南边陲的独特风景。即使无法涉足森林，但坐在车上感受四周的景色，同样可以以一种特有的方式，体验参天古木下"明月松间照"的皎洁，亦可以感受水涧溪流旁"清泉石上流"的雅趣。

20世纪末，一部以20世纪初的中国西藏为背景，使人荡气回肠的电影《红河谷》上映，让肥美的草场和农田、宁静的小镇和寺院、惨烈的抗英血战、自然的美丽和历史的混浊在这里交织，触动着每一个看过影片的国人，更触动着每一个远道而来的人，正因此，许多人深深记住了这个名字。其实，红河谷并不是一个具体的地名，而是一条真实存在的河谷，它的起点就在亚东。

时光倒回到1904年，当时英帝国主义第二次入侵西藏，选择了亚东这个最佳突破口，企图通过"曲美辛古"取道江孜，进而直逼圣城拉萨。这个关隘，面对着通往不丹的帕里古镇和通往南亚次大陆的乃堆拉、则拉里山口，而身后，就是英帝国主义觊觎已久的全西藏。在曲美辛古，藏军遭遇了1000多名荷枪实弹的英军，英军假称"谈判"骗取藏军信任，但实质并未卸下武器装备，反而对 1400 多名军民进行了血腥屠杀，制造了震惊中外的"曲美辛谷大屠杀"惨案。后来，人们在曲美辛古修建了纪念碑，碑体上用藏文记录了当年抗英战争的简史，同时刻上了 1400 多名当年被英军屠戮的英烈名字，随时提醒国人铭记那段悲惨历史。

亚东沟不仅是喜马拉雅山最美最大的一条沟，更是一条英雄的沟谷。来到亚东沟不仅是欣赏你的美，更是一次心灵的涤荡与洗礼！

丰饶富庶的年楚河

年楚河，发源于喜马拉雅北麓康马县境内的桑旺措，源头海拔 5200 米，流经康马、江孜、白朗、日喀则四县区，全长 223 千米，流域面积 11130 平方千米。年楚河在日喀则东北部汇入雅鲁藏布江。

这里是一块神奇的土地，是雪域高原上少有的丰饶富庶之地。由于年楚河水日复一日地冲击和滋润，虽然地处世界屋脊，但沿河两边却是一马平川，万顷良田，抚育着这里万千百姓和众多生灵繁衍生息，一派生机勃勃的景象。

这要归功于亚东至江孜段的特殊地理地貌。我在不久前到亚东学习考察和工作交流，被那里的地貌、文化、景色、民俗所深深吸引，从而写下了《美丽英雄的亚东沟》。其实，说起亚东总绕不开江孜，也绕不开亚东河和年楚河，由于亚东沟处于喜马拉雅山脉的南麓，沟中还有条水流湍急的亚东河。亚东沟就像一根"木楔子"一样，从喜马拉雅南坡突然钻出，直插印度本土通往东北邦的咽喉——"西里古里走廊"。20 世纪 90 年代，曾有人提出一个惊世骇俗的命题："把喜马拉雅山炸开一个缺口，让印度洋的暖湿气流经尼泊尔吹进青藏高原，改变那里高寒缺氧的自然环境，将贫瘠的土地变成富饶的鱼米之乡。"这虽然是个笑谈，但实际上这个"缺口"早就真实存在，它便是"亚东沟"。

喜马拉雅藏语意为"雪的故乡"，亚东沟就是它冰冷外表下最温情的一面。每年春季以后，印度洋季风会将温暖的气流往北输送，喜马拉雅山脉正好在亚东沟纵向断开，提供了一条天然的水汽通道。沟内，山清水秀，气候温润，四季常青，鸟语花香；沟外，一路抬升的暖湿气流通过帕里草原后一直延伸到江孜境内，加上年楚河从南向北日夜奔流的冰雪融水，将亚东、康马、江孜、白朗、日喀则一带变成了雪域高原丰饶富庶的"米粮仓"，年楚河流域两岸也成了名副其实的"西藏粮仓"。

年楚河畔

年楚河流域降水充沛，光照充足。除11月至次年3月为干旱多风沙的冬季无雨无雪期外，4月和10月为雪季，通常都要下上几场大雪，5月至9月为雨季，一般三五天就要下一场大雨。这里的雨常常是雷阵暴雨，而且夜晚下雨居多，暴雨来得快、下得急，但退得也快。下雨时，往往乌云翻滚，雷电交加，大雨倾盆，刹那间平地就达几寸水，可不一会儿又云开雾散，晴空万里。这里的四季几乎天天都是阳光普照，尤其是在夏天，没有了风沙的肆虐，阳光格外灿烂，天气湛蓝湛蓝的，偶尔飘过几朵悠悠白云，云卷云舒，轻松惬意。在温暖阳光的照耀下，清澈的河水翻着白色的浪花，唱着欢快的歌儿流向远方。青翠的原野上，一望无垠的麦浪和油菜花随着微风起伏。麦浪和油菜花上面，一群群蝴蝶、燕雀翻飞嬉闹，那景致如诗如画，美不胜收。

年楚河，是雅鲁藏布江的一条重要支流，正如韩红在新世纪初家喻户晓的《家乡》一歌中唱到的那样："我的家乡在日喀则，那里有条美丽的河，阿妈拉说牛羊满山坡，那是因为菩萨保佑的；蓝蓝的天上白云朵朵，美丽河水泛清波，雄鹰从这里展翅飞过，留下那段动人的歌……"而歌词中赞美的这条河，便是在日喀则沃野中流淌着的年楚河，河流被美丽的歌词和真挚的情感传唱着。

当时，正值2001年春天，我收拾行囊准备赴日喀则地区做对口支援工作，听着这首优美动听而又入脑入心的歌，我的心中激起了畅想的涟漪，对远方的日喀则充满了向往。

年楚河哺育的"后藏"日喀则与拉萨河哺育的"前藏"拉萨，构成了雪域高原的两大文明中心。在年楚河的滋养下，江孜平原更是土地肥沃，气候温和，雨水充沛，庄稼长得格外旺盛。在全西藏，江孜出产的青稞品种最为上乘，一直是扎什伦布寺历代班禅的贡品，目前是西藏最知名品牌，惠泽着无数藏族人民。

年楚河畔的四季色彩斑斓，充满诱惑。但年楚河水却清澈如一，阳光也是恒久不变，一直照耀着沿河两岸的土地和城市、村落。我每次走进日喀则，到年楚河谷去走一走、看一看是必修课目，而每次欣赏到的都是黄褐色的土地、湿地或沼泽地，沿着大河西岸柔情地伸展开来，与近处的田野和远处的群山融为一体。站在河边眺望，多半会发现一些水鸟在宽阔的河面上游荡嬉戏，形成了一幅美丽悦人的田园河谷画卷。

　　江孜是一个文化底蕴厚重而古老的城市，历史上曾经被称为西藏"第三大城市"，也是年楚河流域最重要的城市，更是一座英雄的城市。1996 年，一部《红河谷》影片让无数人知道了百年前发生在年楚河畔的一段鲜为人知的往事，也认识了江孜和一座建在山顶上的古堡。

　　历史上，江孜是亚东通往拉萨的必经之地。1904 年 4 月，英帝国主义开始了对西藏的第二次入侵，当时他们的军队从亚东接近江孜，本打算在江孜稍事休整后直逼拉萨，可万万没想到，在这里遭遇到顽强抵抗。江孜军民挖战壕、筑炮台，借助宗山古堡，用土炮、土枪、刀剑、梭镖、弓箭等，与英军展开殊死搏斗。就连平日里吃斋念佛的喇嘛们也纷纷脱下袈裟，抄起棍棒，加入抗击英军的队伍中。

　　同年 5 月上旬的一个晚上，经过精心策划，江孜千余军民偷袭了英军兵营，差点将英军一举歼灭。英国人被江孜军民同仇敌忾的抗击给吓怕了，再也不敢大意，紧急从亚东驻军增派大量援兵，很快将宗山堡团团围住，他们用大炮狂轰宗山炮台。在猛烈的炮火攻击下，宗山堡上的火药库不幸发生爆炸，英军趁机向山头发动进攻，城堡中的军民在弹尽粮绝的情况下，依靠居高临下的有利地势，用石头石块等拼死抵抗，坚持了三天三夜后，最终寡不敌众，无路可退，众多军民战死，剩余勇士宁死不屈，跳下山崖，壮烈牺牲。江孜军民不畏强暴，浴血卫国，谱写了一曲可歌可泣的爱国主义赞歌。

　　影片《红河谷》的结尾处，是藏族头人的女儿丹珠被英军俘获。她站在山头，面带微笑，镇静自若，视死如归，迎着雪域高原的猎猎劲风，用清脆高亢的嗓音唱起了古老的藏族歌谣《次仁拉索》。随后她引爆脚下的炮弹，与英军士兵同归于尽。这个悲壮凄婉的故事场景，当时不知感动了多少人，到现在也定格在很多人的记忆当中。

在宗山脚下，有座白居寺。对初来乍到的外地人来说，一听到"白居寺"三个字，极易联想到唐代大诗人白居易。其实不然，这座藏传佛教寺庙与大诗人毫无关联。在藏语里，白居寺的意思是"吉祥轮大乐寺"。寺院以措钦大殿和白居塔为中心，其建筑群规模宏大，气势雄伟，是后藏地区寺院建筑的典型代表。白居寺也是年楚河两岸最著名的寺院，它的最大特点是"三教"共存，其最初为萨迦派寺院，后来夏鲁派和格鲁派相继进入寺院，尽管一度出现过互相排斥、分庭抗礼的局面，但最终还是互谅互让，相互包容，达成协议，和平共处。各教派都可在寺内建"扎仓"，也就是研习佛经的场所。白居寺以宽容博大的胸怀，收纳了互相对立的三家教派，各派之间兼收并蓄、博采众长，共同为弘扬藏传佛教尽各自之力，这在整个藏区是独一无二的。这看来也是江孜军民在面对外敌时，为什么喇嘛也奋不顾身加入战斗中去的最好答案了吧。

白居寺也因此成为西藏人民心目中英雄的寺庙。1904年4月英军占领江孜后，强行将白居寺作为英帝国主义的军营，他们把喇嘛统统赶出寺庙，将这里的珍贵文物和藏经据为己有，把佛堂改为食堂，转经筒被钉上钉子，作为食品输送带之用。寺院的建筑因那场战争而遭到严重破坏，白居寺就这样惨遭掠夺性地见证了当时英军的侵略暴行。

站在宗山城堡的最高点，映入眼帘的是缓缓流向远方的年楚河。那个曾经被帝国主义随意践踏的中华民族早已成为过去，今天年楚河畔的江孜县城，大道笔直，民居稠密，绿树成荫，人流如织，一派繁荣景象。环绕县城的青稞地和油菜花田，东一块西一块，南一片北一片，如同不经意间打翻的调色板，只有年楚河默默而执着地流淌着。

千百年来，年楚河就这样一直滋养着这里的芸芸众生；100多年来，年楚河也一直在陪伴着江孜大地和人民诉说着那段凄惨的历史。未来，年楚河将一如既往地守护并见证着这片土地和这里的藏汉人民，一路步履铿锵，生活幸福安康！

神圣庙宇大昭寺

在 1300 年前的拉萨城是另一番景象。传说,在一片偌大的高原湖泊上,当时的藏王松赞干布的尼泊尔爱妃赤尊公主想在此地修建一座神庙,供奉她从加德满都带来的释迦牟尼 8 岁等身佛像,但是神庙却反复几次都是在建成的当夜就倒塌了。直到后来,精通阴阳八卦的唐朝文成公主远嫁吐蕃后,测出西藏地形犹如一位巨大魔女仰天而卧,拉萨城中心正是魔女的心脏部位,修建神庙的地方卧塘湖(当时亦称牛奶湖)正是由魔女的血液汇成的,要用 1000 只白山羊在此处填湖建寺才行。

当大昭寺建成后,文成公主将她从大唐带来的珍贵的释迦牟尼 12 岁等身佛像供奉于此。松赞干布为了感念那些白山羊,吩咐工匠雕了一只活灵活现的白山羊,安置于大昭寺醒目的一角,让它也享受着来自四面八方信徒香客的朝拜和祭祀。久而久之,各地群众云集至此扎营礼佛,逐渐形成了今天的这座拉萨城。

大昭寺后来经历代修缮增建,逐渐形成庞大的建筑群。目前建筑面积达 2.51 万平方米,有 20 多个殿堂,五座金顶。它的主殿高 4 层,镏金铜瓦顶金碧辉煌,具有鲜明的唐代建筑风格,也吸收了尼泊尔和印度建筑艺术特色。大殿正中供奉着释迦牟尼12岁等身镀金铜像，这也是大昭寺镇寺之宝。两侧的配殿供奉着松赞干布、文成公主、赤尊公主等塑像。

1300多年过去了，今天，大昭寺在藏传佛教中拥有至高无上的地位。它是西藏现存最辉煌的吐蕃时期的宏伟建筑，也是西藏最早的土木结构建筑。环大昭寺内中心的释迦牟尼佛殿一周称为"囊廓"，环绕大昭寺外墙一周称为"八廓"，也就是现在的"八廓街"（亦称"八角街"）。在西藏的大小路上，甚至不是路的地方，随处可见去往拉萨朝圣的藏族百姓，他们的终点便是大昭寺。

大昭寺地处拉萨老城区的中心，又名"祖拉康""觉康"，藏语意为佛殿。西藏人有"去拉萨而没有到大昭寺就等于没有来过拉萨"的说法，这或许也是几乎每一个来西藏旅行的人们共同的心声吧。我这个在西藏待过三年的内地人，甚至每次到了拉萨，就像有什么魔力一般，即使时间再紧张，也一定要去大昭寺广场走一趟，绕八廓街转一圈，不买东西也要感受一下它的氛围。我陪内地来的客人更是数次走进这座神圣的殿堂。

大昭寺是西藏的第一座寺庙，建造时只是为了供奉佛像和藏经，因而不专属于哪个教派，是各教派共尊的神圣寺庙，每年这里都会举办传昭法会，如果在大昭寺内和周围多停留一段时间，认真仔细地观察，你会发现大昭寺实际上是拉萨人生活的中心，周围人生活的一切都是围绕着它而展开的。

大昭寺是庄严肃穆的。外族人进入大昭寺既要购票还要出示身份证，寺内不允许拍照（金顶平台除外），不准戴帽子。所有进入者都要顺时针参观，不可以逆行。进寺参观最好在门口服务处聘请讲解员，不然的话在里面走马观花，相当于凑了个热闹，什么都没看明白。大殿的释迦牟尼佛像只允许藏族人进入跪拜，外族游客从殿外可以看到佛像，但不可进去跪拜。

大昭寺的布局方位与汉地佛教的寺庙不同，其主殿是坐东面西的，从寺庙的金顶平台可以看到大昭寺广场全貌。大昭寺的右边远处红山上是布达拉宫，从金顶角度遥看布达拉格外雄伟壮观；近处广场上的一棵柳树格外醒目，它被人们尊称为"公主柳"，据说是文成公主当时所栽。大昭寺前年复一年、日复一日，终日香火缭绕，酥油灯长明，众信徒们

大昭寺广场

在门前的青石板上虔诚地"等身叩拜"，留下了岁月和朝圣者的深深印痕。

当你看到藏族同胞们对于信仰的执着追求，你就会觉得这世间上的一切事物都变得那么渺小，对于生死轮回，他们看得很淡然。有的朝圣者一生的梦想就是一路磕着长头，一直磕到大昭寺广场上跪拜，甚至有的在半路上不幸去世了，家里人或同伴会把逝者的牙齿敲下来带上，一路磕到大昭寺放在那里供奉着，算是替没能到达的人了却了此生的心愿。

到大昭寺广场上走一走，进得大昭寺里面看一看，你一定会感受到藏民族信仰的伟大和信念的无价，你也一定会看透世间淡薄，一身轻松地面对人生，感悟人生！

不朽传唱的格萨尔王

在 10 世纪的时候，其实西藏不叫西藏，而是叫"岭国"。岭国就是古代的西藏。

传说，11 世纪的某年某日，岭国有一户贫穷家庭的妇女，晚上做了一个梦，梦见的是莲花生大师把金刚杵放在她的头顶，为她祈福。这个妇女醒来后觉得身心愉悦，精神饱满。日子过了不久，她就发现怀了身孕，10 个月零 8 天后，她生下了一个男婴，起名叫"觉如"。

时间过得很快，不知不觉中 16 年过去了，觉如已经是一个高大威猛而健壮的少年。在那一年的几天里，古代岭国举行全国赛马大会，16 岁的觉如也报名参加比赛，经过多轮激烈的角逐，觉如力战群雄，勇夺桂冠。根据当时的规定，他因夺冠被簇拥登上了岭国国王的宝座，尊号为"格萨尔王"。

而据史料记载，格萨尔王出生于 11 世纪的 1038 年，那时的西藏正处于战乱纷争之中。自从 9 世纪吐蕃王朝瓦解后，整个吐蕃处于群雄割据、各霸一方、相互掠夺征战的分裂局面，在雪域高原上出现了各自为政、互不相属的许多邦国和部落。这也与传说中古代岭国情景相吻合。

彼时，广大藏族人民生活在战乱频繁、杀伐相继、妖魔横行的水深火热之中。又有传说，大慈大悲的观世音菩萨为了普度众生，就向阿弥陀佛请求派天神之子下凡降妖除魔。当时神子推巴噶瓦发愿投胎人间，到藏区扶助百姓，惩处妖魔。他最终得到授命来到藏区，做了黑头发藏人的君王，即"格萨尔王"。

无论是民间传说，还是天界授意，在广大藏族民众的热切期盼中，英勇威武、神通广大、天下无敌的大英雄"格萨尔王"诞生了。他可并非一位普通的英雄，而是集神、龙、念三者合一的半人半神的英雄。他降临人间后，多次遭到陷害，但由于他本身的力量和诸天神的保护，不仅未遭毒手，反而将害人的妖魔鬼怪统统杀绝。格萨尔从诞生之日起，就开始除暴安良，

格萨尔王

南征北战，统一了大小150多个部落和邦国，岭国领土始归一统，使善良诚实的广大藏族百姓重新过上了太平安宁、富足美好的幸福生活。

在茫茫雪域高原，关于雄狮大王格萨尔的传说，多得如同草原上盛开的格桑花，不计其数。而流传最广的就是他称王后带领岭国勇士征战四方、保家卫国的四场大战，分别是魔岭大战、姜

岭大战、门岭大战和霍岭大战，其中最为人们所津津乐道的是霍岭大战。据史诗记载，在岭国东北方有一个霍尔国，国王的王妃病逝后，他便派出庞大队伍去各方寻找天下最美丽的女子来做新王妃，他们最后在岭国发现了惊为天人的格萨尔王妃森姜珠牡。国王垂涎森姜珠牡的美貌，觊觎岭国的财宝，罔顾国内反战派的劝阻，不惜动用 20 万大军，打算乘虚而入，踏灭岭国。此时，正值格萨尔王去北地降魔的第三年，留守岭国的将士们虽奋勇抗敌，但最终还是战败，王妃森姜珠牡也被敌军掳走，整个岭国沉浸在痛苦的哀号之中。

当英勇的格萨尔王降伏了北方魔国，得知此消息后便火速返回岭国。他睿智地判断出战的最佳时机，安排好手下做好出战的准备，自己却独自动身前往霍尔，途中过关斩将，降伏了许多祸害一方的妖魔鬼怪。到达霍尔后，格萨尔没有急于潜入王宫，而是假扮成一位打铁烧炭的乞丐，在偶然的机遇中赢得了霍尔大臣铁工王的信任，以其义子的身份混入宫廷，并摸清了霍尔国的地形、风俗人情和军事力量等情况。于是他写下旨令，盖上红色大印，将其拴在马脖子上，派他的坐骑速回岭国报信搬兵。岭国军队就这样神不知鬼不觉地出现在霍尔国，随即与格萨尔王里应外合，击败了霍尔国的军队，处死了霍尔王，并把被收服了的大将军封为新的霍尔王。此战不仅一雪前耻，大获全胜，还救回了王妃森姜珠牡，也为在岭国保卫战中牺牲的将士报了仇。

霍岭大战，是《格萨尔王》史诗里篇幅最长、描述最精彩、文学价值最高、流传最广的华章。此一役耗时据说达 9 年零 8 个月，除了格萨尔王智谋双全，如有神助之外，还出现了数个鲜活生动的人物形象。王妃森姜珠牡同样令人印象深刻，她姿容端丽无双，拥有智慧、勇敢和坚贞的高贵品德，当敌军包围岭国之时，她穿起格萨尔儿时的戎装，拉开神箭，射死敌军400余人，可谓巾帼不让须眉。她被劫持到霍尔国，向国王进毒酒之计未成后，受尽百般虐待，却始终不肯迈进敌国的都城，身心犹如莲花般洁净无瑕。森姜珠牡也由此成为藏家英勇女神的形象代表。

在降伏了人间妖魔鬼怪，完成神圣使命之后，格萨尔与母亲、王妃等一同返回天界。

在藏民族上千年的发展历史中，能改变时代命运的英雄豪杰数不胜数，但如果选择一位藏族百姓共同赞颂的民族英雄，十有八九的藏族人都会骄傲地告诉你，"这位英雄就是格萨尔王！"他的慈悲、智慧和神力护佑着藏族芸芸众生，使他们脱离世间的痛苦和无边的灾难。格萨尔王不仅是藏民族心中永远的英雄，也是莲花生大师化身的大护法、藏族人民的保护神。

从这个角度讲，藏地的"格萨尔王"与汉地的"关公"极为相似。正如关羽被汉民族视为忠义勇敢的神一样，在藏族人民心中，格萨尔王既是藏族伟大的金刚战神，也是佛菩萨慈爱悲悯众生的化身，可谓是藏民族当之无愧的精神皈依。只要进入藏地，随处可见供奉着的格萨尔王神像。

一直以来，让格萨尔英雄事迹得以传扬的是一群特殊的"说唱艺人"。《格萨尔王》史诗始于古代岭国的部落时代，最初记录了格萨尔的降生、征战和返回天界。而在传播的过程中，说唱艺人们对其内容不断进行丰富完善，使其最终成为不朽的《格萨尔王》史诗。《格萨尔王》也被称为世界上唯一的"活态"史诗，它熔铸了神话传说、传统民歌、格言俚语等，具有原始古朴、雄浑壮丽、多姿多彩的艺术风格。

正是有了说唱艺人最初的"口头"记载，今天世人才得以了解格萨尔波澜壮阔的一生。更为幸运的是，又得益于世代延续的说唱艺人不断丰富格萨尔内涵，为史诗添砖加瓦，更加让人感觉这位造福藏族百姓的大英雄从未真正"离去"。

正像格萨尔王 81 岁弥留之际，对藏族黎民百姓的挚诚发愿那样：愿人间世上泯灭差等，无人威权煊赫，无人卑贱受辱；愿人人丰衣足食，谷粮满仓，无人缺衣短食，啼饥号寒；愿高原上坦坦荡荡，无有崇山峻岭，无有深谷悬崖；愿茫茫草原，有所起伏，而非一味平坦；愿一切众生皆大欢喜！

藏地一直流传着一个非常美丽的说法："即使有一天，飞奔的野马变成枯木，洁白的羊群变成石头，雪山消失得无影无踪，大江大河不再流淌，天上的星星不再闪烁，灿烂的太阳失去光辉，雄狮大王格萨尔的故事，也会世代相传。"格萨尔王就是这样一个民族伟大梦想的集合体，他根植在雪山环抱的高原大地，被藏族人民由衷地喜爱与传承，极富民族文化感染力和生命力。

一个古老的声音，在雪域高原的山水间，回荡了一千多年。他们是世界屋脊上的牧人，世代逐水草而居，往来迁徙的财富除了成群的牛羊，还有一个故事，这个故事永远也道不尽、唱不完。或许它想传递给世人一个最质朴的道理——真正的宝藏其实就在人们心里。

《格萨尔王》不仅是中华民族文化的瑰宝，也是世界上最长的英雄史诗。纵观当今世界，几大著名的史诗几乎已成为历史，如"荷马史诗"，虽有文字存留，但继承与传唱的吟游艺人却早已不复存在。而在我国广大藏区，《格萨尔王》史诗的说唱艺人，仍以相当数量活跃在民间舞台，并在传唱中不断发展和创新，成为藏区民族文学艺术取之不尽、用之不竭的源泉。不仅如此，《格萨尔王》的猎猎旗帜还漂洋过海，走向了世界。世界上从没有一部史诗能像《格萨尔王》这样如此跨境、跨民族、跨门类、跨文化地去传播和发展。据说，《格萨尔王》史诗的研究者遍及英、法、德、奥地利等数十个国家和地区，东方的英雄史诗已跨越山河阻碍，突破语言壁垒，传播到世界各地，让世界认识西藏，读懂西藏。

格萨尔的故事很长很长，至今没有一个人能够讲完，在一代代新的说唱艺人的口中，《格萨尔王》史诗还在不断丰富和发展。讲不完的故事，像是永远挖不完的宝藏，人们一次次梦回远古与格萨尔相望，而每一次醒来后，又将绵延的史诗装进行囊，继续穿行在无垠的雪域高原上……

红河谷遐思

　　江孜，被藏族儿女誉为"英雄城"，这个名字对大多数内地人来说仍显陌生。但当你听到"红河谷"三个字之后，我想电影《红河谷》中的镜头一定会历历在目。里面讲述的故事就发生在江孜。

　　江孜是一座古城，其形成已有六七百年的历史。在 20 世纪初它是西藏仅次于拉萨和日喀则的第三大重镇，扼边境亚东至首府拉萨的咽喉。它位于雅江重要支流年楚河和其他几条小河流冲积而成的平原上，古时，这里是一块古朴僻静的富庶之地，藏族人们世世代代在此以原始简陋的方法，从事着简单的农牧业生产，享受着自给自足、自娱自乐的平静生活，对外界世界不闻不问且一无所知。英帝国主义的突然闯入，打乱了他们宁静的生活，迷惑不解的江孜人才意识到，在他们的境外原来还存在着大国。

　　驱车从日喀则朝东南方向行驶，是通车不久的"日江"柏油路，两侧是繁忙的农耕人们，年楚河流域水灌治理工程上人头攒动，江孜平原的春潮扑面而来，很快我们就到达了海拔 4000 米的江孜县城。我恍惚嗅到了古老江孜那壮丽而悲怆的过去，也分明感觉到了新江孜青春而健美的脉搏。

那巍峨耸立的宗山城堡，那金碧辉煌的白居寺和十万佛塔，那飘摇欲坠的帕拉庄园，悉数进入我的视野，这些历史的痕迹无不透出江孜的古老，激起我无限的遐思。在地高天阔的青藏高原，古老城镇的沧桑变迁，是藏族人民勤劳和智慧的记录，也是他们捍卫祖国领土完整、抵御外来侵略的光荣象征。

江孜宗山古堡

上一次是路过江孜，走马观花，很不甘心。很快就要离开西藏了，这次陪内地记者进藏采访，是专门安排的时间，而且说实话，江孜这个地方我心仪已久，它使我莫名向往的东西太多。

我们先来到久负盛名的白居寺。它不仅是西藏佛教的重要寺庙之一，而且是英帝国主义侵略西藏的有力见证。

白居寺藏语意为"吉祥轮大乐寺"。它坐落于县城西北的宗山脚下，主要由措钦大殿、十万佛塔和扎仓（殿堂）组成，一道紫红色围墙环绕寺院，蔚为壮观又充满神秘。为了对古城有个详尽的了解，我们不惜掏60元钱雇了一名叫央金的藏族讲解员，连同后面要看的"宗山堡"一并讲解。央金引领我们进白居寺大门后，边走边兴致勃勃地介绍道，白居寺是在西藏各教派分庭抗礼、势均力敌的情况下建立起来的，它的独特之处在于萨迦、夏鲁、格鲁三个教派和平共处于一寺，各个教派在寺内都拥有多个扎仓。寺院的建造历时十年，于1436年建成。我们沿一条狭长的石铺甬道缓慢走进主殿即措钦大殿，殿高有三层。一层是由48根立柱支撑的大经堂，正面及东西两面是众多佛像和唐卡；二层是拉基大殿，全寺最高级别的会议在这里举行，东西配殿有闻名全藏的泥塑罗汉堂，堂中的众罗汉形象生动逼真，造型神态各异，为古代泥塑罗汉的艺术佳作；三层殿堂四壁绘满大小不等的55座坛城壁画，步入此殿，便见酥油灯火焰荧荧，缕缕烟雾回旋弥漫，犹如进入佛界的仙境之中。

措钦大殿里最珍贵的当数一层正堂供奉的释迦牟尼铜制坐像，据说这座高达8米的佛像用了28000两黄铜铸造，外面还镀了一层黄金。1904年，贪婪的英侵略军入侵江孜时，曾用斧头砍坏了佛像的左腿，还刮走了上面的黄金。央金动情地说："虽然岁月已经过去了百年，而当时的刀痕仍清晰可见。这是我们民族的伤痕，我们永远不会忘记！"

出了主殿往右拐，就是西藏独具特色的宝塔式建筑"白居塔"。整个塔有9层，高达32.5米，共有108个门，77间佛殿、神龛和经堂。殿堂内珍藏大量佛像，墙上绘满了色彩斑斓的壁画。央金介绍，塔里的佛像和壁画上的头像共有 10 万个，故这个塔又称"十万佛塔"。这里堪称一座辉煌的佛像博物馆，身临其境，我为藏族古代灿烂的文化和艺术大师们高超的才能而由衷地赞叹。

在白居寺的背山顶上，屹立着一座古城堡，这便是闻名中外的"宗山堡"。我们沿着弯弯曲曲的石阶踏进宗山的石门，只见这里山势陡峭，危岩耸立，山顶的宫堡像头雄狮傲立在蓝天中。央金告诉我们，宗山是江孜城的制高点，山上有庙宇、经堂等，是江孜城最古老的建筑群之一。她说，宗山的闻名主要在于 20 世纪初的那场江孜军民同英侵略军的浴血搏斗史，它写下了藏族人民捍卫祖国领土主权可歌可泣的光辉一页。

19 世纪中叶，英帝国凭借坚船利炮撞开了中国的大门，古老的国家脸庞上遭受了第一记耻辱的烙印。此后，整整百年时间里，中国所面临的现实是豆剖瓜分、灭种亡国的民族危机。西藏这个被重重山、道道水所遮掩的高原净土，同它的祖国一样，没有能够逃过英侵略者的魔爪。正如《红河谷》中所描绘的那样，英殖民者对这块美丽的雪山草地垂涎已久。1903 年，英侵略军从亚东入境，先派出 600 名士兵占领了帕里宗城堡，然后突入江孜外围，同时又增援 1400 名士兵迅速向北逼近江孜地带。1904 年 5 月，十三世达赖发动抗英动员令，江孜人民组织了 3000 名武装，同西藏军队一起奋起反抗。当时，流传着这样一首民歌：

> 江孜金盆玉壁，住满大鼻黄鸭（指高鼻黄发的英军）。
>
> 岂容糟蹋抢劫，誓死驱敌保家！

民歌反映了江孜人民热爱家乡、反抗侵略的气概。英军攻进江孜以后，西藏地方部队将士们退守宗山，江孜人民也自发加入抗英大军，修筑炮台，居高临下，与英军作殊死对抗。英军伤亡惨重，又从亚东派兵增援，侵略军重兵包围了宗山，又调集十几门重炮，向宗山猛攻三天三夜。在三面受敌、弹尽粮绝、水源被断的情况下，守军与江孜人民用石块、木棒、大刀等同侵略军展开决战，坚守着宗山阵地，最后，堡垒中的火药库被击中后爆炸，堡垒也被敌军大炮轰毁。由于双方力量悬殊，宁死不屈的勇士们全部跳崖，壮烈殉国。

凝视宗山古城堡，我的心情既沉重又激动。虽然宗山上昔日的一些房舍已倒塌，但先烈们的英灵却历经百年洗礼而永驻。是的，宗山上至今仍保留着当年抗英的炮台，炮位旁边，褐红色的岩石傲然挺立，石缝中长满了紫穗花，大概是英烈们的鲜血滋养了它吧！

走下宗山，我仿佛一下子跨越了几个世纪，呈现在面前的是一个充满生机活力、繁花似锦的新江孜。今年正值抗英百年纪念，我可能无法目睹这一具有划时代意义的庆典了，但我坚信，年楚河平原上的这座"英雄城"，已经彻底抖掉历史的尘埃，迎着新世纪的万道霞光，阔步迈向更大的辉煌。

见证联姻的力量

在西藏众多的寺庙中，有两座被称为姊妹寺，而且都与"公主"和"联姻"有关系，它们就是被尊崇为"拉萨二昭"的大昭寺和小昭寺。

小昭寺位于大昭寺以北约 500 米处。汉语称谓"小"，其实是与"大"相对应而说的。小昭寺和大昭寺并称为"拉萨二昭"而驰名于世。拉萨当地人管小昭寺所在的位置叫"热木齐"，意思是"汉人的"，它不仅是西藏最早的寺庙之一，而且是汉藏两个民族友谊的象征。小昭寺的名声和规模虽比不上大昭寺，也没有那么热闹，但它却有很多故事值得我们去探究，到拉萨如果有机会的话，最好还是去小昭寺看一看。

在西藏，大昭寺、小昭寺本无大小之别，更无尊卑之分。最早只因人们习惯于以 12 岁为大、8 岁为小，来简单区别保存和供奉佛祖释迦牟尼不同等身像的两座寺。在西藏工作期间，我了解藏族宗教历史才得知，其实一开始大昭寺供奉的是 8 岁等身佛像，小昭寺供奉的是 12 岁等身佛像。只是后来发生了一些神奇的事，才有了今天这个神奇的结局。

西藏文献记载，1300多年前文成公主远嫁吐蕃时，浩浩荡荡的一行刚进入拉萨河谷，当车队来到"热木齐"这个地方时，装载着唐太宗既作为文成公主的嫁妆又是赠给松赞干布的礼物，即佛祖释迦牟尼12岁等身像的车子陷在了沼泽里，无论如何都无法抬出来。聪慧且懂占卜的文成公主说："看来佛祖愿意被供奉在这里了。"于是就让人们用布幔将佛像围好，后经文成公主历算，得出此地是"龙宫"所在地，遂决定把佛像安放于此，建寺供奉，认为这样既能震慑龙魔，又能祈祷国运昌盛。

据说，佛祖释迦牟尼在世的时候，恩准信徒们按照他8岁、12岁和25岁的模样，由印度著名的塑佛像大师毕畦噶麻塑造了三尊等身像，即依照佛祖当时的真实模样和身材塑造的相同的像。释迦牟尼亲自为这三尊像主持了开光仪式，传于后世。其中8岁的等身像流传到了尼泊尔，12岁的等身像流传到了中国大唐盛世，而25

小昭寺

岁的等身像却在运输途中不幸落入了茫茫的印度洋。目前，世上仅存的两尊佛祖的等身塑像，因"联姻"都永久地落户在了佛教圣地拉萨。

当时，文成公主为建小昭寺，从大唐调来能工巧匠，以汉地庙宇模式，结合藏地建筑特点，经过一年时间顺利竣工，建成了极为壮观的重楼叠阁。随后，吐蕃赞普松赞干布为小昭寺举行了声势浩大的庆筵和开光仪式。和大昭寺坐东面西不同，小昭寺是坐西面东，看来这一设计也是文成公主对大唐故土的一份眷恋之情吧！

盛极一时的小昭寺，在松赞干布去世后，因西藏苯教势力抬头，曾一度被冷落。后来，他的孙子芒松芒赞执政时期，闻知唐高宗派兵进藏，疑为要夺回佛祖等身像，一些高僧和虔诚的贵族，就偷偷将小昭寺里的 12 岁佛像移到大昭寺，藏在了南厢密室中。同时，也将在小昭寺里的汉僧全部驱逐出了西藏。直到第 37 代吐蕃王赤德松赞时，唐中宗又将金城公主远嫁吐蕃王，吐蕃再次掀起了佛教文化热。金城公主查证到 12 岁等身佛像下落后，下令将佛像从密室中重新请出来，供奉在了大昭寺，8 岁等身佛像则移至小昭寺供奉。

金城公主虽不及文成公主声名显赫、美名远扬，但由她做主，将文成公主和尺尊公主所携的佛像作了对调，这也是一个了不起的大事件。从此 1000 多年来，释迦牟尼 12 岁等身佛像永久落户大昭寺，而 8 岁等身佛像也永久落户到了小昭寺，无形中确认并提升了文成公主的地位。

西藏发展日新月异，突飞猛进。小昭寺现在被掩藏在拉萨市北京东路冲赛康市场对面一条石板铺就的胡同里，想进去要走一段 300 米左右七拐八转的路，曲径通幽，寺藏深处，若是没人指点还真不太好找。虽然，它距大昭寺也就 500 米左右，但我第一次来小昭寺时，也是问了三四次，才终于找到了小昭寺的大门。要是初来乍到的内地人找起来可就更麻烦了，往往被衙面的嘈杂热闹搞得一头雾水，找不到入口，真有"路曲不知处，寻佛难入门"

的意味。

小昭寺在1000多年的沧桑岁月中，历经了几度火焚与破坏，现存小昭寺的建筑大多是后来重修的，只有底层神殿是早期的建筑，殿内的10根立柱依稀可见吐蕃时期的遗风，上面镂刻着莲花，并雕有花草、卷云以及珠宝、六字真言。小昭寺的主殿三层，底层分门庭、经堂、佛殿三部分，释迦牟尼8岁等身佛像就供奉在"佛殿"里。主殿周围是转经廊道，廊壁上遍绘无量寿佛像。金顶为汉式风格，属歇山式，表现出庄严的建筑风格特点。站在这里和站在大昭寺金顶一样，拉萨的各个方位都能一览无余，尽收眼底。

我曾两次去过小昭寺，看到寺内基本上是僧人和为数不多的藏族群众。气氛最浓的当数经堂内广大僧众的诵经声，这是他们每日的必修功课。进入寺内除驻足凝神观察外，就是不由自主地顺着人流，绕着主殿外围的转经廊道缓缓转经，感悟藏族群众的虔诚。即将出寺时总感觉意犹未尽，站在大殿外再次回首仰望，但见蓝天中耀眼的阳光投射在金色的宝顶上，光彩四射，仿佛可以触摸到岁月的痕迹。那堆积着历史风尘的精美窗棂，对开的彩色大门，檐下的彩色斗拱，无不向我们诉说着那位大唐美丽的公主，为了家国天下，为了交流互鉴，为了众生安乐，而远离故土，来到遥远的雪域高原，承载着和平使命，传播着文化和文明的种子。

游览大昭寺是神圣的，游览小昭寺是幸运的，而两者都游览才是完美的。只有走进"拉萨二昭"，你的灵魂才会真正受到触动。我们不得不感慨于世事变迁、朝代更替、兴衰存亡、得失沉浮的沧桑无常，却又不得不为这两尊佛祖等身像在同一时期、同一地点神奇邂逅而惊叹不已。这一邂逅也为我们还原了当时汉藏联姻、藏尼联姻的壮举，也见证了千余年风雨飘摇的宗教文化的传承与弘扬。

如果没有当时的联姻，可能就没有这两尊佛祖等身像齐聚拉萨，或许就不会建大、小昭寺以保存和供奉。如果没有大、小昭寺，或许就没有现在的高原圣城拉萨。如果没有今天的圣城拉萨，或许就无法想象这千山之巅、万水之源的雪域世界此时的荣光与神圣！

世上没有如果，一切皆因这段传奇姻缘……

探秘拉孜藏刀

    拉孜藏刀，被誉为中国三大名刀之一。不去探究一下其中的秘密，总感觉在藏工作三年会留下些许遗憾。有一次从日喀则返回昂仁，时间充裕，我们一行中还有单位的两位藏族同事，他俩对拉孜藏刀也有很多了解，于是带我走进了正宗拉孜藏刀老匠人的家庭制刀作坊。

    拉孜藏刀主要分布在拉孜县的拉孜雪村、柳乡孜龙村等地，至今已有近 2000 年的历史。我们此行的目的地是拉孜雪村，早晨从日喀则山东大厦吃罢早餐后上路，中午时分到达了拉孜县城，找了家清真饭馆匆匆吃了午饭直奔拉孜雪村。我们从 318 国道的县城大路口右拐弯，沿拉柳公路即 349 国道一路向北，奔腾不息的雅鲁藏布江就在车子的左首一路陪伴我们前行，行程大约 11 千米就来到了拉孜雪村外。首先映入我们眼帘的是拉孜雪村的地标——村南边雅鲁藏布江畔突兀而起的拉孜宗山，这里曾是古时拉孜地区的行政中心，不远处就是雅江上的拉孜渡口。

    拉孜雪村自古就是拉萨通往后藏西南方向和阿里地区的必经之路，拉孜渡口也是雅鲁藏布江西段的主要渡口，人马驿旅不断。

有了渡口，两岸人民才能往来。据说这里很快要修建大桥，不远的未来沿江藏民来往将更加便利。拉孜雪村这一带气温适中，地势平坦，人情味浓厚，它恰好处在拉萨到阿里大约一半的距离，过往的商人、游民、公职人员都喜欢在这里打尖、休整、安排轮渡，或者闲暇时跟当地人饮酒对歌，起舞助兴。这里是人流、物流、信息流和多种文化的会聚之地，久而久之，这里制作的拉孜藏刀也就远近闻名了。

　　藏族同事以前来过，我们轻车熟路很快来到了村子头上的一户人家，略微不同的是这户人家是藏式四合院，应该算是"大户人家"了。我们进大门来到南屋。这是一个开敞的大房间。同事向主人介绍了来意，憨厚朴实的师傅笑容可掬地和我们打招呼。

师傅叫达瓦次仁，看上去50多岁的样子，黑黑的面庞，结实的身板，一看就是辛苦操劳的"大匠人"。他和我们打过招呼后继续干着手里的活计。作坊里烟熏的味道极

制作藏刀师傅

其浓重，还夹杂着铁腥味，正旺的火星让整个屋子闷热得几近窒息。反正我是不习惯，待了没大一会儿就憋得不行赶快出去透口气。当我再次回到师傅旁边，在小凳子上坐下时，他看着我轻轻地笑了，边干活边和我聊了起来。他介绍说，每个藏民无论男女老少，都会有一把随身的藏刀，对于藏民来说，藏刀既是一件个人信物，更是血脉里传承的一种不可割舍的情结和精神。

达瓦师傅得知我是带着诚意而来，而且是慕名求他制作藏刀，他也毫不保留地给我介绍起来。师傅侃侃而谈，而且是半藏语半汉语地和我交流，有时怕我听不懂就不住地用手比画，当然有我跟随的藏族同事作翻译，不愁听不懂，一番介绍后，我对拉孜藏刀有了一个较为详尽的认识。

藏刀在西藏俗称"巴当末"，有长刀、短刀和小刀之分，长刀有1米左右，短刀约40厘米，小刀则十几厘米甚至几厘米。藏刀的制作过程一般有冶炼熔化、模具翻铸、敲抠打形、刻花镶嵌、焊接组合、锉磨整形、精雕细刻及镁洗抛光等工序。拉孜藏刀用钢材锻制而成，以历史悠久、钢质优良、刀刃坚韧、刻工精细、造型优美著称。刀把以牦牛牛角或木料制作，并缠有银丝、铜丝或铁丝，刀鞘也是十分考究的包银或包铜，有的还刻有花卉、动物图案，有的甚至镶嵌珠宝、镀金等，显得格外华丽端庄。它不仅外观精美、享誉后藏乃至整个藏区，而且深受国内外游客的青睐。

我对达瓦师傅的技艺赞不绝口。憨厚的老匠人知道我在夸他，也越说越来了底气。他说，一把真正的藏刀大致需要20多道工序，复杂且烦琐，因藏刀对"锋利"的要求极高，既"利"且"韧"，一般需要上千次的锤打，经过多次淬火和打磨，只有熟练掌握其中的诀窍和火候，才能打造出刚性极强、锋利无比、品质优良的藏刀。

拉孜藏刀因其复杂制作工艺，很难被系统传承，只有用心去体会个中滋味，仔细揣摩它的每一个环节，经过千锤百炼，甚至经历几十次至上百次失败的过程，才能成为一名真正的铸刀师，也才能制造出品质上乘的拉孜藏刀。

达瓦师傅说，因为都是手工制作，一把精美锋利的大藏刀，一般需要花费差不多一个月的时间，短刀和小刀也得几天时间。拉孜藏刀是西藏自治区的非物质文化遗产，他已潜心制刀30多年，现在儿子也"子承父业"，另外他还收了两个徒弟。我说："你算是传承人了吧？"他回答说："我还不是拉孜藏刀的传承人，现在只有两位传承人。拉孜雪村的传承人叫普达瓦，他是真正的铸刀师。"制作拉孜藏刀，是个又苦又脏又累，而且枯燥乏味的"苦差事"。我说："你虽然不是传承人，我们可是慕名而来求你的刀。"他笑嘻嘻地说："我虽不是传承人，但是我制作的刀还是有很多人喜欢，供不应求。"看得出来，达瓦师傅是一个自信又可爱的老人！

达瓦师傅此时也兴奋了起来。他为了验证刀刃的锋利程度，直接将一根筷子般粗的铁丝放置于锻造台上，然后用力举起刚打磨过的刀轻重有度地砍下去，只听咔嚓一下，铁丝断了，而刀刃毫发无损。

拉孜藏刀最后的工艺就是在刀身和刀鞘上雕刻花纹或文字。根据纹理的粗细，选用不同尺寸的锉刀，用铁锤轻轻敲打，分寸尺度稍有差池，就会前功尽弃。难得来到作坊看师傅亲自制作藏刀，我得留下永恒纪念，于是让师傅刻上我的名字，他爽快地答应了我的请求，连同事先打好的几把刀从展柜中拿出，稍微在炉火上加热，然后很迅速地把我的名字镶刻在了刀身上。这是我此行的最大收获，不光是买到了正宗的拉孜藏刀，而且署有我的名字，作为定制刀，可就意义非凡了。

正是因为手工制作的不尽完美，反倒成了最宝贵的价值点。我们可以从中感觉到每一锤的分量，感受到那些经手掌反复摩擦的温度，甚至感悟到工匠们的情感。而这却是那些整齐划一、看似完美的机器制造产品所没有的。

相传，在江孜抗击英军入侵时，军民所使用的战刀和兵器，很多都是由拉孜雪村打造和提供的。据说十世班禅曾到这里视察藏刀的生产技术状况并给予很高的评价。

藏刀不仅是西藏人民生产生活不可缺少的一种工具，而且由于它的形状、工艺等都具有独特的民族风格和地方特色，在国内外享有很高的声誉，许多人甚至在描述藏民族特征时，总是把人与刀联系在一起。

电影《冈仁波齐》中有这样一个画面：朝圣的一行人经历了一天的艰难跋涉后，卸下装备，拖着疲惫的身子围坐一圈，分食风干牛肉。男人们从腰间拔出一把灵巧锋利的小刀，熟练利索地将牛羊肉从骨头上一块块、一片片剃下来，分给老人和孩子们。这把精巧的小刀，就是我想说的主角——藏刀！此时此刻，它是不是拉孜藏刀并不重要了。

藏羚羊的前世与今生

　　湛蓝的天空，悠悠的白云，圣洁的雪山，成群成群的藏羚羊追逐奔跑……在西藏三年，每当见到这人间绝美的风景，我就万分激动，不停地按下相机快门，记录下这一珍贵的时刻。

　　藏羚羊是国家一级保护动物，一般栖息于海拔 3300～5500 米的高海拔平原、荒漠草甸、雪域草原等环境中，尤其喜欢高海拔水源附近的平坦草滩。藏羚羊生存的地区东西相跨可达 1600 多千米，大多数种群是高密度迁徙或游牧，它们又细分种群在夏季和冬季之间移动 400～500 千米。季节性迁徙是它们与生俱来的重要特征。

　　据说，藏羚羊迁徙可能源自一种"种群集体记忆"。在 4000～8500 年前，青藏高原处于暖湿期，森林、灌木在可可西里大范围延伸。由于藏羚羊偏好栖息于壮阔的草地，其种群开始向寒冷的北方迁徙。到了冬天，随着北方被大面积积雪覆盖，可可西里乃至更南地区羌塘大草原的灌木及树叶开始脱落大地，藏羚羊又南迁觅食。这样年复一年、代代相传，季节性迁徙就成为这个种群的"集体记忆"，至今仍影响着它们的生活行为。

可可西里和羌塘无人区历来是珍稀动物的乐园。卓乃湖、太阳湖处于可可西里和大羌塘的腹地，由于水源、草甸充足肥美，是藏羚羊迁徙路线上规模最大的产崽地。每年五六月，成千上万的母羚迁徙到此产崽后，待幼羚可以行走了，母羚们又率队浩浩荡荡地原路返回，完成一次迁徙过程。

我在西藏多次听到这样一则故事，叫"藏羚羊的跪拜"。这个故事发生在 20 世纪 80 年代，在青藏高原特别是可可西里和羌塘草原等藏北无人区，是人们猎杀藏羚羊的"主战场"。时至今日，可可西里枪声的血腥味仍然带着罪恶的余音，盘旋在自然保护区巡察卫士们的脚步

迁徙途中的藏羚羊群

难以丈量到的角落。当年举目可见的藏羚羊眼下已是凤毛麟角了。

据说，当时经常路过藏北的人总能看到一个肩披长发、留着浓密大胡子、脚蹬长筒藏靴的老猎人在青藏公路附近活动。他那支磨蹭得油光闪亮的"杈子枪"总是斜挂在身上，身后的两头牦牛驮着沉甸甸的各种猎物。朝别藏北雪，夜宿江河源，猎获的那些野生动物皮张自然会卖来一些钱，除了自己消费一部分外，更多的则是用来救济路遇的朝圣者。每次老猎人在救济他们时总是含泪祝愿：上苍保佑，平安无事，扎西德勒！

杀生和慈善在老猎人身上共存。促使他放下手中的杈子枪是在发生了这样一件事以后。一天大清早，他从帐篷里出来，伸伸

懒腰，正准备要喝一碗酥油茶时，突然看见离他只有数步之遥的对面草坡上，站立着一只肥肥壮壮的藏羚羊。他顿时眼睛一亮，这可是送上门来的尤物呀。他丝毫没有犹豫，转身回到帐篷里拿来了权子枪。他举枪瞄了起来，奇怪的是，那只肥壮的藏羚羊并没有逃走，只是用乞求的眼神望着老猎人，然后冲着他前行了两步，两条前腿"扑通"一声跪了下来，与此同时，只见两行长泪从它眼里流了出来。老猎人的心头一软，扣扳机的手不由得松了一下。藏区流传着这样一句老幼皆知的俗语："天上飞的鸟，地上跑的鼠，都是通人性的。"此时藏羚羊给他下跪，自然是求他饶命了。老人毕竟是猎手，不被藏羚的怜悯打动也是情理之中的事。于是，他双眼一闭，扳机还是在手指下一动，枪声响起，那只可怜的藏羚羊便栽倒在地。它倒地后仍是跪卧的姿势，眼里的两行泪迹还依然清晰地印在面庞上。

那天，老猎人没有像往常那样当即将猎获的藏羚羊开宰、扒皮。他的眼前总是浮现着给他跪拜的藏羚羊的影子。他有些蹊跷，藏羚羊为什么要下跪？这可是他几十年狩猎生活中唯一的一次。夜间躺在帐篷里的他久久无法入睡，双手一直颤抖着……次日，老猎人怀着一颗忐忑不安的心情，对那只藏羚羊开膛扒皮，腹腔在刀刃下打开了，他惊讶地叫出了声。原来，在藏羚羊的肚子里，静静地卧着一只已经成形即将出世的羚羊羔，但自然是已经死掉了。这时候，老猎人忽然明白了为什么那只藏羚羊的身体是肥肥壮壮的，也明白了她为何要弯下笨重的身子给自己下跪：它是在乞求猎人枪下留情，留下自己孩子的一条命啊！

天下所有慈母的跪拜，包括动物在内，都是神圣的。老猎人的开膛破腹就此终止，当天，他没有出猎，在山坡上挖了个坑，含泪将那只母羊连同她那未出世的羊崽掩埋了，同时埋掉的还有他的"杈子枪"。从此，这个老猎人在可可西里大草原上消失了，没有人知道他的下落……

我曾经在一本书上看到这样的描述，盗猎藏羚羊说白了是巨大的利益驱动。盗猎者在枪杀藏羚羊后，将羊皮、羊绒转手卖到印控克什米尔地区，这里是羊皮、羊绒的主要加工区和制成品的销售集散地。藏羚羊羊绒由于是世界上最好的羊绒，被称为"沙图什"，即绒中之王的意思，一条 2 米长、1 米宽的羊绒围巾重量仅有 100 克，能从一枚戒指中穿过，在欧美市场能卖到 1 万美金以上，有"软黄金"之美誉。就这样，无数中国青藏高原上那些可怜的藏羚羊的羊绒，摇身一变流落到欧美市场，冠冕堂皇地披在了那些"贵妇人"和"贵小姐"的身上。

藏羚羊的一代代繁殖壮大在人迹罕至的"世界第三极"焕发着勃勃生机，构成了雪域高原的一道美丽风景线，调节着高原生物多样性与生命的良性互动和平衡。但曾经很长一段时间，藏羚羊的数量却急剧减少，有报道称已从几十万只到了仅剩 7 万只左右，一度成为世界濒危物种。皆因羊绒太过值钱，极大地刺激着不法分子的神经，金钱使他们麻木不仁、铤而走险。

藏羚羊凄惨的前世何时才是尽头……

高耸入云的雪山，丈量着一个人的精神高度；漫天风雪里的崇高坚守，彰显着使命担当的力量。没有谁天生勇敢，只是因为责任而选择了挺身而出，义无反顾。

很多人从有关报道中知道了这样一个平凡而伟大的英雄，他的名字叫索南达杰。他自发成立了可可西里野生动物保护站，1994 年为了保护藏羚羊顺利产崽，他与 18 名不法盗猎者搏斗，等到别人发现他尸体的时候，他倒在雪地里还是双手换弹的姿势。这位藏羚羊的守护神面对被金钱冲昏头脑的盗猎者不可能退缩，他既有藏族人的无畏，更有一个普通人的无私。索南达杰虽然倒下了，但更多的人站出来，守护可可西里的征程未曾停歇，数以千万计的勇士们志愿加入了守护藏羚羊的战斗中。

立法在推进，国人在醒悟。人们热爱自然、保护生态，热爱动物、保护藏羚的意识和行动也在日益加强，这是一份责任担当和文明素质提升的充分诠释。

我们什么时候能看到二三十年前的那种景象，我相信这一天已经为期不远。2004 年 5 月，在我即将结束援藏生活时，看到了最新报道，得知，目前青藏高原藏羚羊种群的数量，已从 20 世纪 90 年代的不足 7 万只恢复到了 10 万只以上。我更加自信地推测，不会太久，藏羚羊的数量将会突破 20 万只、30 万只甚至更多，这不仅意味着藏羚羊不再是濒危物种，还意味着生态环境保护力度之大前所未有，令人欣慰的是人类彻底的醒悟与高度的文明。

现在的可可西里、羌塘无人区宽广而宁静，高原精灵藏羚羊在"世界第三极""人类生命禁区"奔跑得越发快活逍遥，呈现出一幅动物与自然和谐共生的美丽画卷，那分明是我们向往的成群成群藏羚羊嬉戏的诗与远方！

话说羊八井地热

　　美丽神奇的世界屋脊青藏高原，除了丰富的日照光热资源、独特的地壳结构形态外，同样也造就了最火爆的地热资源。在无数人的印象中，它总是冰天雪地，寒冷冻人，而事实往往出人意料，"羊八井"就是这么一个出人意料的地方。

　　"羊八井"即羊八井镇，它位于西藏拉萨市西北约 90 千米的当雄县境内。曾经在 20 世纪八九十年代，我就从媒体报道中得知羊八井地热资源十分丰富，从报道的画面中看到蓝天白云下，常有突发的汽柱冲天而起，鸣声震天，那时的初中地理书上也有关于羊八井的介绍。但青藏高原离我们太远了，亲自体验恐怕是奢望了。但世间又有很多事情是难以预料的，中央对口支援西藏政策让我有幸踏上了青藏高原这块高天厚土，看似不可能的事却变成了现实。2003 年的秋天，我终于走进了"羊八井"。那一年，国道 G318 线的拉萨至日喀则段局部维修，这条线也是往来两地的"正线"，另外还有两条"辅线"，一般称南线和北线，它们都是省道，其艰险程度比国道还要深。不过沿途的迤逦绮丽风光据说非常美妙，走南线可一睹西藏三大圣湖之一的"羊卓雍措"，而走北线可一览神奇的"羊八井"地热风光。

是日，我们在拉萨处理完公务收拾好行囊，早餐后 10 点钟准时出发，车子驶出拉萨城一路向西北，沿着青藏公路即 G109 国道行驶差不多两小时，路边"羊八井镇"指示牌已跳入眼帘，从此路口向左转入中尼公路即西藏省道 S304 线，很快就将进入我魂牵梦绕的羊八井地热温泉。

在西藏一直流传着一句俗语："来到羌塘大草原，寂寞与寒冷令你惆怅，可一旦投入她的怀抱，草原就变成了你温暖的家。"这里面说的"她"就是指的"羊八井"，这里的"温暖"指的是羊八井丰富的地热资源。羊八井是一处风光旖旎绮丽、温度适宜的天然温泉浴场，许多游客不远千里万里慕名来到这里，

羊八井地热景观

只为亲身体验一下来自雪域高原深处的那股温热激情。

羊八井为何拥有如此丰富的地热资源？原来，在念青唐古拉山南端、海拔 4300 米处有一个狭长的带状盆地，盆地长近 90 千米，宽为 1~10 千米不等，面积约 450 平方千米，自东北向西南方向延伸，整体地势比较平坦，这就是西藏著名的羊八井盆地。盆地南北两侧矗立着多座 5500~6000 米以上的山峰，终年积雪。西北

169

边缘是念青唐古拉山南缘断裂带，东南边缘是唐古拉山山前断裂带，两者均为打通地球深部热源的控热断裂，交会处即为热流向上聚集的最佳通道，导致此处地表一带的水热活动异常频繁活跃，从而形成了各种温泉、热泉、沸泉、喷泉孔、热地、水热爆炸穴，以及热水上升的间歇喷气井、热水塘、热水沼泽等。

羊八井所处的美塘草原属于高寒地带，一年里有八九个月冰封土冻，而这片区域却碧草青青、鲜花盛开，温泉池里热气蒸腾、水雾缭绕。这里拥有全国罕见的大规模温泉群，年平均水温保持在47℃左右，最热时可达87℃，素来享有"地热博物馆"之称。有人曾在羊八井地热开发试验区尝试把一篮子鸡蛋放入热浪扑涌的泉水中，不过三五分钟就已煮熟。

据查西藏有关资料得知，羊八井温泉群里含有大量的硫化氢等矿物质，通过浸泡洗浴可治疗多种慢性疾病。于是，每年春秋季特别是到了冬天，都有许多藏族百姓和外地游客登上这块高寒热土，在漫天飞雪中，在冰与火交融的温暖水乡里舒舒服服地泡温泉。试想一下，泡至酣畅淋漓时抬眼一看，眼前是氤氲水汽，耳边是涌动水声，四周皆是尖峭高耸的壮丽雪峰，此时此刻，人间还有哪一种情景能比当下更让人觉得浪漫惬意呢！

正因如此，我在西藏就曾想，抽个时间一定要去羊八井温泉群感受一下，实在不行哪怕是"走马观花"或是"雾中看花"到此一游，也算了却心中的一份念想。

当我们从青藏公路转入S304省道，心中已开始生出激动，我知道很快就要到达羊八井温泉的核心区了，这时路两边已清晰可见大量的管道和高耸的烟囱，这应该是地热发电站的相关设备了。再往前行驶约8千米，我们便来到了羊八井镇驻地，此时路两边分布着商店、小饭店和旅馆，还有一所小学和一个道班，路上行人也多了起来。我在西藏几年也走了很多乡镇，像羊八井镇这样的规模和繁荣程度真是不多。给我们开车的南木拉师傅对这里还是有些了解，他边给我们介绍镇上的情况，边拉着我们径奔核心部位温泉池的地方。此时，奇迹出现了，但见不远处，一股巨大的蒸汽团从地面冲向空中数十米高，在空中因风力的作用又渐渐弥散开来，虽持续了不过几十秒钟的时间就消失了，但那缥缥缈缈的景象已是妙不可言，恍如仙境。这就是人们描述中的"冲天汽柱"，运气好才能碰上，如果靠得更近的话，可以听到刺耳的啸声，令人不由自主地心生恐惧又大呼过瘾。

如此得天独厚的自然地理和交通条件，也早已给羊八井带来巨大的发展机遇。国家从 20 世纪七八十年代就开始大力投入建设资金，1975 年，羊八井打出了我国第一口高温蒸汽井；1976 年，我国第一台兆瓦级地热发电机组在此成功发电；1984 年，羊八井地热发电站总装机容量达 1000 千瓦，居当时全国第一位、世界第二位。进入新世纪的 2001 年也就是我们第三批援藏的第一年，得知国家继续推动"光明工程"，筹建 400 多座小型太阳能电站与地热电站，为西藏无数家庭燃起了盏盏明灯……从此羊八井更加声名大振，成为雪域高原上一座创造光明、希望与梦想的新兴城镇。

羊八井的风景很美，但去羊八井的目的真不是看风景，而是慕名去体验独一无二的高原温泉，洗去西藏旅行的一身征尘及疲劳。泡温泉分室内游泳池、室外游泳池以及室内小温泉池等，费用从 40~100 元不等。因还要赶路，这次只能一睹羊八井地热温泉群的风采，亲身体验温泉浴恐怕要等下次了。我们来到室外泡温泉浴的游泳池（这也是主池），隐约看到池里近处有十几位泡温泉的人们，由于白色雾气弥漫，游泳池的远处有无游客在洗浴就不得而知了。站在池边举目望去，周围远远地可以看见雪山，在这样的环境下泡温泉，实为难得的人间享受。

羊八井宛如一座蓝色天国，她分明是雪域高原赠予人类的一片世外桃源。在蓝天与雪山的环抱中，在寒冷与蒸腾的交汇里，尽情享受身体的放松、内心的恬静，这样的体验，值得用一生去记忆。

走近羊卓雍

能一睹"羊卓雍错"迷人的风采，一直是我进藏以来的愿望。每当听到去过的人谈起，心中就激起向往的涟漪。

羊卓雍错，藏语意为珊瑚湖，她与纳木错、玛旁雍错并称为西藏三大圣湖。她位于雅鲁藏布江南岸、山南地区浪卡子县境内，湖面海拔 4401 米，面积 678 平方千米。她以盛产高原裸鲤而闻名。这里也是藏南最大的水鸟栖息地，有天鹅、黄鸭、水鸽、水鹰和沙鸥等多种水鸟，被藏族人民称为雪域仙境，高原翡翠。近年来吸引着无数中外游人纷至沓来，一睹她的芳容。

一次陪到藏来的几位朋友，终于有幸踏上了前往羊卓雍的旅程。车子从拉萨出发，沿着拉萨河向西，大约半小时过曲水大桥（雅鲁藏布江上最大的桥）后，开始爬上陡峭的羊肠山路。山上是绿油油的草甸，健壮而娇美的牛羊群点缀于山峦之间，飞禽走兽不时地跳入眼帘，蔚蓝色的天幕下，朵朵白云仿佛是嵌上去的，与草甸交相辉映，更显得大自然的空阔辽远。

车子在凹凸不平的山谷间爬行，犹如一叶随波起伏的小舟颠簸前行。我们顾不了窗外炽热的阳光和车子掀起的尘土，都把车窗打开，透透闷热的空气，消除一下眩晕的感觉。一个小时以后，车子终于到达了羊卓山口，这里的海拔在 4800 米左右。从这里远远看去，羊卓雍错秀美风光一览无余，整个湖面就像随意从天上飘下的一条绿色彩带。我们爬出车子，顾不得精疲力竭和满身的灰垢，大口大口地喘着粗气，恨不得把空中的氧气全部吸进肚里……立足未稳，但见山口处停着十多辆车子，大多是白皮肤、棕色头发的外国游客，也有部分内地来的游客。十几个藏族小伙分别牵着各自的牦牛作道具，招揽拥簇着游人拍照，20 多个藏族姑娘和小孩则纷纷要求陪游客照相，当然他们也不是白白陪照，

羊卓雍错

一般拍一次要收取 1~2 元钱，看来商品经济意识早已进入雪域高原人的脑海深处。

因氧气稀薄，我们匆匆拍了几张照片后，徒步沿着山谷缓缓而下，脚踏砌好的石磴，很快靠近了羊卓雍错水面。湛蓝的湖水和蔚蓝的天空连为一体，交融相汇，烟波浩渺；远处高耸入云的雪峰倒映湖中，如玉盘托笋，流光溢彩；湖面不时有成群的天鹅和白鸽盘旋于低空，婀娜多姿，千娇百媚；山谷间隐隐浮现的藏族村寨，依山傍崖，如临仙境。进入湖畔的滩涂上，蓝天、雪山、湖面、绿波、游人、牦牛、白鸽……大自然和谐的点缀，如一幅巧夺天工的油画，让我们激动不已，如痴如醉。看着这人迹罕至的世间净地，不由得浮想联翩。

据陪同我们一起前来的当地人介绍，羊卓雍错的保护和利用到目前是令人称道的，生态环境基本没有被破坏，旅游开发也是以自然景观为主，没有经过人为的修饰。而她对于调节当地生态以及造福藏族人们生产生活发挥的作用是不可低估的。西藏自治区政府明文规定，湖里的鱼是不准捕捞的。据说，前几年曾因一些不法分子偷偷进入湖区捕鱼，而使生态环境受到了一定程度的破坏，政府对此进行了严厉打击。羊卓雍早期是外流湖，后来由于穷堆断裂的山体活动导致湖面断流，形成了现在的内流湖。湖的蓄水量有150多亿立方米，蕴藏着丰富的水能资源，著名的羊湖电站即建于此，它是拉萨市和山南地区的电网大动脉。

天色开始变暗，片片乌云向湖面笼罩过来，慢慢飘起了温柔的雪花，顿时羊卓雍错在我们的眼前汇成缥缈的幻觉，赶快抢下了如此珍贵的镜头。我更是微闭双眼继续寻觅着这份幻觉，但愿能长久地驻留幻觉之中。这个天真的幻觉只能留作回忆，当睁开眼睛时，雪已消失，天变晴朗。这个过程大约持续了3分钟时间，偶遇此景，已是心满意足了。此时，夕阳西下的霞光再次蒸腾着波光粼粼的湖面，一切又趋于平静。

再见了，我心中向往的圣洁而神秘的羊卓雍。

樟 木 之 旅

　　位于西藏日喀则地区聂拉木县的樟木镇，是我国与尼泊尔交界的重要口岸。在秋高气爽的 2002 年国庆长假期间，我们一行五人踏上了令人心旷神怡、荡气回肠的樟木之旅。

　　一早从昂仁县城出发，沿着海拔 4000 多米高的中尼公路，经过近 3 个小时的颠簸，我们到了定日县，这里是办理出境手续的地方。一切手续办理妥当已是中午，在县城的一家小餐馆吃过便饭丝毫不敢耽搁时间就又上路了。过检查站不久，透过车窗向左侧看出现了一道奇观，那是一排巍峨挺拔、高耸入云的雪峰群，其中为首的那座在阳光的照射下晶莹剔透，蔚为壮观，使人可望而不可即。我顿时激动不已，直觉告诉我，她就是无数人心驰神往的珠穆朗玛峰了，藏族司机占都师傅给了我们肯定的答案。从这里下岔路是通往珠峰景区的专用路，到达大本营约需要 3 个小时。我们急于赶路，只好遥望并向她行注目礼了！继续往前，我们真正行驶在了朝思暮想的喜马拉雅山系上，很多地段的海拔超过了 5000 米，那感觉就是在天上行、云中穿，我忽然想起有句广告词"山高人为峰"，此时我真的认为我们是最高的。车子似乎被连绵不断的雪山、雪峰包围着，望着被皑皑白雪紧裹的世界上最高的喜马拉雅山脉，我兴奋喜悦的同时，更感叹大自然的神奇。路上间或看到零散的牛羊和被遗弃的残垣断壁的古建筑遗址。

车子转过一个大山弯后，前面是茫茫的旷野，车上的人开始昏昏欲睡。跑了很长一段时间，占都师傅喊醒我们：快看，前面是希夏邦马峰，一下子提起了我们的情绪。仔细望去，她就像一堵冰雪堆起的墙一样横在了我们的不远处，似一位"犹抱琵琶半遮面"的纯情少女，给人一种俊俏冷酷又虚幻缥缈的感觉。正是她，2002 年 8 月 7 日无情地夺去了 5 名高校学生的年轻生命，她也一时成为国内外媒体争相谈论的焦点。

在离希夏邦马峰的最近点唐拉山顶短暂停留拍照后，顺着山势海拔逐渐降低，到达聂拉木县城稍事休息，一路顺山而下赶往樟木口岸，此时呈现出的是独特的西藏"江南风光"，空气越来越湿润，山体越来越绿，植被越来越茂密，完全成了一幅和谐自然的绿色山水风景画。在山涧小路上缓缓而行，似乎已经被流云飞漾所环抱，放眼望去，山的博大，水的欢快，树的秀美，花的灿烂，云的缭绕尽收眼底，我们早已

樟木镇

飘飘欲仙，在这里人与自然融为一体了。真是"一山有四季，十里不同天"呀！

正陶醉间，忽见这人间仙境中跳出了排排幢幢红白相间的楼

房，错落有致，仿佛是镶嵌在青山碧水中。樟木到了，我们情不自禁地惊呼！

樟木镇作为西藏重要口岸的所在地，依山而建，层次分明，建筑一般为二、三、四层楼，道路弯曲别致，整个镇呈"N"形镶嵌在山峦上。我们的住处名叫尼玛宾馆，藏式风格，但十分干净、舒适，建筑也很精巧。我们被安排在二楼居住，要通过天桥连廊到达房间。这个宾馆还有一个很大的特点就是鲜花簇拥，这在西藏是难得见到的，走廊、过道和房间内整齐有序地摆放着数盆鲜花，充满着温馨的感觉。在樟木感受最深的是涛声，在房间里就能听到隆隆的水流声，推开窗子，眼前是一幅精美绝伦的山水画，几条大瀑布就悬于山涧，几乎触手可及，大有"飞流直下三千尺，疑是银河落九天"的气势。夜晚有涛声作美妙的伴奏，是一种从未体验过的享受。飞瀑流云赋予樟木以灵魂，而当早晨推开窗扇，呼吸着最清新的空气，看着山峦间的袅袅炊烟、薄薄雾气，又是那么风情万种，令人感叹大自然的鬼斧神工。

据宾馆经理尼玛讲，以前的樟木是一个偏僻的荒野之地，改革开放以后，我国西藏和尼泊尔的双边贸易开始活跃起来，进入新世纪更加彰显繁荣景象，现在樟木已成为一个日新月异、环境优美、贸易繁忙的现代化新口岸。目前，活跃在这个小镇上的主要是夏尔巴以及尼泊尔商人，也有部分四川人和藏族人。樟木街巷随处可见出租车、IC 卡电话亭、水果蔬菜店、超市、饭馆、酒吧，繁华、秀美、静谧是进入樟木的第一印象。樟木的夜晚，又是一个华灯绽放、繁星闪烁、涛声隆鸣、花香四溢的美丽世界，我们置身其中，心之陶醉，流连忘返。

来去匆匆的樟木，你却是我记忆永远留存的樟木！

触摸珠穆朗玛

　　地球上的最高点珠穆朗玛峰，位于中尼交界的后藏日喀则地区定日县境内。她那8848米的顶尖刺破了冰雪般洁白的云层，沐浴在地球上空最纯净的阳光里。

　　在多少人的眼里，珠峰只是书本和教科书里的描述，是遥不可及的天外之物。但这正激发了人们的向往和欲望。登山爱好者、登山运动员以征服她而引以为豪，国内外游人以见到她而引以为荣。她也毫不吝啬地期待着越来越多的人去完成挑战自我、挑战极限的"处女作"。

　　我当然也不例外，可我更是幸运的。能在号称"世界第三极"的西藏高原、雪域世界工作生活一段时间，本身就是实现了一次向自我挑战、向生存极限挑战的"处女作"，但我不以此为满足，我还有机会和勇气向新的高度挑战：一定要亲历珠穆朗玛峰的雄伟，一定要圆这个心中的梦想。

　　进藏的第一天，当我们行进在拉萨至昂仁的路上时，不断产生出好奇，但"奇中之奇"却是不时看到车窗外的外国游客，他们当中有男有女，年龄也有很大差异，骑车行驶在枯燥乏味又尘土飞扬、似乎是没有尽头的路上。据说他们都是从国外带来的自行车及其他物品，远渡重洋来追寻心中的梦想。以后每每在昂仁至日喀则的路上，都能看到同样的情景。他们从拉萨骑车到珠峰大本营来回少则十天，多则半月以上，连我们坐在车子里都感到疲惫，不得不佩服他们的个性张扬。珠峰能以如此魅力吸引着国外客人，加剧了我早日走近她的念头。

从樟木口岸返回时，难得有时间又有心情，我们决定趁此机会到"大本营"，一睹心驰神往的珠穆朗玛峰，也了却久在心底的愿望。早上 10 点从樟木出发，在天界路上翻山越岭大约用了 6 个小时，终于到了一号大本营，这里的海拔高度是 5220 米，考虑安全和环保因素，一般游客观珠峰只能到达此处，严禁再往前走。这时的珠峰离我们看似近在咫尺，大有伸手可触之感，但实际距离却还有 20 多千米。

大本营其实是一片地势相对平缓又非常简陋的地方，零星分布着十几顶帐篷，是当地藏族百姓开的小旅馆和餐馆，供游人居住。另有大约七八间平房，是大本营管理办公室。另外，散落着多顶旅游帐篷，多数是外国游人自带的，他们一般要在大本营住多日，有的是外国登山爱好者，他们是经批准专门来攀登珠峰，在这里安营扎寨，做登顶的准备工作和等待最佳登顶机会，遇上天公不作美时，只好放弃登顶。

珠穆朗玛峰

大本营平地上突

兀起一座不大的小山头，上面有"玛尼堆"和迎风飘曳的经幡，是观珠峰、拍照的最佳点。我们到达时已是下午 5 点多，仰望日盼夜思的珠峰，我们无不激动得要流泪，站在那里竟然几分钟没有眨眼，面部几乎没有表情，思维一时凝固了，我要让神圣的珠峰永远定格在我的脑海里。此时，顾不得缺氧和寒冷，我爬上小山头尽情地"触摸"世界最高峰。但见前方雪峰巍峨挺拔、高耸云端，在阳光里她晶莹剔透，蔚为壮观，阳光退去后她妩媚动人，既壮美又端庄，既圣洁又神秘。她已不是静态的珠峰，她分明是有着灵魂的珠峰，像一尊雍容华贵的大佛在接受人们的膜拜。这时小山上早已有十几位外国朋友，见我们到来十分友好地竖起大拇指，并连连说"OK！OK！"，并高兴地同我们合影留念。

正是珠峰的唯一性激发着世界各地人们无穷无尽的眷恋，也使人们好奇地探寻她的形成过程。她是地壳运动的结果，她所在的喜马拉雅山脉处于地壳活动最强烈的地带——印度板块在距今 7000 万年到 100 万年的时候俯冲到亚欧板块的下面，把当时还在海面下的亚欧板块南缘抬升起来，亚欧板块的南缘隆起、被挤压而破碎断裂，最终形成雄伟壮阔的喜马拉雅山脉。珠峰就是在那时形成的。从那时起，印度板块恒定地向亚欧板块下面俯冲，因而对珠峰产生了恒久的北东方向的推力和向上的抬升力，珠峰实际上每年都在缓慢地长高。

珠峰，是世界人心仪的大山，是西藏人心目中的魂灵，藏族人把她称为"圣母之水"，冰雪世界。

因为要赶路，我们匆匆驻留了半个多小时后驱车返回。没能目睹晚霞中的珠峰风采有点遗憾，据说那是珠峰最美的瞬间。有机会我一定再来欣赏最美时的珠峰。

亚 东 纪 行

  锦绣的山水，如画的自然，原始的生态，多半是在我国的南方才能看到。如果不是亲自到过这个地方，连我自己都不会相信它是在西藏，这就是亚东。

  亚东，藏语叫"卓木"，意为"旋谷或急流的深谷"。它的地理位置十分独特，位于西藏西南部，是后藏日喀则地区的一个边境县，与印度、不丹、锡金三国接壤，素有"西藏咽喉"之称。

  2004年"五一"长假期间，我陪到藏的客人去了一趟亚东。亚东距离日喀则大约300千米，出日喀则是刚刚修好的至江孜的柏油路，一路顺畅很快进入了江孜平原。"年楚河"从这肥沃的平原匆匆流去，河旁屹立着著名的白居寺、十万佛塔和帕拉庄园。过了江孜开始颠簸在西藏最常行的砂石路上，好在是初次涉足这条漫漫长路，"陌生感""好奇心"很大程度上弥补了我们的疲惫昏睡心理。听着音乐，一路说笑，一路观光，好生惬意。

  不知不觉到了康马县。它原是一个基础条件较差的县，2002年由黑龙江省对口支援后，短短不到两年时间，一个比较现代化的小县城已具雏形。一路南行，除了偶尔见到几处民居、牧羊人外，都是空旷干涸的高原植被，我们开始昏昏欲睡……不知过了多久，司机阿旺师傅喊醒了我们。原来，前方出现了一个湛蓝如镜的大湖泊，与连绵的雪山、粗犷的原野，构成一幅美妙绝伦的画卷。我们立马打起了精神，赶快下车拍照留下这珍贵的"记忆"。阿旺介绍，这个湖叫"多庆错"，湖面接近 100 平方千米，海拔4300 多米，也是亚东境内唯一的湖泊，翻过湖对面的雪山就是不丹国。

西藏的天说变就变，刚才还是艳阳高照，一会儿就刮起了大风，下起了冰雹，继而又变成了小雪，前方的视线模糊起来。在飞舞的雪花中我们来到了有"世界上高原第一镇"之称的帕里镇，它也是藏南部一个繁荣的古镇。帕里海拔 4360 米，这里天气寒冷，氧气缺乏，一年当中无霜期仅有 30 多天，不适宜种植农作物，但这里牧草丰盛，宽满的草地生长着 300 多个品种的草类，养育了膘肥体壮的牦牛以及贝母、虫草等珍贵药材。帕里镇犹如亚东的大门，而亚东又是通向南亚的交通要道，所以帕里又是一个军事要地。1903 年 12 月 21 日，英军以谈判为名，从亚东进入西藏境内，占领了帕里镇，帕里人民与侵略军展开了殊死搏斗，遭到了侵略军无情地枪杀。因此，帕里镇也有"高原英雄镇"之称。与帕里镇相距不远的地方，有座 7314 米的雪峰耸立蓝天，叫绰莫拉利峰，它

亚东县城和亚东河

如同一个历史的证人见证着侵略军犯下的滔天罪行。

过了帕里，地势逐渐降低，狭谷变得越来越深，两边山上的植被密度则越来越高。细细观察周围的景色，高山牧场开始变绿，山峦上邦锦花竞相开放，最亮丽的风景当数满山遍野的杜鹃树、杜鹃花，看得人心旷神怡。亚东海拔是 2500 米，距帕里镇仅有 50 千米，垂直高差却达到了 1800 多米，可见从帕里到亚东这条峡谷道路的坡度之大。

再下行，很快到了亚东县驻地下司马镇。这里群山绵延，树木茂盛，亚东河从谷底顺势南下，气候温凉湿润，是典型的森林公园和"天然氧吧"。亚东林区属于藏南亚热带山地湿润气候区，位于喜马拉雅山脉中段南翼低山地带，地形北高南低，地势起伏较大，垂直高度悬殊，降水充沛，有"西藏的江南，高原上的明珠"之说。

亚东县是由上海市对口支援的，依山势而建，是个十分独特的边境重镇，商贸流通比较繁荣，人口组成除藏族外，还有部分夏尔巴人，四川、青海、云南等地的人也占有一定比例，整个县城驻地看上去有 3000 人左右。我们在上海援藏干部的帮助下，办好"出境证"，从下司马沿盘山公路攀行大约 40 千米到达了海拔 4900 多米的"乃堆拉"山口，那里常年冰雪覆盖，有一个边防连驻扎在山口。他们在冰天雪地中，为了祖国和人民的安宁，默默地奉献着自己的青春。

有位山东菏泽老乡在这里当排长，才 24 岁，他说从到山口来驻扎已经快两年时间了，还没有回过相距 40 千米的县城。和这些"最可爱的人"比起来，援藏又算得了什么呢？山顶处，中锡界碑格外引人注目，山顶上拉着铁丝网，两边的士兵荷枪实弹，但相互都十分友好。一网之隔的锡金兵看上去更为悠闲，时不时地用手势比画着和我们打招呼，嘴里还振振有词，不过我们一句也没听懂。双方隔网交流甚至拍照都可以，但绝对不能"越雷网半步"。

站在祖国的西南大门上，极目远眺，山峦翠绿，瀑布下泻，雪山、云雾交织在一起，成为一个梦幻的世界。绿色的山谷中杜鹃花、野玫瑰红白相间，争芳斗艳。绿荫深处居民的木板楼房别具一格，白色的墙体，五彩的窗棂，独特的"人"字形铁皮屋顶以及独有的红色小长方形的"塔觉"（屋顶中间立着的宗教饰物），似众星拱月，在蓝天、白云和阳光的点缀下，更增添了几分美丽和神奇，又似朵朵奇葩盛开于青山绿水之间。每一村落和居民区的周围，均可见一排排高大的经幡随风飘舞，与木板楼房相得益彰，别有一番情致。

我被这垂直分布的"四季同在"和人与自然、社会的和谐共生所震撼，仿佛置身于"千旬古树含滴翠，一派云雾绕溪涧"的梦幻意境中。身为尘世中浮沉的生灵，沧桑变幻中能感受这样一份浑然天成的隽秀与神奇，实为人生一大幸事。

触摸远古的荒凉

人们常用"鬼斧神工"形容大自然造化的神奇。我查了一下，这个词语出自《庄子》，其中曰："梓庆削木为鐻，鐻成，见者惊犹鬼神。"比喻技艺精湛高超，几乎不为人力所及，而更像是鬼神所为。而我要说的是，凡是见过"札达土林"的人，或许都会用"鬼斧神工"这个词来形容自己眼前令人震撼惊叹的景象。

何谓"札达土林"？原来札达土林是一处地貌景观。它位于西藏阿里地区札达县境内，"札达"，藏语意为"下游有草的地方"，县城驻地托林镇海拔 3700 米，全县人口仅有 7000人，是全国人口最少的县。札达土林发育最好的区域是以托林镇为中心的象泉河谷两岸数十千米的大片地区，分布高度在海拔 3750~4150 米，总面积约为 2500 平方千米，其中核心区面积为 880 平方千米。据史料记载，它是世界上最典型、分布面积最大的第三系地层风化形成的土林，号称被"人类遗忘的魔色世界"。

关于札达土林，自古就有着种种神奇的记载和传说。由于它地处中印边境线上，是西藏的最西端，这里仍是旅游开发的"处女地"。那一年我偶走世界上海拔最高的"新藏线"，进入阿里高原无人区，翻越神圣雄伟的冈底斯山脉，几经周折，终于闯入这片神秘的"荒凉地带"。

札达土林看上去粗犷奔放，但更体现出造物主自在挥洒的飞扬神采。它虽没有洁白无瑕的外表，却在朝霞或晚霞的照耀下光彩熠熠，显示出壮丽的辉煌与庄严。

我查阅资料得知，札达土林这种地貌在地质学上叫"河湖相"，其成因是百万年前喜马拉雅的造山运动使河湖盆升高，水位线递减，冲磨出"奇形怪状"的造型，使得在壁立陡峭的山岩上雕琢出如今的土林地质风貌。

札达土林

札达土林低低匍匐在苍穹之下，又高高耸立于大地之上，风儿吹拂着高原，雨水沿着山谷和峭壁一路追赶。经过雨水的冲刷和风化剥蚀，札达土林在日月见证下参差嵯峨，形成了高低落差在200~600米的奇特景观。在土林中穿行，层峦叠嶂，眼花缭乱，不愧为"世界第一土林"。它那被岁月打磨而成的表面，像嶙峋的树干，像干枯的珊瑚，像纵横的路途，像皮肤的皱褶，又像片片树叶的纹理。总之，我很难用恰当的语言来表述它，这既是它局部的美丽，更是它整体壮观的美丽！

很久很久以前，札达土林这里是一片蓝色湖泊，后来受地壳运动和高原干旱影响，湛蓝清澈的湖水逐渐蒸发消失。岁月冲磨出各种像建筑物一样惟妙惟肖的形状，这些屹立其中的黄土城堡、碉楼、帐篷、宫殿，就是札达土林内，藏族人眼中高低错落、形态各异的"林卡"（亦称公园）。目睹札达土林的景象，宛若是在翻看一册泛黄的画卷，阅读一本古老沧桑的历史。

我仔细观察后理解，札达土林除了像各种建筑以外，它还被打磨成了各种人物、动物的造型。正是万马奔腾跳跃，勇士驻守山头，僧人静坐修行，罗汉列队布阵……只要你敢想，它就一定是风情万种，万千风姿，一定是你想要的结果。那莽莽的黄土，苍凉的大地，厚重的雪域，还有随风雨雪霜来回飘移的云层，都给人们一种今古兴亡之感。

这里现在虽然荒凉，但古老的过去，它或许曾经被绿色覆盖，或许这里也曾遍布生机。但斗转星移，总有些绝美风景在时光的流逝中千变万化，物是人非。札达土林，曾经的生机勃勃变作寂静的荒凉凄楚；曾经的绿意盎然也成了满目黄沙。但是时光不负时代，岁月终究给人们留下了这一幅独一无二又耐人寻味的高原意境，这又是何等的自然造化！

是的，"天地姻缘皆为水土"，札达土林也不例外。象泉河，就是与这方土林不弃不离的"世交兄弟"。象泉河的藏语称为"朗钦藏布"，是西藏阿里地区最重要的河流之一，发源于喜马拉雅山脉西段兰塔附近的现代冰川，还有说它发源于冈仁波齐神山脚下，因其源头的外形酷似大象的鼻子而得名。源头海拔5300多米，往西流淌穿越喜马拉雅山后流入印度河，全长450千米，流域面积近 3 万平方千米。象泉河谷比较直观地分为二段，即以札达区域为界，上游大约 260 千米（源头至札达）称为峡谷地段，落差在 1000 米以上，下游近 200 千米（札达至印度河）称为宽谷地段，落差几乎为零，水流缓慢，波澜不惊，河道时有分叉，且多有"河心沙洲"存在。特殊的地形造就了河谷下游的上半段，日复一日地被上游湍急的河水碰撞冲刷，日久天长风化出了"土林"这一特有的地貌形态。

不得不说，象泉河是一条雄壮而奇妙的河流。事实上，象泉河在西藏最西端、在阿里地区无疑是一座造福人民的水塔，它是喀喇昆仑山与喜马拉雅山的分界线，两山的峡谷地带既催生出了世界上独一无二的札达土林，又沿河谷狭长的地带往南延伸进入了南亚次大陆的印度板块。从这个意义上来说，无论是象泉河，还是与它惺惺相惜的札达土林，它们都是大地赋予人类的"造物主"。

在不断变幻的光影下，这片高原恍若一个神话世界，各种样式的土林"建筑"仿佛被注入了无限灵光，生动鲜活。札达土林，是景观的浩荡，也是时间的深远。土林下，掩埋着千年的神秘；土林上，飘荡着变幻的风云。一个世纪接着一个世纪，它不断地在变化；在剥蚀；在成型，每一条纹路都是稀有珍贵的变迁记录，它是历史、是现实，更是岁月留给人们的宝贵财富。徜徉其中，人们不禁感慨，时光把札达土林的形态与光彩、挣扎与浩荡一一装订成册，供天地鉴赏，而万物造化，则在它的脚下重新回到了人间，供人类欣赏。

其实，在托林镇上"开门见山"，放眼望去，这里本就是土林地貌发育最为成熟的部分，在此欣赏土林美景足矣，根本不用

特意赶到某个地方去观山看景。但我们毕竟难得走到阿里，走进
札达，还有一个重要的心愿，那就是要去拜访一下神秘的古格王
朝，它离托林镇大约还有 18 千米的路程。

　　当我们放眼漫无边际的土林盛景，当我们细细碎语提及前尘
过往，那些千年前发生的故事仿佛都能够在如梦如幻的土林中寻
到。了解西藏历史的人，一定听说过"古格王朝"，那个一夜之
间消失了的神秘国度。令人遗憾的是，人们至今都无法揭秘那个
千年前的鼎盛王国是如何消失的。

　　这就是札达土林，它是"最远古的荒凉"，是被人类遗忘的
魔界之地，但它更是充满神奇梦幻的地方，不到土林又如何触摸
这般远古的荒凉。走进这片荒凉，一定是无数人的梦想。

神秘消失的古格

在西藏阿里地区的深处，藏着"一个失落的文明"，然而到了1912年，当英国探险家麦克活斯·杨从印度沿着象泉河逆水而上，来到此地时，古格王朝已经沉寂了近300年。这是一个曾经有着辉煌历史的王国，其前身可以上溯到象雄国时代。

据史料记载，古格王朝的建立大概从10世纪开始，前后共世袭了16个国王。它是吐蕃王室后裔在阿里建立起来的地方政权，统治范围遍布阿里地区全境。就是这样一个无与伦比的王国，却在"那一年的那一夜"永远地刻在了历史的记忆上。到现在，人们依然津津乐道"它怎么就这样被神秘地蒸发了"。是的，它走得无声无息，留给后人的只有一个记录了历史的古城遗址，同时还有一个不解的谜。

令人难以置信的是，古格王朝的10万民众一夜之间消失得无影无踪，这确实是一个千古谜团。在其后的几个世纪里，人类几乎不知道它曾经存在过。也恰恰因为这样，古格遗址没有人类活动，更没有人去破坏它的建筑，了解它的文字和宗教，欣赏它的壁画和艺术。当它真正被发现以后，现代人实在难以想象，在西藏阿里札达土林这块地球上"最荒凉的地方",却不可思议地孕育过一个延续了 700 多年辉煌历史和灿烂文明的王朝。

这里在很久以前是一片蓝色汪洋湖泊,也属于典型的藏西北"一错再错"式的自然风光。但在后来受地壳运动和高原干旱影响,湛蓝清澈的湖水逐渐被蒸发消失,历经几百万年的风雨侵蚀而形成了目前极为独特的自然地貌奇观。置身札达土林中,感觉有种酷似"蒙古包"的味道,星罗棋布的土林,随着风化侵蚀的加剧,总担心"有一天会掉下来"。

札达土林和古格遗址,是西藏阿里两个令人震撼的地方,它们比邻而居,互为一体。进入札达土林,便会看到发源于冈仁波齐神山的象泉河两岸巧夺天工的独特土林造型奇观,一座座黄土城堡、一群群黄土碉楼、一顶顶黄土帐篷、一层层黄土宫殿屹立其中。这一切的一切都是通过大自然

古格王朝遗址

在札达黄土峭壁上,经过百万年鬼斧神工的雕琢而成。

古格王朝始于 10 世纪。据说在创造西藏辉煌的吐蕃王国毁灭后,一支吐蕃王室后裔辗转此地,几经周折后建立起来一个王朝。鼎盛时期的古格王朝统治范围遍布阿里全境,它不仅使松赞干布家族延续,而且使西藏文化在吐蕃瓦解后重新找到了立足点。

古格王国遗址坐落在象泉河畔的一座土山上,占地约 18 万平方米,整个遗址共有洞窟 300 余处,分上、中、下三层,另外还有

佛塔3座、寺庙4座、殿堂2间及地下暗道2条。王宫和寺庙位于最高点上，往下依次为民居和洞穴，山脚下建有城墙，四角设有城楼，在山顶的寺庙宫殿中还保存着很多精美壁画和雕刻佛像。

古格王国从10世纪开始建国至17世纪初，雄踞西藏西部700多年。它在西藏吐蕃王朝以后的历史舞台上扮演了重要的角色，曾经有着灿烂文明的古格王朝，最终在1635年后神秘消失。就连世代居住于此的藏民们也没有任何关于古格消失的民间传说，甚至在遗址附近守护古格的十几户藏民也不是古格王国的后裔，他们也没有任何的信息可供专家学者们研究。

但是人们好奇地追寻实际上从未间断过，尤其是到过古格遗址的人震撼之余，心中总会掠过一个大大的疑问。对于古格王朝的神秘消失，也在人们的关注下形成了几种猜测，据说目前有两种猜测较为流行。

相传，古格王朝的神秘消失和西藏宗教有着直接的关联。由于吐蕃王朝瓦解后，西藏各地群雄割据，统治者之间为了生存和扩大自己的地盘，相互之间战争不断。古格王朝与邻国打仗，需要投入大量的人力、物力和财力，但随着藏传佛教影响的不断扩大，众多的藏民厌恶战争杀戮，选择了入寺为僧，这样就严重影响了古格王朝的兵源。在邻国不断入侵挑衅的情况下，当时推崇基督教的国王出于无奈，强征了所属地的佛教寺庙里的僧人和喇嘛抵御外敌，这直接导致了尖锐矛盾的爆发，以至于广大喇嘛僧兵起兵造反，最终使存世700多年的古格王朝瞬间土崩瓦解，并使得"外教"在西藏地区也彻底消失了。

另据传说，古格王朝鼎盛时期，统治着阿里地区的大片领土，古格作为首都，在附近富庶的土地上生活着近10万人民。但随着札达周边环境的恶化、干旱的逐步加剧，赖以生存的农牧业遭到沉重打击。这时农牧民们纷纷选择远离古格而远走他乡，曾经辉煌的古格王朝走向没落，最终，无兵无民的古格王国统治阶层被其他势力征服，所有人员被削首，群葬于附近的"干尸洞"内。

古格王朝几乎是在一夜之间覆灭的，灭亡的原因至今仍是一个谜。虽然有些看似比较靠谱的猜测，但是也有一些不太靠谱的说法，好多人说古格王朝是迁徙或是天灾，还有人说是瘟疫，但却无从考证，提供不出有力证据。

在古格王朝建国之初，就以征服周边、复兴佛教为己任称雄阿里部分地区，并且在此后的几个世纪里开疆拓土，势力扩大至整个西藏西部。最终古格王朝也成就了西藏西部最璀璨的文明。能查到的记载是，自950年左右开始，古格王朝经历了中原王朝的五代，包括两宋、蒙、元、明时期。直至1635年即明崇祯八年，古格王朝最后一个国王被同宗兄弟囚禁致死，彻底促成了古格王朝的灭亡。

历史就是这般惊人的相似。如果时光倒回到9世纪中叶，吐蕃王朝最后一任赞普也是如此暴力镇压佛教，最后引发王朝覆灭。曾经威震一时的古格王朝，就这样从历史的舞台上退下，留下的只有古堡和札达土林，还在讲述着神秘的千年故事。

古格王朝虽然不见了昨日的辉煌，但走进这座浑然一体的山城遗址，依然让人感慨它曾经的灿烂文明史，其人文建筑和地理环境完美地融合在一起。从山脚下望去，很难分辨出哪里是山哪里是建筑，而站在王朝殿堂的顶端遥望周边的土林高原，又颇有"一人之下、万人之上"的豪气。从这个角度讲，古格王朝留给人们的不仅仅是一笔记忆，更是一笔宝贵的财富。

亲历古格王朝遗址，是我的幸运，更是无数人的梦想。

多雄藏布的守护

　　镶嵌在昂仁大地上的多雄藏布，是雅鲁藏布江的五大支流之一。它发源于冈底斯山脉南麓切热的攀登山附近，流经切热、桑桑、卡嘎、秋窝、达居五乡镇，至拉孜的彭错林处汇入雅鲁藏布江，全长 302 千米，流域面积 1.97 万平方千米。

　　多雄藏布如一条银色的巨龙，蜿蜒前行，它仿佛一面透明的镜子，映照着周围的美丽景色。无论是地质奇观、丰饶草场，还是藏族民居、零星帐篷，或是成群牛羊外加可爱的牧羊人，更为其增添了无尽的诗意和情怀。

　　多雄藏布最大的造化无疑是分布在切热地界上的地热景观。这里就是中国也是亚洲最大最高的达格架间歇喷泉群，共有大大小小几十个泉眼在数百米长的河谷两侧密布着。喷水处水柱冲天，热气弥漫，响声如雷。这个地方在最初那段基本不被外人所知，还是"无名之辈"的岁月里，据说其主泉喷发时的最高点可超过20 米。但后来由于修建国道成水泥路，却不慎导致温泉底部结构被破坏。今天人们再到这里来，幸运看到的也仅是位于河床南岸最大的一处喷泉了，它穷尽努力喷发时也仅有大约 5 米高的样子。

不知以后它又会是啥命运？

　　除了这一处喷发力较强的间歇泉之外，在河谷两侧还分布着十余个沸泉、热泉、热水塘、喷气孔，这与内地的温泉是截然不同的。不过这种结构和我曾经参观考察过的羊八井地热温泉群还是极其相似的。由于这里的间歇性喷泉群海拔达到了可怕的5086米，想要把这个喷泉群逛完，跑上跑下还是蛮累的，内地人就更不敢冒这么大的风险了。我当时陪培栋同志去孔隆和尼果乡调研时，其中也带着沿途考察达格架喷泉群的任务，毕竟由于海拔太高，我们遗憾地在这里只待了大约20分钟的时间。

　　过后我查阅资料得知，在1999年出版的《西藏温泉志》中，记载西藏有677处温泉（群），其中对日喀则昂仁达格架高温间歇喷泉的记录及介绍赫然在目。比此书再早些的记载，是1987年7月西藏地热地质大队对其实地观测结果的记录："低潮期持续时间约30秒，最大喷高10米；高潮期持续时间是10秒，最大喷高在20米以上。"再提前至1975年8月，又有一份观测记录："观测到一次达格架的猛烈喷发，直径在2米以上的汽水柱冲出泉口，喷发高达20米。"从中可以看出，虽然两次观测到的时间相隔大约12年，但强度并未减弱。

　　如果追溯更久远的历史，那应该是在唐朝时期。当时，数度出使天竺和西域的大唐传奇使节王玄策，在用脚步和行程奠定基础写就的《范苑珠林》卷三十一中，曾写到吐蕃的一处温泉，当地人称之为"镬汤"，能喷出地面五六尺之高。文献中有"甚热，煮肉即熟，汽上冲天，像似气雾""此泉西北六七十米，更有一泉，其热略等，时时盛沸，殷若雷声"这样的描述，与现今的达格架温泉群极为相似。当然，这里是不是王玄策所记载的"镬汤"，对现代社会的人来说，其实已经并不重要了。

大自然的神奇确实令人瞠目结舌。在这个极高且寒之地成就了这样一份极暖的心意，实属冰与火的刺激，让凡是路过这里的人真正体验了一把短暂的惊喜与温暖，更给予了世世代代生活于这里的牧民以乐趣和依赖。这应该是多雄藏布的一份无私赐予，一种忠诚守护吧。

多雄藏布有 200 多千米流经昂仁县，几乎横贯东西，可以说是昂仁人民的母亲河。它因处于雅鲁藏布江的中游偏上位置，因此河流相对平缓，河面宽泛，径流的坡度也相对较小，形成了大面积可利用的河床，两岸被冲积成众多零星沼泽，河滩也多呈现沙丘的状态。这里也成为昂仁县的主要农作物产区，青稞、小麦、大豆、土豆、油菜等基本分布在这一带。昂仁是日喀则半农半牧的大县，17 个乡镇中半农半牧乡（镇）有 6 个，基本分布在昂仁南部的多雄藏布流域，半农半牧的达居乡是流出昂仁的最后一个乡。

多雄藏布江

桑桑是昂仁的农牧业重镇。缓缓流淌的多雄藏布横穿桑桑东西，也孕育了丰美辽阔的桑桑大草原，大草原又回馈着多雄藏布的恩泽，二者如"鱼水般亲情"，在昂仁大地上和睦相处，相得益彰。从昂仁县城卡嘎出发，沿 219 国道向西行驶大约 70 千米，就到达了桑桑镇驻地，它是新藏线上的重要驿站，海拔为 4560 米。

　　因水草肥美而得名的桑桑大草原，养育了膘肥体壮的"桑桑牦牛"，从而使桑桑酥油、桑桑牦牛肉及奶渣等特色产品享誉全西藏，桑桑酥油更有"全藏最佳"的说法。我们第三批援藏小组在培栋同志的带领下，论证和策划在卡嘎村的国道边上，建设了高标准桑桑酥油加工厂，让桑桑酥油由现代真空包装替代了原始的"牛膀胱"包装，连同牦牛肉等在首届日喀则珠峰经贸文化节上"一炮走红"，为牧民增收提供了广阔平台，也打开了畜牧产品长期封闭的"天窗"。

　　草原与马历来是孪生兄弟，桑桑草原亦不例外。桑桑赛马节在昂仁作为一个拥有 200 多年历史的传统节日，同桑桑的山山水水一道，共同见证着桑桑乃至昂仁的变迁发展。每年八月的桑桑草原碧绿如野，风景如画，此时在绿草如茵的草原上扎满了五颜六色的帐篷，喜迎一年一度万众瞩目的草原赛马节盛会。援藏的第二年，我应邀专程来到这里体验盛会，并为赛马获胜者颁奖。富有悠久历史的桑桑赛马节，构筑起了藏族农牧民交流互鉴、和谐共舞的彩桥，开出了绚丽的高原之花。

　　如同桑桑草原恩泽着藏族人民一样，多雄藏布流域内的桑桑温泉同样如此。它位于 219 国道边上，归桑桑卫生院管辖，是一个集医疗、洗浴、养生为一体的好去处。它有大大小小十来处露天温泉池，每个池子里都有一个泉眼，水温在 40~50℃，泉水清澈见底，含有多种矿物质和微量元素。据说可以活络关节、驱寒祛乏，特别是对一些奇怪的皮肤病疗效更加明显。

　　秋窝乡也是多雄藏布流经的一个重镇，这里是一世班禅额尔德尼·克珠杰的故乡。秋窝乡有储量丰富的花岗岩石材，我们第三批援藏小组修建县城中心路，就是用秋窝石材铺设路面，大大节省了资金，还为秋窝人民创了收益。当 2003 年国庆节前通车典礼时，县城成了欢乐的海洋，2000 多名干部群众簇拥在新竣工的道路两旁，一起见证了通车的激动人心时刻。

多雄藏布江流域海拔在 4200~4800 米，河水温度较低，冬季枯水期部分河面结冰。河里主要鱼类是黄鱼和花鱼，生长期缓慢且皮厚，一般重量在 1~2 千克。藏族有不食鱼的习俗，因此鱼的繁衍非常迅猛。我们有几个援藏技术干部喜欢钓鱼，双休日或节假日闲来无事时，安军、恩伟、己东等就到县城东北不远的秋窝段河边玩耍，在秋窝多雄藏布大桥旁边垂钓，或者直接用自制的网子网鱼，下午都是满载而归。他们一般也不多要，挑选的鱼都是不大不小的 1 千克左右，其他的又放归河里。

任何东西都不是一成不变的，包括一些民族习俗也会随着"时"与"势"而发生相应变化，这也符合事物和自然的发展规律。现在藏族人对捕鱼和食鱼不像以前那么排斥，尤其对江河中的淡水鱼在食用上也不是那么苛刻了。他们几个网回鱼来后，除自己食用外，多半会送给机关食堂和几家沿街饭店，让大家尝尝鲜。在这里不可能再把鲜鱼冻起来，吃的就是新鲜味，这可能也是他们去钓鱼、网鱼不多带回的原因之一吧。我也曾跟他们去过两次，在大桥上就可清晰地看到河水里密密麻麻的黄鱼，把网子放下去就会有收获。我们开玩笑说："要是拿根绳子甩下去，没准也能把鱼给缠上来。"

多雄藏布，是大自然馈予昂仁的艺术品。在这里，远离城市尘嚣和人群喧嚣，感受人与自然和谐共生，人与自然相互温暖，这便是大自然的力量所在和生命的韵律所在，更是多雄藏布对昂仁各族人民的无私守护。

感受西藏阳光

　　赴西藏工作之前，只知道那里的海拔高、紫外线强。我临行时真正备好随身带的其实就是"大檐帽、墨镜、防晒霜"三件套，至于高寒缺氧、呼吸困难，知情人乐观地跟我说："这个好办，到了后尽量少活动，比在内地至少要慢半拍，别觉着自己没啥事就逞能，那样很可能就会给你颜色看。"对缺氧形成的高原反应，当地藏族干部早有细致考虑和准备："多喝红景天，喘不动气就吸氧，再不行就看医生。"听后觉得也是，这也大大减轻了自己的心理负担。

　　说实话，当时无论是对"三件套"，还是明白人忠告的应对"高反"之策，我个人还真没怎么太在意。潜意识里就是到了再说，没有什么大不了的，困难是暂时的，只要保持一颗乐观平稳的心态，困难总会被克服。而事实证明，大家的提醒是对的，到了西藏后，意想不到的困难和考验还是接连不断。虽然自我认为身体素质不错，但空气稀薄、水土不服等带来的身体上的不适，只有自己明白，只是埋在心里不说罢了。再者，看着同来的兄弟们各个比我"高反"都要重，我此时还能说什么呢，硬撑也要度过一开始这段最艰难的时期。我深信后面一定会好起来的，于是我和培栋书记及其他五位兄弟总是乐呵呵地说："我没事，身体挺好的。"每次和家人通话时也总是"报喜不报忧"，唯恐让他们担心。

融入了才知道，日光城里可以融化所有忧郁和悲伤，这里是离天空最近的地方，这里的阳光燃放光芒。它的故事听起来似乎平平常常，但真正回味起来却是荡气回肠。

圣城拉萨和"后藏"中心日喀则均地处青藏高原南部，拥有高达 3000 小时以上的年均日照总时数，这一数字远超同纬度甚至更靠南地区的许多城市。相较于中国东部平原和沿海地区，这里的日照时间几乎多出一半，而与它近邻的四川盆地相比，则几乎高出两倍之多。这种长时间的日照，不仅体现在白天的长度上，更在于每一天阳光的明媚与强度。

在西藏待得时间久了，慢慢地适应了当地环境和气候，也开始深爱上了这个"第

拉萨市区一隅

二故乡"。俗话说"适者生存"，我对此深信不疑，三年间的近千个日日夜夜，给我留下深刻印象的东西很多，但有一点记忆却是刻骨铭心的，那就是西藏的阳光！

在西藏有一首脍炙人口的歌，开头就是用"太阳"来抒发歌

词大意的，这首歌就是《一个妈妈的女儿》。歌词是这样写的："太阳和月亮是一个妈妈的女儿，她们的妈妈叫光明……藏族和汉族是一个妈妈的女儿，我们的妈妈叫中国！"说明星空图腾"太阳"在藏族人民心目中是多么的崇高与伟大。太阳就是普照他们的活菩萨，是他们赖以生存的忠实陪伴者、守护者。

人们走进西藏，会彻底颠覆原来对它的印象。它是"世界屋脊"不假，因平均海拔太高，高寒缺氧是它的代名词，人们涉足这片土地无不望而却步，感受到了人类"生命禁区"到底是什么样子；它是"雪域世界"也不假，终年不化的巍峨雪山比比皆是，很多地方更是"一山见四季，十里不同天"，甚至在路上每翻越一座山口时，无论是哪个季节的哪一天，都有可能遇上雪花飘舞。这确实是西藏高原的神秘神奇之处，而我更想说的是，"太阳"才是这里真正的主宰者，炽烈的"阳光"永远是西藏大地的主角。这也是为什么内地人进藏时，明白人提醒一定要带上"大檐帽、墨镜、防晒霜"三件套的原因。

西藏高原的海拔太高，纤尘不染，空气稀薄。阳光总是从透明湛蓝的天空中直射下来，慷慨地普照着雪域大地和藏族儿女。在这里，映衬在阳光下的布达拉宫、珠穆朗玛峰是那样的雄伟圣洁，雅鲁藏布江、纳木错等是那样的平静安详。尤其令人感慨的是，无以计数的藏族信徒们，顶着烈日炎炎的太阳，一步一叩而且是"五体投地"前往拉萨布达拉宫和大昭寺虔诚朝拜的身影。他们只为心中的那份信仰与寄托，每每看到这一幕，我都深深为之动容！

藏族人们都说："西藏的阳光可以治愈一切。"这话一点不假。当每一束光冲破云层来到人间的时候，与之相伴而来的温暖就是光明，是生活在高原上的藏族人民最值得珍惜的馈赠。对世代生活在这里，特别是拉萨、日喀则的人们来说，他们对待阳光有着不一样的理解，不一般的热爱，他们每个人脸上的"高原红"就是太阳给予的最美雕刻。他们灿烂的笑容里，透出的是阳光的原始基因。

确实，藏族同胞与生俱来就对太阳情有独钟。他们喜欢在阳光灿烂时，坐在树荫下喝酥油茶、品青稞酒、吃糌粑、"甩色子"，或是下那种只有他们才懂的"围棋"。每逢双休日或节假日，他们就纷纷拥到林卡（公园或草地）里，扎上帐篷过起露营生活，一般在帐篷周边或树荫下及草皮上，铺下"卡垫"，盘腿而坐，开始"甩色子""下围棋"，一玩就是半天甚至更长时间。

我们也应邀几次去县城的公园和昂仁错边的草甸上，与藏族同事们同娱同乐。学着他们的样子一起饶有兴致地甩色子、下围棋，不过我们还是不太习惯这种玩法，礼节性地参与一下。最后我们援藏的同志们还是"打够级"，有的藏族同事慢慢地也加入了"打够级"行列，但他们也是"贵在参与"，玩一会儿后感慨地说："你们的玩法太复杂了，我们还是去甩色子吧。"的确，打够级太费脑细胞，没有藏族人甩色子那样简单随性，说实话他们的玩法更具娱乐性。

西藏的气候呈现"一天四季"的特点。夜间还是遍野冰霜，中午又可能炎炎烈日，一会儿是下雨，跑出不远又成了下雪。而藏族同胞身着的藏袍，却可以变换不同的穿法适应各种天气。阳光直晒时，他们把上半身外面的藏袍脱掉，脱掉的藏袍被腰带固定在腰间不会滑落。我们还发现，藏族人习惯性地一只胳膊露在外面，只穿左袖子，把右袖子空着，这究竟是为什么呢？原来，

203

居住在海拔高、昼夜温差大的藏族人民，藏袍是最能适应这种气候的服装，无论男女老少，人人都穿藏袍，其袍袖宽敞，在气温升高或是在太阳底下时，就可以方便地脱去一只袖子调节体温。如果到了背阴处，感觉凉时就可以再恢复回去，十分方便。

众所周知，藏族是一个全民信仰藏传佛教的民族，他们穿的服饰自然也会受到佛教的影响。我们耳熟能详的《西游记》里，唐僧就是穿着一件袈裟，一只胳膊通常是露在外面的。现在西藏所有的寺庙里也是如此，无论春夏秋冬，喇嘛们也都是这么个穿法，而且是一抹的朱红色。佛教中的说法，释迦牟尼是从腋下诞生的。相传，释迦牟尼的母亲有一晚做了个梦，梦到一只白象从其右侧腋下进入她体内。白象在古印度是吉祥之兆，第二天她就怀孕了，后来诞下了释迦牟尼。

藏族人为了纪念佛祖是从其母腋下诞生的说法，一般都是只穿左边袖子，不穿右边袖子，而是把胳膊露出来。不管是藏传佛教的信仰也罢，还是高原气候的特点也好，与强烈的紫外线形成的光合作用影响却是毋庸置疑的。藏族人民热的时候把右胳膊露在外面，冷的时候再穿上，这是亘古不变的传统。

对于向往者，西藏是最神秘的天堂；对于过往者，西藏是最永恒的记忆；对于寻梦者，西藏是最永久的梦境；对于朝圣者，西藏是最圣洁的净土。而我，在西藏工作生活久了，对于西藏的"阳光"，却总是绕不开、躲不过的"冤家"，它才是我最温情、最炽烈的感受和深爱！

二

我每年春节前从西藏回到内地后，很多亲朋好友见面除了询问缺氧喘不动气是什么感受外，多半都会问起这样的话题："西藏一定很寒冷吧，那里是不是经常下雪呀？"我回答他们，西藏确实是"雪域高原"，在许多没去过西藏的人心目中，那里似乎就是一片银白的雪域世界，我去西藏之前也是这么认为的。其实，这是个天大的误解，当我真正踏进西藏时，我才惊诧地发现，原来这里竟有如此湛蓝的天空，空气是如此的清新，阳光是如此的绚烂。

对尚未涉足西藏的内地人来说，最基本的认知无外乎它是"世界屋脊"，有巍峨的喜马拉雅山脉和世界之巅的珠穆朗玛峰，圣城拉萨是"日光城"和佛教圣地，这里还有雄伟的布达拉宫以及神奇的大昭寺。对其他方面的一些认知就相对模糊了。

记得是在 2003 年初，西藏人民出版社出版了一本名为《唱给太阳的歌》，里面汇编了西藏一百首优秀创作歌曲。其中有首歌叫《请把太阳记心上》，歌词是这样写的："东方高高的山上，升起温暖的太阳，融化千年冰雪，啊滋润羌塘高原，辽阔无限的高原，从此牛肥马壮……阳光滋润了禾苗，五谷丰登。啊，加曲卓玛拉，请把太阳记心上……"藏族人民用太阳的寓意来祝福西藏的发展变化，可见他们对太阳的感情与眷恋有多深沉。我每次坐车往来拉萨、日喀则、昂仁，或是去乡镇调研的漫漫路上，无数次听着藏汉双语唱的《请把太阳记心上》这首歌，每次都是心旌荡漾，如沐春风，百听不厌。

日光城里不仅有布达拉宫、大昭寺，那里的阳光更是炽热而奔放的。对藏族同胞来说，拉萨就是中心，就是心脏，是他们终生向往的圣地。因而在藏地，无论是在通关大道上，还是在山间小路上，我们时常会看到一些向着那个心灵圣洁之地磕"等身长头"的身影。他们的身影，在中国乃至世界上，也绝对称得上是一道独有的风景了。以"五体投地"的方式叩等身长头，是在藏传佛教盛行的藏地信徒们一种虔诚的朝拜形式。一般他们会在手、膝盖上佩戴护具，前身挂一毛皮衣物，不惧千辛万苦，不顾风雪交加，从家乡出发，一步一叩地向拉萨进发，只为心中的那份信仰，那份坚守。一生到不了拉萨，不在布达拉宫和大昭寺广场叩首朝拜，摇着转经筒晒上几天太阳，他们认为就是没找到归属，甚至认为没有得到佛祖的认可与佑护。

缓缓流淌的拉萨河

虔诚的身体丈量着岁月，善良的灵魂匍匐在朝圣路上，一起一伏移向遥远的天边。对于广大藏族信徒来说，这一生只有一个梦想，那就是在最美的季节，带上最美好的愿望，放下世俗的一切烦忧，以信仰之名朝圣去拉萨。正是，朝圣路苍茫遥远，朝圣路铺满誓言。

朝圣，在藏族人民的心中已经演化为一种文化。其实，藏族人的名字也代表了藏文化的一部分，是藏族先祖们世代积累起来的宝贵财富。藏族人起名字，都有一定的含义，寄托自己一定的思想感情，堪称博大精深，丰富多彩。在藏族，名字是没有姓氏的，一般用四个字或者两个字作为一个名，名字的意思都很容易直观地解释。很多父母都会从起名上给自己的孩子一个美好的寄托，比如在藏语意里，"尼玛"代表"太阳"，也解释为"星期日"

即星期日出生之意；"达瓦"代表"月亮"，也解释为"星期一"即星期一出生之意。

我之后与藏族同事交流和查阅有关资料得知，藏族人的名字多数是可以男女共用的，如尼玛、达瓦、扎西、格桑等，但也有一部分是严格区分的。有只用于女性的，如卓玛、旺姆、央金、卓嘎等；有只用于男性的，如顿珠、旺堆、多吉、占堆等。我们都知道著名歌星韩红是藏族人，但很少有人知道她藏族名字叫什么。韩红的藏族名字叫"央金卓玛"，央金是"妙音天女"之意，卓玛是"度母"之意。

我形象地称"藏族人的名字文化就是一部百科全书"。他们的名字寓意深刻而美丽动听，名字常常与自然景观、动植物或天文历象相关联。一些男性的名字可能含有星空、雪山、河流等自然元素，反映了藏族人民对自然环境的敬畏与尊重，像尼玛（太阳）、达瓦（月亮）、白玛（莲花）、达钦（大海）等。而藏族女性名字中，"桑拉卓玛"意为"雪山之女"，暗示着女性的纯洁与高贵，与雪山的崇高与明澈相得益彰；"错姆"则意味着"湖泊中的珍珠"，展现了藏族女性的优雅和内涵；"梅朵"意为"鲜花盛开"，象征着女性的柔美与娇艳。

那些不惜生命跋山涉水、千里迢迢甚至从更远方奔赴拉萨的朝圣者，无疑就是在用心灵和太阳对话。他们除了面对神圣的布达拉宫朝拜外，一边晒着太阳，一边手握转经筒不停地转，嘴里还不住地念着"六字真言"。此情此景，总能让人的品格与太阳一起闪耀，整个人仿佛和阳光一道进入了天堂。

来到拉萨的每一个信徒和每一位过客，一定要到拉萨河滩。这里有"太阳岛"，也是拉萨最繁华热闹的地方之一，这里售卖的形形色色首饰、服饰、服装等，也往往是以太阳的图腾或形状为主。拉萨河滩的阳光也是最直接、最直白的，它没有什么遮挡直接照亮人们的心房。在这个时候，人就自然感觉敞亮，不由得有一种"什么都是身外之物，何必庸人自扰"的境界了，那样分明也就学会了放下，心境就会轻松了许多。拉萨河，就这样滔滔不绝地流淌了上千年，它什么都可以放下，只管向前流淌，绝不犹豫，绝不后悔。

到了拉萨，我感受最深且能引起我强烈共鸣的，还数大昭寺广场上的一幕幕场景。从早到晚，这里不管是墙根下，还是石凳上，甚至是偌大的广场大理石地面上，只要是可以坐的地方，一整天都聚集着密密麻麻晒太阳的人。一些人一边晒着太阳，一边聊着天，一边捻着佛珠，还有的同时摇着转经筒。你如果感兴趣，无论是藏族人还是外族人，可以随时找个合适地方坐下来，也可以和旁边的"晒友"随意聊上几句。或者什么都不说，只专心感受阳光轻轻地在身上摇曳，闻着桑烟从鼻子下袅袅飘过，仿佛光阴从味道中流走。或者目视眼前流水一样朝圣的人群，各种穿着，各种表情，各种姿态，就这样在静与动的对比中，恍然不知自己是剧中人还是局外人，只感受到生命原来如此有意义且美丽。

拉萨所处的纬度和高度，以及特殊的地理环境，造就了这里的空气洁净且干燥，极大地提升了大气透明度，阳光可以毫无阻碍地穿越大气层，使整个城市沐浴在明亮而又纯净的阳光下。在这里，阳光就是灵魂，它成为连接物质世界与精神文化世界的纽带，赋予了高原圣城无尽的生机与活力。

拉萨的阳光虽然炽烈，但它却始终有着让人难以拒绝的诱惑。

享受拉萨的阳光，是一种对生命的全新体验，它会使人们感受到晒太阳不仅是一种修身，更是一次洗涤灵魂和修心的过程。这里的人们在日复一日的明媚阳光中，孕育出了坚韧不屈的精神风骨，并通过世代传承的文化和生活方式，向全世界展示出高原儿女对阳光的热爱与尊重。

在拉萨，在西藏，就这样生活着一个热爱阳光、敬畏太阳的伟大民族。我也因此爱上了拉萨，爱上了西藏！

遥看雅鲁藏布大拐弯

我于 2002 年春天到林芝地区学习考察，并订购昂仁县城绿化树苗时，有幸到米林的大渡卡观景台，遥看心悦神怡的雅鲁藏布江大拐弯，被这里神秘莫测的地质奇观深深震撼。

雅鲁藏布大拐弯，也称大峡谷或大转弯，藏语意为"从最高顶峰下来的神水"。它位于西藏东南隅，雅鲁藏布江下游林芝地区。大峡谷是一条巨大的弧形槽谷，沿雅鲁藏布江下游河谷发育，不仅是切穿地壳层大断裂（深约 50 千米）的一部分，也是印度洋板块与欧亚板块的碰擦边界，即地缝合线，属于深切型槽谷。谷底宽度一般为 100~200 米，最窄处在大拐弯的顶端，由于其南侧的南迦巴瓦峰（7782 米）与北侧的加拉白垒峰（7294 米）所夹持，两侧高高壁立，宽仅有 70 多米。

雅鲁藏布大拐弯，是 20 世纪末探测发现的世界地理奇观，它一举超过美国科罗拉多大峡谷成为世界第一大峡谷。大拐弯北起林芝米林县大渡卡村，南至墨脱县巴昔卡村，这里群山环抱，雨量充沛，植被茂密，动植物丰富。大拐弯处 20 千米的高低落差达 2000 多米，流域内形成大小瀑布 10 余个，大拐弯融高、壮、深、润、幽、险、奇、秀为一体，被世界称为 20 世纪最重要的地质发现和人类最后的秘境。在西藏，它与珠穆朗玛峰、布达拉宫并称为"三大胜境"。

雅鲁藏布大峡谷（大拐弯）是世界上最长最深的峡谷，它的广义长度 504 千米，是由多个转弯形成的峡谷，最深处高程达 6009 米。这里堪称大自然的鬼斧神工和炫技之作，它是"天然地质博物馆""动植物的天堂"，更是原生态人文体验的胜地。大拐弯自从揭开神秘的面纱以来，每年吸引着无数背包客和探险者慕名而来，他们多是沿着雅鲁藏布江畔徒步，探寻那震撼人心的壮阔美景，然后在南迦巴瓦峰脚下露宿，仰望宇宙星河的滚烫璀璨。

站在大渡卡观景台上，远眺雅鲁藏布江，在大峡谷

雅鲁藏布大拐弯

底部蜿蜒逶迤，依稀可见江边的高处，是一大片青黄色的平坝，平坝上村落、农房、青稞、油菜、草甸、绿树点缀其间，相映成趣，偶有牛、马、羊群和牧童闪现，活脱脱的一幅田园山水画。江面上水流湍急，汹涌的浪花纷纷卷起，长长的漩涡翻转涌动，像洁白的哈达，像奔跑的羊群。此时此刻，联想到奔腾向前的雅鲁藏布江水和连绵不断的喜马拉雅山脉，不禁心生激动，汹涌澎湃。

在观景台附近，有一棵千年桑树，亦称"桑树王"。相传是松赞干布和文成公主种下的，已有1400多年的树龄了。树枝上缠满了五彩的哈达，据说藏族男女青年喜欢在千年桑树下祈福许愿，"佛"能让他们心想事成。

雅鲁藏布江永远奔流向前不回头，而到达大拐弯处的真相却是极其"残忍"的。雅江在其下游奇迹般地切开了喜马拉雅山脉，在西藏高原东南部绕着山形成了多个转弯，最惊奇的当数"马蹄形"大拐弯，发生在南迦巴瓦雪峰下，也就是墨脱县的扎曲村。在其上段的流向上还是东西走向的，但在墨脱县境内转而向南之后，大段江面再也没有回到东西走向，"大江东去"在这里只是个一厢情愿的想法罢了。雅鲁藏布江在经过墨脱后进入印度境内，称为布拉马普特拉河，在经历一段南北走势之后转而自东向西，与在上中游流淌的中国境内正好相反。差不多到孟加拉国境内再次转向，然后就一直南下，奔向了印度洋怀抱。在这里，河流再度改名为贾木纳河，它也是孟加拉国最大的河流。

雅鲁藏布江横跨中国、印度、孟加拉国三国，总长度2800余千米，仅中国（全部在西藏）境内就占了三分之二多。尤其是从大拐弯及其以下的河段，如千里奔腾呼啸而来，开山破壁，百转千回，可谓是"飞流直下三千尺，疑是银河落九天"，气势之夺目，估计世间也确实无双了。这里山脉纵横，与北上高原受阻的印度洋气流相遇，创造了巧夺天工的大自然奇迹——"雪域高原上的江南"。这个人类长久无法进入的地区，海拔达到3000米的高原，竟然有热带雨林的气候，许多古生物、古植物物种得到佑护，这不就是世间的最大奇迹吗？

"行到水穷处，坐看云起时。"雅鲁藏布江水不到大海是不会回头的，至于它是汇入太平洋还是印度洋，其实这并不重要了。水化而为气，气凝结成云，云雨化为甘霖，润泽大地万物，不断循环而已。但江河流水却不滞不逆，这正是"大势所趋"的缘由吧。

对印度、孟加拉国来说，雅鲁藏布江是真正的"天河"。他们对中国的仰慕，有如滔滔雅江之水，奔流到海不复回！

提起雅鲁藏布大拐弯，不得不说墨脱。墨脱县是雅鲁藏布江进入印度阿萨姆平原前，流经中国境内的最后一个县，县域内的原居民主要为门巴族和珞巴族。大拐弯的主体段就在墨脱县境内，是西藏高原上海拔最低、气候最温和、雨量最充沛、生态保存最完好的地方。

墨脱至今还没有通公路，也是全国唯一一个没通公路的县。我于2001年6月初开始进藏对口支援昂仁，在藏三年工作期间，同藏汉干部闲聊时，他们时常给我讲起墨脱的情况，包括我后来查阅资料和从相关报道中得知，墨脱的地理地貌非常特殊，而且在历史上也不是没有通过公路，这到底是怎么回事呢？

墨脱县西、北、东三面被喜马拉雅山与岗日嘎布山阻隔，南面与印度相邻。雅鲁藏布大峡谷和帕隆藏布峡谷从一侧分割，使道路根本无法通行，外界通往墨脱的仅有靠行人和马队走崎岖山路，要翻越4000米以上的雪山隘口，穿过蚂蟥、猛兽等出没的原始森林，一路上随时可能遇到雪崩、暴雨、塌方、沼泽等。据说，墨脱县城内军民所需的各类物资每年达几十万斤，长期以来大部分靠人背和畜驮。几十年来，死于墨脱路上的行人和运送物资的牲口不计其数。即便如此，人员与物资也只能在每年5~10月进出，其余时间大雪封山，墨脱在漫长的冬季基本与外界隔绝，成了名副其实的"世外桃源"。

公路不通，山路难行，严重阻碍了墨脱社会各项事业发展。当地人至今沿用"刀耕火种"的生产生活方式，目前县城内尚没有一张报纸，没有电影院、文化馆、书店等。据资料记载，1994年，国家投入大量财力物力人力，一条泥土公路终于简易修成，汽车第一次开进墨脱县城，这在当时成了轰动一时的新闻。但当地地质结构极不稳定，部分路段很快就毁于大面积塌方和泥石流，墨脱公路又成了"断头路"，历史也再一次回到了从前。

我最近从新闻报道中得知，国家有关部委正在会同西藏自治区，对墨脱公路的建设提到了重要议事日程上来。经过前期科学精准的勘察设计和多次论证，权威专家组另行选择了从多雄拉山至县城的路线。正在按照程序等待获批的那一天，或许在不久的将来，墨脱就可以实现真正意义上的通车了。我作为"援藏人"看到这则消息后也非常振奋，我们和墨脱军民一起期待着这一天的尽快到来。

雅鲁藏布大拐弯不愧是世界第一大峡谷，它的神秘神奇在中国西藏大地上演！

仰望南迦巴瓦峰

　　站在大渡卡观景台上，不仅可以遥看雅鲁藏布大拐弯，还可以仰望伟岸雄壮的南迦巴瓦峰。南迦巴瓦地处喜马拉雅山脉、念青唐古拉山脉和横断山脉的交会处，在喜马拉雅山脉的最东段，是林芝地区的最高峰，海拔 7782 米，排名全球高峰的第 15 位。只不过，它前面的 14 座全是海拔 8000 米级以上的高峰，因而南迦巴瓦峰是 7000 米级山峰中最高的那一座。

　　查阅资料得知，南迦巴瓦是西藏最古老的佛教"雍仲苯教"的圣地，有西藏"冰山之父""云中天堂"之称。同时，紧邻着的雅鲁藏布大峡谷绕着它转了一个"马蹄形"的弯，随后向印度洋方向延伸而去。在西藏当地人的眼里，南迦巴瓦峰还有一个别称叫"木卓巴尔山"，其巨大的三角形峰体终年积雪，云雾缭绕，从不轻易露出真面目，故而有"十人九不遇"之说，它也因此赢得了"羞女峰"的美名。不过呢，每年 3~5 月和 10~12 月的旱季时节，还是有机会窥见其真容的，尤其是旱季晴天的早上或者傍晚时，朝霞、夕阳会使得南迦巴瓦峰披上最美丽的外衣，人们可见"日照金山"的绝美景象。当然，对大多数游人来说，奔着那个季节、那个时段正好到达观景处，无疑是很"奢望"的，得全凭个人运气。

南迦巴瓦峰在藏语中有多种解释。一为"雷电如火燃烧"，一为"天上掉下来的石头"，还有"直刺天空的长矛"。后一个名字来源于《格萨尔王传》中的"门岭一战"，在这一战中，将南迦巴瓦峰描绘成"壮若长矛，直刺苍穹"。从这些充满阳刚之气的赞誉里，我们大概也能揣摩出南迦巴瓦峰的刚烈与不可征服。

西藏处处演绎着奇妙，这里更是如此。南迦巴瓦峰和对岸海拔 7294 米的加拉白垒峰，夹持着奔腾不息的雅鲁藏布江，形成了世界第一大峡谷"雅鲁藏布大峡谷"。据记载，地质运动活跃时期，地壳层由于巨大断裂和剧烈抬升，使得这个地区的地形和地貌复杂多变，自然生态奇特。

南迦巴瓦峰

南迦巴瓦峰南坡地带是墨脱县，从它境内的巴昔卡村，一直到 7782 米皑皑白雪的峰顶，水平距离不足 200 千米，但海拔高差竟达到 7000 余米。奇特的地质地貌和独一无二的气候条件，使南迦巴瓦成了我国具有最完整山地垂直植被和热带雨林的唯一山地。在这里，发育和繁衍着复杂而丰富的植被类型及动植物体系，它也被许多动植物学家誉为"植物类型的天然博物馆""山地生物资源的基因库"。

传说，南迦巴瓦峰和与它遥相呼应的加拉白垒峰是兄弟，兄弟俩都是奉上天之命，守护在雅鲁藏布江两岸。它们用自身的能量凝聚成天地之气，揽云搜雾，为雅鲁藏布江提供不竭的源泉。

雄伟的喜马拉雅山脉自西向东绵延了 2400 多千米至此，这一地段北有南东向的念青唐古拉山阻挡，东有南北向的横断山挤压，形成了异常险峻的地形。高耸云上的南迦巴瓦巨大山体成就了雅鲁藏布大拐弯，一系列断裂带的活跃发育，致使山峰至河谷底高差达 5000～6000 米，成为举世罕见的高峰深谷。江面从大拐弯入口处的海拔 2900 米，至出口处的海拔仅有 800 余米，落差竟达到 2000 余米，江面平均坡降超过 10 度，河水湍急，奔腾咆哮，滚滚向前。

南迦巴瓦大拐弯南侧直接面对印度洋暖湿的西南季风，使本地明显受到海洋性气候的影响，高峰深谷、充沛降水和温润气候，为自然地貌的垂直分带提供了得天独厚的条件。雅鲁藏布大峡谷谷底的江畔是大片浓荫蔽日的热带雨林，循坡而上，各种阔叶树、针叶树错落有致，而雪线以上则是一派冰清玉洁的天地。

南迦巴瓦山脊之中布满了巨大的冰川，冰川下端就是雅鲁藏布大峡谷，峡谷中因冰川融水又形成了多条曲线优美的瀑布。南迦巴瓦山体上的数十条冰川、冰舌犹如"龙蛇行地"，气势磅礴，蔚为壮观。这里的冰川、冰舌大都属于海洋类型，运动较快，受气温和降水的影响，加之地势陡峭，因而冰崩、雪崩现象十分频繁。

南迦巴瓦峰充满了神奇传说。在藏族人民心目中，它永远是一座"神山"，被称为是神仙居住的地方。当地相传，天上的众神时常降临峰顶聚会和煨桑，那由高空风形成的"旗云"就是众神们燃起的桑烟。据说山顶上还有神宫和通天之路，居住在大峡谷一带的人们，对这座陡峭险峻的山峰都有着无上的推崇和敬畏。

南迦巴瓦在西藏还有一个广为人知的传说。相传很久以前，上天派南迦巴瓦和加拉白垒镇守西藏东南隅。弟弟加拉白垒勤奋好学、武功高强，不仅身体强壮，个子也是越长越高。哥哥南迦巴瓦十分嫉妒，于是在一个月黑风高之夜将弟弟杀害，并把他的头颅丢在了米林县境内，化成了"德拉山"。上天为了惩罚南迦巴瓦，再也不让它回到天庭，罚它永世驻守在雅鲁藏布江边，一直陪伴着被他杀害的弟弟。这个神话故事很生动地向我们讲述了这两座山的特征，人们现在看到的加拉白垒峰顶永远都是圆圆的形状，那是因为它是一座"无头山"；而南迦巴瓦峰则大概自知罪孽深重，所以常年云遮雾罩，不让外人一窥。

在当地的门巴族、珞巴族中间，则流传着另外一个凄美的神话故事。南迦巴瓦和加拉白垒是一对恩爱夫妻，他们幸福美满地生活在一起，其儿孙们也都祥和地安卧在喜马拉雅山脊上。夫妻俩心地善良，从不杀生，在它们的周围，香獐、白鹿、原羚、白狮、犀鸟等惺惺相惜，互不争斗，和谐共处。狠毒的罗刹王看中了这块净土，派遣差役下凡捕捉甚至戮杀生灵。看到此景，南迦巴瓦威猛勇毅地站了出来，它以"跨山飞石"之策消灭了差役。罗刹王对其恨之入骨，于是纠集众魔王们，一起加持法力，将南迦巴瓦强行搬移到东端，使得夫妻俩无法团圆，永远分居东西。当地门巴、珞巴人说，震耳的雪崩是它们在发怒，"银河落千丈"的瀑布是它们凄凉惆怅的泪水。时至今日，它们依然在怒吼，依然在诅咒着万恶的罗刹鬼王。

南迦巴瓦的神奇传说引人入胜，扣人心弦。但不管如何传说，这座山峰千万年来巍峨地矗立在雪域高原之上，义无反顾地守护着当地藏民，守护着这里的一草一木，都是亘古未变的事实。它铮铮铁骨的性格和力量，就连桀骜不驯的雅鲁藏布江水也为之改变了方向。在我眼里，南迦巴瓦不仅是一座壮丽的山峰，更是一座传奇的山峰，它见证了西藏的历史和文化，也展现了西藏的自然和魅力。

由于严酷恶劣的攀登环境，南迦巴瓦峰曾经长期以来一直无人登顶成功。直到 1992 年，才有某登山队成功登顶，但这一消息也没有被过多地渲染，只是一笔带过而已。据说，这也是到目前为止人类唯一一次登上该峰顶，我也不知道将来是否还会有后来者。

南迦巴瓦峰，有人仰慕它的高度，有人朝圣它的神灵，有人窥探它的美貌，有人追随它的信仰。而我，唯独只爱它穿刺云天的惊艳，它那冷漠背后的柔情与孤寂。如果人们有机会到林芝，不妨去一睹南迦巴瓦的风采，只有身临其境你才会发自肺腑感受到它的纯洁与伟大！

深沉的脊梁

从第一天踏入西藏充满好奇，到慢慢理性地解读西藏，爱上西藏，我始终坚信，你是支撑我一路顺利走过来那副坚实而深沉的脊梁。喜马拉雅，对于青藏高原和藏区人民以外的人来说，结识你也不是那么容易，而我无疑是幸运的那一个。为此，我激动兴奋不已，既把你视为知己，更把你视为我援藏工作生活中最为可亲可敬的忠实呵护者。

喜马拉雅山脉，梵语意为"雪域"，藏语意为"雪的故乡"。你蜿蜒于青藏高原的南部边缘，西起克什米尔的南迦帕尔巴特峰（海拔 8125 米，世界第 9 高峰），东至雅鲁藏布江大拐弯处的南迦巴瓦峰（海拔 7782 米，世界第 15 高峰），略呈西北至东南凸起的弧形，东西跨度长达 2450 余千米，宽度在 200~300 千米。喜马拉雅是世界上海拔最高的山脉，超过 7350 米的高峰达 110 座，全球 14 座海拔 8000 米以上的超高峰中，有 10 座分布在这里，其中包括海拔 8848.86 米（2020 年时测量的最新高度）的世界最高峰——珠穆朗玛峰。

喜马拉雅，是地球人无不向往崇尚的高大雄伟山脉。我还是儿时从课本上知道的有个喜马拉雅山脉，就横亘在中国西藏的西南边境上，而且得知了"珠穆朗玛"这个名字。我因此从小不仅仅是"向往"，简直是"神往"那个地方了！说来也巧，几十年后我竟有机会来到了喜马拉雅的脚下，而且一待就是三年。虽然远离家乡有万里之遥，但有你三年的呵护，我的步履深沉而坚毅，工作生活得充实而刺激。要知道，我工作的地方可是离喜马拉雅和珠穆朗玛的直线距离不过几百千米而已。

喜马拉雅山脉并非亘古高耸的。据史料记载，在 6500 万年前，喜马拉雅所在的位置还只是一个名为新特提斯洋的大洋海底。而印度板块自 8000 万年前与非洲板块"分手"后，在大约 3000 万年的时间里，以每年 25~30 厘米的速度

喜马拉雅山脉

一路向北漂移了 6400 余千米，并最终于 5050 万年前撞向欧亚板块，近千千米宽的岩石被挤压到仅有 200 多千米的宽度。古老的新特提斯洋"脱海成陆"，青藏高原地区基本结束海洋时代，这便是学术界所言的"喜马拉雅造山运动"。

这场史无前例的造山运动也让整个喜马拉雅山脉的构成体系泾渭分明。在喜马拉雅山脉从南到北的 200~300 千米跨度中，可细分为外喜马拉雅山、小喜马拉雅山、大喜马拉雅山和特提斯喜马拉雅山这四条横向的山带，每条山带都具有明显的地形特征和

地质特点。而在 2450 千米的长度中，也可以按照河流划分为三段，阿里普兰的孔雀河以西为西段，孔雀河向东至日喀则亚东沟之间为中段，亚东沟以东为东段。

在这场旷日持久的剧烈构造运动中，印度板块不断俯冲到欧亚大陆之下。碰撞导致强大挤压力，新特提斯洋褶皱隆起，于是喜马拉雅山脉开始形成。最终到 1500 万年前，喜马拉雅山脉已经接近如今的高度，之后印度板块沿雅鲁藏布江缝合带以每年约 5 厘米的速度，继续向欧亚大陆的南缘俯冲挤压，使得时至今日的喜马拉雅山脉仍在抬升中。

如果说地球上有一个地方，能让人领略高原的力量和生命的顽强，那一定是喜马拉雅。古往今来，无数人曾在此探寻，时光之中"世界第三极"的神秘面纱也被缓缓揭起，并与现代社会产生丝丝交融。历经漫长岁月，喜马拉雅山脉早已成了青藏高原和印度河恒河平原的天然界山，也被视为至高无上的神灵。

远古的喜马拉雅有着神奇的传说故事。相传，在那个地老天荒的年月，喜马拉雅山一带是一片汪洋大海，浩渺无边，波涛汹涌。海边是一望无际的森林和草原，海里和陆地上生活着无数的飞禽走兽，它们彼此和谐相处，互不干扰，各得其所，相安无事。有一天，风云骤变，海里突然不知从哪里游来了一只庞然大物"五头毒龙"。毒龙来者不善，它不仅把海水搅得天翻地覆，鱼类不得安宁，还经常爬到岸边践踏草场，捣毁森林，导致飞禽走兽伤的伤、死的死，这里简直变成了地狱。

毒龙的作恶多端惊动了天庭，天庭就派五部慧空行母（空行母是一种女性神祇，她有巨大神力，可空中飞行，在藏传佛教中，空行母是代表智慧与慈悲的女神）前来施展法力，降伏五头毒龙。

五部慧空行母站立云端施展法术，五道金光一齐射向毒龙的五个头，霎时毒龙毙命。大海又恢复了往日的宁静，生活在这里的生灵，对五仙女顶礼膜拜，感谢她们的救命之恩。

五部慧空行母想告辞回天庭，怎奈众生苦苦哀求，请求她们留在人间为众生祈福。五位仙女本就以慈悲为怀，征得天庭的同意，于是就留了下来。她们喝退了大海，东边变成了茂密的森林，西边是万顷良田，南边是花草繁茂的花园，北边是无边无际的牧场，迎来了藏民百姓在此安家落户。五位仙女也变成了喜马拉雅山脉的五个山峰，即翠颜峰、祥寿峰、贞慧峰、冠咏峰和施仁峰，屹立于西南巅边缘之上，日夜守卫着这里美好幸福的乐园。那为首的翠颜仙女峰便是珠穆朗玛峰，因她正好在五座峰的中间，无论是从左至右还是从右至左，她都是排行第三，故当地人亲切地称她为"第三神女峰"，也称她为"圣母峰"。其他四座仙女峰便是马卡鲁峰（8463米，世界第5高峰）、洛子峰（8516米，世界第4高峰）、卓奥友峰（8201米，世界第6高峰）、希夏邦马峰（8027米，世界第14高峰）。

喜马拉雅山脉固然高大挺拔雄伟，但也不全部是"高高在上"，它自身还有五条天然形成的南北纵向的裂谷，景色至极，美不胜收。这五条沟从东往西沿着喜马拉雅的山脊线游走，在500多千米的范围内形成了神秘莫测的另类风景。亚东沟，造就了西藏最大的"米粮仓"；陈塘沟，被誉为夏尔巴人的原始密林；嘎玛沟，被称为世界上最美的山谷；樟木沟，是悬挂在峭壁上的河谷；吉隆沟，是珠穆朗玛的后花园。有意思的是，这五条沟谷均在喜马拉雅的日喀则段。五条美丽神奇的沟谷是日喀则人民的福气，也是我们山东援藏人的福气。

如果将喜马拉雅山脉看成一条由岩石构筑的"城墙"，那么，地球上没有哪条山脉比它更伟岸雄壮。它镇守着中国的西南边陲，成为青藏高原腹地与南亚次大陆之间的一道难以逾越的天然屏障。同时，作为"地球之巅""世界第三极"，它积蓄着厚重的冰川，为周遭近 20 亿人带来了生命之水，成为"中国水塔""南亚水塔"，进而也成为印藏文化的源泉，改变了亚洲文明的历程。

随着时间的推移，人们愈加认识了喜马拉雅。现在，越来越多的探险家、科学家、登山族以及广大游人来到这里，不断去探索、研究、发现，让人类能够更多地聆听"世界屋脊"的声音，谱写着人类与珠穆朗玛对话的声音。

喜马拉雅，你那高大坚实、宽广深沉的脊梁，不仅佑护着藏族人民的美好幸福生活，也佑护着我这个援藏人的工作生活。有你，我的援藏工作更精彩，业余生活更丰富！

爱上西藏无须理由

或许每个人心中都有一个属于自己的诗和远方。而西藏，相信是很多人的那个远方。去西藏，不仅是一次身体的旅行，更是一次心灵的历练。去西藏，对很多人来说，可能以为是去寻找那份宁静，去感受那份与众不同的美丽。但当人们真正身临这块净土时，在无比震撼的同时，脑子里又可能是一片空白："我怎么来了西藏！我为什么会爱上西藏？"

没有去过西藏的人，潜意识里认为西藏就在拉萨，拉萨就是西藏的代名词。这种理解也不错，毕竟拉萨是西藏的首府，是藏族人眼里的"心脏"。然而，当人们踏进这块雪域净土时方才知晓，西藏实则"永远在奔赴的路上"。这一路，有无尽的雪山高原、大江大河、湖泊草场、阳光蓝天，还有数不尽的喇嘛寺庙和载歌载舞的藏族少女以及浪漫潇洒的牧羊少年。

但凡到达拉萨的内地人，无不为所见所闻深深震撼。无以计数的藏族信徒都在布达拉宫或大昭寺广场上沐浴着天底下最炽烈的阳光，还有众多朝圣者匍匐在广场的空地上，重复地磕着等身长头。我以后了解才得知，他们大多数是从拉萨以外的地方来朝圣的藏族信徒，据说他们来到拉萨的最重要目的就是要磕满十万个等身长头为止，而且很多人从路上就是磕着等身长头到的拉萨，其中的艰辛可想而知。我惊讶，这得需要多少天啊？但对他们来说，多少天已经不重要了，他们要的是心中那份虔诚的过程。

我通过观察、了解并查阅资料发现，对聪慧的藏民族有了一个进一步的认知。藏族人对美好生活的理解并不在于物质财富的多少，而在于对生活过程的追求；在于睡眠是否安稳，内心是否清净。他们一直执着地认为，到抵达生命终点的那一天，他们能带走的仅仅是信念和福报而已。

布达拉宫

事实确实如此，在拉萨这个城市，很多人感触最深的其实就是"信念"两个字。我可是从来没有看到过哪个城市的街上、寺庙、广场，到处是磕着长头，捻着佛珠或摇着转经筒走路，一见到佛像就用手、头顶礼膜拜的举动。在这里，即便自己再贫困，也依然手里拿着似乎是一大把钱（当然钱的面值多少已不重要），见到佛像就投放的人。毫不夸张地说，只有在拉萨，随处可见转动的经轮，随处可听到念动的"六字真言"，随处可闻见袅袅的桑烟，随处可感受到一种让人感动的干净和纯粹。

拉萨，就是广大藏族人一生为之向往的那个神圣"中心"。拉萨在藏语里意为"神居住的地方"，这里海拔3650米，被称为"日光城"，也是西藏人心中的圣城。雪域之上，日光之下，这座久负盛名的历史文化名城，尽显"信念"的力量。

西藏，的确是一个被"信念"包围也是被"信念"支撑起来的城市。有了信念，一切都不再艰难，一切都赋予了存在的价值，也使生命更加有意义。据说，藏族人从出生的那一天起就开始修行了，他们对因果和轮回笃信不移。看上去他们也许一无所有，可是他们的精神世界却十分富足。我在和藏族干部群众聊天时，曾多次问起过他们对此的感受，每次藏族同胞都是透着坚定地回答："在藏地，从来没有人抑郁，邻里从来没有不睦现象。"他们深知生命的不易和宝贵，也深知修行对一生的重要性，有时间就去磕长头，有机会就去转神山圣湖，口中随时念着"六字真言"，手中永远转动着经筒。对藏族同胞来说，这原本就是信念的生命力所在，有了这份信念，一生无惧。

藏族很多人的价值观里只求温饱，一辈子知足常乐。在他们的心里和眼里，发达社会的标准不是拥有多少财富，而是是否平等安乐。他们始终认为，如果生活富裕而不快乐，那不是幸福的生活。多么简单而朴素的表白，而只有朴实的藏族人才有着这种最朴实的理解。

现代社会是节奏飞快的社会。待在喧嚣的城市里久了，时常为各种琐事和压力所困扰，心境难免变得浮躁。而西藏，正是一个可以让人放下烦恼和束缚的地方。到了这里，人们不由自主地放慢脚步，放飞自我，放松心情，欣赏风景、风情、风俗的同时，静心聆听"世界屋脊""世界第三极"独有的声音，感受那份与世无争的宁静与和谐，这是何等美妙的享受！

我援藏工作的地方是日喀则的昂仁县。日喀则地区的海拔是

3860 米，昂仁县城的海拔是 4380 米，是名副其实的"高天厚土"。日喀则藏语意为"如意庄园"，昂仁藏语意为"长长的沟"，在旧西藏那暗无天日的封建农奴制度下，无论是"如意庄园"还是"长长的沟"，仅仅是万恶的农奴主和庄园主的乐土，广大农奴只能当牛做马，甚至有的连牛马都不如，别说住上如意的房子了，就连拥有一块挡风遮雨的窝棚，都是他们遥不可及的奢望。

1951 年西藏和平解放，生活在水深火热、饱受苦难的百万农奴翻身得解放。实行民主改革后，农奴真正当家做了主人，他们从此不仅有了房子住，还分到了田地、草场和牲畜，日子一天天好了起来。今天，全国对口支援西藏的"劲风"再次吹响，几百万藏族人民迎来了发展稳定繁荣的最好时期。日喀则及昂仁和全藏区藏民一道，正在拥抱新世纪的美好曙光，生活一定会更加红红火火。

记得刚进藏时，当时我坐在飞驰的车子里，对于窗外的一切既陌生又充满了好奇。当路过途中的几个村落时，我惊讶地直呼："那些房屋顶上飘扬着的是什么？是不是五星红旗啊！"陪同我们的藏族干部给了我肯定的回答。不错，正是一面面鲜艳的五星红旗，迎风飘扬在藏族家家户户的房子顶上。后来我渐渐明白，原来"国旗在雪域高原飘扬"是再正常不过的事了，这也反映出藏族百姓从心底里对共产党的感情，他们真正体会到在祖国大家庭中的温暖。

俗话说"安居才能乐业"。让藏族广大百姓住上安全舒适的房屋，过上幸福美好的生活，是共产党人数年来一以贯之的诺言。就这样，纯朴善良、知恩图报的藏民们每当乔迁新居时，都形成了一个惯例，那就是自发地把五星红旗插在自家院门或房屋一角的碉楼上。这既是他们表达对党和政府的感激之情，又是一种带来吉祥安康的祝福之意。一年四季，一面旗子旧了，再换上一面新的。每当国庆节和藏历新年到来时，他们更是整齐划一地挂起崭新的五星红旗，成为一道最耀眼的亮丽风景线，在整个雪域高原上传递着广大藏族同胞的诚挚心声。

在跨入新世纪的新征程上，人们看到的分明是一个如大鹏般展翅飞翔的新西藏。正像藏族民歌《腾飞的西藏》里唱的："太阳融化了千年的雪山，春风吹拂着年轻的高原。腾飞的西藏，流淌着不息的追求，生长着希望的萌芽。腾飞的西藏，红火的西藏，你高唱着时代的赞歌，走向辉煌的新世纪。"

我恍然明白了，人这一生，如果有可能，无论如何都要去一次西藏。也许为信念，也许为风景，也许只是去看看，说直白一点就是"到西藏其实无须理由"。

西藏，正敞开怀抱欢迎四面八方宾朋的到来，那里一定是你梦想的诗与远方，到了那里你会解密答案，爱上西藏真的无须理由！

謹以此文集献给對口援藏卅周年

散文集 下

放飛雲域

邹宗森◎著

中国華僑出版社
·北京·

目 录
CONTENTS

追寻遥远的梦

梦境中的昂仁，是一个遥远而神秘的地方，一块神奇且美丽的净土。现实中的昂仁，是个什么样子？我不知道。

缘分使然，责任使然。进入 21 世纪，迈向新征程，2001 年的初夏，我从万里之遥的齐鲁大地来到了这块令人向往，但又多少有些令人畏惧的地方。它毕竟是平均海拔达到了 4513 米的雪域世界，县城海拔也足足有 4380 米，号称"生命的禁区"。这里地广人稀，3.96 万平方千米的土地上只生活着 4 万多人。三年间，我们从相识相知直到成为至交，今天我已俨然成为你最忠实的朋友。三年中工作于斯、生活于斯的我，不再有游子般的孤独，你已成为我永远眷恋的第二故乡。当你踏着时代的节拍不断走向辉煌的时候，我为你喝彩，为你骄傲，为你自豪。

昂仁，我曾千百遍读着你的名字，更希望了解你的全部，渴望以我平常而质朴的心去丈量你的久远和厚重。当脚踩这片高原热土，当漫漫黄沙一次次呼啸掠过，仿佛群山环抱中的你已翘首期盼了千百年，期盼千百年之后的今天，有我和更多的人来读懂你的容颜。

当宗山遗址的残墙断壁凸显在我的视觉中，满怀的欣喜顿时化作无语的凝望——这就是昔日繁华喧嚣的昂仁宗山吗？这就是昂仁人民曾经绿意盎然的美好家园吗？

捧一把宗山遗址上的黄土，撩一把宗山下不远处多雄藏布的江水，任一脉历史的律动在指间流淌。宗山啊，让我在你沧桑的容颜里去揣测你曾经的风采，让我在你流逝的岁月中追寻你曾经的梦想。

历史，远去了战火硝烟，鼓角争鸣；沧桑，变幻了山林河谷，阡陌良田。

昂仁，这片雅鲁藏布江上游、冈底斯山脉南麓的巍峨大地，乘着内地对口支援西藏的强劲东风，以雅鲁藏布江般的气势，冈底斯山般的胸襟，不畏艰险，只争朝夕，与时俱进，开拓创新，奏出了一曲曲谋发展、奔小康的华美乐章。听，以人为本，科教兴县，对外开放战略深入人心；看，资源开发，城镇发展，文教卫生事业结出

下乡调研路上

硕果累累。一颗闪亮的高原明珠，一个繁华的雪域驿站巍然矗立于人迹罕至的生命禁区。近4万平方千米的苍茫大地上，处处一派生机勃发、欣欣向荣的景象，正一步步实现着昂仁各族人民多

年的愿望。

正是一心一意谋跨越，芝麻开花节节高。

昂仁，你不因贫瘠而困惑，不因成绩而自满，为了更美丽和谐、幸福安康的明天，你正在豪情满怀地阔步向前。

在守护你千余个日夜之后，在即将离开你怀抱之时，身披藏族同胞敬献的洁白哈达，回眸着你的灿烂微笑，体验着你的善良淳朴，有理由相信，你的未来一定更加美好。

即便我回到齐鲁大地，心依然与你一起律动，时常在梦境中与你相拥……我热爱你的今天，更憧憬你的明天。

洁白的哈达

哈达，是广大藏区人民作为礼仪使用的一种丝织品，也是社交活动中的必备用品，哈达类似于古代汉族的礼帛。藏语中"哈"意为"口"，"达"意为"马"，"哈达"则意为"口头上的一匹马"，寓意"哈达的价值相当于一匹马"。然而，人们见面时不可能随时随地牵着一匹马，也不能只是嘴上说说，于是就以"哈达"代替"一匹马"。

关于敬献哈达的由来有多种说法。其中一种说法是，汉朝张骞出使西域路过西藏时，向当地的部落首领献帛，古代汉族以帛为贵，象征纯洁的友谊。这样一来，藏族部落就认为这是一种表示友好、祝福的礼节，而且是从"中原兴盛之大邦"那里传过来的。

还有一种更为流行的说法是，哈达这一名称出现于古代西藏法王八思巴第一次返藏之时。众所周知，八思巴是藏族历史上，特别是中央同西藏地方关系史上非常重要的历史人物。他于1244年随其叔父萨迦班智达·贡嘎坚赞前往西凉（亦称凉州，今甘肃武威）会见元太宗窝阔台次子阔端。元世祖忽必烈即位后，八思巴被尊为国师、帝师。据说，有一次八思巴被忽必烈召见后，于

1265 年第一次返回西藏，带回元朝赠送的绣着万里长城图案和吉祥如意字样的礼帛（哈达）。八思巴入藏后，向菩萨、佛像和僧俗官员敬献、赐奉哈达。据有关史书关于哈达的正式记载，就是从这个时候开始的。后来人们又对哈达的由来做了一些宗教方面的解释，说它是仙女身上的飘带，象征圣洁和至高无上。

我以为，在藏族人民的社会生活交往中，之所以长期盛行使用哈达这一礼仪用品，也是由哈达的丰富文化内涵决定的。藏族人民历来认为洁白、无瑕最能表达和象征人们真诚、纯净的心愿，他们自古以来在交往中沿袭使用洁白的哈达，自然而然地成了藏民族特有的文化媒介和载体。

据史料记载，"崇白"或"尚白"，是藏民族深刻的文化心理状态的一种反映，早在佛教传入西藏之前，藏族先民就崇仰白事、白道，回避忌讳黑事、黑道。《格萨尔王传》及其他许多民间故事中，以白人、白马、白云、白鹤等白色来象征和代表正义、善良、高尚的人、军队或事情，而黑人、黑马、乌云等黑色则是象征和代表邪魔、罪恶和不幸。这已成为鲜明的藏族文化观念，这种文化观念和文化心态，在藏民族的日常生活中处处能够感受到。房屋、院落的墙壁刷白色，藏历新年时在门窗和木制家具上用白面点上白点或画上白线，给酒壶和其他器皿系上哈达或羊毛，为壶嘴、碗口贴上酥油。只要留意，就会发现无处不见白色崇拜的印记。如此看来，藏族尚白文化观念的产生和形成大大早于哈达的产生，而哈达只是较晚出现的尚白文化心态的一种反映、一种载体。

的确，青藏高原上长年白雪皑皑，一个藏族人出生后，首先看到的是白雪覆盖的世界，蓝天白云下的一座座神山是白色的，还有散养在山上、草原上的白色羊群，山上山下的一堆堆白色玛尼堆，藏族人民喜爱白色的哈达也就顺理成章了。可以这样说，在藏族人民的所有礼仪中，如果忘了哈达，主人是不能寻找任何借口搪塞的，一定要想办法及时弥补上，还要用一大堆吉祥话自圆其说弥补自己的过失。

在过去，使用哈达有一定的规矩、规格和形式。平日里，各级官员都得按自己的身份或名号去使用哈达，不能越轨乱礼。私人和民间使用哈达相对要随便一些，没有那么严格的规矩。献哈达也有一定的规矩和形式。对上敬献，对下赐给，平级之间互赠，前辈、同辈和晚辈之间也是如此。对上呈献的哈达要双手捧上，将哈达赐给下级时，一般把哈达挂于对方的颈项，平级之间则把哈达捧送到对方手中。哈达不管是对人还是对佛像，只能使用一次，如果重复使用，这是对自己、对对方的亵渎，更是为自己的心灵蒙上污浊。使用哈达的场合就非常普遍了，红事白事、迎来送往、致谢及会议、佛事等哈达都能派上用场。随着社会的发展变化，当今，在人们的社会交往中，哈达的使用比过去更广泛、更普遍了。

经常听藏族同事说这样一句话："在接受赐福的过程中，可以不准备供品，但一定要准备足够的哈达。"还有一句谚语："家里可以没有酥油和砖茶，但一定要有上乘的哈达。"这表明了哈达无上的功德。哈达，当双手捧起之时，要心怀虔诚，它是圣洁之物；俯首领受哈达之时，即得到了最尊贵的祝福。如此，才有资格授予一条哈达或者接受一条哈达。

如今，每逢藏历新春佳节到来之际，藏族人民都要在各自客厅的显要位置挂一幅毛主席像，上面必有一条敬献的哈达，或者在堂屋的柱上拴一条哈达。当夹道欢迎或欢送尊贵的客人和高僧时，向缓行的座轿抛献哈达。此外，还有赛马节或运动会上骑手从飞奔的马背上弯腰捡拾地上的哈达等习俗。

哈达也是敬佛的一种表示。1986 年，全国人大常委会副委员长十世班禅额尔德尼·确吉坚赞大师视察甘孜州，在举行万人佛事活动时，大师刚入座，偌大的广场上顿时白浪翻滚，千万条哈达似一排排银色的海浪涌向前方，转眼间大师座前就堆成了一座哈达山，其场面令人惊叹不已。

我在西藏工作了三年，很快也习惯了接受藏族干群献上的哈达，同样也习惯了给别人献上哈达。支援工作进藏和离藏时，日喀则地区和昂仁县迎送场面最令我感动，而藏族干群给我们敬献哈达的一幕更令我动容，尤其是送行场面，我禁不住流下了激动的泪水，以至于浑身感觉被"沉甸甸的哈达"包裹了。下乡到桑桑镇去观看农牧民庆丰收的赛马会的情

哈 达

景给我留下深刻印象，当时桑桑草原变成了藏族群众欢乐的海洋，英俊潇洒的骑手从地上捡拾哈达的技能表演令人拍手称绝。而在结束后我有幸应邀为优胜者颁奖和敬献哈达，这更是令我终生难忘。2002 年 6 月，山东省全体援藏干部在日喀则接受十一世班禅额尔德尼·确吉杰布的接见，活佛亲自为每位同志把哈达佩于颈项上，那个值得一生铭记和回忆的瞬间被永恒地定格。

哈达，在藏族文化中有着悠久的历史和深远的影响，它代表

着中华民族的文化传承和精神传播，也是中华文化的重要组成部分。哈达的广泛使用，不仅是一种礼仪，更是一种厚重的文化积淀和传承弘扬。

哈达，我从不知到了解，从了解到喜欢上它。我也深信，越来越多的人会从不知到了解，从了解到逐渐喜欢上它！

相约第三女神峰

珠穆朗玛峰是喜马拉雅山脉的主峰，她高耸入云，白雪皑皑。在珠峰的附近，还有四座 8000 米上下的次峰分布于其东西两侧，东侧为洛子峰、马卡鲁峰，西侧为章子峰、卓奥友峰，无论是从左向右还是从右向左，珠峰都居中排在第三位，故名字里带有"朗玛"即"第三"。珠峰及左右两侧的四座山峰又名"长寿五仙女"，珠穆即"女神"，珠穆朗玛合并起来就是"第三女神"，故珠穆朗玛峰又称"第三女神峰"。

没想到儿时只能在书本里认识的"第三女神峰"，我在现实生活中却几次直面她。

这要归功于"援藏"给我提供了结识"女神"的平台，当然也由于我们的受援县离她距离较近，否则，去一次也不太容易。

屈指算来，我到过珠峰大本营四次，其中有三次是陪同内地来的记者前往，他们都是到昂仁县采访报道援藏工作，顺路去大本营看一看。

四次珠峰行中我印象最深的是 2004 年 4 月陪北京来的两位

客人的那一次。他们忍着剧烈的高原反应，在县里详尽地采访了两天，办好"边境出境证"后，我陪他们于下午 4 点多钟启程，从拉孜路口折到中尼公路，两个小时后到达定日县城所在地协格尔镇，这里的海拔是 4300 米。原计划到珠峰大本营或绒布寺招待所住宿，但客人的高原反应明显，我们只好住在协格尔的"定日珠峰宾馆"。办完进山手续，买好进山票，简单晚餐后已是晚上 10 点钟，因第二天要起早赶路，同时也为了保持一个充沛的体能，每人吃下两片"安定"，就倒头睡去。

我们次日清晨不到 5 点就出发了，在西藏这还是深夜，为了赶路只能早走。我们披星戴月跑了大约一小时，很快到达定日鲁鲁公安边防检查站。检查十分认真严格，不但详细登记每人的证件号码及身份证号码，而且所有人员要到站里与身份证件一一核实，以防人证不符，然后，边防战士要到车中仔细检查所有的行李和有无多余的人，防止偷渡者。

第三女神峰

从边防站到珠峰大本营还有 101 千米，这是一段狭窄的砂石专用路，途中翻越的嘉措拉山盘山路于 2003 年夏季重修完毕，以前百千米的路程约需 5 个小时，现在用不了 3 个小时就可到达。过了进山检票站后，车子慢慢爬上嘉措拉山头时黎明已悄悄来临，放眼望去，屏障似的喜马拉雅山脉若隐若现，其中有三座朦胧的雪峰并肩静卧在前方，中间的那座便是"第三女神峰"，左右两座分别是世界第四高峰"洛子峰"和第八高峰"卓奥友峰"，另外两座马卡鲁峰和章子峰因角度和天气原因看不到。脚下的嘉措拉山口海拔 5248 米，但因视觉关系，站在这里似乎和几座女神峰一般高。

沿着数条"S"形盘山路下山，很快到了"扎西宗乡"，这是珠峰山脚下十分重要的一个乡，离大本营有 49 千米。这里主要是夏尔巴人，他们世世代代生长在女神峰脚下，练就了特有的登山本领。

相传，从前有一个夏尔巴孩子看到一只可爱的兔子，就上前去追，追了不知多久也没有追上，但回头一看，哎呀！人已在尼泊尔境内，早已穿越了"第三女神峰"。可见这里的人肺活量有多大！随着珠峰大本营向游人开放，他们的商业观念也在转变。据说，在大本营设帐篷开设临时旅馆和用牦牛运送进山物资的，十有八九是扎西宗的村民。

距大本营还有 8 千米处，是海拔 5154 米的闻名于世的绒布寺，这是世界上海拔最高的寺庙。绒布寺，藏语意为"山沟中优美的寺庙"，是 500 年前一位叫乌坚仁布钦的活佛所建，后经不断扩建，最终形成今天的规模。绒布寺招待所是目前游客主要的住宿地。以前，大本营只作为登山运动员的营地，不允许游客前往，观第三女神峰就在绒布寺。数百年来，绒布寺门外的白塔，默默目睹着这里的变迁。

拐过一个河谷，呈现一片偌大的河滩地，这就是珠峰大本营一号营地。"海拔 5200 米"的石碑格外醒目，营地的旗杆上高高飘扬着鲜艳的五星红旗，使每一个来到这里的中国人顿觉豪情万丈。

　　大本营的生态没有人们想象得那样优雅秀美。这里海拔太高，高寒缺氧，寸草不生，人迹罕至；也没有冰天雪地的景象，满地怪石嶙峋，周围山体呈灰褐色，只有前方是伟岸的雪峰，从峡谷中涓涌着的河水增添了几分灵性。每年的四五月是登珠峰的黄金季节，来自世界各国不同肤色的探险者、登山爱好者云集大本营，一顶顶艳丽的彩色帐篷连同数十个帐篷旅馆，把这片河谷装扮得如同一个热闹的小镇，俨然是一个"小联合国"。

　　此时已接近早上9点钟了，珠峰依然披着神秘的面纱隐在浓雾之中。我有来过几次的经验，安慰同行客人不要着急，一会儿应该会给我们一个惊喜，话是这样说，其实我心里也没底。来女神峰要看个人运气和造化，多数情况下无法完全清透地看到她的真容，但愿我们是幸运的。果然，没过多久，好运降临在我们面前。前方的云雾突然撕开了一个小缺口，"第三女神"在蓝天映衬下露出了她的尖顶，深邃庄严的蓝天和通明如玉的白雪，使天地瞬间变得玄秘神圣。端庄华贵的女神"棱角"是那样的分明，完全是一座至高无上的"佛像"，是傲视群山的首领。她慢慢地睁开眼睛，放射出层层光辉，默默注视着芸芸众生，我分明听到大地响起了辉煌庄严、博大恢宏的乐章。我们站在大本营的一个小土包上，这里是最佳观测点，上面有神圣的玛尼堆和飘动的经幡，一群"老外"早已等候在这里，他们竖起大拇指，友好地和我们打着招呼。大本营的天气变幻莫测，我们不敢有任何怠慢，赶快激动地按下快门，记录下这难忘的瞬间。这时一位夏尔巴人主动上前和我们搭讪，他说："珠峰周边最近的天气一直不好，已经三四天没有这样清晰地看到过珠峰了，你们的运气真是好！"转眼间，一条薄纱巾似的雾团从白茫茫的一片云海中飘了出来，迅速飞上峰顶，轻轻掩住了女神的尊容，短短几十秒的时间，倩影不见了，整个珠峰再次变成云雾缭绕的世界，一切又复归宁静。

有人这样描述女神峰，她的峰顶是一个长约 10 米、宽约 6 米的鱼脊形地带，四周全是崎岖的岩石和雪封的冰川，"平台"上终年是深达 1 米以上的积雪，非常坚硬。峰顶长年处于每小时 160 千米以上的飓风之中，据说登顶者中还没有哪位敢在上面待一个小时以上。

那飘浮在女神峰顶上的白云，实际是罡风吹起的浮雪形成的特有现象，被人们形象地称为"旗云"。旗云的形状姿态万千，时而像一面旗帜迎风招展，时而像海浪波涛汹涌，时而变成袅袅上升的炊烟。一会儿似驰骋奔腾的骏马，一会儿又如轻柔飘拂的面纱。这一切使女神峰增添了无穷的绚丽壮观，堪称世界一大自然奇观。

大家的高原反应强烈，不可久留。虽然时间短暂，但我们已没有什么遗憾了。告别女神峰时，浓厚的云雾笼罩了整个山谷，也罩住了我这颗激动潮湿的心。

我知道，今生今世虽没有能力登上女神峰，但伫立在她的面前，心中已有了属于自己的高峰，我将用毕生去努力攀登！

望果节上看变化

　　"望果节"，是西藏民间预祝庄稼丰收的节日，于秋收前择吉日举行，已有 1500 多年的历史。"望"藏语意为田地，"果"意为转圈，"望果"即指转田垄。

　　相传在吐蕃时期，农牧民为了确保粮食丰收，向西藏苯教教主请求赐以教旨。教主根据苯教教义让农牧民绕田地转圈，把各种谷穗插在粮仓和神龛上，祈求风调雨顺、五谷丰登。当时，"望果"还不是正式的节日，而是开镰收割前的一种迷信活动。西藏和平解放前，广大农奴没有自己的耕地，那时的望果节，农奴们在农奴主的皮鞭下绕田转圈是为主子的丰收祝福，对农奴来说只有痛苦没有欢乐。和平解放后，随着百万农奴翻身做主人，望果节的内容也发生了实质性的变化，他们不再在农奴主的皮鞭下绕田转圈，而是男女老幼身着节日盛装，打着各色彩旗，擎着青稞麦穗，抬着用青稞穗、麦穗扎成的系着洁白哈达的"丰收塔"，举着标语敲锣打鼓、唱着歌曲绕行于田间地头，并且举行赛马、射箭、藏戏、歌舞等活动。农牧民们还邀请县乡的汉族干部一起联欢，今天，望果节不仅是农牧民们预祝丰收的节日，也成了加强民族团结、增进城乡交流、密切干群关系的重大节日。

在麦花飘香的 2002 年金色九月，正逢西藏人民庆祝和平解放 50 周年的喜庆日子，我亲历了昂仁县卡嘎镇 2000 余名农民喜过望果节的盛况。

今年卡嘎镇的望果节像很多地方一样，以群众性的文体活动为主。我应邀赶到时，望果节传统的赛马、拔河、登山等体育活动已结束，文艺表演正在热闹地进行。只见简易的舞台上，

两位身着藏装的中年男子正在兴致勃勃地表演藏语相声，经随行的藏族干部翻译，才知道讲的是共产党带领他们翻身致富奔小康的故事，台下不时报以热烈的掌声。

望果节庆丰收

别说，还真有点专业味道。接着几位藏族青年表演了悠扬悦耳的六弦琴《藏汉一家人》、四重唱《祝福吉祥》，之后 6 位漂亮的藏族姑娘跳起了自编踢踏舞《欣欣向荣的昂仁县》以及我们也猜不出名字的锅庄舞。农牧民们表演的节目还有《歌颂改革开放》《迎丰收》《一个妈妈的女儿》等，滑稽诙谐的演出引来了观众不断的掌声和笑声。他们自编自演的节目反映出今日卡嘎社会稳定、经济发展、人民安居乐业的繁荣景象。

县藏戏团也前来以昂仁县特有的迥巴藏戏助兴，将演出推向了高潮。在台下，同我们坐在一起的是雪村一位叫多吉的老人，他动情地对我说："我从 10 岁就开始给万恶的农奴主当佣人，经

常挨皮鞭，遭打骂，年年挨饿受冻。如今，共产党和政府给家家户户分上了地，解放前那些连想也不敢想的衣服都能穿上，肉食也能吃上，住的是宽敞亮堂的大宅院，还养着数不清的牛和羊。"

据镇领导介绍，卡嘎镇今年农牧民人均收入可望达到3500元，依托县驻地和沿国道优势，将重新调整镇村规划，大力发展商贸流通及建筑建材业，加大劳务输出力度，抓好蔬菜大棚、沿路开发、牛羊短期育肥等增收工作，推广农业科技，部分庄稼收割将实现机械化，使广大农牧民得到更多的实惠。3500元的收入水平在内地也许算不了什么，在有些地方只能说是低得可怜，但在昂仁这个天高地广人稀的"生命禁区"，已是了不起的数字。

今日，西藏农牧民的望果节成了真正意义上预祝丰收的节日。从他们喜气洋洋的表演、多吉老人的喜悦、镇村领导的自豪中，我更加读懂了全镇农牧民在中央第三次、第四次西藏工作座谈会后，对发展经济、致富奔小康增强了信心。

邂逅平坝

离开鳞次栉比的高楼大厦和喧嚣繁华的闹市，于不经意间在雪域高原邂逅一块平坝，心中兴奋不已。

登上昂仁宗山的那一刻，眼前豁然开朗。这份惊奇，不是来自雪山，也不是来自圣湖，而是来自山后一个偌大的平坝，它看上去面积不下三四平方千米，坝上百草争艳，绿茵遍野，生灵群集。目睹此景，旋即在我心中铸成了一个神往的"世外桃源"，它使我体味到了"采菊东篱下，悠然见南山"的那份飘逸洒脱心境。

说它是"世外桃源"，是因为这里极少有人到达且美不胜收。在援藏抵达昂仁县后已经几次听当地人介绍，位于县城东南侧的昂仁宗山是如何神秘，山后的坝子是如何美丽。因平坝处在山坳当中，交通十分不便，能够看到坝子特别是走进坝子的人的确不多。人们一般只是到宗山半坡上的"曲德寺"及寺庙后的"晒佛台"，到达山顶还需攀登一千米左右的崎岖小山路，山不高但寂寞，多是当地牧羊人在围着山转，那是他们放牧的主责主业。在车子、房子、票子充斥着现代人灵魂的时代，如果不是旅游探险，又有谁还放得下物欲来探寻这片平坝的景致呢?

到达县城后,由于忙碌工作和高寒缺氧,与平坝虽然只一山相隔,但迟迟无缘去揭开它神秘的面纱。这次周末趁登宗山的机会,我自然不会放过。从宗山顶小心翼翼地沿着山后一条通幽小径,大约20分钟后下到了坝子上,虽孤单但不寂寥,因为有美景相伴。坝子上静谧幽远,人迹罕至,最浩渺美妙的要算是小草了,狗尾草迎风飘摇,小米草袅袅起舞,蒿枝草激情四射,高山草甸匍匐而卧……娜娜多姿的各种小草汇聚在这片平坝,尽情地演绎着大自然的无限生机。小动物也不乏其数,这里是小燕子、鸽子、雀鹰、野兔、地鼠和一些不知名的高原小动物的天堂,小植物自

昂仁宗山后平坝

然生长,小动物自然而栖。小动物嗅着小植物的美丽而来,它们年复一年、日复一日愉快和谐地生活在一起,是那样的和谐友好,各得其所,各得其乐。小动物与小植物形成了相得益彰的高原平坝自然生态。

正在我感叹高原造就出如此神奇土地,为它的鬼斧神工而叫绝时,一阵秋雨扑面而来,躲是躲不过的,好在秋天无大雨,否则就要做"落汤鸡"了。很快雨过天晴,此时平坝上更美了,在蓝天白云的衬托下,那些碧绿的野草苍翠欲滴,晶莹的水珠在草尖上闪烁,显出无穷生命力,小动物们沐浴后更加娇美顽皮,发

出一片欢快的鸣唱声，歌颂大自然为它们提供的乐园。此情此景，深深地感染着我，当我轻轻走过，能感觉到它们的热情友好，人与自然的和谐共生此时得到了最充分的诠释。

回望平坝，周围群山环绕，天然地赋予了几分神秘和灵秀，绿色是它生命底蕴的无限潜力。看着它的自然与质朴，我仿佛悟出藏族人民追求清新恬淡生活的真谛。

雪域圣火牛粪

雪域高原上，令人赞美的东西太多，牛粪就是其中之一。

千百年来，牛粪是藏族人民赖以生存生活的主要燃料。广大农牧民世世代代都一直用它生火烧茶、煮饭、取暖，它被热爱生活、遵从生命、酷爱大自然的藏族人民视为"高原圣火""雪域之光"。

的确，在茫茫无垠的雪域高原上，凡是有人的地方必有牛粪点燃的袅袅炊烟。无论是走进农民的院舍，还是走近牧民的帐篷边，到处都可以看到晾晒的牛粪饼和垒得齐齐整整的牛粪堆、牛粪墙，甚至院外、篷外还有造型独特的"牛粪堡"，有些养牦牛的大户甚至住所四周全被牛粪堡包围着，形成一种别样的风景。我在昂仁工作期间，冒着高寒缺氧几次下乡入户时，都被这一壮观景象深深吸引，一边感叹藏族人民的勤劳，一边感叹牛粪在他们生活中的重要性。

雪域西藏，由于其特殊的地理环境，冬季漫长，气温低、气压低，适合牦牛生长，它长年以牧草为食，因而牛粪经风干或晾晒之后易燃耐久，如木柴一样没有异味，有的只是木柴所无法比拟的一股淡淡的清香。此言一点不虚，如不是亲临感受，是无法体会到的，甚至根本不会相信。藏族人民在放牧或是在路途中一定不会忘记收集牛粪，既可以作为燃料储备，又可以作为商品出售。

关于牦牛和牦牛粪有很多动人的传说。传说中牦牛是西藏高原最古老的动物，由于有了牦牛及牦牛粪（火种），才有了西藏人民现在的牧业生活。人类祖先最初是以狩猎为生，先前进入这块土地的先民没有火种而无法立足，是藏民族的祖先第一个发现了牛粪这一高原火种，得以在这片大地上生存生活。随

牛粪墙

着人类社会的逐步进化，人类才从狩猎走向了游牧生活。

神话传说固然美丽，现实生活更具说服力。时至今日，特别是到了20世纪五六十年代，人民解放军进驻雪域高原时，以牛粪为纽带，军民鱼水情、汉藏一家亲的动人故事广为流传。

解放军进军西藏之际，当先遣部队的一支小分队踏进雪山草地，遇到的第一大难题就是找不到燃料。虽然带着粮食，但如何将生米煮成熟饭，却难住了部队，在面临生存危机时，他们在山坳里发现了一个看上去也就十几岁的小牧童，正围着一小堆牛粪火取暖。他们喜出望外，请求牧童帮助部队生火，小男孩开始有些害怕，后来见这些人一个个和蔼可亲，不像农奴

主那样凶狠，于是打消了顾虑，帮助解放军点燃了生命之火。大家这才知道，草地上随处可以捡到的牛粪如此好烧，真是如获至宝，好不感慨。交流中得知，这个男孩原来是忍受不了农奴主的剥削压迫，正在求生路上逃跑的一个小奴隶。小男孩很快与部队官兵建立了感情，一定要坚持跟着部队走，推翻万恶的农奴制度。部队收留他，给了他第二次生命，后来他就成了解放军中最早的一批藏族士兵之一。

在西藏，我真真切切地感受到了牛粪在日常生活中的重要性。在广大农牧区，农牧民一年四季须臾离不开牛粪炉子烧水、做饭、取暖；在昂仁，每年八月，雨季还没结束，天气已变凉，家家户户的房顶已是炊烟袅袅，那是牛粪炉子已经点起来。我们援藏干部不习惯也没有条件烧牛粪取暖，藏族干部和群众工作之余就纷纷邀我们到他们家里做客，烤着牛粪炉，喝着青稞酒、酥油茶，吃上几口糌粑，再听着普姆、阿佳悦耳动听的藏歌，我已飘飘欲仙了。这份浓浓的藏汉情永远留在我的记忆里。

牛粪之尊贵，在于它的火焰从古燃到今，经久不息。它不愧为高原之宝，即便将来有一天被现代化的燃料代替，人们也不会忘记它在高原千百年的历史功勋。是它带给藏族人民光和热，是它点燃着人们生活的信心，是它传递着藏汉鱼水深情。

另眼看展佛

每年藏历的六月底七月初，是西藏历史悠久的传统节日"雪顿节"，其间都要举行声势浩大的"展佛会"。在后藏的昂仁县，"展佛"可谓是一年当中最隆重的活动了。

据藏族同事介绍，一年一度的"展佛"，已有500多年历史，去看一看还是很有必要的。我怀着好奇，亲历了壬午年县城曲德寺的展佛活动，深切体会到"佛"在藏族同胞中至高无上的地位。

我住的地方离曲德寺不远，站在院子里能清晰地看到昂仁宗山和坐落于半山腰上的曲德寺，这座寺庙也是全县宗教活动的中心。天还未亮，已被鼎沸人声惊醒，此时县城内已是数千人空巷（县城平时常住人口也就1000余人）。我稍事准备后，带上相机，跟着同事随着巨大的人流，向着那个神秘的山岗涌去。这时离展佛还有大约两个小时的时间，我们早点去也是为了感受一下展佛节的氛围。展佛台在昂仁宗的山腰上，从县城到达也不过十几分钟的时间，人们如此急切地奔向那里，就是怀着一份无比虔诚的心境，当然也是为了占据一个有利的位置，迎接太阳初升时那激动人心的时刻。

穿过弯弯曲曲的街道，顺山势拾级而上，到达寺庙近前时，宗山还在晨曦中若隐若现，数以千计的信徒香客早已会集到展佛台下，引颈盼望。展佛台实际是一面巨大的石墙，大约有 150 平方米，佛像要从上端缓缓放下，一年中只有这一天，藏族群众才有机会在露天虔诚地叩拜心目中的佛祖。寺庙连接展佛台

晒佛节

是一个偌大的平坝，很多外地来的藏族群众已纷纷搭起了帐篷，有的已在此等候了几天。当地有些群众也扎起临时帐篷，或搭起小卖部，既以此为家，又做起买卖。平坝上到处可见正在燃烧的柏叶、桑粉和藏香，烟雾缭绕，烘托出一种虔诚的氛围。

整个展佛过程大约持续一个小时。中午时分，金色的阳光洒满山谷，信徒们三五成群地席地而坐，喝酥油茶，吃糌粑，饮酒弹琴，载歌载舞，山谷中回荡着欢声笑语。

亲近规模浩大而神圣的展佛活动，我被藏传佛教在藏族民众中的影响震撼。这种影响随着历史的发展、社会的前进，必将赋予新的内涵和表现形式。从他们的"顶礼膜拜"中，我以为不仅仅是对佛祖的敬慕，更重要的是祈求五谷丰登，过上幸福美好的生活。事实可以佐证：以前是纯粹的展佛仪式，而现在已演变为集展佛、文娱活动、物资交流于一体的综合活动，他们更悟出了展佛搭台、经贸唱戏的真谛。的确，距展佛活动还有几天时间时，

整个县城已是人头攒动，车水马龙，平时一千来号人的县城一下子增加了好几倍。但他们的吃住不用发愁，西藏群众历来是走到哪住到哪儿，随身携带帐篷和生活用具、用品。县里和附近镇村的藏戏队伍也都前来助兴，吸引人流、物流，展示藏戏、藏舞的博大精深。更为可喜的是，很多朝佛者带上羊绒、羊毛、酥油及其他土特产品、手工艺品，把展佛作为重要商机，推介商品、交流物资、增加收入、增进友谊，把它真正当成了一个经济和文化融合的大舞台。

展佛会既成了一个欢乐的海洋，更使整个昂仁县城笼罩在了一片浓郁的商品氛围之中。这才是它的难能可贵之处。

登昂仁宗山

　　昂仁宗山虽不高，可昂仁县城人民对它始终带有一种敬畏，抑或一种神秘感。

　　2002年国庆长假的一个下午，蓝天白云，秋高气爽，我兴致盎然地约上两名伙伴，攀登昂仁宗山。

　　通往宗山要穿过"雪村"，这个村是县机关的驻地，海拔4400米，有1400多人。出县城大院，往东拾级而上，两侧多是藏族群众开的茶馆、朗玛厅、放像厅和商店，应该算是县城相对繁华的商业街区吧。但这个地方不久后将不复存在，淄博援藏投资，一个标志性的汉藏"团结广场"将取而代之。穿过雪村的羊肠小道，沿砂土路面攀行200多米，便到了"曲德寺"，它坐落于宗山腰上，是昂仁县最大的寺庙，藏族群众朝拜的主要场所。寺庙喇嘛编制有40余名，他们除每天诵经以及管理寺庙外，在县城还开着宾馆和商店，并且种着一部分农田，补充寺庙经费和供养喇嘛生活。过寺庙后，沿着一条崎岖的山路开始了真正的宗山之行，山路两侧是青青的小草，几头牦牛悠闲地吃着草，偶尔有乌鸦、麻雀和不知名的鸟类飞过，不时还有野兔在眼前奔跑，不远处有羊群点缀山间。此时，海拔来到了大约4500米，我们也停停歇歇地攀行了近一个小时，虽有些劳累和气喘，但看着这些风景，顿觉轻松愉悦。乘着习习凉风，不一会儿，宗山遗址的建筑物已在眼前，它们栉比而立，很快主峰已是伸手可触，此处的海拔比刚才又抬高100多米，到了大约4600米。

宗山的建筑物别有特色，依山势而建，酷似一个偌大的城堡，其规模大约有两个足球场那么大。建筑分布于两个山头，中间有城墙连接，我们攀登的是主峰，经幡在制高点随风飘扬。十分可惜的是，宗山城堡已作古，仅存的是参差不齐、杂乱无章的十几处残垣断壁，当初的规模比现在要大得多。但从遗址仍可以看出老县城曾经的辉煌。目前的宗山上只剩这个残存的古城堡，作为历史的见证。正在

昂仁宗山

惋惜的思绪中，天空下起了细细秋雨，轻轻地飘落在身上，微微地掠过耳际，我分明听见历史长河滚滚而来的呐喊与呼号，几分凄楚，几分悲壮。

昂仁宗山，那高高隆起的脊梁，经受了多少血与火的洗礼，它是高原儿女用全部身心铸就的一座高大的丰碑，在经过几百年的沧桑之后，它仍昂首挺立于蓝天碧野之中。在这离太阳最近的雪域大地，让所有来到它面前的人们都感到胸怀坦荡，遐思无限。差不多半个世纪又过去了，昂仁宗山几度兴衰，而今显得苍老。

那存活于石缝、沙土间的野花小草，仍散发着硝烟的浓烈气息，铭记着凄苦的怨恨……

看山前，是像雄鹰一般展翅飞翔着的昂仁县城，再远处的昂仁金错见证着昂仁的变化。望山后，一个约 3 平方千米的平坝安静地躺在那里，大片抽了穗的青稞和发了黄的油菜花波涛翻滚，预示着又一个丰收年景的到来。

我用视觉抚摸着宗山，有意让秋风、秋雨散落，洗刷它沉重的征尘。此时，我似有所悟，是不是有情的上苍经常用磅礴之泪冲拭着这座古堡，所以它才一直屹立于巍峨的雪域高原，陪伴着昂仁的藏族儿女去实现美好的追求。

明天的昂仁一定会更加值得我们期待！

丰收的喜悦

　　西藏的九月，已是秋风瑟瑟，寒意袭人。对于藏族农民来说，这正是农忙的季节，更是收获的季节。

　　最近几天，陪同淄博技术援藏人才做县城 1∶1500 的地形测量，在卡嘎镇（县城驻地镇）展开作业。时逢农民在忙碌地收割庄稼，中午露餐后小憩之余，怀着对藏族同胞生活的好奇，我约上局里能说汉藏语的白玛次仁做翻译，走近一户正在收庄稼的农民拉起了家常。

　　这是一个普通的藏族农民家庭，一家共 6 口人。男主人旺多今年 36 岁，妻子吉拉 35 岁，他们的父母健在。旺多夫妇有一个 10 岁的儿子，读小学三年级；一个 8 岁的女儿，读小学一年级。都在县城的昂仁小学上学，虽然家距离县城仅有 6 千米多一点，但按照规定都需要住校。

　　他们正在收获着丰收的果实。当问起庄稼情况时，旺多侃侃而谈，他说政府分给他们家 15 亩地，灌溉条件不错，土地也算肥沃，大多是种的青稞，另种着少量的藏青豆、土豆、水萝卜，平时主要由吉拉管理庄稼。秋收季节工作量大，两人忙不过来，就请了一个小伙子来帮忙，藏民族是一个团结和睦的大家庭，邻里守望相助是他们骨子里的本性，一般帮工是不要钱的，实在过意不去，就从主人家里拿点青稞、糌粑、酥油之类的东西，但也都是礼节性的。旺多家的庄稼再有三五天赶在九月底就全部收割完毕，可以安心地过一个国庆节，一家人计划到县城游玩几天。

我特别关心他们家的经济状况，以为旺多会避而不谈，没承想他既直爽又健谈，一下打开了话匣子。他如数家珍地介绍，家中目前养着126头（只）牛羊，其中有2头奶牛，另外还有3匹马，每年靠卖牛羊肉和羊毛可以收入8000多元，还要卖掉2000余斤青稞及少量土豆。家中有一辆拖拉机，他每年一般在外给建筑队打工，遇上节日时用拖拉机到比较近的乡镇送送人，也是一笔可观收入。全

农民收割庄稼

年算下来收入至少有2万元，在村里属于中等偏上水平。旺多介绍，现在的生活和过去相比发生了翻天覆地的变化，思想观念在变，开放意识在变，生活习惯在变，饮食结构也在变。目前粮食多得吃不完，用20分钟就可以开着拖拉机到县城，买到蔬菜、水果、肉食、酥油等日常生活用品，需要购买大件的家具、

电器时，县里天天有长途客运车往返日喀则，也有经常去的大卡车，条件十分便利。他特别说到是援藏干部来到后才发生了如此大的变化，彬彬有礼地让我代表他们全家向援藏干部问好，祝我们国庆节快乐！

旺多夫妇越说越兴奋，一定要带我们到家里坐一坐、看一看，我们只好听从安排，也是对主人的尊重。他们的家在卡嘎村的东南角，离 219 国道不到 200 米，是一座漂亮的藏式四合院。墙上垒着厚厚的牛粪饼，院子里干净整洁，有几盆盛开的鲜花，太阳能热水器上正烧着水，两只懒洋洋的小狗趴在热水器旁边，享受着热量和阳光。院子中间有一棵不大的藏垂柳，给这个普通小院增添了几分生机。

走进客厅落座，主人热情地为我们倒上悠悠飘香的酥油茶，端出了醇香甘冽的青稞酒。我虽然对此不太适应，但还是坚持各喝了一小碗。吉拉又特意给我们上了一盘蜜橘、雪梨，她见我们有些惊讶，笑着说，现在条件好了，经常可以吃到新鲜水果，这是昨天才从县城买的。我吃着水果，仔细打量起客厅来，只见客厅的正墙壁前摆放着一个佛龛，上方挂着精美的唐卡，这是普通藏族百姓家的标配，与其他家庭不同的是，他们家里有一套简易的组合音响和一台较新的 21 寸海信彩电，电视可以收看 8 个频道的节目，在客厅一角还有一部电话，可以在县城内、卡嘎镇以及日喀则市内通话。旺多动情地说，感谢政府政策好，让他们过上了幸福美好的生活。

旺多告诉我，现在藏族人民的生活不断好转、日益丰富，尤其是文化生活开始充实起来，坐在家中通过电视、广播就知道了全西藏、全国、全世界的大事，县城有文化活动他们可以很方便地去参与，镇上也建起了文化活动场所，农闲和平时空余时间村民尽可到文化室去参加娱乐活动。我问起他子女学习情况时，他说："俩孩子很争气，学习成绩还不错。我们一家子祖祖辈辈没有上过大学的，今后没有文化不行，就看他们的了。希望他们都能好好学习，将来考上大学，为家族争光，为家乡发展尽力。"朴实的言谈中透着睿智，这不正折射出西藏人观念的变化吗？

走出旺多家，我深深地感慨，今天的西藏农牧民已彻底摆脱了愚昧落后，他们正在靠勤劳的双手寻求幸福所在，大步朝着健康文明的现代化生活迈进。我更加坚信，这一天已为期不远！

欢乐的锅庄舞

凡到过西藏或从电视屏幕上，人们一定会见过这样的场景：很多人围成一圈，中间架上炉火，大家唱起动听的歌调，跳起欢乐的舞蹈，踏步、踢腿、拧腰、甩袖……这就是在广大西藏地区长盛不衰、脍炙人口的"锅庄舞"。

关于锅庄舞的起源有两种比较普遍的说法。一是1300多年前在拉萨修建大昭寺竣工时，藏王松赞干布命令所有来朝圣的僧众围着寺庙欢歌，这一习俗从而延续至今成为一种"圆圈舞"。二是藏族民众的房屋或帐篷中间设置灶台和三脚架，藏民回到家中歇息或遇有喜庆之事时，就围着它手舞足蹈，进而演变成一种舞蹈。

另有一个古老的说法是，远古时期，藏民几乎没有什么娱乐方式，整天以劳作为主。在一个叫"达折多"的地方，有一个富足的土司，家中有两个聪明的奴隶，一个叫弦子，一个叫锅庄。有一天弦子和锅庄结伴外出，也不知走了多少路，忽然发现一片美丽的湖泊，弦子十分高兴，于是随着水波的荡漾跳起舞来。这时，雷声大作，山雨欲来，锅庄也跟着翻滚的乌云即兴跳起来，仿佛要把心中的愤懑一起倾泻出来。自此以后，每当疲劳难耐、心中烦闷时，他俩就会用舞蹈来摆脱烦恼。不久，这事被土司知道了，他命令弦子和锅庄把跳舞的过程画下来，之后把他俩残忍地杀害了。但是，用舞蹈摆脱烦恼的方式实际上已在多地传开了，人们为了纪念他俩的功绩，就把弦子跳的舞叫"弦子舞"，把锅庄跳的舞叫"锅庄舞"。这个传说现在虽已无从考证，但可以从侧面证明"锅庄舞"在藏区的源远流长，而且与藏族人民的生产生活息息相关。当然，这一传说也为"锅庄舞"增添了几分神秘色彩。

跳锅庄舞时通常情况下是男女对半，围圈挽手，轮番唱歌，以歌配舞并伴甩袖、拧腰等动作，应节踏步，即所谓"男女纷沓，连臂踏歌"。跳锅庄舞时一般都是按照顺时针方向绕圈而舞。在表演上锅庄舞不受时间、地点、人数的限制，男女老幼皆可随意加入或退出跳舞队伍。

我在西藏工作和生活之余，或者在路途中，多次领略到藏族百姓在田间地头三五成群或更多人跳着欢快的锅庄舞，看得出来他（她）们喜悦的心情。我甚至数次见到过阿佳（已婚女子）、普姆（未婚女子），在房屋的平台上边干活边跳锅庄舞的情况，她们要么是在上面打晒青稞，要么是在晾晒衣服，还有的是正在盖房子时跳着锅庄舞为夯土助兴。边唱边跳边劳动，真乃自娱自乐、其乐无穷。我也曾在回昂仁县城路过卡嘎村时，看到两位藏族妇女在丰收的青稞田里，收割间隙跳着锅庄舞，好不快活！

藏族百姓自娱自乐的锅庄舞多半无须音乐伴奏，而且是自唱自跳，非常随意。即便是比较正规的锅庄舞，它们的音乐也大多朴素简洁、结构简练，一般由慢歌段和快板段两部分组成，快板段落是慢歌段落旋律的简化和紧缩。完整的锅庄舞由慢歌、歌头、快板、歌尾四部分依次构成。音乐风格纯朴、刚健、激情、豪迈，边唱边跳的歌词富有浓厚的生活气息，其内容常常是赞美神仙、英雄、活佛、父母、家乡和美景等。

锅庄舞按照表演场合可分为大锅庄、中锅庄和小锅庄。大锅庄，每逢盛大宗教祭祀活动时表演。男女老少参加完寺庙祭祀活动后，就在寺庙内或者寺庙外草坪上跳锅庄舞，祈祷吉祥幸福，大的阵势甚至可达数千人。现在，很多重大经贸和文化活动等，也跳大锅庄来庆祝。我参加2002年日喀则珠峰文化节时，曾见过上万人在日喀则体育场上跳锅庄舞的盛大场面，十分壮观和富有感染力。中锅庄，多数在民俗传统节日上表演。比如，一年

跳锅庄舞

一度的"雪顿节""望果节"期间，群众身着盛装，载歌载舞。其舞蹈形式与大锅庄基本相似，但由于内容不同于大锅庄的宗教背景，因此充满欢乐、幸福、祥和的气氛。人们往往通宵达旦地欢歌畅舞，尽兴而归。小锅庄，常在亲朋好友喜庆之际表演，内容则是根据当时当地的情景即兴表演，歌声浪漫，舞步飘逸，兼有谐趣嬉戏的风格。

锅庄舞最早是流行于广大的藏族牧区的舞蹈。对于牧民来说，锅庄既是一个重要的"社交"活动机会，也是亲友间表达亲情的

一种方式。在长期的游牧式逐水草而居的生活中，牧民由于与外界基本隔绝，一个村落里的人大多是本家或亲戚。同时，年轻人也利用跳锅庄这个时刻，以盛装的方式展示自己。

在锅庄舞兴起的时候，对于生活在草地上的牧民来说，谈不上有什么"家财"。他们的帐篷里最显眼的莫过于中间用石块围起来的炉灶，这是一家人重要的生活平台和保障，说白了也是锅庄文化的源头。它不仅用于做饭、烧水、煮茶，在艰苦乏味的草地上，也是文明与生命的象征。对于生活在这种环境中的藏民来说，锅庄必然成为一种方便灵活适用的娱乐形式，从这个角度说，生活方式真的决定着艺术形式。

人们这样赞誉丰富多彩的藏族锅庄舞："天上有多少颗星，锅庄就有多少调；山上有多少棵树，锅庄就有多少词；牦牛身上有多少毛，锅庄就有多少舞姿。"锅庄舞其实就是一种欢乐舞，因此在广大藏区，凡遇喜庆佳节，人们就不分老幼男女地欢跳，人数可多可少，甚至一个人都可以跳，往往迁居新房、结婚致喜、庆祝节日等，都要跳个通宵。用现在的话说，"歌舞升平"再恰当不过。

锅庄舞历史悠久，可以追溯到公元 7 世纪左右，距今已有1300 多年。它是随着藏族人民生产生活的发展变化而产生和变化的。因源于生产生活，锅庄舞才有了打青稞、捻羊毛、喂牲口、捣酥油、酿青稞酒等劳动歌舞，也有颂扬英雄的歌舞及表现风俗习惯、男婚女嫁、新屋落成、迎宾待客等风情歌舞。锅庄舞边跳边唱，多为问答对唱比赛。在传统式对歌比赛中，谁掌握的传统歌词全面，谁就能掌握主动以至取胜。在即兴问答比赛时，谁想象丰富，思维敏捷，胜利就会属于谁。

藏民族是一个有着悠久历史和灿烂文化的民族，藏族人民能歌善舞，说到藏族舞蹈，大多数人脑子里会立马浮现出"锅庄"二字。在西藏，歌舞已不完全是舞台上表演的概念，而是喜闻乐见的一种群众性爱好和娱乐活动。西藏是"歌舞的海洋"名不虚传，可以自豪地说，西藏"家家有舞，人人能跳"。当我们身临其境，一定会产生无限的遐想，仿佛来到了草原牧歌般的自然环境，使人的心灵产生强烈的激情、美好的向往、审美的愉悦。无论是观看表演，还是亲身参与，人们都能从中得到愉快情感的体验和美妙的享受。

我们不妨大胆设想，从锻炼身体和愉悦身心的角度来看，锅庄舞其实一点都不亚于现在流行的城市广场舞。从音乐上看，它没有广场舞那样尖厉、节奏感强烈，换一种说法，它应该是比较舒缓柔和的，可以人多，也可以人少，圈子可以大也可以小，也能圈子套圈子跳。它确切地说，应该是属于藏族，但不限于藏族。我2003年从西藏回淄博时，走青藏线路过兰州，在横穿兰州市区的黄河沿河公园里，见证了兰州市民喜爱"锅庄舞"的盛况，只见公园里的大小广场和角角落落，几乎全是跳锅庄舞的，十分震撼。我觉得这里面应该多数不是藏族人吧。

每年国庆节前后，昂仁县的藏族人民都会以县城、乡镇或村委驻地为中心，扶老携幼，前呼后拥，来到平坝或操场上，安营扎寨，以湛蓝的天空、悠悠的白云和巍峨的雪山为背景，跳起欢乐的锅庄舞，与山川日月对话，庆祝丰收果实，祈祷平安吉祥。欢快自由、天人合一的情景，时常让人们不由自主加入那热闹的队伍中，学着他们的样子，亦步亦趋，找寻那般融入自然的乐趣。

　　大浪淘沙，光阴如梭；岁月流逝，时代变迁。锅庄舞在广大藏区生生不息，蓬勃发展，而今天看来，它更是以独具特色的魅力，受到藏族百姓和越来越多的外族朋友的喜爱。"无古不成今"，经过 1000 多年的时间旅行，锅庄拂去历史的尘埃，被赋予新的时代内涵，在传承中创新，在创新中发展，才是恒久的文化。

　　锅庄，这个在茫茫雪域高原伴着藏民族生产生活而延续下来的古朴文化，已成为中国古老文化和民族特质的重要见证。它的生命力是多彩而无穷的，所有融入"锅庄舞"圈子里的人，就是让身体在大自然中尽情舒展，就是让思绪在宇宙中激情飞扬！

翻越天堑唐古拉

唐古拉，在藏语中意为"高原上的山"，在蒙古语中意为"雄鹰飞不过去的高山"。唐古拉山脉是西藏与青海的界山，被人们形象地称为西藏与青海"握手"的地方。这条平均海拔在5000米以上的山脉，皆是连绵耸立的雪山，整条山脉长约1000千米，平均宽度在150千米左右。山峰上的小型冰川，是长江、澜沧江等河流的发源地。

唐古拉山是横亘在青藏高原的一道天堑，翻越唐古拉山的难度也就可想而知了。这也在关于它的传说中体现出来。相传，当年文成公主远嫁吐蕃，当来到唐古拉山时，为漫天的大雪所阻而无法前行。无奈之时，经随行僧人的点教，文成公主将其乘坐金轿上的莲花座留下镇风驱雪，这才得以安然过山。另据传说，当年成吉思汗率领大军欲取道青藏高原进入南亚次大陆，却被唐古拉山挡住去路。恶劣的气候和高寒缺氧，致使大批人马死亡，所向披靡的成吉思汗也只能望山兴叹，收残兵而归。

唐古拉山垭口处海拔5231米，是第一条进藏线青藏公路的最高点，这里也是世界公路的海拔最高点。对路人、游人或探险者来说，"5231"是他们极力想徒步穿越的高度，哪怕不是徒步，乘坐车辆前往西藏的人们，也大多会选择在这里留下一张难忘的纪念照。唐古拉山虽然挺拔险峻，但它的山口处却呈现出坡缓、落差小的特征，从而使得来到它面前的人们并未感觉难以逾越，因此任何一个前往或走出青藏高原的人，都会在这里停留，哪怕是数秒钟，也要在这片神奇土地上站一站，体验一把什么叫"山高人为峰"，也感受这片接地气，连天空都是最深沉、最圣洁、最厚重的地方。那些常年飘荡在这里的哈达、经幡和风马旗，更让人感受到一种无形的力量，感受雪域高原最典型的呼吸和脉动。

7世纪初，吐蕃赞普松赞干布统一了青藏高原，与当时的唐王朝建立了友好关系，并多次向唐王朝请婚。唐太宗于贞观十五年（641年），派李道宗护送文成公主入藏和亲，经日月山口、巴颜喀拉山口前往吐蕃首都拉萨。以后，唐朝又遣金城公主入藏，嫁与吐蕃王朝第36任赞普尺带珠丹。两位公主及以后唐朝通使都是经由这条线路进藏，古道沿途现仍存有唐蕃交往的遗迹，流传着许多美妙的传说。

人们印象里的唐古拉山脉应该是巍峨高大的身躯，其实不然，虽然连绵的山峰平均海拔近6000米，但相对高差却均在1000米以下。像青藏公路经过的唐古拉山口海拔为5231米，正在建设中的青藏铁路穿越的唐古拉山口海拔为5220米，但均因地势平缓、高差不大，从而并不是人们想象的那样崎岖险峻和难以逾越。

相比其他一些高大的山脉，唐古拉山虽显得有些单薄，但其地理位置却格外重要，不得不让人仰慕。以唐古拉山脉为界，分为太平洋水系和印度洋水系，长江、怒江、澜沧江均发源于此，其中长江和澜沧江，包括其他很多大小河流都发源并流经山脉的北侧。而南侧的怒江以及其他一些外流河则南下注入了印度洋。山脉的东段，位于可可西里和羌塘无人区交界地带，长江源头便发源于山脉最高点、海拔6621米的格拉丹东雪山。这里是名副其实的"中华水塔""亚洲水塔"。

这里的雪山孕育了无数的冰川。位于唐古拉山脉东段的羌塘保护区内的普偌岗日冰川，是除南北两极之外的世界第三大冰川，冰川面积约为420平方千米，分别向四周山谷放射出50多条长短不等的冰舌。虽然这里水源丰富，但却有与沙漠共同存在的奇特地理现象，而且极端气温有时达到了-50℃，堪称人类"生命的禁区"。

我儿时在课本上和以后在阅读一些书籍时，曾了解到人们都把唐古拉山比喻成"魔鬼""鬼门关""雪域天堑"等，说那里的高原反应和恶劣环境，随时都有可能把人们打倒，把车子掀翻，这也反而更激发了我去翻越它的欲望。

机会终于来了，这也是我首次走青藏线。那是2003年的夏季，我跟随培栋同志回淄博办理公务，也是我们在西藏工作以来第一次驾车回内地。在拉萨临行的前一夜，我愣是激动得几乎一夜没睡着觉，原因之一是要征服那个心目中念念不忘的唐古拉山。我们天不亮就从拉萨出发，在车上整个大半天的时间，满脑子都在期待着那个难忘时刻的到来。

中午时分，当车子过了那曲草原和安多道班时，海拔已逐渐抬高到了近5000米，直觉告诉我唐古拉山口离我们已经不远了。俗话说，"唐古拉十里不同天，一天可见四季，即便是在夏季"。这不，刚才车外还是晴空万里，艳阳高照，现在变成了乌云压顶，狂风大作，雪花飞舞，车前的能见度很低，汽车只能如蜗牛般一点点往前爬行。我理解这才是唐古拉应有的真面目，夏天在天路上感受着这般景致，更增添了我心中的期待，期待着把自己的"高大形象"定格在唐古拉山口上。很快，在青藏公路的高点处，5231米的标识牌醒目地立在路边，提醒我们唐古拉山口到了。我们赶紧下车拍照留念，说来也怪，刚才还是漫天飞雪，现在却是拨云见日，但依然狂风肆虐。老天爷已经很眷顾我们了，至少我可以清晰地拍照，可以看清四周的真面目。虽然是世界上公路的最高点，但此

青藏公路

时此刻我并未感到站在了最高点上，觉得与以前通过的其他一些山口并无太大区别。这里虽高，但四周坡度真的是非常平缓，没有想象中的那么巍峨险峻。

我这时才明白，司机占都师傅为何不提前告诉我们要过唐古拉山口的原因了。其实他是怕过唐古拉山的时候，给我们心理上增加负担，负担重了高原反应势必加重，这里毕竟是5000多米的高海拔，在车里可能不觉得怎么样，而下车就完全是两码事了。许多人为什么征服不了唐古拉山？很大的原因是他们一听到它的魔力，心理上就产生了一种恐惧感，越是知道快靠近它了，那种恐惧感反而越强烈，从而还没上去就自己在心理

上先击倒自己了。据说路过这里，因恐惧和高原反应而下不了车的大有人在。

站在山口凝视，极目远眺，真是千里皑皑白雪，连绵不断地铺在各个山峰上，如同给整个高原世界绣上了白色的连衣裙边，显得优雅而美丽。唐古拉山，它寂生高原，却屹立千古，纵然九万里扶摇，它只身一挺，高于碧空，俯瞰苍生。它又似藏身画中，却静裹锋芒。此时，我似乎明白了唐古拉的真正含义，它的主峰格拉丹东孕育了祖国的"母亲河"，中华子孙对滚滚长江的感情，正如胎记一般不可磨灭！

唐古拉，你就是一位身披白色盔甲、战无不胜的大将军，默默地占据着天地一方，孕育了崇山峻岭、江河湖泊、芸芸众生。你是佑护这片土地上的神灵，是藏族人民心中的虔诚信仰和割舍不断的血脉。

进入唐古拉的纵深，人们会发现这里的山，底色比别处看到的更幽深一些，好像是墨水泼在了纯白色的画布上，更突出了雪的洁白纯净。山峦的侧面也是棱角分明，就好像一位笔锋苍劲的画家，几笔间就勾勒出大自然鬼斧神工的造化。

"山河千古在，城郭一时非。"唐古拉山万千年来，无怨无悔地守护在那里，默默无闻，心甘情愿。荒漠之上，每当成千上万的藏羚羊群矫健地向它奔去，每当无数藏民跪着一步一叩地走上天路寻求祈福，每当长江之水滚滚不尽地流向中华大地……唐古拉，都会露出会心的微笑。我恍然明白了，我不是在凝视唐古拉山，我分明是在仰望唐古拉山。仰望着你，对我是一种最大的心灵洗礼。

正像有位诗人写的那样，"当你逾越了唐古拉山口，那就证明了自己可以翻越人生的每一个山口"。如果有条件有机会，我建议大家不妨尝试"翻越一次唐古拉山口吧"。

唐古拉山口的海拔数字不会说谎。我们仅仅下车待了不过三分钟，我的头已感觉明显发胀，呼吸十分困难，嘴唇打着战，浑身瑟瑟发抖，剧烈的高原反应向周身袭来。我们不敢久留，赶忙返回车中，沿着青藏公路缓缓下行进入青海境内，向着格尔木方向驶去。

山 南 印 象

　　三年援藏期间，我曾两次走进山南。第一次是跟随培栋同志前往山南地区驻地乃东考察农牧业生产，第二次是由我带队专程去乃东学习考察县城规划、建设和管理经验，考察工作的同时慕名走进了雍布拉康、昌珠寺和"萨日索当"。触觉所至，都让我进一步加深了对这个美丽梦幻地方的认识，它也深深地震撼着我的心灵。

　　山南作为西藏自治区的一个地区，人们想要认识它，还要从它的名字说起，它厚重的历史与往日的荣光都暗暗藏在了这个名字中。山南在人们的一般认知中大多是某山以南的意思，但有趣的是，当我们仔细翻阅西藏地图，却会发现山南实际位于喜马拉雅山脉以北，南部与印度、不丹等国接壤，北部则是一马平川，并无山脉阻隔。

　　那么，山南究竟是什么山以南？想要找到这个答案，我们需要在地图上一路远眺，越过拉萨，一直望到更北部横亘于西藏腹地的念青唐古拉山脉。原来，山南即"念青唐古拉山以南"，它之所以敢于自称在此山以南，其气度自然一点不输拉萨、日喀则，它宏大的视野背后，是作为吐蕃王朝起家之本的骄傲。

是的，凡是对西藏历史有些了解的人们，相信一定会知道山南才是藏民族的起源地。就像脍炙人口的歌谣里唱的那样，"地方莫早于雅砻，农田莫早于泽当，藏王莫早于聂赤赞普，房屋莫早于雍布拉康"。可是，虽然山南曾书写过半部西藏史，但如今却显得有些寂寞落魄，正是"千年古庙映崇岗，寂寂空庭草树荒"，昔日的荣光被后来居上的拉萨和日喀则掩盖。

曾经的吐蕃王朝把它的威严带给了拉萨，但把它的厚重留在了山南。如果人们有幸去雅鲁藏布江以南的贡嘎、扎囊、乃东、琼结一带走走看看，将会发现这里与历史相对应的古迹旧地比比皆是，处处沉淀着厚重的历史尘埃。走近它，你将无限接近藏民族文明之源。

山南的一切，都要从山开始说起。这里南倚喜马拉雅山脉，是冰雪的故乡，它群峰簇拥，雪山相接，冰川终年不化，海拔6000 米以上的雪山就有 10 余座，它们平均海拔接近 7000 米。在佛教还未传入雪域高原之前，藏区就有"四大神山"——东方神山沃德贡杰（亦称神山之父）、羌塘神山念青唐古拉、卫藏神山雅拉香波、南方神山库拉岗日。除念青唐古拉外，其余三座都在山南。这里的神山，每一座都有古老的名字和传奇的故事，在美丽的神话中它们显得无比尊贵。

雅鲁藏布江的支流雅砻河，流经山南的琼结、乃东、扎囊、加查、贡嘎等地。从蛮荒进入农耕后，雅砻河流域逐渐形成部落，人们过着平等原始的氏族生活。据藏文史籍记载，当时在西藏波密出生的一个威猛小伙，因相貌古怪、性格刚烈，被家庭放逐，当他游历到雅砻河谷时，结识了 12 名代表当地各部落利益的苯教徒，并被推举为王。从此，西藏就出现了"王"的称号，尽管这种王不过是部落的首领而已。除雅砻部落外，当时西藏境内又先后出现了娘若、羊同、达域等12个较大的部落，史称"十二小邦"。自此西藏出现了第一个王朝即吐蕃王朝，也相应出现了第一个国王就是吐蕃第一代赞普聂赤赞普。

为了抵御其他部落的侵犯乃至野牦牛群的冲击，聂赤赞普下令建造了雍布拉康城堡。从泽当镇往南，大约半个小时的车程，便能看到这座位于扎西次日山上的城堡。这座看上去外表普通、

形似碉堡的多层建筑，其构造的精美程度也许无法与布达拉宫等建筑相提并论，但在藏民族的心目中，雍布拉康却是藏族文明的起源。城堡不大，却瘦削冷峻，易守难攻，蔚为壮观，直到松赞干布时代，他将大唐文成公主迎娶回雅砻大地，雍布拉康

雍布拉康和周边农田

从此披上了红纱。松赞干布虽然把西藏的中心迁到了拉萨，但藏王和王后一开始把雍布拉康作为新婚居所，后来每年夏天都从拉萨来这里消暑，成了他们的"夏宫"，它也因此被称为西藏历史上的第一座宫殿。

雍布拉康，见证了西藏历史先民从"逐水草而居"的游牧生

活向"日出而作，日落而息"的农耕生活的转变。而雍布拉康山脚下的一块良田，则在藏族农耕史上占据着举足轻重的地位，这块良田叫"萨日索当"。据史料记载，公元前 2 世纪，吐蕃确定了第一代藏王聂赤赞普，"王"的确定让雅砻河两岸方圆几百里的部落民众纷纷搬迁而来，以雍布拉康为中心聚拢起来，从而出现了第一座村落。为了供奉藏王，村民们在雍布拉康南侧开垦了第一块农田，取名为"协赛辛"，意即"国王御用田"。同时，吐蕃先民们也为自身生存所需劳作，日复一日，年复一年，周而复始。

这块农田，位于泽当以东的贡布日山上有一天然山洞，名叫"猴子洞"，据说藏族"猴子变人"的故事就发生在这里。贡布日神山海拔4472米，虽不高，但此山却是藏民族先民繁衍的母体。传说，猕猴与罗刹女结合后生出 6 只小猕猴，他们把 6 只小猕猴送到山下的果树林，三年以后去看望他们时，发觉已繁衍成 500多只，这时树林中的果子已经被吃光了。老猕猴看到儿孙们饿得皮包骨头，奄奄一息，心里非常难过，于是便四处采集野果给儿孙们充饥，以致累得浑身脱光了毛，手脚裂开了口，尾巴也磨得像根干柴棍，如此辛劳也只能勉强维持儿孙们的一息生命。无奈之下，猕猴到观世音菩萨那里请求："至尊啊，我们的儿孙们眼下正处于食不果腹、饥寒交迫的苦难之中，恳请大慈大悲的菩萨救救他们吧！"观世音菩萨于是从须弥山中取出天生五谷，即青稞、小麦、豆子、荞麦、油菜种子给了猕猴。

老猕猴谢过菩萨，拿着五谷种子日夜兼程回到了贡布日神山。回来后迅速把种子撒在了山脚下叫"萨日索当"的一片大地上，到了金秋时节，他们带着儿孙们来到种植五谷的地方，望着丰收的景象，激动万分地对儿孙们说："吃吧，尽情地吃吧，这可是大慈大悲的观世音赐给我们的五谷之食啊！”这群小猴乐坏了，它们觉得五谷比野果更美味可口。众猴得到充足的食物，并逐步学会了种植，不断地劳动使猴子们的尾巴慢慢变短了，而且慢慢地也会交流说话了，久而久之，逐渐变成了人，这就是雪域上的先民。

无论是史书记载，还是民间传说，萨日索当都被认为是观音赐给猕猴儿孙们五谷之食的地方，也是后来吐蕃先民为供奉藏王而开垦的第一块良田。在这片名叫萨日索当的开垦田上，藏族先民开始了耕种、孕育、收获五谷，滋养雪域高原，藏族农耕文化也由此发展演变。至今，为纪念西藏第一块良田，每年春耕时节，雍布拉康和贡布日山脚下的农民，都会身着节日的盛装，来到萨日索当田间，举行隆重的开耕仪式。

据说，最初的萨日索当仅有1300多平方米，今天周围的农田已经达到了50多万平方米。延续至今的开耕节，寄托着广大藏族人民对大自然的信仰与敬畏，更寄托了一年中一分耕耘、一分收获的喜悦和满足。

这就是历史底蕴深厚的山南，也是在西藏历史上创造过多个第一的山南！

西藏人的忠实朋友

狗，是西藏大地的一道风景。可以说，在120万平方千米的茫茫雪域，只要有藏族人生活的地方，就一定有他们忠实可爱的狗，它们在春夏秋冬的风雪弥漫中伴随着这个民族世代繁衍生息。

去西藏前，得知藏族禁忌里有不吃狗肉一说，狗无处不在。可没想到初到拉萨、日喀则时，狗给予我的印象会如此深刻，那简直是一个狗的"欢乐世界"，即便到了仅有2平方千米不到的昂仁县城，狗也无论如何逃不出我的视线。在西藏，可以说是人与自然和谐共生，人与狗亦是和谐共存。

我想，也许是藏民心地善良，以慈悲为怀、不杀生的缘故，他们对每一种生命都会给予爱惜和同情，由此狗便也得到了护佑，他们包容狗的存在。慢慢地我也知道，其中还有更深层的原因。相传，很久以前，藏民没有可以种植的粮食作物，只能靠采摘野果度日。多少年过去了，在一个相对兴盛的年代，国王的小儿子阿觉决定去遥远的山国为百姓讨要青稞种子。而山国的首领是妖怪所化，不愿将种子施舍他国，阿觉的请求遭到了拒绝。但他不甘心就此作罢，于是，就设法偷了一粒种子，却被山妖发现，于是山国首领就用法术将阿觉咒成了一条狗，并准备吃掉他。阿觉机智地闯过一道道关隘，终于口衔唯一的一粒种子，到达自己的王国时已是遍体鳞伤，精疲力竭了。因他已变成了狗，没有人能认出他。这条狗刨开土地，把种子吐出去掩上土，用嘴抿来水，看着嫩绿的青稞苗破土而出，旺盛地长起来时，他才安静地闭上了眼睛。国王和百姓明白了，这条狗原来就是小王子。他们被小王子的精神和忠诚深深打动，精心照料着青稞苗，藏民从此拥有了青稞，拥有了香甜的糌粑。为了纪念和报答狗的恩情，当收获的时候，总要把糌粑先给狗吃。开明的国王派人把青稞种子送遍雪域大地，从此，狗就成了藏民最亲密的朋友。

藏族有句谚语，"打了狗的腿，就是打断了自己的路；吃了狗的肉，就是吃了母亲的心"。所以在西藏，禁吃狗肉一直延续至今。

西藏的狗多也有其自然原因。无论是乡村还是牧区，客观上都需要"看家狗"，而各地的狗又跟随朝拜者源源不断地涌入城市，尤其是拉萨、日喀则这些佛教圣地，然后又一代接一代地自由繁衍生息，队伍逐渐壮大。

可贵的是，西藏的狗通常情况下是不咬人的。居民家家户户养着狗，狗仗人势，但它们都要看主人脸色行事，一般是示威性地叫几声，也算表示它们尽职尽责了。有主人的约束，不用担心它会伤着人。市区内的野狗，也几乎不咬人，起码不去主动攻击人，除非你不小心踩到了它，才会本能地反咬一口，但也是象征性的，人基本不会受到大的伤害。人若攻击狗，狗多半也是躲着人跑，大有"不跟人一般见识"的胸怀。

狗的繁殖力极强，除家庭收养的外，多数只能沦为无固定主人的野狗，野狗再自行繁衍，就有了形形色色的"杂种狗"，长得漂亮点的，往往又被人领养，留下的大多是较丑陋的狗，不幸沦为"马路乞丐"，到处流浪了。

所到之处，感觉狗最密集的地方是寺庙及周围，很多寺庙已形成"狗患"。我路过江孜"白居寺"时，不得不把狗列入了参观内容，因为那里的狗实在太多，它们主动跟着你，甩都甩不掉，只好干脆与狗一起参观游览吧。西藏的狗有鲜明的生活习性，它们一般结群生活，有固定的地盘，有力者则为首领。如互相侵犯疆土，必导致战争。我曾在日喀则"扎寺广场"目睹过俩狗

狗儿们晒太阳

帮之间的打斗，足足半小时打得难解难分，直到一方落荒而逃才告结束。

有趣的是，狗在择偶时一样注重相貌。昂仁县城有户机关干部家里养了两只母狗，漂亮的那只经常有公狗向其献殷勤，但它也像"公主"般傲慢，总是从众多公狗中挑选如意"郎君"，要求还比较高，不过据说它移情别恋、喜新厌旧的毛病也时有发生。长得漂亮的母狗几乎每年都要产崽，而丑的那只则难觅配偶，产崽的机会不多，一般几年才产一次崽。

狗善解人意，容易与人建立起亲密的关系，时间久了，可以

给人带来很多乐趣。狗又有灵性，只要你对它好，它就会加倍地报答你。在县机关大院里，经常看到三五成群的狗在嬉闹，我有时拿点食物逗它们的乐，于是前呼后拥，把我团团围住，那种亲昵、信任、争宠劲儿让我难忘。从狗的眼神里，分明能表达出与人类一般的复杂情感。有时出差十天半月回来，见到我它们老远就冲过来，围着我活蹦乱跳，摇头摆尾，甚至把爪子搭在我的肩上，用舌头殷勤地舔我的手或轻扯衣襟，让我啼笑皆非。

我们当中要论喜欢狗的话，非永泉莫属。他先后收养过三只小狗，第一只养到半年时，因其在外觅食不慎而中毒身亡，第二只也重蹈了上一只的覆辙。永泉为此伤感了好一阵子，看着他那段时间茶饭不思的样子，我也为之动容。第三只小狗着一身淡色黄毛，活泼机灵，是永泉下乡时带回的，它的可爱之处在于"机敏聪明"，自己吃剩食物时，知道刨个土坑埋进去，饿了再挖出来吃，而且它极懂享受，有几次悄悄地爬到了永泉的床上睡觉，搞得他哭笑不得。直到离开西藏时他还养着那只狗，一度萌生把它带回山东的想法，可惜愿望没能实现。

在西藏最名贵的狗属"藏獒"，其实它也是世界上的"狗中之王"。藏獒，壮似牛犊，头大腿短，但立起时足有 2 米高，是青藏高原上牛羊的忠诚卫士，故有"牧羊犬"的俗称。这种犬凶猛善斗，必须拴住饲养，不然危险极大。据说，哪怕是一只素不相识的藏獒，一旦发现牛羊群后，也会主动地充当"警卫"，一只成年的藏獒能看管 200 多头（只）牛羊。它一般惯用围绕、嚎叫的方法来完成自己的使命，数只狼都不是它的对手，豹子也要惧它三分。一只纯正的野生藏獒价值达数十万元甚至数百万元。

可惜，藏獒在西藏已经很稀有了，以至于我们几次下乡而不遇。我唯一一次近距离接触藏獒是在拉萨大昭寺广场，看到一位康巴汉子牵着一只威猛的藏獒，主人招摇过市的样子"特牛"。

　　高寒缺氧、寂寞难耐的漫漫长夜，我已习惯了听几声狗叫，如果突然一夜没有了声响，我甚至怀疑是不是自己的耳朵出了问题，这一夜会茫然不知所措。在西藏，狗不仅是藏族同胞的忠实伙伴，它也慢慢融入了我的世界。

时间的河

　　在我人生的长河中，援藏的三年，是最值得珍视和难忘的三年。最让我珍视、让我难忘的是昂仁的山、昂仁的水、昂仁的人。昂仁是我可爱的第二故乡。

　　新的世纪，新的构想，新的征程，新的高度。2001年的初夏，怀着满腔热血，带着组织的重托与希望，揣着心灵的企盼与憧憬，告别家乡和亲人，我义无反顾地走进了近万里之遥的西藏，走到了昂仁，踏进了我的梦中家园。

　　置身于这个海拔高、环境差、土地广、人烟稀的雪域世界，愈加激发了我的热情和斗志。在这里，我带着一种"责任"，浑身感觉有使不完的劲，一步一个脚印地践行着援藏的初心和承诺。我经常咏唱着前两批援藏干部唱过的歌，那是可歌可泣的"援藏大合唱"，我时常寻觅着他们走过的路，沐浴着更加灿烂的阳光。于是，我感到这片土地、这里的人不再陌生，我的思维便不再静止，彻头彻尾地融入昂仁，在3.96万平方千米的高原大地上，同4.6万藏族同胞同呼吸、共命运、心连心，续写着藏汉友谊的新篇章。我时常默默告诫自己，一定要用自己的一腔痴情扮靓这块净土——我的精神家园。

站在淄博援建的刚刚通车的县城纬四路上，一种轻松与超脱飘然而至，仰望纯净的天空，我能感觉到它的高度，蓝天白云似乎就在头顶为我留驻。这样的天空，好像是一颗博大的，甚至无法丈量的心房，晶莹剔透，把世间万物昭示，把援藏的真谛诠释。

夜晚，一个人伫立在温馨的小院，独自对着天空发呆，望着月光，数着星星，我忽然感到一种彻骨的清醒，一种莫名的感动。我想，也许是离夜空太近了，便可以感到内心的真实、内心的悲喜。无比恬静的夜色，让我的心灵变得透明，变得平和。

有时，令人难忘的东西很多，而难忘的是一段刻骨铭心的"经历"，它却更可贵。当我走过这段经历时，猛回首，才发现那平淡里透着的是真切，是不平凡。

在海拔4000多米的高度，日复一日地重复着简单的生活轨迹，就像那冰封的雪山，消融了再凝结，凝结了再融化。在那些苍穹的岁月，寂寞常常被一种浓烈的思乡之情、恋亲之情取代，在自己的角色里，往往不经意间，湿润迷蒙了双眼。那是一份怎样的孤独啊！而当看到一张张饱经沧桑的脸，看着一个个虔诚地叩拜，嗅着一股股缓缓升腾的桑烟，心灵就会不同程度地有所震撼和超越，自己会默默地说："孤独又算得了什么呢？"

走进西藏，使我尘染与疲惫的心灵得以拯救和安歇；走进西藏，给我生命以真正的注解与诠释！

在昂仁，我工作之余会以欣赏的目光去观察山山水水、风俗民情，更注重用心灵去感知、去体验它的一草一木、一举一动。

看着昂仁经济快速发展，社会逐步安定，人民安居乐业。看着县城的巨大变化，看着藏族同胞脸上荡漾着的笑容，作为"援藏人"，我们从内心感到高兴，为之骄傲。自己的人生价值也在奉献昂仁的事业中得以显现，得到升华。

永远忘不了 2004 年初夏，三年援藏工作生活就要结束时，那送行的同事，送别的同胞，那雪白圣洁的哈达，那醇香沁心的青稞酒，那响彻耳际的一声声"扎西德勒"，令我垂泪，使我断肠。那是发自肺腑的离别之情。

援藏干部住所

斗转星移，花开花谢，那恋藏的情愫依然炽烈。昂仁，常常出现在我的梦中，我期盼有一天，再走到你的身边。或许，你仍是一块贫瘠的高寒厚土，或许，你物质上仍不富有，但你是我心中永远的精神皈依！

香巴拉并不遥远

　　"香巴拉""香格里拉"是藏语的音译，人们把那里视为传说中的神话世界，那里是世外桃源、人间仙境。西藏民族传说中的香巴拉在冈底斯山脉主峰附近，冈底斯藏语意为"众山之王"，它与喜马拉雅山脉平行，横贯西藏西南部。也有传说称，香巴拉在中国雪域圣地康巴的上甲斗村，那里的海拔高度 3500 米，在千百年的变迁中保持着亘古不变的"天人合一"文化，维系着人与自然的和谐画卷。

　　当然，无论是香巴拉还是香格里拉，既为传说，这个美丽的神话世界就应该有很多版本。在四川、云南、青海，都有无数人在传唱着"香巴拉""香格里拉"的故事。但有一则消息是确切的，在 2002 年 5 月，那是我援藏工作的第二年，彼时，报道中称，云南省中甸县正式更名为"香格里拉县"，这片宁静的大地马上声名大噪，全国乃至世界各地的人们纷至沓来，探寻人类美好生活的伊甸园。

　　我第一次听说"香巴拉（香格里拉）"，还是在孩提时代，那时听老人讲，世界上有一个地方叫"香巴拉"，那里是神仙居住的地方，那里没有疾病和烦恼，那里没有硝烟和争斗，到处是大片大片的绿树鲜花，有各种各样的珍禽异兽，十分美丽。我稚气地问："那她到底在哪里呀？"老人笑着回答："只要你相信她存在，将来就一定能找得到。"长大以后，才明白"香巴拉（香格里拉）"其实是人们对美好生活的一种企盼和向往，是一种理想、一种精神、一种境界。

到了西藏，置身于茫茫的雪域世界，忽然感到自己的视野变得开阔和清澈。西藏这片被称为"世界第三极"的神奇土地，不正是人们寻找的精神家园吗？这里的每一片土地、每一个传说故事，都是有其精神的，这种精神便是大仁大爱。

此种心境，是久居都市的人们所无法感受到的，只有当你走出城市，走近自然，走向大山的深处，你才会深刻地体会到，那蔚蓝的天空，移动的白云，闪烁的星月，碧绿的湖水，洁白的雪山，灵动的羊群，悠远如天籁的高原牧歌，无不是一幕幕不言而喻的神圣和美丽。面对这一切，每个人都还原成大自然的孩子。此时此刻，"香巴拉"的传说会重新闪现在久已迷惘的心底。

其实，每个人的心里都有一个美好梦想；其实，每个人的心里都有属于自己的香巴拉。

正因此，人类才充满着梦幻和希望，西藏尤其是。在那些千里迢迢、一步一叩的朝圣者心中，不正是因为有这样的梦想在支撑吗？即便是从闹市走来的我，为工作，为生活，为梦想，内心深处不也或多或少地在寻找属于自己的香巴拉吗？

香巴拉的最高境界是精神层面的，我们在感慨上天赐予这片土地自然美景的同时，更渴望被香巴拉的精神之光照耀。在追寻其光芒时，我蓦然发现，绵延数千千米的天界上汉藏人民展示的

香巴拉

极限生存的意念，求同存异、守望相助的情怀，毫无保留地相互依存、肝胆相照的胸襟，克服艰难险阻、一往无前的气概，正是孕育香巴拉精神内涵的源泉。

徜徉在西藏的大街小巷，经常会听到那首委婉悠扬的歌："有一个美丽的地方，人们都把她向往，那里四季常青，那里鸟语花香，那里没有痛苦，那里没有忧伤，她的名字叫香巴拉，传说是神仙居住的地方。啊，香巴拉并不遥远，她就是我们的家乡。"

是的，香巴拉并不遥远，只要你相信，就一定能找到，她是人类共同的美好精神家园。

心悦神驰塔尔寺

　　高原城市西宁，以其独特的佛教文化和自然风光吸引着众多游客。这里至今还流传着许多感人的佛教故事，神秘的佛教文化给这个古老而美丽的城市增添了些许空灵的魅力。到了西宁，无论是何许人，都渴望走进那个令人浮想联翩又不得不去沉思的藏传佛教圣地，它就是举世闻名的塔尔寺。

　　毕竟内地人来趟西宁和走进塔尔寺也不是件容易的事情。援藏工作期间的一个夏天，我终于有幸步入这一方圣地，怀着无比兴奋而虔诚的心情去拜谒塔尔寺。

　　塔尔寺，位于西宁市湟中县的莲花山坳中。它始建于明朝洪武十年（1377 年），距今已有 600 多年的历史，占地 600 余亩，依山势而建，围绕着一条浅浅的沟谷展开布局，放眼望去，犹如一座小城市。寺院初建时只有一座圣塔，后几经扩建，目前共有 1000 多座院落，25 座殿堂，9300 多间殿宇僧舍，规模宏大，气势磅礴。

　　难得来到塔尔寺，以前就听说过："不听讲解员娓娓道来，不足以了解清楚哦，走马观花就可惜了！"我们爽快地雇上一名叫尼玛的女讲解员。眼前这位看上去也就二十几岁的藏族姑娘，脸上略微透着"高原红"，一双大大的眼睛，普通话说得标准清晰，很清爽干练，具有亲和力。

我们在尼玛的带领下上坡往里走，很快到了寺院门前。此时，一排白塔醒目地横亘于我们眼前，这就是塔尔寺十分引人注目的"八宝如意塔"，它是寺院的重要标志。这组白塔群建于乾隆四十一年（1776年），其造型大同小异，塔身白灰抹面，底座青砖砌成，腰部装饰有经文。它们整齐划一地伫立于寺前广场上，气势恢宏，令人震撼。几百年来，八宝如意塔陪伴着"十万狮子吼佛"的弥勒殿，一路赞颂着释迦牟尼一生的八大功德。

验过票后正式进得寺来，尼玛带着我们一边走一边饶有兴致地讲着塔尔寺的由来。据说，宗喀巴16岁时赴西藏一心学法多年，其母思儿心切，让人捎去自己的一束白发，意在告诉他老母已白发苍苍，希望他回来一趟。宗喀巴为了弘扬佛教无法返家，于是给母亲和姐姐各捎去一幅用自己的鼻血画成的自画像和狮子吼佛像，并在信中写道："若能在我出生地点用十万狮子吼佛像和菩提树为胎藏，修建一座佛塔，就如同我见面一样。"公元1379年，其母与众信徒按宗喀巴的意愿，用石片砌成一座莲聚塔，这便是塔尔寺最早的建筑物。1577年在此塔旁建起了一座明制汉式佛殿，称弥勒殿。由于先有塔，尔后才有寺，当时人们便将二者合称为"塔尔寺"。

很快我们来到了寺院中心的圣物"大金瓦殿"，但见它绿墙金瓦，灿烂辉煌，是整个寺庙的主建筑。入内，迎面矗立着12.5米高的"大银塔"，银塔里面还有"石塔"，这就是宗喀巴的诞生地，后来在此长出了一棵有十万片叶子的菩提树，现在菩提树还在塔的里面，着实奇特。尼玛讲，大银塔是"银包金，金裹玉"，其价值无法用数字衡量。

目睹这座镇寺之宝，银塔宛若一座雪山，其上不知裹了几千层洁白的哈达，就像雪山上挂着的流动云彩。塔周身镶嵌着的红珊瑚、绿松石、紫玛瑙，就是这雪山的蕴藏；塔尖上的宝珠，就好比初升太阳的光辉。再加上周围如云翻腾的经幡，一尊尊佛像，一盏盏酥油灯，层层叠叠环绕起来，俨然就是一个庄严肃穆的净土世界。

宗喀巴大师几十年如一日，走遍千山万水，悉心研学佛教，最终创立了藏传佛教六大教派之首的格鲁派（黄教）。自此，

塔尔寺白塔群

藏传佛教在西藏的政治、经济、文化各方面，产生了更加广泛深远的影响，使西藏文明和藏族文化发展到了顶峰。宗喀巴一生有著名的八大弟子，而其中第二弟子一世班禅和关门弟子一世达赖声望最高，他们同源于格鲁派，都是西藏的宗教领袖。

徜徉在楼宇殿堂，走过大金瓦店、小金瓦店、大经堂等，给我留下最深印象的是塔尔寺的"艺术三绝"，即壁画、堆绣、酥油花。壁画，是寺内各殿宇墙壁上的绘画，大多分布于布幔上，也有直接绘于墙壁和栋梁上的。它属于喇嘛宗教画系，具有浓郁的印藏风味，颜料采用石质矿物，色泽鲜艳，经久不变。它的内容广泛，多取材于佛教故事、神话故事，画图精湛古朴，线条细腻明快。形象生动而构思夸张的作品，色调和谐，栩栩如生，在漫漫时间的长河里被保留下来，给人以强烈的艺术享受和视觉冲击。

　　"三绝"之二的堆绣，是用各色棉布、绸、缎剪成所设计的各种图案形状，精心堆贴成一个完整的画面，然后用彩线绣制而成。它分平剪堆绣和立体堆绣两种，其工序有图案设计、剪裁、堆贴、绣制等，以堆贴为主，绣制为辅。一尺布，一段绸，一团羊毛，一股彩线，或平面，或立体，巧夺天工，数百年来，讲述着一个又一个动人的传奇故事。

　　酥油花是"三绝"之冠，它是一种用酥油塑形物象的特殊技艺。一架酥油花，或亭台楼阁，或人物走兽，或菩萨金刚，或花鸟鱼虫，浮雕与圆雕结合，人物与景物相融，佛界与凡间相映，动态与静止互衬，时空分而不断，物象繁而不乱，色彩缤纷，浑然一体。

　　塔尔寺每年都要进行一次酥油花展示活动，即藏历的正月十五日晚，从天黑至第二天天亮这段时间。一般从前一年的藏历十月开始，寺里的艺僧们便将纯净上乘的白酥油，揉以各色石质矿物染料，塑造成各种佛像、人物、花卉、树木、飞禽、走兽，有的还组成宗教故事、人间天上生活及神话传说等。到藏历新年后的正月十五日这天晚上，皓月升起，华灯初上，开始一年一度的酥油花灯节，塔尔寺一整夜成为欢乐的海洋，人们做花、赏花，祈求吉祥平安。这一风俗，几百年来从未中止。

　　一路游览下来，我感慨万千。塔尔寺的一塔一殿、一砖一瓦，每一个角落，都透着浓郁的藏传佛教气息。置身其中，即使不信教的我，也不知不觉被带进了那种静谧虔诚的氛围中，感受到藏传佛教的神秘神圣。

　　塔尔寺，有幸走近你、审视你、读懂你，融入其中，我尘染浮躁的心得到了些许净化。我庆幸这次旅途能与你相见，也期许在某一年某一天能再次与你相见。

弥漫缭绕话藏香

  我每次从西藏回内地前，总要到拉萨的大昭寺广场和环绕大昭寺的"八廓街"去走一走、转一转，一来再次感受藏传佛教的氛围，二来选点可心的西藏纪念品带回去。有时即便觉得没有什么可买的了，但有一样东西还是要捎上点，那就是"藏香"，对这个东西我可是从不嫌多。

  家人和亲朋用上我送的藏香都赞不绝口，藏香的魅力也因我援藏而得到了周围人的认可，为此我感到欣慰。

  在藏区，不管是在寺庙，还是在藏族百姓家里，只要有人居住生活的地方，就有一种沁人心脾的味道，它夹杂着草原的草香和酥油香，混杂在空气中，充斥着每一个角落，刺激着人们的每一根神经。而这种味道，就是被称为西藏三大传统手工产品之一的"藏香"所散发出来的。藏香已经成为雪域文化十分重要的一部分。

  藏香是藏族民间不可或缺的日用品。一方面人们用它朝圣拜佛，避鬼驱邪；另一方面点燃由诸多名贵药材和香料制成的藏香，可修身养性，使人心旷神怡，可以益心智、强体质，防止传染疾病。藏香的生产历史已经有 1300 多年，它日月轮回、生生不息地伴随着藏族人民的生产与生活走到今天。

在传统手工制作藏香的历史中，尼木县吞巴村、拉萨堆龙德

尼木藏香

庆县、山南敏珠林寺被称为三大传统藏香生产地。民间藏香又首推"尼木藏香"，也称吞巴藏香。吞巴村是首批入选的中国历史文化名村，它是尼木藏香的发明人吞弥·桑布扎的故里，是西

藏唯一一个拥有一千多年家家户户做藏香历史传承的村。尼木藏香也被誉为西藏第一圣香。

尼木县是拉萨市最西端的一个县，它地处雅鲁藏布江中游，离拉萨大约 140 千米。出拉萨城沿拉萨河和拉曲公路西行大约 20 千米，过曲水大桥路口后沿雅江和 318 国道一路继续向西，行程 100 千米后从雅江北岸右拐十几千米就到县城。它处于前藏、后藏的接合部，西与日喀则南木林县接壤。

尼木藏香，曾经有一个动人的传说。1300 多年前，由吞弥·桑布扎从佛教发源地印度引入造香技术，将几种不同药性的配方和制作工艺，全部传给了家乡人民，在尼木发展成为极具本土特色的藏香工艺，一直流传至今，长盛不衰。当时，为了提高制作效率，桑布扎不断改造工艺，他研究发明了水车，从流经吞巴村的尼木河的支流开渠引水以推动水车，水车再带动曲轴木杵，捣烂柏木，然后制作成柏木泥砖，这就是作为尼木藏香的最基础材料。

但是，问题来了。在实际操作中，水车的叶轮经常会轧到水渠里的鱼儿，这与藏传佛教里不杀生的理念相悖。于是，桑布扎就在

江河交汇处立碑告诫：江中鱼儿不得入此河。还别说，咒符一立，河渠里从此真的无鱼了。据说，至今尼木河里仍然没有一条鱼。当地人都说，河水也经多次化验过，没有什么异常，不知为什么就是没有鱼。因此，尼木藏香在民间也有"不杀生之水"精制而成之说。

在吞巴乡境内的吞巴河常年奔腾不息，基本没有淡旺季之说，由雪水、山泉、雨水汇成的河水浩浩荡荡地流向雅鲁藏布江。在吞巴河沿岸，隐秘的树林中以水为天然动力的水车，在"哐当哐当"不间歇地转动劳作着，哗哗的流水声与水车劳作时的声响相互交织，形成一曲悦耳动听的交响乐。这便是生产藏香用来磨制原材料柏树树干的水磨，它们沿河流自然曲线分布，构成一道亮丽的景观。两百多架水车随着湍流不息的河水在日夜不停地劳作，为的是生产出造福藏族百姓的上乘尼木藏香。

藏传佛教宁玛派祖师莲花生大师曰："香味弥漫三千大千世界，药香合和的净水来沐浴；如意积云于空降甘露，一切污垢秽物皆净化。"藏香因其古老、传统、天然的配方而流芳世间。每一缕缓缓升空的轻烟仿佛在诉说着藏香不为人知的秘密，每一间藏香作坊都有着古老的传奇故事。

传统的尼木藏香原材料繁多，一般是以柏树树干为主料，再以藏红花、麝香、檀香、红景天、沉香、豆蔻、冰片、琥珀、佛手参等几十种名贵藏药及天然香料，按严格的比例配方搓揉而成。尼木藏香的制作工艺精细，大体分为五道工序：第一道是先把柏树木材锯成小段去皮，磨成柏木泥。第二道是把被水车磨成的柏树浆晒干，制成柏木泥砖。第三道是把柏木泥砖再次打磨成粉末，然后和各种藏药材及香料一起搓揉，制成香泥。第四道是成型，把混着各种藏药和香料的香泥放入牛角，再用力挤出来。第五道是晾晒，经过两三天的晾晒，藏香就可以包装成最后成品了。

在整个藏香的制作中，复杂又讲究，而且制作者要抱着一个清静而恭敬的心态去完成，这也是尼木藏香常盛不衰的原因之一。一直到现在，在尼木藏香的原产地吞巴乡，据说有近一半的农牧民家庭专门制作藏香。这里的藏族人民制香技艺是经过1300多年的沉淀，祖祖辈辈一代代传承下来的，到现在仍是手工制作。

清晨，每个藏族人家起床后的第一件事便是点燃一炷藏香，一缕青烟在空中飘散，芳香瞬间弥漫了整个房间，污浊的空气也随之被排了出去，空气顿时清新起来，藏族人家开始了一天新的生活。

在西藏，藏族人民信仰藏传佛教，烧香供佛，以求得到菩萨慈悲和保佑。修行者在修行时点一炷藏香，认为藏香就是人与佛的媒介。即使不信佛教的人点一炷藏香，藏香那天然的芬芳依然可以使人心境超脱，精神饱满。可以说，无论你走进西藏哪座寺院，除了能感受到藏传佛教厚重的历史文化，寺院里不可言喻的酥油味和夹杂着各种藏药材散发出的藏香味，越发让寺院显得神秘与庄重。

唐朝鉴真和尚东渡时，不仅把中国佛教传到日本，同时也带去了与佛教有密切关系的熏香文化，仅从这一点上，日本就应该好好感谢中国。文成公主去西藏和亲已有一千多年历史，据考证，藏香的历史也不少于这个时间，这一吻合应该不是巧合。藏香还是古代雪域臣民对宫廷朝贡的主要物品之一，其中的不少成分是在吸收、改造藏汉两地原料的基础上加以发扬光大。藏香文化与汉文化似乎存在着千丝万缕的联系……

香之极品，莫过于藏香。于僧，香之德，妙难思，供香之德，更不可思议；于俗，燃一炷净香，用以打开心灵之窗，去触摸世间美好万物。只要心态超然了，一切都悠哉乐哉！

草原深处的帐篷

援藏工作期间，每次下乡或是路途中，看到雪域高原深处如闪烁繁星般的帐篷，心中总是充满一种好奇和神秘。我也几次走进帐篷感受藏族牧民的热情好客，进一步加深了对帐篷在藏民族生产生活中的重要性的理解。

帐篷，是广大西藏牧区牧民们最普遍的，也是最古老的传统居住形式。千百年来，牧民们大都择草而牧、择水落帐，没有固定的居所可言，他们所谓的"房子"便是用牦牛毛搭建的帐篷（俗称黑帐篷）。

西藏的传统民居多姿多彩，不仅有固定的土木结构的房屋，也有以石为材的碉房，还有随处可迁居的帐篷。虽然随着时代的变迁，城镇中建起了连片的新式钢筋混凝土现代建筑，但古老的传统民居仍然是藏民族可爱的家。帐篷是西藏牧民家庭不可或缺的住所，是他们的重要栖息之所。历史上西藏牧民过着游牧生活，由于不断地迁徙，导致他们居无定所，为了御风避寒，他们在漫长的生活中创造出帐篷这种能够方便携带的"住所"。牧民走到哪里，便将帐篷带到哪里，虽然现在许多牧民开始了定居生活，在村落修建了固定的房屋，但帐篷仍然是他们重要的家。

一首诗中这样写道："浪迹四海的藏族牧民啊，仰望巍峨的高山，路过茫茫的原野，唯有黑色的牦牛帐篷伴着他们前进。"阳光低照，炊烟升起，一顶顶黑色的帐篷点缀在一望无际的草原上，动人心魄。初见牦牛帐篷，有人也许会困惑，仅仅以牦牛毛支撑，怎么能抵御高原烈日与风寒？但牦牛帐篷却真真切切地以其独有的优势，伴随着藏民族风风雨雨走过一个个日日夜夜。牦牛帐篷作为草原牧民主要的居住形式、游牧民族历史文化的"活化石"，始终是藏族人民心中温暖的家。

西藏牧民的帐篷，具有结构简单、支架容易、拆除灵活、易于搬迁的特点，其形状有翻斗式、马脊式、平顶式、尖顶式等多种类型。在迁徙频繁的游牧生活中，藏族牧民的"家"是驮在牦牛背上的，牧民所到之处，只需要把帐篷铺开，将其四角的牦牛绳子系在钉入地下的木桩上，然后在帐篷中穿入一梁，用两根立柱支在梁下，一座高可及领的"住房"便拔地而起。这种简陋的牦牛帐篷虽与现代化的居室相差甚远，但它毕竟是牧民遮风寒、避雨雪的好住处。

一顶顶帐篷里"别有洞天"。根据藏族的传统习俗，帐篷内往往有"阴帐"和"阳帐"之分，"阴帐"位于帐篷内右侧，是妇女们的居处，也是厨房和制作奶酪、酥油茶等食品、饮品的地方；"阳帐"位于帐篷内左侧，是男人们的居处，一般铺有牛皮或者羊皮等制作的垫子，下角放有马鞍等。勤劳朴实的藏族牧民，对藏传佛教都笃信不疑，故在其帐篷正中最里的尊位上，一般都设"佛龛"（或叫"佛堂"），并放置供水杯和酥油灯，它们交相辉映，相得益彰，为帐篷里的生活镀上了一层神秘的色彩。位于佛龛附近的立柱，是帐篷里的"上柱"，上面除了存放念珠、嘎乌盒之类的圣物品外，不再悬挂他物，妇女们每次提炼出新鲜的酥油，都要往柱子上抹一点，以表恭敬。

牦牛帐篷的正中是牧民日常活动的中心。进得帐中正前方映入眼帘的是火塘，用以烹调食物和取暖，每当辛苦了一天的牧民回到帐篷中，总喜欢围绕在燃烧着牛粪的炉火边喝着青稞酒和酥油茶聊天，看着烧奶茶的炊烟从天窗袅袅升腾，这便是一天最放松的时候。此外，

牧民帐篷

牧民一般会在帐篷里面和右边紧贴着帐壁的地方，整齐地堆放装有粮食、绒毛、衣物以及盛有其他杂物的皮袋子或毛制口袋，这样既能充分利用有限的帐内空间，也可以压实帐篷有效抵挡寒风的侵袭。同时，帐篷的外面还插有经幡，它们日夜随风飘曳，抖动着神圣的经文，为帐篷的主人遣除违缘，祈求平安。

藏区牧民们偏好将帐篷搭建于背风向阳、地势平坦的地方，但不管选址如何，帐篷的门永远朝东开，这也是遵循先祖传承下来的宗教习俗——人合伦理，帐门朝东。还有，因为地处空旷易受野兽袭击，牧民们的帐篷外大都有藏獒守护，它也成为牧民们忠实的朋友。看似一顶简单的帐篷，它代表着一个家庭，千百年来始终伴随着藏民族形影不离。走进去，席地而坐，喝一碗青稞酒、酥油茶，在一个个善良纯朴的笑容里，人们的心也仿佛回到了家，

正像很多牧民们心里唱的那首歌一样："风雪夜里，有一顶帐篷孤灯闪烁，照亮我的生命。风的声音，雪的絮语，送我一首歌，给我一个梦。"

我曾好几次走进了牧民的帐篷。在拉萨与林芝交界的米拉山口附近的草原上，我陪同老领导郑峰先生在帐篷里与牧民交流拉呱，当时老领导还激扬文字写下了《风雪米拉山》的散文。在去离县城 400 千米外的尼果乡调研时，在没有正式道路且遥无边际的草原上，顺利的话从县城到乡政府驻地也要整整跑一天，我陪培栋书记在旷野草原上难得一遇的帐篷里与牧民促膝交谈，了解牧民的生产生活情况。还有陪同地区领导调研，以及参加卡嘎望果节、桑桑赛马会等，都有幸深入帐篷里领略广大牧民的另一番生活景象，加深了我对昂仁农牧民生产生活的认识。还有很重要的一点，在帐篷里随时可以体验到藏民族的朴实善良，当你在路途中感觉累了，只要看到路边或草原上的黑帐篷，你试着走进去，一定会得到主人的热情款待。

在西藏，也不是每种帐篷外人都能随便进入的，白色的帐篷便是如此。我们知道，藏族牧民生活在广袤的草原之上，也就意味着他们的一生大多数时光都要在草原上放牧，而放牧还要根据季节性变化而不断地迁徙。因草原生活非常单一，交流的圈子也极其狭窄。当地的牧民也经常会为子女以后的人生而感到忧虑，也会考虑孩子特别是女孩子的婚嫁问题。当孩子到了婚嫁年龄时，父母便会征求女孩子的意见是否决定要嫁人，如果孩子有意愿，家长会尊重孩子的决定，并且在附近为她搭建一个白色的帐篷，让女孩子住在这个帐篷里面。一般情况下，陪伴孩子的还有帐篷外的一条藏獒，它的任务便是保障女孩子的安全。

　　其实白色帐篷，真正的寓意便是一个相亲的场所。一些路过的藏族年轻男子看到白色帐篷之后，也会选择进入帐篷当中与女孩进行交流。但是进入白色帐篷，必须考虑清楚，绝对不可以草率地闯入，而且在进去之前还要必备三样东西：牦牛肉、锋利的刀以及一颗勇敢的心！在进入帐篷之后，如果女方并不满意男方的谈吐风度以及长相，完全可以礼貌地将男方请出帐篷。如果在交流当中女孩中意男方，便会选择将他留在帐篷当中。而后双方按照习俗会比试摔跤，所以说在进入帐篷前男方必须带着一颗勇敢的心。如果在摔跤的过程中，他并没有获胜，或者说女方并不满意男方的表现，这位小伙子最终也只能离开白帐篷。

　　如果男女双方在白帐篷里的约会当中，感受到了双方真诚的爱意，那么之后双方的父母会洽谈两个孩子的婚事。因此对于当地人来说，白色帐篷是非常重要的，而一些不知情的游客千万不能擅自闯入，否则会给自己造成麻烦。而且如果抱着不尊重的心态，随意地进入藏族人的白帐篷捣乱，这样的行为是要受到藏民厌恶的，甚至会遭到他们的惩罚。如果此人蛮横不讲理，有些藏民还会执意要求他为自家干三年的活，毕竟他的所作所为太过于冒犯藏族的习俗。内地游客千万不要因为自己一时的好奇心，而为自己的旅行增添烦恼。

　　中国56个民族是一个团结和睦的大家庭。少数民族的风俗，是他们自身的特色，也是中国的特色，这是中华民族数千年文明的体现，我们应该引以为豪，而不应该抱着异样的目光去看待这些独特的风俗习惯。

　　风俗，就是一个民族的生命所在，尊重风俗就是尊重生命；尊重风俗既是一种传统美德，更是一种高尚品德。

邂逅秘境巴松错

2002 年的"五一"前夕，为了昂仁县城植树造林，我受命前往林芝地区采购树苗。于是，同县建设局副局长雷荣、局藏族干部白次，由司机巴桑开着淄博援助县局的北京 212 吉普车开往林芝。

这天正值周日，我们吃过早餐 9 点多钟从拉萨出发。在西藏因时差原因，此时相当于内地的 7 点多钟，我们坐上车子从拉萨城东南过拉萨大桥，沿着川藏公路南线即 318 国道一路向东南方向。拉萨到林芝大约 500 千米，一天行程，我们计划四小时左右到达沿途的巴松错，难得去林芝一趟，行前藏族同事强烈建议去巴松错看一看，一定不虚此行。

车子出了拉萨城，一路沿着 318 国道前行，这也是西藏最好的路段之一，全部是柏油路面，现在还不到雨季更好跑一些，进入雨季有时个别路段遇上塌方或泥石流还是挺麻烦的。我们很快过了达孜县、墨竹工卡县和日多乡，不到两个小时就来到了沿途海拔最高点的米拉山口，此处的石碑上醒目地刻着 5087 米的字样，这里也是拉萨和林芝的分界点。此时山口处零星地飘起了雪花，在西藏这是再正常不过的现象，但凡路过高海拔的山口，一年四季的任何一天都有可能遇见雪花。藏族人对此已司空见惯，但对内地人来说尤其是春夏季看飘雪还是十分新奇的，当然能否碰上下雪还要看运气。我庆幸这个春天能在出差途中遇见我梦寐以求的飘雪。因海拔太高，我们也不敢多停留，匆匆下车拍了几张照片继续赶路。

此时已进入林芝地界，地势也逐渐平缓起来，两侧的山野、草原、河流、林木仿佛把我们带入美丽的江南。一边是奔腾不息的雅鲁藏布江，时而浪涛拍空，时而碧波荡漾；一边是草原牧场与山势连为一体，农舍、帐篷、牛羊、飘动的经幡在草丛中时隐时现。这里如蒙神灵的保佑，有着与其他藏区不同的风貌，天空蔚蓝，绿草如茵，牦牛、羊群、藏雪猪悠闲其间。白次告诉我，这就是著名的林芝邦杰塘大草原。

车行三个多小时后，我们到达了工布江达县的巴河镇，从巴河镇出口左转离开川藏公路，开始向巴松错进发。通往巴松错的路况蛮好，全部是沙石路面，据说援藏项目很快要铺成柏油路面。巴松错位于巴河镇约 36 千米外巴河上游的高峡深谷里，又名错高湖，藏语是"绿色的水"的意思。难得来此一趟，不能只看热闹，我们雇上了地陪导游——一位叫旺姆的藏族姑娘，她活泼开朗、性格外向，听说我是山东淄博的援藏干部，专门从日喀则的昂仁县来到工布江达，高兴而恭敬地从包里抽出一条洁白的哈达为我戴到了颈上，并用藏语送上了祝福。在旺姆的引领下，我们开启了大约一小时的"游湖"模式。

我们跟着旺姆边走边聊。她说，巴松错海拔 3480 米，全长 18 千米，宽 2000~3000 米不等，呈月牙形状，湖水面积 28 平方千米，湖水平均深度 60 米，最深处达 120 米，是西藏东南部最大的淡水堰塞湖，也是西藏海拔最低的大湖。巴松错的含氧量远高于纳木错（海拔 4730 米）、羊卓雍错（海拔 4440 米）、玛旁雍错（海拔 4588 米）三大圣湖，游人不必担心高原反应。我们进得景区大门，沿着一座简易浮桥往里走，过了大约 100 米来到巴松错的湖心岛"扎西岛"。旺姆介绍，传说该岛是座"空心岛"，也就是小岛与湖底是不相连的，就像是漂浮在湖水上一样。她说，你们可以在岛上跺跺脚或者轻跳几下，试试有无空心的感觉，还别说，我好奇地又是跺脚又是小跳，似乎真的有"咚咚"的空心声。

旺姆看我们兴致勃勃的样子，解说也更来了精神。她说在这个神奇小岛上的其他地方，也密布着许多神秘传说：格萨尔王曾经挥剑于石头上留下的剑痕、树叶上有自然形成的藏文字母的"字母树"、藏王松赞干布在石头上留下的足印、莲花生大师在此洗脸的神泉……

巴松错

她说，湖面南岸的一处小溪边，还有一个充满传奇色彩的"求子洞"，据说这个洞曾被莲花生大师加持过，来此求子甚为灵验。湖面西北还有一块 5 平方米大的巨石，石头中心有个可供一人钻过的小洞，如果钻过此洞即可消灾除病。林林总总的传说，让我不由得对这个充满神奇的小岛顿生神秘与敬仰之情。

　　再往里走，小岛上有古建筑"措宗贡巴寺"，也叫"措宗寺"，在藏语中是"湖心城堡"的意思，它居于扎西岛的后端，四周树木掩映，环境清幽。旺姆介绍，该寺建于唐代中期，距今已有1500多年的历史，是西藏红教宁玛派寺庙。措宗寺为土木结构，上下两层，建筑面积约2000平方米，殿内主供莲花生大师、千手观音和金童玉女，在一尊大威德金刚塑像脚下，有两块天然鹅卵石，上面有一凹进的圆窝，传说是格萨尔王征战此地时战马留下的蹄印，令这座寺庙充满着传奇色彩。"措宗"之闻名，更源于它的镇寺之宝，"一块盖有吐蕃藏王松赞干布印章的布片"。上面写着：经数朝代保存，由吐蕃王赤松德赞亲手转送给古茹大师的一件极为重要的伏藏（伏藏指的是从地下发掘出的佛教经文，古茹大师即莲花生大师）。

　　旺姆讲，扎西半岛虽不大，但这里却堪称西藏秘境，岛上峰林密布，地貌奇异多彩，巧夺天工。上得岛来，随处可见林立的无数石柱和怪异的石峰，有的似松柏，有的如象鼻，有的像人形，千姿百态，栩栩如生。这里还分布着许多幽静的岩洞，有的溶洞狭长似地道，有的洞口呈圆形而洞内却十分浅短，有的岩洞上面塌陷形成自然的天窗，还有的洞里布满了钟乳石，用"别有洞天"形容再恰当不过了。

　　巴松错的湖面平静如镜，湖水清澈见底，四周群山环绕。低处绿树参天，高处白雪皑皑，仿佛一眼看到四季，蓝天、白云、绿树、雪山倒映在碧绿的湖面，景象美不胜收。我见过也深知，在西藏，高山中的湖泊比比皆是，但巴松错的美却独树一帜，她分明是莲花生大师赠予雪域高原的一块绿宝石，也是大师留给尘世间的珍贵法宝：光与影，动与静，山川与日月，春夏与秋冬，气象万千终不过湖光掠影，也终离不开一湖碧水的清澈明了！

我感觉，巴松错和纳木错是两种截然不同的风格。纳木错是气势磅礴，震撼心灵；巴松错是温婉美丽，动人心弦。如果真如传说般，每个湖泊都是仙女变换的，那么变换成巴松错的仙女，该是怎样美丽温柔的仙女呢！是啊，巴松错日夜傲视着苍穹的冰川雪岭，一望无际的原始森林，宽阔如茵的花海草场，峭拔奔涌的峡谷急流，宛如一幅天然诗意的画卷。她的每座山峰、每个峡口、每处古迹、每种自然景象，都有着其精彩的故事，流传着数不尽的唯美传说。走进巴松错，她就将人们带到格萨尔王与魔王厮打的古战场，带到巴松错形成的无尽的神话演绎中去。

旺姆给我们介绍，无论从拉萨去林芝，或是从林芝去拉萨，大多数人只是把巴松错作为途中顺道一游的风景，基本上是匆匆而过，很少有人真正撩开过她神秘的面纱。确实，神湖的美是需要用时间去感受的，人们匆忙而至用视觉触摸到的美景，只是巴松错面纱表面的风光。当沉下心来才会知道，真正迷人的，是她周围结巴村的暮色、措高村的晨曦和新措及钟措的悠闲徒步，这才是巴松错的精华及美妙之处。

试想一下，树林和草原中飘着淡淡的晨雾，牦牛、羊群和马儿在悠闲地散步，远处雪山在阳光映衬下闪闪发光，让游人恍惚间仿佛来到安徒生笔下描绘的田园童话世界一般。如果被问到什么是美，我会爽快地回答三个字：巴松错！如果巴松错还不算美的话，那么美到底是什么呢？

因到林芝还有百余千米的路程，我们走进巴松错秘境很快一个多小时过去了，原路返回到 318 国道还需大半个小时，此时已到了下午 3 点多钟。我们只能匆忙说声："巴松错，再见了！"

我们和旺姆道别，感谢她的精彩讲解后离开了巴松错。

我们又回归了玉带似的 318 国道，大约行驶 120 千米就将到达此行的目的地——林芝"八一镇"。此时，坐在车里昏昏欲睡，我才睡眼蒙眬地想到了一个自己认为合理的解释：一切都是大自然对巴松错无私的偏爱，才让我有了这次邂逅巴松错秘境那难以言表的兴奋之情。

绿色巨龙进西藏

2001年6月29日，是值得铭记的一天。这一天，西藏人民翘首以盼的青藏铁路格尔木至拉萨段终于开工建设了，这是西藏、中国乃至世界人类历史上的又一壮举。

青藏铁路是修建在世界屋脊上的钢铁大道，从古城西宁站的"零"千米算起，至雪域圣城拉萨，全长1956千米，这在世界高原铁路建设史上绝无仅有。工程分二期建设。一期均在青海省境内，东起西宁，西至格尔木，长度814千米，1958年开工建设，1984年5月建成通车，历时26年。二期东起格尔木，西南至西藏拉萨，长度1142千米，计划建设周期5年，预计于2006年7月全线通车。两期工程有着惊人的48年跨度，足以体现青藏铁路的建设难度。

众所周知，青藏高原历来交通闭塞，物流不畅，藏族人民只能长期固守自给自足的"庄园生活"。据记载，直至1949年中华人民共和国成立时，整个西藏只有一千多米的便道可以行驶汽车，水上交通工具也仅有溜索桥、牛皮船和独木舟。以至于美国科学家、旅行家保罗、泰鲁在《游历中国》一书中写道："有昆仑山脉在，铁路就永远到不了拉萨。"

早在 100 多年前，"青藏铁路"一词就出现在孙中山先生的《建国方略》中，他规划了以昆明、成都、兰州三城连接拉萨的铁路网，认为："凡立国铁路愈多，其国必强而富……苟能造铁路三百五十万里，即可成为全球第一之强国。"理想很丰满，现实很骨感。在近现代的混乱时局中，修建这条"天路"的工程迟迟无法提上日程。当时，从青海西宁或四川雅安到拉萨，往返一次需要大半年甚至是一年的时间，为了开辟沟通各地通往西藏的驿道，不知多少先民将生命留在了高原漫漫长路上。

中华人民共和国成立后的第四年即 1953 年，时任铁道兵司令员的王震在着手调查研究进藏铁路后，向党中央和毛主席表态："我们一定要把铁路修到川陕交界的大巴山，新疆青海甘肃的天山和昆仑山，一直修到西藏的喜马拉雅山去！"而中国人也不会信保罗说的"邪话"，于是 1954 年党中央和毛主席决策："要把铁路修到拉萨！"西宁至格尔木段通车 17 年之后，在 2001 年第二期工程正式上马。看到 13 万铁路建设大军如火如荼决战"青藏线"的场景，我的内心既激动又感动，在我援藏即将结束的 2004 年"五一"前后，兴奋地挥笔写下了这篇文章。这时离原计划全线通车的时间节点还有两年多，但我深信这一天指日可待：西藏作为全国唯一不通铁路省份的历史将很快得到改写，从西宁到拉萨的路程将被缩短到一昼夜之内。

青藏铁路途经青海湖、万丈盐路（32 千米）、昆仑山、可可西里、三江源、羌塘草原、布达拉宫等著名景区，大部分线路处于高海拔地区和"生命禁区"，面临着三大世界铁路建设难题需要攻克：多年冻土、高寒缺氧、脆弱生态。一个多世纪的梦想今天才得以付诸实施，它的建设难度之大可想而知。

青藏铁路要穿越连续多年冻土区 550 千米，不连续多年冻土区 82 千米。经多年技术攻关成功，实施了沿途"主动降温、冷却路基、保护冻土"的策略，并采取以桥代路、片石通风路基、通风管路基、碎石和片石护坡、热棒、保温板、综合防排水体系等措施，有效解决了千年冻土所带来的难题。如五道梁至安多为连续多年冻土分布区，大量采用"热棒"技术，沱沱河千年冻土区采用将地基打深的办法，地基深达 20 米以上。

青藏铁路海拔 4000 米以上的地段占全线 80% 左右，年平均气温在 0℃ 以下，大部分地区空气中氧气含量只有内地的 50%~60%。筑路大军始终坚持"以人为本、生命至上"，不靠人海战术，多数工作由机械去完成，降低人力劳动强度。在施工点建有"氧吧"，每工作一段时间强制吸氧，个人呼吸感觉困难可随时吸氧。据报道，铁路沿线共设有医疗机构 115 个，配备医务人员 600 多名，筑路工身体不适或生病，在半个小时内即可得到有效治疗，同时，还要对职工进行定期体检，根据具体情况，安排他们到低海拔地区轮休。

青藏铁路穿越了可可西里、三江源、羌塘草原等国家级自然保护区，因地处"世界三极"和"生命禁区"，很多地方都是无人区，生态环境敏感而脆弱。为保障藏羚羊、藏野驴、野牦牛等野生动物的生存需要，铁路沿线设置了 33 处野生动物专用通道。

青藏铁路建设正值第三批援藏期间，我们作为见证者之一倍感荣幸，也时常关注着铁路建设的一举一动。因铁路与青藏公路线形基本平行，我们往返拉萨、日喀则走北线，或是几次去当雄，还有 2003 年走青藏公路回内地，坐在车里就能看到青藏铁路的庞大施工场景，每每此时心中就会生出一份激动，关于青藏铁路建设的很多感人故事也经常传入我的耳际。在海拔 4600 多米的昆仑山隧道施工时，职工们要背着 5 千克重的氧气瓶，边吸氧边工作，在近一年的施工中，共消耗 5 千克瓶装氧气 12 万瓶。在海拔 4905 米的风火山隧道施工时，建设了大型制氧站，将氧气直接输送至隧道，使洞内氧气含量达到 80% 左右，相当于工地现场海拔下降了近 2000 米。据了解，青藏铁路沿线共建立了 17 座制氧站，配备了 25 座高压氧舱，数万名职工平均每人每天吸氧不低于 2 小时。青藏铁路施工期间，无一例因缺氧或高原反应得病死亡，创造了高原施工医学史上的又一奇迹（截至我写文章的 2004 年 5 月）。

清水河大桥，是青藏铁路线上最长的"以桥代路"的铁路大桥，飞架在平均海拔 4600 米以上的可可西里核心地带，全长 11.7 千米，这是世界上最长的高原冻土铁路桥。"以桥代路"是为了保证高含冰量冻土地带线路的稳定，同时在桥下预留多个供野生动物自由迁徙的通道，被形象地誉为"绿色环保桥"。每到春夏季，成群迁徙的藏羚羊便可以通过此桥顺利完成迁

建设中的青藏铁路

徙。清水河大桥如同一条美丽的"彩虹"，饱含了无数筑路人的智慧和爱心，在未来的日子里它也将传递更多人的爱心与追求。

　　清水河大桥还有很多生动感人的故事。这里高寒缺氧、植被稀少、生态脆弱，处于高原多年冻土地带，冻土厚度达 20 多米，是整个青藏铁路建设的重点控制工程。清水河大桥于 2002 年 4 月 8 日开工建设，当年 10 月 29 日完工，历时 205 天。当时，千名建设者顶风冒雨，科学组织施工，攻克多个冻土技术难题，在深层冻土区灌注了 2800 多根直径超过 1 米的桥桩。桥墩间设 1300 多个桥孔供藏羚羊自由迁徙。除此之外，为了保持桥墩的温度，建设者仅在清水河大桥就用去上万床棉被包裹桥墩，花花绿绿的被子把桥墩严严实实地装扮了起来，绵延上万米，蔚为壮观。

　　记得曾经在《西藏日报》上有一则消息是这样报道的，2002 年 6 月底，正在青藏铁路可可西里段施工的几支队伍，突然同时接到一个紧急通知："各工地迅速关停清水河河道施工，并拆除周边的隔离设施。"是什么紧急通知，让施工队伍"如临大敌"呢？原来，这则通知是当地野生动物保护站发出的，告诉施工单位："数千只藏羚羊即将通过附近的建设工地，请做好准备！"在青藏铁路的施工人员当中流传着这样一句"玩笑话"，那就是："藏羚羊是老大，谁都惹不起。"接到保护站的通知后，所有施工人员表示："保护野生动物没商量！耽误的工期，我们加倍干再补回来。"于是，施工人员在通道周围 8 千米范围内，迅速撤去了围挡和彩旗，还关闭了全部施工设备，静候藏羚羊群的到来。

　　在整个青藏铁路的建设当中，处处体现出"环保第一"的理念。为了保护西藏的"天湖"错那湖，建设者专门在湖边搭建起长达 20 千米的隔离带，成了一道"环保长城"。为了保护那曲地区的生态环境，施工人员甚至整体搬迁了一片千年湿地。我们可以自豪地说，青藏铁路是献给西藏人民的一条"致富之路"，更是一条"绿色天路",也为世界人民献上了一条"绿色哈达"。

1300多年前,文成公主携带天文、历法、农业、医药及各类工艺典籍,带领着精通造纸、制茶、酿造的大唐工匠远嫁吐蕃。从古城长安到圣城拉萨,沿途山川流淌着公主的相思泪。她为雪域高原送去了先进的文化和理念,去世后成为藏民族崇敬的"神佛"化身。如今,在这条曾经渺无人迹的路上,青藏铁路打破了时空壁垒,"绿色巨龙"在雪域高原上开始追逐壮美的风光。

事实上,青藏铁路翻越唐古拉山到达拉萨后,并未停下脚步,而是继续延伸,去追逐下一个目的地,不久的将来要通往日喀则、林芝甚至更远的地方。青藏铁路要通车了,川藏铁路抑或新藏铁路通车的那一天还会远吗?到那时,真的会兑现当时王震司令员"要把铁路修到喜马拉雅山去"的诺言。

天道酬勤,力耕不欺。中华民族是不屈不挠的民族,中国人民是善于创造奇迹的人民,相信未来雪域高原上的一个个奇迹将不断延续⋯⋯

高原天骄——牦牛

7月的青藏高原，处处生机盎然。驱车前往县城200千米以外的牧区，在开阔的视野远处，跳跃着平缓起伏的山峦，蘑菇团状的白云压在苍茫的山梁上，绿白相间，鲜艳醒目，仿佛到了地缘天巅。随眸触及的一幅幅牦牛啃草图，为坦荡旷野的西藏高原平添了一份别样情致，我的心情也随之活跃起来。

牦牛，是世界上十分宝贵的一种稀有畜种，适宜在高寒地区成长。据资料载，我国目前牦牛数量大约1500万头，占世界牦牛总数的95%以上，国内又以西藏为最。它们在高原上一代一代地繁衍生息，造福着高原儿女，藏民族亲切地称牦牛为"高原之舟""高原天骄"。

牦牛一般生活在海拔4000~5500米的高寒地带，体形剽悍，全身披着长而丰厚且相对比较粗壮的毛，多为黑色，偶尔是黑白相间的，极个别的是纯白色，粗毛间有细而短的绒毛。在额顶、肩部、胸腹侧和四腿都有粗硬且富有光泽的发毛，蓬松下垂，同尾毛一起像衣裙一样围绕着全身。它们对低温缺氧的环境适应力很强，具有耐高寒、喜湿润的生理特征。牦牛平均体重在

800~1000千克，作为畜群中的庞然大物，步履却轻快有力。20世纪90年代电影《红河谷》里万牛奔腾的场景，一定会在很多人的脑海中留下深刻的印象。它们既能走崎岖的山路，又能踏雪履冰，除作奶牛和食肉牛外，牦牛在茫茫雪域高原上还承担着耕作和运输任务。

西藏日喀则地区昂仁县是一个牧业大县，优良的草原养育着13多万头牦牛。在西藏工作生活三年，步履所及之处，每当看到漫步草原、山野的一道道牦牛组成的风景时，我就从内心深处对它们生出一份由衷的敬意。

牦牛，藏语称"雅客"，意为"财富"或"宝贝"。藏族人民之所以视牦牛为宝贝，是因为它为传统的藏族社会提供了人们赖以生存的基本保障。它浑身是宝，每一块宝又无私地赐予了人类，它的馈赠惠及高原人民的衣食住行，甚至更宽更广。

的确，藏族人民从头到脚的一身装束，哪一件不是牦牛身上的原料制成的？由牦牛皮、毛、绒制成的帐篷、毡毯、毛毯、口袋等，都是老百姓须臾离不开的物质用品；牦牛肉除供藏族人民食用外，还走向了全国和世界；很多牦牛制品如牦牛尾巴制成的"毛掸"、牦牛骨制成的工艺品、毛绒制成的衣物等，还远销国内外，得到世界人民的青睐。"奶"，我以为应是牦牛的最大贡献，"吃的是草，挤出来的是奶"，这句话用在牦牛身上再恰当不过了。一头母牦牛，自它脱离哺乳期后，可以说到死一直是吃草，但它却源源不断地生产着质量上乘的"鲜牛奶"，哺育着高原儿女。农牧民几乎每天都要喝牦牛奶，或制作成酸奶吃，还要从奶里提炼出酥油和奶渣。特别是广大牧民，一般很少吃蔬菜和水果，日常的热量除肉外，顿顿都要以酥油茶当汤，奶渣当菜。不仅喝汤离不开酥油，还要用酥油点灯照明，同时酥油又是敬奉神灵的供品，馈赠亲朋的上佳礼物。

淄博市在援藏工作中大力实施农牧区经济"造血工程"，把牧民的产品优势转化为商品优势，增加牧民收入。投资上百万元建起了"西藏昂仁食品加工厂"，使昂仁县享誉全藏的"桑桑酥油"品牌经过精加工、细包装后，正式投入市场，深受消费者喜爱，每千克价格由以前的16元卖到了28元。

牦牛还是运输、生产、乘骑的重要工具。牧民搬迁、农民耕地，都留下了牦牛的足迹。它更是西藏时常可见的水上工具。我到桑耶寺参观时曾坐牛皮船渡雅鲁藏布江，那感觉比第一次坐飞

牦 牛

机还要兴奋和刺激。更令我惊讶的是，牦牛在珠峰大本营发挥着不可替代的重要作用。国内外登山队员及探险者在攀登珠峰过程中，牦牛是最得力的助手，从5200米的大本营到6400米的前进营地，所有登山必需品及协作物资的运输均由牦牛来完成。五星红旗数次插上地球之巅的伟大壮举，牦牛是默默无闻的功臣。2003年5月中旬，中国登协在纪念人类珠峰登顶50周年攀登珠峰时，发生了一个小插曲，一头牦牛从6000多米处的陡峭崖壁上不慎滚落山下遇难，当时中国登山队和一些外国登山爱好者，以无比悲痛的心情为不幸的人类好友举行了隆重的哀悼仪式，也激发了队员们登顶的信心和斗志。几天后，在天气状况不算理想的情况下，成功地登上了峰顶，五星红旗又一次飘扬

在世界群山之巅！

在西藏牧区，牦牛还是牧民们的忠实坐骑。这些牦牛都由牧民精心挑选，经过洗刷打扮，在长而弯曲的牛角上系挂各色彩绸或哈达，还有的把五彩条幅插在牛头上面，彰显英俊潇洒，雍容华贵。我见过的牦牛坐骑，要数圣湖纳木错牧民的最为漂亮和洒脱。在市场经济的大潮中，藏族人民的商品观念也悄然发生着变化，牧民们把牦牛稍作装扮，便成了他们的"摇钱树"，每处旅游景点，都有供照相用的牦牛，吸引着众多好奇的内地游人驻足参观和拍照，为当地农牧民增加一笔可观的经济收入。我陪同淄博来的建新先生在藏区考察时，他拍的一张坐骑牦牛，洒脱威猛，牦牛头上的五星红旗更是迎风飘扬，成为他赠予我的"珍藏照片"。

古代藏经神话里，把牦牛视作"星辰"，说它以前住在天上，西藏一些著名的山神，如雅拉香波山神、冈底斯山神等都化身白牦牛。一直到现在，西藏农牧民的房屋门楣上都摆置着牦牛角，很多寺院的门口悬挂牦牛头用来除鬼邪。说明在藏民族的心目中，牦牛依然处于祭牛拟神的特殊地位加以崇拜。

喜欢也好，崇拜也罢，可以肯定的是牦牛确实已成为藏民族基本物质生活和精神生活的支撑点，是雪域高原的一代天骄。

可可西里的守护

　　我们祖国的版图上，有一块神秘而圣洁的土地——可可西里，它位于青藏高原腹地，在青海玉树的治多县、曲麻莱县境内，面积 8.3 万平方千米，居中国四大无人区之首，也是世界除南极、撒哈拉沙漠外的第三大无人区。它西北角与新疆接壤，南部与西藏接壤，其核心地带是素有"中国水塔"之称的三江源，也就是长江、黄河、澜沧江的发源地，这里也是野生动物的天堂。

　　可可西里，在藏语、蒙语中是"青色的山梁""美丽的少女"的意思，生活在这里的人，都有同一个爱，就是爱脚下的这片土地。人们通常所说的可可西里，一般是沿青藏公路唐古拉山口到格尔木之间，而实际上这只是可可西里自然保护区东部边缘的一部分（广义的可可西里无人区面积达 60 万平方千米），沿途要通过唐古拉山口、昆仑山口，这里醒目的高海拔数字是大多数过路人驻足留念的"背景板"。因而路过青藏公路和正在建设预计于 2006 年 7 月通车的青藏铁路，都仅仅算是到了可可西里而已，但这已经是非常幸运的事了。

　　如果，你在可可西里无人区山口的布喀达坂峰、岗扎日，腹地的太阳湖、卓乃湖等，那一定会有如可可西里藏语、蒙语说的"像安静的少女一样，养在深闺无人知"的感慨。大量的野生动物族群，璀璨的银河与星空，全程高海拔连续扎营的粗犷雄浑，恢宏壮丽的冰川、湖泊、河流、荒原等自然景观，相对于路况不错的青藏公路，真正的可可西里不仅没有路，还没有任何人类活动痕迹。这个藏在雪域高原深处的"美丽少女"，充满着危险与不确定性，但越是这样，越吸引着无数人无限向往。

可可西里和可可西里发生的一些故事，吸引了无数人的眼球并心向往之，我也于2003年的夏天终于有幸走了一回青藏公路，去领略可可西里的神奇圣洁与美轮美奂。当时天还没亮，我们就已开车从拉萨启程，当天要赶到1100千米外的格尔木入住。拉萨至当雄甚至到那曲路段，路况要好一些并且相对平缓，可以尽量往前争取一些时间，不到中午就可以到达近400千米外的那曲，如无特殊情况，预计下午早些时候能够抵达唐古拉山口。这里是西藏和青海的交界处，也是一般意义上的羌塘和可可西里无人区的分界，再往前很快可以到达昆仑山口，进入"三江源"核心区域。如果天公作美的话，这些美景都将如数收入眼底，而且可以看到野生动物，而过了三江源的沱沱河、五道梁、通天河后天就基本黑下来了，接下来大约还有200千米的夜路。事实证明，我们早从拉萨出发是明智的选择，到了晚上顶着风雪，车子行驶速度很慢，差不多夜里11点了才到达格尔木住下。

还别说，这一天真是老天赐福，仅大半天时间，"春夏秋冬"被我们全感受到了。当我们到达唐古拉山口、昆仑山口，远眺三江源、可可西里时，我的内心无比激动而震撼，特别是面对苍茫浩渺的可可西里无人区，我的思绪可以说既混浊又清晰，既遥远又近前，而满脑子里似乎都是播放的故事。这时候我才切身体会到，只有亲密接触可可西里，才能真正领略它的魅力与梦幻。这是一片等待人们去发现和探索的高原净土，而不是去伤害和掠夺的"财源之地"。可可西里是真正"美丽的少女"，可越美丽，就越容易受到伤害，这话一点不假。这里的土地广袤，行走几天也未必能见到人烟，凄淡而荒凉，充斥着刺骨的寒风；这里是"世界屋脊"，平均海拔4000多米，气候反复无常，含氧量仅有平原地区的50%左右，还有遍地的沼泽以及错落有致的山峰……如此恶劣的环境，人类无法长期生存，人类要想进入这片土地，可能就要把命搭进去，故这里也被称为"生命的禁区"。没有人类活动的痕迹，却使这里变成了"野生动物的天堂"。这些，原本是大自然最宝贵的馈赠，但因为一个名为"沙图什"的出现，引起了无数狩猎者的浓厚兴趣，他们竟敢"冒天下之大不韪"，肆意践踏"生命的禁区""动物的天堂"，从而给藏羚羊带来了灭顶之灾。由此，一个看似天堂的神圣领域，却开始写满了人类的罪恶。

"沙图什"是什么？它来自波斯语，翻译过来就是"羊绒之王"的意思。20世纪80年代开始，在西方富人中间，"沙图什"不仅仅是一款顶级的纺织品，还代表一种独特的生活方式。当时，一条上乘的沙图什披肩可以卖出3万美金的高价。喜爱奢侈品，本无可厚非，至多算是"拜金主义"，但是，人们基于沙图什而"拜金"去滥杀无辜，却是一件十分恐怖的事情，因为每一件美丽的沙图什交易的背后，都有一个带血的故事。故事让有良知的闻者伤心流泪，而被害生灵的冤魂永远在可可西里上空哀号哭泣。

制作一条沙图什据说需要至少三只藏羚羊身上的全部羊绒，

而获取羊绒的唯一办法，就是先把藏羚羊杀死，然后再把它的皮剥下来，一张藏羚羊皮能卖到 1500~2000 元。而藏羚羊只有青藏高原有，很大一部分生活在可可西里无人区，是国家一级自然保护珍稀野生动物。因为利益的驱使，偷猎者肆无忌惮地闯入无人区，驾车长驱直入追踪藏羚羊，用车灯照射令它们失去视觉，再用枪支大批射杀。

一旦残忍的盗猎者进入可可西里无人区，一次可以猎杀几百只甚至上千只藏羚羊。神圣的雪域高原随处可见藏羚羊的尸体，它们被猎杀后剥去皮毛，只剩下

寒冬中的藏羚羊

光秃秃的骨架，空气中到处弥漫着血腥和腐烂的味道。凶残的屠杀，让藏羚羊一度濒临灭绝，据报道，最初 20 多万只的藏羚羊，到 20 世纪末，仅剩下不足 3 万只了。

有人在作恶，当然就有人站出来除恶，这就是正义与邪恶的殊死较量。为了保护野生动物特别是藏羚羊免遭灭绝，以索南达杰为代表的可可西里守护者，组建了野生动物保护队、保护站，而且不惜生命义无反顾地对抗盗猎分子，谱写了一曲曲感人的故事，他们的事迹令我们动容。

可可西里的景色清澈而宁静，守护这片土地的人，他们的心灵高尚而纯洁。藏羚羊是"可可西里的骄傲"，它们不仅需要我们人类的日夜守护，也需要人类的尊重，而甘愿用生命去守护这片土地和藏羚羊的人们更值得我们去尊重。那是一个难忘和需要

人们去纪念的日子：1994 年 1 月 18 日，年仅 40 岁的索南达杰在可可西里无人区与藏羚羊盗猎团伙对峙时，遭对方枪击身亡。当人们发现他的遗体时，他已在 -40℃的风雪中冻成了一座冰雕。一开始，人们对索南达杰的行为可能还有些不理解，自此，他成了藏区人民和环保人士心目中真正崇敬的英雄！

一个索南达杰倒下去了，无数个索南达杰又顶上来。以后，可可西里无人区建立了多个野生动物保护站，志愿者队伍也发展到了数千人。就是在这样一个极寒的高海拔地方，有那么一个民族、一群人，他们年复一年、日复一日地守护着这个美丽可爱的家园，有时方圆百里的地域内只有一个人去守护。"一个人，数十年，只要精神和躯体不倒，毅力和信念永存！"经过无数守护者数年的艰辛努力，现在可可西里已基本听不到罪恶的枪声，藏羚羊数量也开始了大规模恢复性自然增长。

可可西里是纯洁干净的，所以容不下一丝血腥。时光来到 21 世纪初的 2004 年，据说藏羚羊数量已恢复到了 10 万只以上，我相信不久的将来会增加到 20 万只、30 万只，甚至更多。一代代志愿者不惜用鲜血和生命，换来藏羚羊的生存繁衍，这种境界何其伟大。他们的鲜血与藏羚羊的鲜血交织、渗透、洗涤着茫茫苍穹下的罪恶，才有了今天人与自然、自然与动物和谐共生的壮美画卷。

我冒着漫天风雪，站在巍峨的昆仑山口，向标着 4776 米的昆仑山纪念碑致敬并合影留念，重新收回思绪，身体瑟瑟发抖地回到车中，在夜色中顶着风雪向格尔木方向驶去。

天空中的寺院

　　甘丹寺，清雍正年间曾被赐名"永泰寺"，位于拉萨市区以东 40 余千米达孜县境内的旺波日山坳里，海拔 3800 多米，是藏传佛教格鲁派（黄教）祖师宗喀巴于 1409 年修建的本派第一座寺院，与其后他的弟子们修建的位于拉萨市郊的哲蚌寺、色拉寺并称为"三大寺"。因其为宗喀巴所建，它的地位居于格鲁派各寺院之首，以甘丹寺的建成为标志，格鲁派开始了在西藏的快速发展。

　　在藏传佛教的寺庙中，很多人只知道布达拉宫、大昭寺、色拉寺、扎什伦布寺等更大名气的寺庙。其实，在举世闻名的"日光城"不远处还有一座著名的寺庙，它就是甘丹寺，但鲜有游客和外界知道这个地方，一般专门去游览也不易成行。甘丹寺呈红白配色，如城堡般雄伟壮丽，它屹立于拉萨河南岸的山巅之上，远远望去仿佛一座"天空之城"。它依山而建，占地面积 15 万平方米，建筑面积 7.75 万平方米，坐西朝东，有大小经堂、佛殿、扎仓、康村、米村及辩经场等 50 余座建筑单元。山巅的经幡，长长的转经道，虔诚的信徒，努力修习的僧众，互不相干，各自忙碌，掸去尘埃，远离喧嚣，纯粹是于无声处的静谧之地。

甘丹寺的建造有一段美丽的传说。一日，宗喀巴和弟子们正在筹划如何选址，这时，一只乌鸦飞过，顺势叼走了大师头上的帽子，将帽子丢在了旺波日山的半山腰。宗喀巴与弟子觉得这是"佛意"，于是就把这里定为了寺址。

相传，当年修建甘丹寺时，宗喀巴为了使大殿更结实稳固，他准备在大殿的正中央再立一根大柱子撑住殿顶，可是在当地找遍了也没有找到那么高大合适的树木。功夫不负有心人，在拉萨东郊原始森林里终于找到了这么一棵大树，但是运输途中大树却突然不见了，回头再找时，发现它又立于原处。宗喀巴大师不信这个邪，再次把树砍

甘丹寺

倒后日夜不停地催运，终于运到了施工工地，即刻打磨并竖在了大殿中央。可是奇怪的是，这根柱子不知道为什么，始终离开地面大约一掌高，就是不肯着地支撑大殿。从此以后，凡是到甘丹寺的人们都要来到大殿，亲手摸一摸这个神奇的大柱柱底，祈祷吉祥。我理解，这可能就是内地人常形容的"定海神针"吧。

我在西藏三年期间，如果不去拜访一下这座神奇神秘的寺庙，心中难免要留下一大遗憾。抽一个星期日，我们在拉萨办完公务后，终于有幸走进了甘丹寺。早晨从拉萨出发，过了拉萨河大桥沿着升级改造后的拉林（拉萨至林芝）公路，大约一个半小时就

来到了旺波日山下。一眼望去，从半山腰到山顶，都密密麻麻地分布着传统藏式建筑，红白相间的房屋与闪着光芒的金塔，就这样错落有致地坐落在山间，蔚为壮观，像极了一座小城市。而这些绛红色的藏式建筑，总是给人一种置身于"色达"（藏族佛教的圣地，指心灵净土，绛色佛国）的错觉，由此，很多人都把这里称为"小色达"。由于甘丹寺像是悬挂在山腰的"天空之城"，要抵达那个神圣的地方，还必须经过蜿蜒曲折的盘山公路。

这一天我们很幸运，恰巧遇上春光明媚的天气。藏族同事说来甘丹寺如果是阴天或下雨，效果就完全不同了，顶多算是"到此一游"。我可一定要抓住机会，不能辜负了今天这个好天气。不得不感叹，甘丹寺吸引我的地方，应该是尚未走进寺庙。隔着拉萨河远看甘丹寺全景，真的就是一座城市在山体上缓缓铺开，形状犹如一头卧伏的大象，象背上承载着整座甘丹寺。我们有藏族同事和司机当向导，购上门票很快进入了寺院。这时一缕缕的阳光照射在红白高低相间的殿宇上，给甘丹寺蒙上了一层绝美艳丽的光影。措钦大殿是整个寺院里最为耀眼的存在，它是甘丹寺最大的经堂，宽 43.8 米，深 44.7 米，有大柱 108 根，可容纳 3300 名僧人同时诵经。殿内主供的是未来佛"强巴佛"，后增供宗喀巴等镏金铜像，大殿上方是恢宏壮观的金顶。

我们走进措钦大殿时，正遇上一场诵经，看见有数百人的诵经僧众，整齐划一地端坐于垫子上。我们默默地站在大殿里，聆听着那低沉整齐的诵经声，虽然听不懂也并不了解梵文经文的发音与意思，但那抑扬顿挫的节奏与韵律却如同音乐一般美妙动听，让人深深沉迷其中。

来到甘丹寺，有一个地方必须去，它就是灵塔殿，这是宗喀巴大师灵塔所在地，也是整个寺庙中最神圣的地方。当年大师圆寂后，他的遗体一直被保存在灵塔里。

20世纪六七十年代的那场浩劫，甘丹寺虽遭到了严重破坏，但依然保留下来很多珍贵遗产。措钦大殿及其他殿堂的精美壁画和雕塑，制作精良的众多唐卡，大师的法座和圆寂时的禅床，纯金书写而成的整套藏文《甘珠尔》佛经等，都完整地保留了下来，成为藏传佛教中一笔宝贵的财富。这些珍宝能够继续供藏族人民和外界朋友拜谒，了解佛教历史，实属万幸。

甘丹寺各殿堂里的壁画尤为珍贵。据传是宗喀巴的大弟子克珠杰亲手所绘，他可是大师的得意门生，为"八大弟子"的首位，出道后在日喀则兴建了著名的扎什伦布寺，后被追认为一世班禅。传说他是位声名显赫的壁画大师，其画风简约流畅，色彩朴实淡雅，是明朝时期西藏壁画的典范。他的壁画影响在西藏历史上至今都"无人出其右"。

趁着阳光正好，我们恣意地漫步寺院中，时而路过斑驳的白墙，时而途经盎然的草丛，时而偶遇来此朝拜的信徒。走着走着，我们来到了寺里的辩经场。只见这里聚集着许多身着绛色僧袍的喇嘛们，他们一问一答，各自不停地啪啪击打着手拿，嘴里还时常"嗨""呵""呀"什么的，反正我是听不懂，但场面十分热烈。看了一会儿辩经，我们沿着小径来到后山，这里有醒目的巨大展佛台。站在此处再次眺望，视野豁然开朗，远处的蓝天白云、崇山峻岭和近处的寺院殿宇、僧众经幡，惟妙惟肖地融合在一起，"天空之城"俨然就是一幅曼妙的画卷。

或许，这便是人们梦想中的诗与远方！

感受草原深处

昂仁县是一个以牧业为主、农牧结合的大县，当我们淄博第三批援藏干部赴任时，全县约有各类牲畜65万头，草场1100万亩。每每到牧区调研工作，顺便领略一下昂仁的草原风情，是一件无比兴奋的事情。

时值4月底，草场已微微泛绿，远近山坡开始换装，湖河渐渐冰融，虽有春寒料峭之感，更多的是盎然春意给人们带来的喜悦。

我们此行的目的地是如莎乡和尼果乡，也是昂仁县城到牧区最远、海拔最高的两个乡。好在路况尚好，进乡之前一直沿着通往阿里的219国道在跑。出县城不久，车子就到了桑桑镇，它是昂仁县一个农牧结合的重镇和219国道上的重要驿站，淄博市援建的"桑桑宾馆"格外醒目，是路人下榻和就餐的最好去处。桑桑镇有着一望无际的天然牧场，每年一度的"桑桑赛马会"更是远近闻名。一过桑桑，眼前豁然开朗：一片绿色的海洋，柔嫩的小草泛着翠绿密密麻麻铺展开去。满眼是千姿百媚的世界，风吹草低，牛羊点点，前呼后拥，辽阔无边，动物与自然浑然一体，这也印证了桑桑草原牧场的真实所在。

远处，几座雪山静静地伫立于蓝天白云之间，俨然是几位含情脉脉的少女。

车子行驶了很久，突然一个银色的巨柱冲天而起，有5~6米高，引起了我们的浓厚兴趣。它就是目前亚洲最高的高温间歇性喷泉——达格架温泉，已被西藏自治区列入区级自然保护区，成为昂仁县重要的旅游开发资源。茫茫草海中跳出如此奇观，是草原的造化，是路人的荣幸，它已越来越引起国内外各方人士的关注。翻过一座小山，一个碧绿浩瀚的高原圣湖呈现眼前，藏族同事次培告诉我们，它叫"达加错"，湖面海拔5145米，有160平方千米之大，处于昂仁和措勤两个县的交界上。我惊叹"高原出平湖"的奇观，也惊奇我们已行驶在了5000多米的高海拔上，走上"天路"，赏着"天湖"，望着湖边远处云蒸霞蔚含羞遮面的巍巍雪山，心中激动不已。

草原缓缓展开，一望无垠。下了国道沿着车辙不太清晰的土路狂奔，既兴奋又刺激，仿佛是在"无人世界"探秘，时间和知觉告诉我已进入了如莎乡境内。滚滚流淌的如莎河两岸，勤劳朴实的600多名牧民世世代代在这里生息繁衍，丰美的水草是他们无尽的营养。春天的草原对于牧人来说是一个充满希望的季节，他们忙着准备接育牛羊羔。草原上爱美的姑娘们梳洗打扮，换上艳装，将冬天裹藏在大皮袍下的苗条身材展示无余。对孩子们来说，春天是最丰富多彩的季节，他们可以兴高采烈地在草原上玩耍，爬山，捉迷藏，玩游戏，尽情地享受春天的阳光。

到达如莎乡已是下午3点多。乡政府是一个不大的围院，内有1排坐北朝南的平房，估计有十来间房间，紧靠政府大院是乡完全小学，周边再无其他建筑。了解得知，如莎乡是昂仁最小的乡了。昂仁几个高海拔的牧业乡由于受恶劣的自然环境限制，至今仍然很封闭落后，如莎乡是最具代表性的一个，目前照明只能靠太阳能供应，一天储备的电量连同晚上看电视，大约只能维持三四个小时。由于人烟稀少，商品供应也极不丰富，乡政府驻地一个商店都没有，牧民基本生活所需多数是靠物物交换而来。乡机关工作人员的日常用品每隔一段时间从县城采购，十分不便。但适者生存，各得其

草原帐篷和经幡

所，从工作人员的言谈举止，看得出他们各个都是乐观向上的，没有丝毫哀怨，我们由衷地敬佩他们。

在如莎乡短暂逗留，了解一些牧区情况，留下部分生活用品、常用药品和孩子学习用品后同乡领导握手话别。汽车又拖着长烟融入了平展如毯的大草原，看不到尽头，只有山河的阻隔。草场上不规则地分布着几顶帐篷以及成群的牦牛、羊群。我们好奇地走进了路旁的一顶帐篷。帐篷主人叫巴桑罗布，家中有六口人，他们的家就在附近的一个村庄，说是附近其实有20多千米远，老父老母在村庄的家里，居住看家并做些力所能及的事情。巴桑罗布和他的妻子央金从4月一直到10月底基本是在牧场放牧。育有两个孩子，大的是男孩，在县中学上初中，小的是女孩，在乡完全小学读书，都是常年住校。主人把我们让进帐篷后，央金

热情地给我们倒上刚打好的酥油茶，端上鲜牛奶和风干牛羊肉，给我们每人倒上一大碗自制的青稞酒。巴桑罗布介绍，他们在牧区算得上是富裕的家庭，有奶牛 3 头、牦牛 18 头、山羊 65 只、绵羊 50 只、马 2 匹、驴 2 头，为此感到非常自豪和满足。他们最大的愿望就是让儿女好好读书，将来能考上大学，一来为家族扬扬名，二来能够做个对国家有用的人。

从帐篷里出来，草原上淡淡的炊烟和酥油茶、煮羊肉的香味混合成一种独特的气息，那是一种幸福、安宁的气息，令人油然生出生命和生活对大自然的依赖、依恋之情。

日将西沉，我们仍然跑在海拔近 5000 米的大草原上，晚霞中的草原显得异常宁静安详，远处的雪山像是涂上了一层金粉。此时令我们激动的一幕出现了，但见三五成群的藏羚羊、藏黄羊、藏野驴等国家珍稀野生保护动物，大摇大摆地在草原上或悠然漫步，或嬉戏奔跑，并大胆地与我们近距离接触，友善地目送我们前行，形成了一幅人与自然、人与动物和谐共存的画面。暮归的牛羊群也像顽童般一路耍闹，竟不理会牧人的呼唤。隐约有动听的牧歌传来，似一缕醉人的酒香飘向远方……

我们就这样在天路上任意驰骋，当从如莎乡赶到尼果乡时，天已完全暗了下来，草原告别了暂时的喧嚣，恢复了宁静。我们也宣告一天的行程结束，简单吃过晚饭后美美地睡上一觉，以饱满的热情投入明天的调研活动。

与韩国姑娘同行

盛夏的一天去日喀则地区出差，同行的还有局里一名干部和乡镇企业局的副局长。我们的坐骑是北京 212 吉普。出县城在卡嘎加油站加油时，一个在路边等车的姑娘走上前来用英语和我们搭讪。我听不懂英语，好在乡企局副局长黄沙同志英语会话能力还不错，给我们客串了翻译。姑娘原来是一名韩国人，问我们能否把她捎到日喀则。

仔细打量姑娘，身材瘦小，脸庞略黑，留着一头凌乱的披肩发，她显得非常疲惫，但仍能感觉出是一个眉清目秀的姑娘。她背着一个偌大的包裹，站在车前用祈求的眼神看着我们。我们没有理由拒绝姑娘的请求，况且，我也想探究一下这位韩国小姑娘为何有如此勇气一个人来到西藏，当然，也可能与大团队失散了。

车子在蜿蜒陡峭的山路上爬行，车后撩起一道浓烈的长长白练，那是青藏高原上特有的风景。对话中得知，姑娘是韩国釜山人，叫崔英姬，今年 24 岁，大专毕业后在釜山的一个印刷厂工作，月薪相当于人民币 6000 元，已工作了两年时间，因对自己的职业不够满意，暂时停薪待业。她称自己的家庭条件在韩国属于中等水平，父母还有哥哥都有稳定的工作。在家无聊，加之早有到中国旅游的想法，就征得父母同意后打起行李踏上了旅程。她特别说来中国旅游不用花家里的一分钱，自己的工资完全够用。一个姑娘家只身一人漂泊域外，而且是在号称"世界第三极""生命禁区"的青藏高原，一待可能得数十天，不确定因素又那么多，这种激情、毅力和自立能力令我动容，顿时对其小小年纪孤身一人来到雪域高原刮目相看，毕竟这是冒险之旅。

行驶在高原路上

小崔大方而健谈。也许是她等了好大一阵没有搭上车的缘故，抑或对我们的感激之情，对我们是有问必答，生怕听不懂又反复补充，并不时问我们一些问题。她介绍，已经在中国逗留两个多月，先后路过了北京、内蒙古、甘肃、新疆，由新疆喀什进入西藏阿里，从阿里一路下来到现在已十多天了，计划到拉萨游玩几天后再去四川、云南，然后乘飞机回国。她这一路一直没有随团，定下目标和线路后，或乘长途汽车，或搭便车，没有明确的时间概念，就是以游山玩水为目的。一路艰险，小崔还能这么乐观地面对，着实令我们一车人佩服。她的几句话也进一步唤起了我的兴趣，我问她对西藏印象如何，她爽朗地回答："西藏太美了，这里的山奇水秀人好，藏族人们热情、好客、朴实、大方；西藏是一个富有刺激挑战的神秘之地，是一个梦幻世界！"

小崔边说边拿出她一路拍下的精美照片给我们看，有洁白的雪山，神圣的高原湖泊，灵动的牛羊群，苍茫的戈壁滩，茂密的原始森林……翻越阿里昆仑山口的镜头特别给我们以震撼，她说由于车辆稀少、路况很差，翻越 5000 米以上的昆仑山口时徒步走了两天。特别是在阿里到昂仁卡嘎段的途中，共断断续续步行了 5 天，其他时间为搭乘小车、大卡车、拖拉机，甚至她以前从未见过的牛车、驴车。看到我为她的得意之作而高兴，小崔爽快地挑了一张送给我留作纪念，那是数百盏熊熊燃着的酥油灯。照片拍得还不错，但愿它是姑娘前途中的"长明灯"。

交谈中我感到小崔还是一个有思想的人。她认为，韩国在很多地方需要好好地向中国学习，借鉴中国在对外开放和发展经济方面的好经验。她说，目前韩国经济已持续不景气多年，就业很困难，找到一份好工作更难，国民生活水平这几年提高也不够快，东南亚金融危机对韩国的影响还未完全抚平。中国的强劲发展对韩国是一个巨大的商机，像西部大开发、申奥成功、加入 WTO 等，韩国应该抓住机遇，加强与中国合作，这是双赢的必然选择。

小崔饶有兴趣地问起我的工作，得知是从山东淄博来援助西藏工作的时，她对我竖起了大拇指，并用英语说："你真伟大！"她还说知道淄博，好像釜山和淄博还有合作项目。我说欢迎有机会再来中国时一定到淄博走一走、看一看，那里可是齐国古都。她欣然答应，说希望将来一定成行。

话题又回到援藏工作上，通过我的简单介绍，她对我国把这种"以富帮贫"的传统美德纳入国家的总体发展规划赞不绝口，认为这样的民族是没有什么困难可以难住他们的。看到她天真的动作和真诚的赞美，我们都会心地笑了。

不知不觉中日喀则到了，我们与小崔留影后握手话别，祝愿她在接下来的旅途中一路顺利……

遇见药王山

匆匆去过拉萨的人，不一定能到过这个地方，但在拉萨待过时日的人，可能的话还是要去一下这个地方，否则会留下些许遗憾。此地位于布达拉宫的西南角，也就是著名的"药王山"。千百年来，这里一直是藏族医药体系的圣地，而以这里为代表的藏医藏药，始终守护着雪域高原的藏族同胞，他们世代繁衍生息，直到今天。

药王山藏名"夹波日"，意为"山角之山"，海拔3725米。药王山并不高，垂直高度不足100米，突兀地立在那里看上去就是个"小山包"，也不险峻，轻而易举地可登至峰顶。从拉萨市内向西望去，它与雄踞着布达拉宫的"红山"近在咫尺，只不过被一条宽宽的公路隔在了两边。这里过去曾是拉萨古城的门户，底层设有门洞，还有一座佛塔与对面的红山相接。据说，20世纪60年代，拉萨城迎来了首次大规模扩建，拆除了佛塔，几十米宽的柏油路从此拉开了红山与药王山的距离。现在这条公路叫"北京路"，几经改造升级后应该在上百米宽了，相当于北京的"长安街"。目前在两山之间使用经幡把它们连接起来，1996年又在原址附近重新建立了三个佛塔，即菩提塔、尊胜塔和天降塔，用花岗岩石砌成，为药王山一景。

五色相间的经幡，现在仍横拉在宽敞的车马大道上空，在微风中猎猎作响，壮观而神秘，连同三座白色佛塔，成为北京路上和布达拉宫广场的一大景观。

由于充满着好奇，还有对西藏民族及医药文化的浓厚兴趣，我曾数次登上药王山。置身于此山中，藏医藏药的文脉与发展史让我流连忘返。了解了西藏医药的博大精深，也深感它的奥秘奇丽，自己的心灵也得到了净化。每次上得山来都有不同的感悟，个中体会只有自己明白，我也强烈建议，内地朋友们到拉萨，如果可能还是要到药王山去看一看，哪怕是忙中挤出那么一点点时间也行。

过山门后有一条专门登山的石铺小路，十分便捷。用不了多长时间便来到了坐落于东南坡半山腰的"查拉路甫"石窟，它的洞口朝着日出一方，石窟大门与面向西方极乐净土的大昭寺遥相呼应。洞内的平面呈不规则长方形状，面积约27平方米，中心立柱与洞壁内的空间狭窄，仅可容一两人通过，但朝圣的信徒们宁肯等上几个小时，也一定要进洞窟内，按藏族宗教仪规以顺时针方向朝觐一番。

这座造型奇特的微型石窟寺庙，开凿于吐蕃松赞干布时代，距今已经1300多年了，以后又在石窟里开凿了转经廊道，廊道两边排列着69尊高浮雕石刻神像，北面石壁上有松赞干布和文成公主、尺尊公主的造像。传说，石窟顶上的山崖有一块不大的平台，是文成公主思念家乡时向东方朝拜的地方。经过1000多年的风风雨雨，其间几经兴衰更迭，但这座拉萨乃至整个西藏地区罕见的石窟寺庙仍然保存完好，实属不易，这是历史留给藏民族的一笔宝贵财富。

药王山上有座"门巴扎仓"（藏医学院），现已废弃不用，内供药王佛像，也称"药王庙"，每天清晨都有许多藏族人前来颂祝和祈福。相传，药王是释迦牟尼佛的一个化身，从吐蕃王朝时代民间出现藏医算起，这门古老的学问已经流传了1000多年。7世纪，文成公主远嫁吐蕃的时候，从大唐带来了汉文化，其中有本中医著作叫《医学大全》。此后，金城公主远嫁吐蕃时，又带来了医书《月王药诊》，使得唐朝中医的一些理论和医法逐步传授并融入藏医之中。药王庙逐渐集中了一批学识渊博的藏医，大约到了17世纪发展为藏医学府，慕名而来的求学者使这座小庙日渐兴盛。

8世纪时，藏医"医圣"宇妥·元丹贡布又到印度学医，最终继承发展了中医和印度医学，著成了藏医圣典《四部医典》。藏族佛教尊奉的佛和菩萨，其实都是信徒心目中的"药王"。至17世纪末，桑结嘉措任第五世第司，管理西藏地方政务。他是一位学术造诣颇深的学者，在前人大量研究的基础上，对《四部医典》进行了重新整理和编纂。以后，他还在药王山上建立了医学利众寺，开设了多门课程，除了学习书本上的医学知识外，要求学生注重临床实践和到外地学习，加强学习成果交流，培养了一大批著名的藏医学专家。20世纪60年代后，原属于"药王庙"的藏医合并到"门孜康"，成为现在的拉萨藏医院，它位于大昭寺西面宇妥桥的附近，为纪念藏医的始祖，那条路被命名为"宇妥路"。

药王山南端则是摩崖造像的世界，人称"千佛崖""万佛墙"，有造像5000余尊，开凿于吐蕃时期。其内容丰富，题材广泛，风格多样，栩栩如生。在长约 2 千米的山体上满是石刻组像，大者高达数米，小者则不过盈尺，气势恢宏。造像多为佛像和文字两种，其中尤以佛像为多，文字则以"六字真言"为主，同时包括一些佛经内容。造像粗犷质朴，大都设色，色泽艳丽，庄重大方。据说它们多出自民间云游艺人之手，具有较高的研究价值，是一座珍贵的石刻艺术宝库。在千佛崖和万佛墙面前，我们只能感到自己的渺小，佛像或威严或慈祥，无不彰显着佛法的宏大与光辉。

　　游药王山必朝觐玛尼石刻艺术。位于药王山脚的玛尼石刻群，与摩崖造像相邻。玛尼石原称"玛智石"，"玛尼"来自梵文佛经《六字真言经》的简称，因在石头上刻有玛尼而称"玛尼石"。

玛尼石是藏区流行甚广的民间艺术，最主要的功能是辟邪祈福、供奉神灵。药王山的玛尼石一般取材于板岩，民族特色浓郁，造型精美，突出动态，刀法尖利奔放，其线条颇有力度，多有精美

拉萨药王山

之作。我每次去药王山，必到玛尼石刻之处驻足，每次都是一次心灵的洗礼与震撼。如今，这里依然聚集着一大批刻经石的民间艺人，他们年复一年地在此刻着玛尼石，这种行为本身就是一种

虔诚与信仰。这也是震撼我的缘由所在。

在我眼里，药王山虽然是"袖珍"的，但处处是景，它山下的甘珠尔经塔，又是一个令人瞩目的地方。它由整部《甘珠尔》经书构成，十分稀有珍贵。《甘珠尔》是藏传佛教经书的巨著，很多刻经书之人也许并不识多少字，对他们来讲，刻经文更是一种修行。他们从心灵深处认为，长年累月地一点一点将经文刻在石头上，然后绕着经塔顺时针转上一圈，即可功德圆满。这就是藏族人民信仰的力量最真实的写照。

药王山上是拍摄布达拉宫最好的角度，尤其是在半山腰位置，专门为游人和摄影爱好者搭建了观景平台。清晨，人们纷至沓来，争相观赏布达拉宫迎接东方日出的模样，当第一缕阳光照耀在圣洁的布达拉宫之上，映染着"金顶"的时候，其光芒璀璨夺目，天地间顿时一片光亮，美不胜收，神奇圣洁。而药王山却不改初衷，依旧是默默相守，似乎与繁华荣耀绝缘，甘做人梯，朴实无华。

从药王山观布达拉宫，清晨时间段是最为拥堵的时候，但话说回来，如果心中带着那份虔诚，其实没必要太看重时间段，白天任何时间都可以去药王山一睹布达拉宫的风采，留下的记忆也一定是美好的。我有一次正值中午来到布达拉宫广场，突发奇想何不再上一趟药王山，于是顶着烈日兴致勃勃地攀上了观景平台。此时平台上几乎无人，留下了艳阳下的美好一瞬，同样让我一生珍视。

我在西藏三年，多次走进药王山，都给我留下了美好的印象。我个人理解，和西藏很多建筑或是山峰不同，药王山是宗教、信仰与大自然完美结合的典范，在这里除了可以看到寺庙、石刻之外，还可以近距离感受到终极信徒的灵魂，那就是整天重复着一个动作，我形象地称为"五体投地朝拜布达拉宫"，让神灵保佑他们吉祥如意、扎西德勒！他们虽然风尘仆仆，跋山涉水，不惜几百、上千千米甚至更远的路途，也是一路"五体投地"而来，心中只为那份信仰，就算是搭上性命，也要到达那个神圣的地方——布达拉宫、大昭寺！

在拉萨，从多个角度都可以仰望布达拉宫，但不是任何地方都能建立与这座神圣殿堂最为迅捷的通道，药王山做到了。清晨的药王山的确能让人们看到更美的布达拉宫。

药王山，在拉萨也许没有布达拉宫、大昭寺、罗布林卡、哲蚌寺等那么光彩夺目，但它却有着另外一种深厚的内涵，当人们真正走近它时，一定会产生一种别样的情愫，也一定会由衷地感叹不虚此行！

几经起伏的昂仁曲德寺

　　我在标题上之所以加上"昂仁"二字，其实并不是要刻意突出昂仁，而是叫"曲德寺"之名的在西藏实在太多了，仅日喀则地区好像就有好几个。故题目中出现"昂仁"只是为了区别于其他地方的"曲德寺"。

　　曲德寺，位于昂仁县城东侧的一个小山腰上，海拔大约4400米，围绕大殿等主建筑群四周的僧舍次第分布在山脊和凹地，其东南麓的山顶上为壮观而凄楚的昂仁宗山遗址。

　　曲德寺历史悠久，过往历史上曾被称为"昂仁寺""绛昂仁大寺"等，它的建寺年代据史料记载是在1225年，距今已有近800年的历史。该寺创始人为夏加桑格，也是寺庙第一任主持。寺庙初建时为萨迦派，此后约有30代"堪布"（主持）传承。随着时代变迁，后来格鲁派势力逐渐强盛起来，到了17世纪，在五世达赖洛桑加措时期改奉格鲁教派。再之后，曲德寺中的堪布一直由"后藏"中心日喀则扎什伦布寺所派任，一般3~5年轮换一次，至今仍按此延续。

　　昂仁曲德寺在后藏历史上占有重要的地位。14世纪末、15

世纪初，格鲁派宗喀巴大师在推行宗教改革的过程中，曾亲自来到曲德寺讲经传法。还有，一世班禅克珠杰·格勒巴桑，幼年时出家到萨迦寺，从师萨迦派学习佛法佛经。据说，他16岁时便在曲德寺（当时称昂仁寺）与博东·确列南杰进行辩经，并大获全胜，于是名噪整个后藏。克珠杰其实早已引起宗喀巴的注意，此后更深得大师的赏识，并在明永乐五年即1407年，正式收他为亲从弟子，从此成为宗喀巴格鲁派的忠实信徒和最得力助手。

突兀于昂仁宗山上的曲德寺，绛色的建筑对于一个小县城来说无疑是最为显眼的标志了。它依山势起伏形成错落有致的平面布局，为坐东朝西状，其建筑有杜康大殿、强巴佛殿、贡康护法神殿、曲德拉章、颇章、曲热辩经场、扎厦僧舍等，另外还有伙房、仓库等附属建筑。在建筑群的东南山麓宗山遗址下是展佛台，高50米，宽约30米。

杜康大殿是寺庙的主殿，供奉有大小镀金佛像400余尊，其中有11尊佛像高达10米。殿内藏经橱中有金粉书写的《甘珠尔》二套和《丹珠尔》三套藏文大藏经。西侧的强巴佛殿内供奉着高达40米的主尊镀金强巴铜像，据说如此高大的强巴佛像在后藏地区仅有三处。曲德拉章则为原寺主居址，其面积与杜康大殿几乎相等，杜康大殿北面的颇章则是为迎请班禅大师所建。

曲德寺在历史上曾经有过几个辉煌发展期。据《西藏王臣》记载，它规模最大时曾拥有7000余名僧人，包括下属的21处寺院和扎仓，当时在每年冬夏两季分别举行盛大的法会，成为后藏颇具影响的寺院之一。在17世纪以前，该寺尚有萨迦派扎仓15所，格鲁派扎仓10所，以后均统一转为格鲁派。再一个辉煌期是六世班禅时期，从扎什伦布寺派任的堪布洛桑朗加在任期内，不仅对寺院进行了较大修缮，而且广招僧众，扩大学院和扎仓的规模。据说他曾经在一天之内就招入僧众 150 余人，一段时期内遂使曲德寺僧人激增，成为后藏扎什伦布寺所辖的四大寺院之一。

每年藏历的六月底至七月初，是西藏地区历史悠久的传统节日"雪顿节"，其间各大寺院都要举行声势浩大的"展佛会"（也称晒佛节）。在昂仁县城，曲德寺"展佛"是一年中最重大的佛事活动，也是昂仁人们最为翘首以盼的节日。平时县城常住人口不足 2000 人，但到展佛会时人数骤增 3～5 倍，四面八方的藏族群众要么来到县城和雪村探亲访友住下，要么带上帐篷在林卡（公园）里、学校操场或路边、山脚下甚至宗山上安营扎寨，县城所有的宾馆、旅店更是爆满，小县城简直汇聚成了一个欢乐的海洋。

昂仁曲德寺

在西藏民主改革前，昂仁曲德寺还有僧人 300 余名。1959 年之后，大部分僧人自愿还俗或者被遣回乡，至 1960 年，寺庙仅保留僧人 30 余名，这个建制一直延续到现在，一般僧人控制在 50 个编制以内。

现重新修建的措钦大殿，其位置为原曲德拉章，面积与原杜康大殿相当，其余建筑物多为残存状态，残墙断壁高度为 5～7 米。2000 年，政府拨款对措钦大殿和辩经堂等进行了重新修缮，现占地面积为 4700 多平方米，是昂仁县目前 33 座寺庙（院）中建筑面积最大的一座。

从曲德寺到展佛台大约 200 米，绕过展佛台，沿着崎岖的山路攀行十几分钟，就来到了宗山遗址，这个地方的海拔 4500 多米。它就像一个小城堡一样立于两座山头上，中间有城墙相连，在制高点处挂着很多经幡，在微风中猎猎作响，还有一个规模不算大的玛尼堆。昂仁宗山与曲德寺是相依相惜的"难兄难弟"，它们都有过辉煌，也都有"命运多舛"的相似经历。宗山遗址那高高隆起的脊梁，经受了多少血与火的洗礼，它是高原儿女用全部身心铸就的一座高大丰碑。在经历几百年的沧桑之后，它的凄凉脊梁仍屹立于蓝天碧野之中，在这离太阳最近的雪域高原，让所有来到它面前的人都会遐思无限……

在昂仁工作三年期间，每年"展佛节"前几日我都要陪同培栋同志看望慰问曲德寺的住持和喇嘛，带去美好的问候与祝福，感谢他们为弘扬藏传佛教作出的贡献。

在西藏这个全民信奉藏传佛教的社会，爱国信教的旗帜在雪域高原高高飘扬。爱国寺庙和僧众，始终是维护西藏稳定和安全的重要力量，他们值得我们尊重。

念青唐古拉的担当

念青唐古拉山，在藏语中的意思是"灵应的草原之神"。它位于西藏中东部，西接冈底斯山脉，东南与横断山脉相连，中部略微向北凸出，呈月牙形状，全长 1400 千米，平均宽度 80 千米，平均海拔 6000 米，人们形象地称它为藏北高原的南大门。在地理概念上，念青唐古拉山脉是雅鲁藏布江和怒江的分水岭，它将西藏划分成藏北、藏南、藏东南三大区域。它由 4 座 7000 米以上的雪峰构成，主峰海拔 7162 米，坐落于当雄县境内，终年白雪皑皑，云雾缭绕，神秘莫测，是广大藏民心目中的"神山"。

出拉萨沿着青藏公路向北行驶约 100 千米，过了羊八井地热温泉，就可以一睹念青唐古拉山的雄姿。在 109 国道旁专门设置了观景台，清晨与黄昏为最佳观景时间，可看到"日照金山"的美景。另外，沿途尽可用草原、牧场、村庄等做前景，均可仰望念青唐古拉的倩影。

念青，藏语意为"次于"，这座在藏族人民心目中仅次于唐古拉山的巍峨神山，承载了太多的神奇传说。在当地牧羊人和狩猎者的民歌和传说里，念青唐古拉和纳木错是西藏最引人注目的神山圣湖。念青唐古拉山因纳木错的柔美衬托而显得愈加绮丽动人。

在很多人眼里，可能认为念青唐古拉和唐古拉是一座山脉，其实不然。唐古拉藏语意为"高原上的山"，由于终年风雪交加，号称"风雪仓库"。唐古拉位于青藏高原的腹地，是西藏和青海的界山，西部始于长江源头沱沱河，东部止于澜沧江上游的解曲，全长约 1000 千米，山峰海拔一般为 5500~6000 米，主峰各拉丹冬雪山海拔 6621 米。唐古拉既是长江的发源地，也是印度洋水系和太平洋水系的分水岭。唐古拉山口海拔 5231 米，是青藏公路进入西藏的必经之地，山口处设有纪念碑和标志牌，游（路）人到此必下车拍照留念。

据西藏历史书籍记载，念青唐古拉山神是藏族神话中的"四大山神"之一、"世界九大山神"中的成员，也是北部草原众神的主神，被看作财富守护神和掌管冰雹的神灵，它的神力和担当，广泛受到藏族人的尊奉。在藏族民间传说中，这个俯瞰着青藏高原和守护着牧民们的山神，威猛的身躯透着金刚火焰，肤色白皙，面带微笑，"三目"发光，顶簪缠着白色长绸，骑着一匹有着天鹅般姿态的神马，马鞍上镶嵌着各种华贵的珠宝，左手持水晶念珠，右手高举装饰五色金刚杵的藤鞭，身佩白、红、蓝三色披风，显得英俊而威严。

传说，念青唐古拉与纳木错有着凄美的爱情故事。在传说里纳木错是一位碧如宝石、美如天仙的善女子，她和念青唐古拉是一对天造地设的恩爱夫妻，生活在美丽的藏北高原，相依相伴，形影不离。突然有一天，一场灾难打破了往日的平静美好。那天草原上狂风肆虐，万里冰雪，原来是"冬冥神"因念青唐古拉夫妇忘记了祭拜而降灾于人间，大雪一下就是七七四十九天，草原上的众生灵无一幸免。愤怒的念青唐古拉跟妻子纳木错告别后，就去跟冬冥神大战了，厮杀了三天三夜，念青唐古拉终因长途跋涉，饥寒交迫，力竭而败。

一天，美丽的少女羊卓雍，发现了血泊里失忆的念青唐古拉，羊卓雍一直守在他身边悉心照料。时间一天天流逝，两人也互生情愫，过了五百年逐水而居的放牧生活。直到有一天，念青唐古拉在山上放羊时往北遥望，突然看到一泓碧如宝石的湖面似曾相识，触动心扉，往日的回忆涌上心头，对纳木错的思念如江河奔涌。他飞奔下山，将过去如实告诉了羊卓雍，她虽依依不舍，含泪挽留，但最终还是没能留住念青唐古拉。

念青唐古拉策马疾驰，日夜兼程三天三夜，终于回到了家。此时，纳木错已将自己和五百年的泪水融成了痴情的湖水，念青唐古拉悔恨地将妻子纳木错紧紧拥抱在怀里，自己也化作了巍峨的山脉。他日夜怀抱着纯情贤淑的纳木错，发誓要在身边守护着她，直到地老天荒。

据藏传佛教资料记载，念青唐古拉还是布达拉宫的守护神，是密乘行者，也是莲花生大师伏藏的具誓护法。据说，念青唐古拉还曾向宗喀巴大师献过供养，发誓一生不弃不离清静的佛道，协助大师消除各种邪恶众生制造的障碍。

相传，念青唐古拉曾经是一个傲慢自大、喜欢展示自我威猛的山神。一次，他变成一条巨蟒，其头部足足伸向"吐谷浑"的疆域，尾部伸向"康地"，拦住了传教路上的莲花生大师。他又是降雨，又是降雪，甚至喷出雪瀑来阻挡大师的去路。他的伎俩哪能斗得过莲花生大师？大师用密法降伏了他的魔术，并说道："念青唐古拉山神，你现在是龙王尼里托嘎尔了。你现在就赶快回去，摆上坛城、供品，速速来迎请我吧！"念青唐古拉可是个桀骜不驯的山神，他哪里听得进大师的训言，于是逃入雪山宫中躲避。莲花生大师见状后施以火焰术，将冰雪融化崩塌，使山顶岩石裸露，念青唐古拉没有了办法，只好献出坛城和供品，并发誓遵从莲花生大师的教诲，并最终成为佛教的护法神。

就这样，念青唐古拉山神带着纳木错和360位随从，从山神皈依了佛门。

念青唐古拉山还是1990年第11届北京亚运会圣火的采集地。采集地点就在离109国道不远处的念青唐古拉山脚下，相信当时美丽的藏族姑娘达娃央宗采集火种的场景，还留在很多人的记忆里。现在在采集点处立着达娃央宗

念青唐古拉和山下经幡

手擎火炬的雕塑，供游人观瞻留念，也将念青唐古拉还有纳木错与北京亚运会紧紧地连在一起。这也说明了念青唐古拉山的神奇圣洁之处。

在美丽而辽阔的念青唐古拉山神周边大地上，随处可见五彩的经幡随风飘扬，尤其是纳木错扎西半岛旁边的经幡，数万条方形、角形、条形的五彩斑斓经幡迎风招展，它们被固定于门首、绳索、经幢、树枝上，在大地与苍穹之间飘荡摇曳，构成了一种

连地接天的崇高境界，令人叹为观止。而玛尼石与玛尼堆更是离不开人们的视线，举目之处一定能看到它们或卧或立于高原之上。在广大的藏区人们看来，这些都是连接着"天与地、人与神的纽带"。看神山很缥缈，观圣湖更现实，圣湖纳木错在藏地的传说中，是与念青唐古拉山神纠缠一生的伴侣，在这里每年都要举行盛大的"转湖节"，那才是一年中最蔚为壮观的时节。在藏族人们的心目中，转湖象征着信仰与虔诚。

因有念青唐古拉，藏南、藏北呈现给人们的是截然不同的景象。走藏南的川藏线"虽凶险，但见雪难"，而走藏北的青藏线"虽平坦，但四季当中的每一天都可能见到下雪"，而且由于经常下雪，使天地变得更加模糊，天想高而高不上去，地想低又低不下来，从而有了"念青唐古拉，伸手把天抓"的意境。此时，站在藏北高原上的人们就是最大的主角。这可能就是大自然的鬼斧神工，抑或念青唐古拉山脉横亘于西藏中东部的造化吧！

在我看来，念青唐古拉不仅是一座地理景观，更是一部蕴含着历史、人文、信仰、勇气和担当的史诗。它的壮丽景色、神秘传说和人文情怀，都在向人们诉说着自然的伟大和人类的智慧。

念青唐古拉，你就是"担当"的代名词！

父爱如山

坐落于西藏山南地区桑日县境内的沃德贡杰雪山，被藏族人民称为雪域高山之父，传说中很多知名的雪山，都与它有着"血缘"关系。

从县城驻地泽当镇到沃德贡杰雪山脚下，差不多50千米，约1个小时的车程。路上就能真切地感受到一座座雪峰霸气凛然地直插云霄，又似从天而降的宝剑锋刃，而一个个连绵不绝的峰顶积雪却终年不化，透着洁净与寒气。在山南，这就是雪域群峰千年不变的个性。

其实，沃德贡杰在西藏的雪山中真的算不上高，其海拔只有5998米，即便在山南地区也进不了前十，更不用说和七八千米甚至更高的山峰相比了。但就是这样，它隐藏在雅鲁藏布江北岸不远的群峰之间，却被尊称为藏地山峰的"始祖"，原因无他，能"生"呗。

在西藏民间传说中，沃德贡杰本是一位天神，且生育能力超强，甚至有说他在天界繁衍生子921个的神话，可谓惊天地、泣鬼神，凭他这一点就能使天界的神口"炸裂"。

天界的传说毕竟虚幻缥缈，而人间的传说人们更乐意相信。相传，在很久很久以前，世界刚刚形成，人类刚刚出现的时候，沃德贡杰雪山神就出现在了雪域藏地的雅鲁藏布江边。他身躯高大，性情温和，勇敢又正直，受到远近所有雪山神灵的敬仰。后来，他和神山巴拉俄桑结成夫妻，先后生下了9个儿女。儿女们在父母的精心养育和呵护下，健康快乐幸福地成长，一个个都继承了父母的德行，勤劳勇敢，忠厚善良，爱护生灵，体恤百姓，因而沃德贡杰及其周围地区年年风调雨顺，五谷丰登，牲畜也是膘肥体壮。这里也从来没有发生过什么战事、瘟疫、地震和饥荒等天灾人祸，广大黎民百姓生活在一个祥和富足的美好天地里。

正所谓"天有不测风云"，十年河东十年河西。后来，有一段时间，世间的时运发生了重大变化，许多佑护生灵百姓的神仙们返回了天界，到极乐的天堂里过舒服日子去了。于是，灾难和不幸纷纷降临人间，土地一年比一年贫瘠，庄稼一年比一年减产，自然灾害不断，牲畜感染瘟疫，百姓病魔缠身，人们的生活过得越来越艰难。

艰难困苦，玉汝于成。危难之中方显英雄本色，此时，雪山之父沃德贡杰毅然站了出来，他和妻子商量，决定派儿女们到雪域各地担任保护神，儿女们也是积极响应父母号召，欣然答应下来。当儿女们收拾行囊告别时，沃德贡杰语重心长地对他们说："现在你们就是雪域各地的保护神，家里的粮食和牲畜留着也没有用，分给你们带去，造福一方吧！我们年老体弱，只留下一点奶牛和黄牛就行了。"

沃德贡杰的儿女们不辱使命。多年以后，他们带去的粮食和牲畜都迅速得到增加和繁殖，广大藏族百姓重新过上了安居乐业的生活。

西藏那些耳熟能详的神山圣湖念青唐古拉、纳木错、雅拉香波、库拉岗日、玛钦邦拉……都是他的孩子。譬如，念青唐古拉所在的藏北牦牛繁盛；派到山南雅砻地区的儿子叫雅拉香波山神，后来成了西藏的粮仓；派到工布地区的工孜德姆女神，使其遍地盛产骡子和牦牛……在西藏，沃德贡杰神山派遣儿女所到的地方都有一个美丽的名字，都演绎出了一段传奇的故事，藏族人们对于他们赋予的恩泽，无不充满感激之情。

这些传说和故事，又将沃德贡杰衬托得更加神秘和传奇。我以为，神话故事更多的是演绎，但藏族的芸芸众生之所以把沃德贡杰称为"神山之父"，则诠释了它在西藏众雪山和藏族人们心目中的地位，也显示出藏族人们对它的尊崇和热爱。

沃德贡杰雪山

的确如此，沃德贡杰神山周围的群峰逶迤绵延，主峰更是巍峨壮观。向西北俯瞰沃卡大地，是一望无垠的肥沃粮田。向东南则是雅鲁藏布咆哮开凿的达古大峡谷和达古自然风景区。沃德贡杰这位慈父也有母性温柔的一面，这里有众多散落的温泉，治愈了藏族无数众生的身体，而这里流传的宗喀巴大师的故事，则治愈了藏民的心灵。相传宗喀巴大师在创立格鲁派之前曾在沃德贡杰修行和传法，传说山上的曲龙寺是由大师亲自主持所建，被认为是格鲁派最早的寺院，寺中目前还珍藏着留有宗喀巴手印和头印的石头，还有大师所骑牦牛的一只蹄印等圣物。在神山周围确实有许多历史遗迹、古老寺院、风景名胜和地质奇观，它们都在默默地见证和诉说着沃德贡杰的丰功伟绩。

沃德贡杰，就这样以父亲般的胸怀，在山南大地守候了千万年。自然的变化和历史的更迭，就在沃德贡杰山脚上周而复始地上演着一幕幕奇迹。仰望沃德贡杰雪山，它似乎少了大部分藏地雪山的雄伟，却透出一股秀气，它虽然没有咄咄逼人的寒气，却有着一般雪山所没有的灵气和霸气。它掸去身上的浮躁，纤尘不染地矗立于青藏高原大地上，诚如老父亲一般安详地守候在这里，注视着世间的沧海桑田。

沃德贡杰，你就是一位慈父值守与担当的典范！

探访俊巴村

在拉萨河汇入雅鲁藏布江的地方，有一个名为"俊巴"的村落，它是在藏族历史上，唯一一个世代以打鱼为生的村落，素有"天上渔村"之称。藏语里"俊巴"意为"捕鱼者"，而在藏族人民普遍因信仰原因而不食鱼的大背景下，作为渔村而存在的俊巴和俊巴人，总会让人忍不住产生想去探访的渴望。

充满着好奇，这一天我们终于走进了这个村落。俊巴村距离拉萨市区差不多 50 千米。出拉萨城沿着逶迤如画的拉萨河，一路向西直奔曲水县，大半个小时后车子从公路驶离，眼前是开阔的拉萨河谷。这里是拉萨河上的一个渡口，我们找块空地把车子停下，这时善良好客的藏族船夫主动上前打着招呼，我们有一起来的藏族同事当向导，与船夫沟通起来十分方便，说明来意后很顺利地坐进了牛皮船里。这已是我在西藏工作期间，第二次坐牛皮船摆渡过江河了，上次是在雅鲁藏布江上，坐牛皮船过江前往桑耶寺。在雅江上摆渡可是险要多了，当时的情景还历历在目，顺着湍急的江水摆渡到对岸，足足用去了半个小时。而拉萨河毕竟是雅江上的一个支流，即将汇入大江的它波澜不惊，显得温顺乖巧，我们的牛皮船不一会儿工夫就到了河的对岸。

下船后，我们雇上了一辆拖拉机"出租车"，这可是西藏的一大特色，我以前去桑耶寺时，坐的也是拖拉机。这个高原出租工具既方便又实用，运输成本和费用还低，根据路途远近，一般十来块钱就能运到目的地。就是节奏慢了点，这也符合西藏人的"慢生活"习惯，即使是追求效益的租车，藏族司机也是走走停停，赶路就像游玩一样，轻松愉快，其乐无穷。上一次我们从雅江岸边去桑耶寺，大约10千米的路用了一个多小时才到达。这一次我们从拉萨河南岸，沿着一条向西南方向的乡间小路，拖拉机师傅边开车边给我们讲着故事，他还时不时停车用手比画着，唯恐我们听不懂，一路伴着欢笑，同时欣赏着沿途风景，悠哉乐哉。沿途好一番藏区的田园风光，牦牛和羊群点缀于草原荒野之上，画红涂绿的藏式房屋星星点点地散落于土黄色的田野之间。不知不觉大半个小时过去，我们来到了俊巴村，这里离拉萨河南岸大约5千米。

俊巴村，曾经是一座被大江大山深锁的小村落。因处于拉萨河和雅江的交汇地带，不但水网密布，更有崇山峻岭，村落三面环山，一面临水。但这里可不是简单的水和山，而是世界上海拔最高的江和河，环绕其江河畔的，是一群海拔3600~5000多米的高峰。

没有人知道，俊巴人的祖先为什么会选择在这样一个地方定居，毕竟俊巴村落所属的曲水县，大部分区域是平坦的江畔河谷地带，又是连接拉萨与山南、林芝、日喀则地区的交通枢纽。虽然俊巴村的周遭都是通达富庶之地，但由于它所处拉萨河南岸的特殊地理位置，在没有桥梁和道路连接的年代，就是一块典型的

"交通闭塞"之处，走出大山，越过大河，与外界沟通的难度可想而知。

作为以打鱼为生的渔村，俊巴村在青藏高原上显得有些特立独行。有史料记载，虽然在4000年前的曲贡遗址，以及距离俊巴40余千米的贡嘎县，都曾发现过西藏先民"渔猎"的痕迹，但在之后很长一段时间内，藏族人们都是不打鱼、不食鱼的。于是人们不禁疑惑，俊巴为何与当时的常理相悖。

俊巴村流传的两大神话传说故事，也就是"鱼灾说"和"仙女说"，算是俊巴人为自己村落"为什么要靠打鱼为生"找到了答案。

传说，俊巴村江河交汇的独特位置，汇聚了天地灵气，这里的鱼类繁殖迅猛。不久，水域之中已经容不下更多的鱼了，于是这些鱼便生出翅膀飞到天上，渐渐地把太阳和月亮都遮蔽了，导致大地上的生灵得不到日月普照而慢慢消亡。天神得知这一情况后，下令守护此地的一位"圣贤"带领俊巴人，去消灭这些长出翅膀的鱼。经过九天九夜的鏖战，人们终于取得胜利，大摆筵席吃鱼喝酒庆祝。由于得到了天神的授意和认可，俊巴人从此可以捕鱼、吃鱼。

又传说，很久很久以前，吐蕃王得知了俊巴人打鱼吃鱼的情况，这可是触犯了"天条"，于是派兵围困村落。绝境中，村落里一位英俊聪明又果敢的年轻人在祭祀过神灵后，继续来到江边捕鱼，不料却捕上来一位美貌的"仙女"，仙女邀约年轻人一起去仙境生活。可年轻人不忘自己的责任，婉言谢绝了这个诱人的邀约，坚持留下来打鱼，想要拯救即将被饿死的村民。仙女被年轻人的所作所为打动，对年轻人说:"你心灵纯洁善良,感动了神灵。

这样吧，你把我送给吐蕃王吧，如此你们就可以过上世外桃源般的生活了。"年轻人照仙女的话去做了，吐蕃王终于开恩，收回了围困村落的队伍，应允了俊巴村民世代以打鱼为生。

传说再美也终究是传说。实际上，俊巴人选择打鱼，是由其独特环境决定的，这也应验了"一方土地养一方人"的定律。这里是被大江大河大山紧拥之地，耕地稀少，牧场匮乏，交通不便，打鱼其实是千百年来俊巴人唯一的生存方式。

俊巴人打鱼、吃鱼也有其历史原因加以佐证。在过去，由于俊巴村的特殊性，渔民们每年都要向地方统治者服长途水上货运的差役，主要是运送茶砖、盐巴、牛羊毛、杂货等。从拉萨东部的墨竹工卡县到拉萨或是山南地区的沃卡，在二三百千米的水路上都可以看到牛皮船的繁忙踪迹。而俊巴的村民们千百年来从事水运活动，这是他们唯一的"生计"，慢慢地吃鱼、捕鱼也就自然而然成为常态了。

在偌大的藏区，俊巴村居然能成为这个"西藏的唯一"，确实有站得住脚的悠久历史原因和一些非常有趣的故事，甚至充满了神话色彩。以前，藏族人是普遍不吃鱼的，在广大藏区，一直保留着"水葬"的风俗，因为在藏族人的心里，水中的鱼儿是仅次于天上的鸟儿的神灵，它可以将人们的灵魂带回天堂，而尊重乃至敬畏它们，也是世世代代藏族人的习俗。正是那些美丽传说和历史渊源及特殊环境，才造就了俊巴人捕鱼、吃鱼的独特生活方式。

俊巴村不大，共有 80 户家庭、370 口人，村庄的结构和其他藏族的村庄也没有什么大的不同。当我们一行走进白墙红顶的小村子里时，最醒目的是那些倚靠在墙上或是架在空地上的牛皮船

（也叫牛皮筏）。这是千百年来，俊巴人赖以生存的唯一水上交通和捕鱼工具，说得直白一点就是他们的"命根子"。这种牛皮船也是藏区最古老的一种水上交通工具，由于它简单、方便、实用，一直沿用至今而不衰。据说，制作一条船，需要四张牦牛皮，而且必须是公牛皮，它的龙骨数量都是固定的，只是龙骨的大小、长短要根据四张牛皮的大小长短来确定。

　　来到俊巴村，还有一个吸引我们眼球的地方，就是村民长期与水打交道，形成的以牛皮船为道具的舞蹈，也叫"郭孜舞"。"郭孜"是一种专属俊巴船夫的娱乐歌舞，"郭"藏语意为牛皮船，"孜"意为舞蹈，由辛勤的渔民们休息娱乐方式演化而来。舞蹈过程中，领舞者称为"阿热"，手执"塔塔"（五彩旗杆），唱着歌，跳着舞，

俊巴牛皮船和船夫

另外几位（一般是6~8人）舞者，每人背着重三四十千克的牛皮船，用同样的动作跟着"阿热"载歌载舞。正是"一人领唱，八方齐和"，一派和合谐氛围。大家动作齐整，用船桨击打船舷的"咚咚"声不绝于耳，既轻盈又凝重，不禁让人沉醉于民族舞蹈的特有魅力之中。据说，郭孜舞正在申报"国家级非物质文化遗产"，我们也期待它圆梦的那一天。

　　离开俊巴村原路返回，在拉萨河南岸的渡口处，看到路旁有俊巴人开的"渔家乐"小餐馆，恰好也到了午饭时间，我们便决定先吃饭再渡河回北岸。于是，我们吃到了一顿正宗地道的纯藏族渔家宴，主要是炖鱼、烤全鱼、炸鱼排，还有鱼丸子，这可都是拉萨河里的鱼。要知道，在拉萨或日喀则等城市里面，能吃到的水产品大多是从内地空运过来的，价格昂贵还不一定合口味，毕竟在西藏做海鲜等水产品餐饮不是他们的"长项"，但在俊巴村品尝雅鲁藏布江和拉萨河里的鱼，那可是独树一帜的，一定是别有一番滋味在心头。

　　我来到西藏后，无数次听到藏族人与鱼的渊源故事，也多次听说俊巴人与鱼的传奇故事，一直想慕名探访这个古朴村落。今天终于成行，了却了我的一桩心愿，俊巴之行给我留下了难忘印象。

玄秘的冈仁波齐

　　冈仁波齐和玛旁雍错，一座神山一个圣湖，她们也是我书写西藏的文章里面唯一没有到过的地方，可对我来说，这里神奇的传说和故事却始终不绝于耳。我与西藏同事聊天时，他们经常说到这两个地方，我为此掩饰不住内心的激动，虽然没能亲临她们一睹尊容，但一定要用我的方式把神山和圣湖呈现给读者朋友，让大家一起分享她们的玄秘与神奇。我通过藏族同事的介绍以及查阅有关资料，于 2004 年 "五一" 期间在昂仁县城，写成了《玄秘的冈仁波齐》和《神奇的玛旁雍错》。

　　在藏地，冈仁波齐峰被尊称为雪山之王、神山之首，她在藏语中意为 "神灵之山"，在梵文中意为 "湿婆的天堂"。她海拔6656 米，与云南的梅里雪山、青海的阿尼玛卿雪山、尕朵觉雪山并称为藏传佛教 "四大神山"。

　　冈仁波齐绵延于西藏阿里普兰县北部巴嘎乡岗萨村及周边，地处中、印、尼三国边境，素有 "阿里之巅" 和 "西藏第一神山"之称。她的东边是万宝山，西边是度母山，南边是智慧女神山，北边是护法神大山。这里的积雪孕育了 250 多条冰川，与圣湖玛旁雍错是亚洲四大河流的发源地。我们耳熟能详的狮泉河是印度河的上游；象泉河流入印度境内成为萨特累季河；马泉河是雅鲁藏布江的源头，进入印度后成为布拉玛普特拉河，在孟加拉国境内与恒河相汇；孔雀河则是恒河支流哥格拉河的上游。令人称奇的是，发源于此以动物命名的四条河流同时出发，却朝着不同的方向流去，行程数万里后又来到了同一个归属地——印度洋。这四条大河对人类的生存环境和文化发展产生了巨大的影响，冈仁波齐对人类的恩泽由此可见。

冈仁波齐峰是冈底斯山脉的主峰。冈底斯山脉位于喜马拉雅山脉以北并与之基本平行，呈西北—东南走向，全长约1600千米，西起喀喇昆仑山脉东南部的萨色尔山脊，向东延伸至圣湖纳木错的西南，连接念青唐古拉山脉。巍峨挺拔的"神山"既有气势磅礴之险，又有幽静肃穆之谧。终年积雪的峰顶，在阳光照耀下闪烁着奇异的光芒，夺人眼目，极具视觉冲击力和心灵震撼力。

相传，冈仁波齐峰拥有"扭曲时空"的力量。这样的传说，无疑给她又披上了一层神秘的外衣，也增添了浓重而玄妙的一笔。她的神秘色彩，终使"神山"至今都无人敢登上峰顶。

据说，许多朝圣者来次转山。各大教派都普遍认为，冈仁波齐就是世界的中心。一直以来，她都是当地各宗各派甚至世界各地信徒所供奉的神山。山的总体非常对称，而且轮廓分明。但是有一点却异常奇怪，那就是山的南面是"向阳面"，每天都能得到大量的光照，却终年积雪，丝毫没有一点融化的迹象。而在山的北侧，本是背光的区域，但没有什么积雪，地形却十分陡峭。山体的岩层图案也很神奇，一层一层的像是通往天上的阶梯，而两侧的山脊又将主峰一层又一层地包裹，从高空俯视，主峰的周围呈现出莲花一样的景象，"神山"的称呼也就由此而来。另外，冈仁波齐本身的名字也是大有来头，"冈"是雪山的意思，而"仁波奇"是转世者的意思，看她"怪怪"的名字就又增添了一份神秘。

根据一些资料记载，人们最早在1300多年前就开始崇拜这座"神山"，而冈仁波齐峰与纳木那尼峰（海拔7694米）之间，存在一对"阴阳湖"即玛旁雍错和拉昂错，这似乎在印证着"八卦"的含义。1999年，有一支俄罗斯的考察团队，听说了冈仁波齐的威名，便决定一睹她的真容，并探究她的奥秘。当他们兴致勃勃地来到冈仁波齐峰下，就感觉到此山峰简直就是一座巨大的金字塔！而随着逐步深入腹地，他们更加坚定了自己的判断。经过观察和推测，他们认为冈仁波齐的山顶，实际上就是一座金字塔，不过塔内是真空的罢了。为了进一步验证猜测，他们将

冈仁波齐

收集到的数据输入机器设备中进行分析计算，结果显示，这里相当于散落了上百座金字塔，还有散落的一些小型纪念碑。当考察队准备登顶进一步探究时，当地的喇嘛们奉劝他们不要这样，如

此是对崇高佛界的不敬，一旦方向稍有偏差，就可能进入密教的活动区域，后果将不堪设想，加上当时的天气极端恶劣，他们只好选择了放弃，然而，他们依旧经历了一些匪夷所思的事情。

考察团队发现，在登山的过程中，队员们自身在快速地衰老，自己的指甲和头发长得非常快，而且也能感受到皮肤明显的衰老。他们认为这座山峰肯定是"扭曲了时间"，而在攀登的途中，已经有四名队员相继死去，其他活下来的队员也在登山之后的几年内，因各种莫名其妙的疾病而离世。谁也说不清到底是为什么。但当时活下来的人还是感到庆幸，也不禁对喇嘛们肃然起敬，感慨幸好听从了劝告才免遭更大的灾难。这以后，让人们更加确信了冈仁波齐峰的玄秘，认为这座山会惩罚试图接近她秘密的人们。而神山可以扭曲时间，也深深地为人们所信服，为此，人们推断神山一定有一个巨大的磁场。藏族信众们一直坚信，朝拜和转此神山，可以得到神灵的佑护，并从神那里传承勇气和力量。

冈仁波齐之所以被称为"神山"，光靠具有"扭曲时空之能力"的说法，恐怕还是欠缺一定信服力的，这里面还有一些神奇的巧合予以佐证，我觉得可能对人们进一步了解神山会有所帮助和启迪。

最大的巧合是"世界轴心说"。冈仁波齐一直被传是宇宙之轴心、世界的中心和通往天堂的阶梯，还真不是空穴来风和一纸空谈。冈仁波齐是世界中心得到了地理数据的支撑。我们知道冈仁波齐峰的海拔是 6656 米，而此峰到英国的巨石阵、北极和百慕大三角的距离，都是 6666 千米，而和南极之间的距离，竟刚好是 6666 的两倍即 13332 千米。这不仅仅是巧合那么简单，如果仔细从世界地图上观察冈仁波齐峰会发现，墨西哥金字塔和埃及胡夫金字塔，其延长线则恰好经过冈仁波齐峰。这个与俄罗斯考察团队认为的"真空金字塔"不谋而合，这种巧合也实属太巧了吧。

不仅如此，冈仁波齐峰还处在世界闻名的复活岛和巨石阵的连线中间，它们的交叉点都在冈仁波齐这里。据说，当时德国为了扭转战场局势，曾派人专门到冈仁波齐，去寻找能够扭曲时间的方法。而相传这种扭曲时间的方法，就藏在这个世界的轴心中，这是不是又是一个巧妙的对应呢？

冈仁波齐峰的玄秘之处还在于，这里一直流传着"野人"的传说。1996年，中韩联合登山队在接近山峰的过程中，有一些惊人的发现，他们看到了疑似"野人"的洞穴，在洞穴的附近发现了大量的动物尸骨。经过询问，当地的藏族人非常肯定有野人的存在，而且表示野人在秋季活动更加频繁。于是，当时在冈仁波齐掀起了一阵寻找"野人热"，许多人参与对野人的探寻和研究中。可奇怪的是，最终只发现了一些可疑的毛发和巨大脚印，还是无果而终，但这也从另一面印证了冈仁波齐的神秘。

这些神奇的现象，相信终有一天会被人类的智慧破解，而抛开这些神奇和传说，冈仁波齐的确是一个美丽而梦幻的地方。时至今日，冈仁波齐作为各大宗教传说中的世界中心，每年都有无数信众前往朝圣、参拜，寻找神灵的佑护与内心的平静。我虽然不信教，可在西藏三年没能抵近这个玄秘的地方，对我来说也是一个不小的遗憾。人们都说"不到阿里，等于没到西藏"，我理解应该是"没到过冈仁波齐和玛旁雍错，就是没到阿里"。

依偎在冈仁波齐神山下的阿里普兰高原和羌塘自然保护区，是天界与雪山环绕的秘境，是雪域高原上的世外桃源。尽管这里的平均海拔达到 5000 米以上，生存环境极为脆弱，是典型的"生命禁区"和"世界第三极"，但这里却到处川流纵横，湖泊星罗，水草丰茂，不仅牛羊成群，就连极其珍贵的国家保护动物藏羚羊、藏原羚、藏野驴和野牦牛，世界特有珍稀而神秘的冈底斯猞猁和能飞越喜马拉雅的黑颈鹤、斑头雁，也把这里选为休养生息的天堂，不时可遇见它们的惊鸿倩影、曼妙翩跹。那抹雪域高原上特有的朝霞夕晖、光影丽彩，更是把所有来到这里的人熏陶得如痴如醉。

冈仁波齐，你是我心目中的神往之地，我将来一定创造机会去仰望你的容颜！

神奇的玛旁雍错

　　在世界屋脊的青藏高原上，距离阿里普兰县城东大约 35 千米的地方，有一个美丽神奇圣洁之处，她就是"玛旁雍错"。一眼望去，这个地方的四周都被大山紧紧拥簇着。其背后就是神圣玄秘的冈仁波齐峰，和她面对面而立的是高耸入云的纳木那尼峰，而在太阳升起的方向则是一排雄伟壮丽的山脉在环绕着，那就是冈底斯山脉，西南方向也是连绵的群山和雪峰。

　　玛旁雍错，在藏语里意为"永恒不败的碧玉湖"，湖面海拔 4588 米，面积 412 平方千米，湖水最深处达 70 米。她像一颗巨大的蓝宝石镶嵌在阿里普兰高原上。湖水来源于冈底斯及周边山脉的冰雪融水。这里自古以来被佛教信徒们看作圣地"世界中心"，是中国蓄水量第二大的天然淡水湖，也是湖水透明度最高的淡水湖。她与冈仁波齐是亚洲四大河流的发源地，被称为"世界江河之母"。

　　玛旁雍错与羊卓雍、纳木错并称为"西藏三大圣湖"。而与其他两个圣湖相比，玛旁雍错几乎没有任何商业化的运作，她显得更原始、更古朴、更纯净、更神圣，她被各教派和西藏人民称为"圣湖之王"当之无愧。湖的四周有成千上万的玛尼堆抑或遍地的玛尼石，很多地方是玛尼堆挨着玛尼堆，中间是猎猎飘扬的经幡相连，足见她在藏民心中的神圣地位。从一座座大小不一的玛尼堆处，远眺冈仁波齐峰和纳木那尼峰，神山、雪山、圣湖交相辉映，令人心旷神怡，如醉如痴，飘飘欲仙，超然世外。到了如此神奇的玛旁雍错，不禁试问："谁还想离去？"

据文献记载，四大江河之源指的就是"圣湖之王"的玛旁雍错及周边区域，其东为马泉河，南为孔雀河，西为象泉河，北为狮泉河。玛旁雍错最早名为"玛垂错"，在雍仲苯教中是"广财龙王"的名字，其更名源于11世纪在湖畔进行的一场宗教大战。结果，藏传佛教噶举派在与苯教的争斗中获胜，从此把已经沿用了很多世纪的"玛垂错"改名为"玛旁雍错"。一直以来，在人们的心目中，玛旁雍就是最圣洁的湖，她是雍仲苯教、藏传佛教、印度佛教等信徒们心中所有的圣地中最古老、最神奇、最圣洁的地方，她是人们心灵中尽善尽美、晶莹剔透的圣湖，是这个宇宙中真正的天堂。她是众神的"香格里拉"，万物之"极乐世界"，在印度佛教里面称她是"湿婆神的住所"。

确实，在西藏三大圣湖中，玛旁雍错没有纳木错海拔高、面积大，也不比羊卓雍错妩媚妖娆，但她却拥有如同冈仁波齐在一切神山中无可比拟的崇高地位。其神、其圣、其名，无不使得万千湖泊唯唯退避，甘当配角。这到底是为什么呢？让我们一起去追寻她的美丽传说，或许会从中找到答案。

在《玛旁雍错概说》中这样描述。玛旁雍错在诞生之前，曾有一位贤达国王，他在一次去往丛林的路上看到许多人生老病死的惨状，便求教于一同前往的他的活佛师父："这是不是应该由我来承担责任？"其师答曰："无须国王一人承担，苦难应属于所有的芸芸众生。"但看着可怜的众生就这么纷纷死去，国王不忍心，便向其请教何以化解。师父答道："唯有布施。"于是，国王下令修了很多房屋，并让所有贫苦受难者居住，为了让他们避难，还一下子提供了 12 年的住所和食物。其间，苦难百姓把烧饭时的淘米水倾倒在地上，久而久之，淘米水越聚越多，12 年的光阴之后，此地便成了一个湖泊，也就是现在的玛旁雍错。这也印证了圣湖自诞生之日起，就代表着慈悲与宽容。

一百年前的 20 世纪初，瑞典探险家斯文·赫定来到了玛旁雍错，这是世界上第一次有人对玛旁雍错进行真实探索并记录下来。他被玛旁雍错的神奇美丽深深震撼，激动地这样描述道："东方发白了，新的白日的先驱者遍视着群山，像羽毛一样轻飘的薄云变成红玫瑰色，湖面上的云影，使我们觉得在真的玫瑰园上面荡过似的……"

这从另一侧面验证了玛旁雍错在外国人眼里的神秘神圣色彩，她使国内各宗各教甚至国外宗教及友人们慕名纷至沓来实现愿望。传说，玛旁雍错周围有"四大浴门"，东为莲花浴门，南为香甜浴门，西为去污浴门，北为信仰浴门。佛教信徒普遍认为，这里的圣水能洗掉人们心灵上的"五毒"，清除人肌肤上的污秽。而藏区人们更是认为，湖水就是上天赐给凡间的"甘露"，饮用湖水，在"四大浴门"洗浴身体，必能消除各种疾苦，清除心中烦恼，甚至能延年益寿。因此，每年都有众多信徒来这里转湖和沐浴。

我记得曾经有人说过，"人在越是极限的地方和时候，他就越是干净，越是纯洁"。对玛旁雍错来说，她干净、纯洁得没有了人世间的纷纷扰扰，只有一路、一湖，一人、一叩。来到这里的人，无不感叹"西藏圣湖"之蓝，安宁与纯净，她不仅空灵生动，接近宇宙的奥秘，还有无边的丰饶与力量。在这里人们分明看见，最美的湖光山色，落日熔金，静影沉璧，晚霞与孤鹜同飞，秋水共长天一色。当你俯下身去，掬一把湖水，它一定是清亮深沉的。在玛旁雍错湖畔，可以让尊贵者变得谦卑，渺小者成就庄严。

玛旁雍错

千百年来，世界各地信徒到冈仁波齐转山朝圣时，每每都要先去玛旁雍错绕湖。他们认为，让清澈甘洌的圣湖之水洗涤身体和心灵的尘埃，是稀有珍贵的自然恩赐。这一活动逢藏历羊年最盛，在整个藏区有"马年转山、羊年转湖"的说法和习俗。

而在冈仁波齐和玛旁雍错是个例外，藏民们来转山转湖的除马年、羊年外，其他年份也是络绎不绝，他们哪能等上12年一个轮回，才来上一趟呢？

非常有意思的是，与玛旁雍错仅一丘之隔的咸水湖"拉昂错"，藏语意为"有毒的黑湖"，湖水呈深蓝色，周围没有植物、牛羊、野生动物，毫无生机可言，当地人称为"鬼湖"。据说，两湖湖底虽有暗河相通，却一个是淡水，一个是咸水；一个碧波如洗、清澈激滟，一个暗淡无光、死气沉沉。"一圣""一鬼"，仿佛正邪对立的两面，却又彼此相互依存，在这悠悠天地间，白云苍穹下，手挽手共度了千年岁月，这不正是大自然的神奇造化吗？

玛旁雍错之所以被称为"圣湖之王"，与四周密布着众多的庙宇不无关系，这正是圣湖羊卓雍和纳木错无法企及的。她的周围共有八座寺庙，转湖一圈通常需要四天时间，很多信徒转湖时自带帐篷和食物，天黑了就停下来歇息，第二天继续向前。同时，沿湖的"四大浴门"和八座寺庙也可以留宿。八座寺庙属不同教派，也各有特点，但有一个共同点，只要是来到这里的人，如需要帮助，他们是不分教派和贵贱的，在这里没有了"人群之分""贵贱之分"。在这些寺庙中，最知名的是"齐吾寺"，它坐落在圣湖西岸桑朵白日山椭圆形的山丘上，其建筑布局与布达拉宫同出一辙，素有"小布达拉"的美誉。相传莲花生大师曾来此降妖伏魔，并在寺庙所在山体的洞穴中修行一段时间。至今在山体的西南面，仍保留着莲花生大师修行过的山洞。

齐吾寺还是观湖观山的绝佳场所。天气晴好时，湖水碧波荡漾，白云雪峰倒映其中，秀丽风光一览无余。在寺庙的西北处可以清晰遥望冈仁波齐。齐吾寺下还有一个温泉，在寒冷的高原上，常年热气蒸腾，可供舟车劳顿的人们和转湖人沐浴洗尘。

玛旁雍错的湖盆有完整的内流水系，形成了类型众多且面积甚广的湿地生态系统，是青藏高原最具代表性的湖泊湿地。这里是许多珍稀鸟禽的栖息地，是它们繁衍生息的天堂。每逢春夏季，大量的斑头雁、黑颈鹤、红嘴鸥来此繁衍生息，群鸟集翔，生机勃发。同时，还是藏羚羊、藏原羚、藏野驴、野牦牛等西藏特有野生动物种群重要的休憩和迁徙走廊。

玛旁雍错的天空是碧蓝的，朵朵白云点缀着如同油画一般的圣境。在阳光的折射下，湖水就如透明的乳液，既有生生灭灭的流动质感，又有广阔无垠的空间深邃感。抬眼望去，那一汪厚重的深蓝，似乎能包容世间万事万物，而俗世间所有的风尘过往、苦闷烦恼，都犹如抽丝剥茧般逐渐散去……也许，这就是圣湖之水洗涤人们心灵的缘由吧。

玛旁雍错，你是我心目中的神奇圣洁之地，我期待着去拜访你的那一天！

柔情的纳木那尼

我们知道，喜马拉雅山脉全长约 2450 千米，宽在 200~300 千米，平均海拔达 6000 米，山势高峻雄伟，冰峰雪山林立，其中超过 8000 米的高峰有 10 座，超过 7000 米的高峰有 110 余座。我们通常所说的珠峰地区是在喜马拉雅中段，也就是日喀则地区亚东以西、吉隆以东 400 多千米的范围内。这里汇聚了 6 座 8000 米以上的高峰，即干城章嘉峰、马卡鲁峰、洛子峰、珠穆朗玛峰、卓奥友峰、希夏邦马峰，吉隆以西依次还有马纳斯鲁峰、安纳普尔峰、道拉吉里峰。另外一座在喜马拉雅山脉的最西段叫南迦帕尔巴特峰，位于巴基斯坦和中国边境线上。

在西藏阿里，人们耳熟能详的"冈仁波齐"是冈底斯山脉的主峰（海拔 6656 米），其金字塔般的山形玄秘而神圣，冰清玉洁，端庄肃穆。而"纳木那尼"也不简单，她位于阿里普兰县境内，海拔 7694 米，是喜马拉雅进入中国境内西段最高的山峰，其山形平缓优美，多条山脊呈扇形排列，数十座山头高低错落，雅致壮美。纳木那尼和冈仁波齐同在普兰县境内，但分处于两大山系，她们遥相呼应，属于两种不同的美。站在冈仁波齐峰下或玛旁雍错湖畔，仰望两座高山，白云苍穹，天地悠悠，犹如男性的脊梁，铁骨铮铮，勇毅刚强。而散落在山峰周围高原上的大小湖泊，则美如女子柔软的身躯，包容一切，融化心房。刚强与妩媚，相依相偎，相得益彰，极具视觉冲击力和心灵震撼力。

千百年来，当地人形容纳木那尼峰时，都会用到"雍容""慈祥"这类的词语夸赞。在藏语中"纳木那尼"意为"圣母之山"，也有很多当地藏族人称她为"神女峰"。一说纳木那尼峰，其实对于西藏以外的人们来说，绝大多数对其是陌生的，但她有一个非常优雅的身份，那就是"她是冈仁波齐的妻子"。在广袤的西藏大地上，藏族人更是这么认为和理解的，他们对此深信不疑，人们也因此认识了"纳木那尼"。

纳木那尼峰与分布在我国境内的9座8000米以上的高峰相比，确实算不上什么，可她正是因为有着柔美的一面，并且是传说中"冈仁波齐的妻子"而声名远扬，他们凄美的爱情故事更是给纳木那尼的影响增色加码。

纳木那尼峰方圆约200平方千米。她像是一位婀娜多姿的清纯少女，有着属于自己的完美线条，她的六条山脊线分布着数十座6000多米的山头，这些山头形态各异，万种风情，和大约100千米处的冈仁波齐遥遥相望。其山顶的云雾宛若白纱，衬托得纳木那尼深情又神秘。纳木那尼同时又是"多面"的，东边的山脊像是刀刃，陡峭险峻，其高度落差最大处2000多米，像是一位凌厉刻薄的女斗士，让人望后脚底发软；而她的西侧，整个山脊呈扇面分布，由北向南，坡度平缓，还有五条雪白刺眼的冰川在其中，冰面晶莹剔透，冰川裂缝棱角分明，又像是慈祥母亲微笑时眼角处留下的皱纹。

千百年来纳木那尼一直被当地人传颂着，说明她是有故事的山峰。相传在当地，喜马拉雅山脉和冈底斯山脉是当地的名门望族，而纳木那尼则是喜马拉雅家族中出类拔萃的一位女子，楚楚动人，贤淑善良又勤劳智慧。有一天她在放羊回家的路上，伴随着暖暖夕阳，竟听到不远处有人对着她唱着悠扬的情歌。顺着歌声传来的方向，纳木那尼找到了唱歌的年轻人——冈仁波齐。

两人一见钟情，于是她和他度过了一个美妙难忘的夜晚。第二年，冈仁波齐带着重礼到喜马拉雅家族求婚，迎娶纳木那尼为妻，开始了一段幸福的生活。婚后没多久，根据当地习俗，要隆重地举办赛马会以示庆贺，这除了冈底斯、喜马拉雅家族，还有昆仑山系、唐古拉山系的

纳木那尼峰

骑手也都参与进来。数百名骑手你追我赶，尽显技艺，而最为出彩的还数冈仁波齐，他凭借高超精湛的骑术最终夺得了桂冠。可正是这一荣誉却招来了麻烦，他因夺冠引来了一众姑娘们的青睐，年轻貌美的女子纷纷给他鲜花，就在他接受姑娘们献上的鲜花时，突然被一双美丽动人的眼睛迷住了，虽然这双大眼睛仅是一闪而过，但被击中的冈仁波齐始终无法忘却。

一天黄昏，冈仁波齐坐在湖边因思念而伤感的时候，却在不经意间从湖水中再次看到了令他朝思暮想的那双大眼睛。原来这个美丽妖娆的女子叫玛旁雍，是特提斯海龙王的女儿。公主的眼

睛像黝黑的宝石，头发像飞鸟的羽毛，衣裙像蓝色的珍珠一样闪烁，裸露的手臂像玉石一样白皙，全身散发出诱人的香气……而公主更是厌倦了海底的生活，甫一见面就喜欢上了冈仁波齐的魁梧英俊，便对他施展了所有的魔法和魅力。后来，玛旁雍和冈仁波齐常常在湖边幽会，坠入爱河不能自拔。

真正的爱情是忠贞不贰的，纳木那尼始终对丈夫体贴入微，爱之深切。刚开始她并未在意丈夫的每晚外出，可是一段时间以来，冈仁波齐在她跟前显得总是心事重重，郁郁寡欢。直到有一天晚上，她去寻找一只丢失的羊来到了湖边，却意外地发现自己的丈夫正在和一位陌生的女子相拥相抱。她怎么也不敢相信眼前的事实，顿时觉得天旋地转，心如刀绞。

纳木那尼可是一个贤淑聪慧的妻子，过后冷静下来，她还是想用自己的一颗真心来感动冈仁波齐，给丈夫一个悔过自新的机会。可此时的冈仁波齐却像着了魔似的无法自拔，无论纳木那尼怎么努力，都难以挽回丈夫的心。但她对丈夫的爱恋丝毫也没有改变，在极度痛苦中，她作出了艰难的抉择：出走，到娘家去，回到喜马拉雅山系的大家族中去。可是要通过当时的巴嘎尔大草原必须是在夜间，如果在黎明前还走不出草原，"黎明神"就会收去她的灵魂，让她还原成本样变作一座山。可是，正因为对冈仁波齐的恋恋不舍，纳木那尼在巴嘎尔大草原上一步一回头，最终没有在天亮之前走出草原赶回家，被还原成了白雪覆盖的山峰，孤零零地矗立在天地之间。人们为纪念她，就把此山取名为"纳木那尼峰"。

冈仁波齐发现了妻子不在身边，于是在去寻找纳木那尼时也被定化成了山形。此后只能与纳木那尼峰隔着巴嘎尔大草原对目相望，像是在召唤自己的妻子，又像是在向她忏悔自己的过错，诉说自己的悔恨。玛旁雍在冈仁波齐和纳木那尼中间化成了一面湖，就是今天的圣湖"玛旁雍错"。

海龙王的公主玛旁雍目睹了纳木那尼和冈仁波齐化作巍峨雪山，心灰意冷，悲痛欲绝，可她依然想把冈仁波齐的目光吸引过来，但醒悟了的冈仁波齐，不再理会玛旁雍的用心，只是默默忏悔，目不转睛地注视着因为自己的过错，而永远离他而去的爱妻纳木那尼。

受伤的纳木那尼柔情而坚贞，她回到娘家的大家族中，如同是在心爱的冈仁波齐面前袒露自己的灵魂，用受伤的柔弱身躯，去佐证这样一个让人叹为观止又可歌可泣的爱情故事。

我曾记得有一个话剧叫《琥珀》，里面有这样一句经典台词："所有的爱情都是悲哀的，可尽管悲哀，依然是我们知道的最美好的事。"看来爱情故事无论是喜是悲，人们应以知道它为美，它留给人们去思考的东西实在太多太多。而西藏阿里无疑是个神奇梦幻的地方，她总是在演绎着众多鲜为人知及史诗般的故事。

眺望希夏邦马

希夏邦马峰，藏语是"气候严寒、天气恶劣多变"之意，字面意思是"俯瞰草原的山"。它位于日喀则聂拉木县城西北，海拔 8027 米，在世界 14 座 8000 米以上高峰中正好排名第十四位，也是喜马拉雅山脉中唯——座完全在我国境内的 8000 米以上高峰，属于西藏已开放的 44 座山峰之一。她的东南方 120 千米处就是珠穆朗玛峰。

希夏邦马峰处于喜马拉雅山脉中段，也就是通常所说的"珠峰"地区，指亚东以西、吉隆以东的 400 千米范围内，从东往西排列着 6 座 8000 米以上的高峰。依次为海拔 8586 米、世界第三高的干城章嘉峰，海拔 8481 米、世界第五高的马卡鲁峰，海拔 8516 米、世界第四高的洛子峰，海拔 8848 米的世界之巅珠穆朗玛峰，海拔 8188 米、世界第六高的卓奥友峰，而希夏邦马峰则处于这个区域内的最西段。吉隆以西通常不再称"珠峰"地区，但依次还排列着 3 座 8000 米以上的高峰，分别是海拔 8163 米、世界第八高的马纳斯鲁峰，海拔 8091 米、世界第十高的安纳普尔峰，海拔 8167 米、世界第七高的道拉吉里峰。

希夏邦马峰是一处典型的群峰，由主峰和诸多卫峰组成了一个蔚为壮观的雪山列阵，气势恢宏。她由三个高程相近的姐妹峰组成，在主峰西北约 200 米和 400 米处，分别有 8008 米和 7966 米的两个峰尖。藏族人有许多神话和歌谣称颂她为"吉祥的神山"，主峰以东约 3000 米处为摩拉门青峰，海拔 7703 米。右当地人传说中希夏邦马峰是一位性格冷酷的女神，摩拉门青峰是她的丈夫，而在北侧一座叫野博康加的山峰则是她的情人。据说摩拉门青在与情敌野博康加的决斗中，砍掉了对方的头颅，自己腰部也中了重重的一刀，腹中的肠子流出来，形成了绵延的冰川。

希夏邦马是喜马拉雅山系现代冰川作用的中心之一，她最引人注目的是冰塔林，长达几千米，形态有冰塔、冰幕、冰墙、冰洞、冰蘑菇等，上游冰塔高 1~5 米，下游冰塔高达 10 米，而位于两者间的冰塔则高达 15~30 米甚至更高，构成了一座冰晶园林世界，雄伟壮观，实为大自然的鬼斧神工。而最引人入胜的是海拔 5000~8000 米的冰塔区，长达数千米，景象形态甚是奇异，宛若"冰晶园林"。但其上又布满了纵横交错的冰雪裂缝和时而发生的巨冰雪崩，尤其为登山者设置了难以逾越的障碍。

希夏邦马峰的北坡地势平缓，气候干燥，大部分是冰川作用遗留下的冰碛丘陵、平原和厚冰积台，并且分布着大小不等的高山湖泊，常有众多野驴、岩羊、藏雪猪穿梭其间。而南坡则多峡谷急流，其后温暖湿润，3000 米以下则竹林成片，有太阳鸟、长臂叶猴和喜马拉雅特有的小熊猫啸声呼号，给这里带来了无限的生机。

希夏邦马峰地形复杂，气温极低，危险性非常大。1964 年 5 月 2 日，中国登山队 10 名队员首次登上希夏邦马峰，标志着世界级 8000 米以上的极高峰，已全部被人类踏足。此后，已有 20

余个国家登山队和个人征服过此峰。据资料记载，攀登希夏邦马峰极其困难，到达顶峰之前的一道刀刃山脊上的雪层极不稳定，异常凶险。截至 2002 年年底，世界上仅有不足 200 人次成功登顶此峰，同时还有 19 人把生命留在了希夏邦马。2002 年 8 月 7 日，攀登希夏邦马峰的北京大学登山队的 5 名青年学子，在冲击顶峰途中遭遇雪崩，全部遇难，成为国人的痛。此后希夏邦马峰关闭了攀登活动，何时恢复不得而知。

我理解，世界诸高峰本身就是一个美丽的传说，她们一直以来都是那些追求极限挑战者的梦想，由此她们也是那些人类征服

希夏邦马峰

者的一个美丽传说。这么多年来，有数以千万计的人都以同样的心愿，来到高耸入云的众多高峰之下，试图去征服她们。当然，既然是挑战极限，那么失败的代价无疑会很大，最坏的结果就是失去生命。但这丝毫吓不退那些不畏艰险、勇于攀登、挑战极限的人们，从这个角度说，我感觉离希夏邦马峰再次开放的日子似乎不远。

对勇者来说，正是"越是艰险越向前"。据说，不用谈登顶了，就是徒步腹地深入观赏希夏邦马峰，要进入海拔从 4000 多米到 5000 多米的"无人区"，到目前为止，里面没有任何生活服务设施，需要行走在地势崎岖不平且气候变化无常的广大区域，完全没有

手机信号，一旦有事任何类型的机动车辆都因接不到信号而无法驰援，有极高的安全风险。专业登山团队都配有海事卫星电话等专用通信设备，而对于个人和"驴友"们，真的不建议贸然闯入，毕竟生命无价。

2003 年"五一"节后的一天，我陪同内地记者因工作需要，下午从昂仁县城出发，计划晚上住在定日宾馆。第二天去聂拉木和樟木镇。当我们驱车从县城沿 318 国道行程 60 千米后，从拉孜县城右拐向南转入 218 国道，奔着喜马拉雅的腹地"珠峰"地区而去。此时已是下午 6 点多（在西藏因时差原因，天黑要比我们山东大约晚 2 个小时，这个时间藏族当地人一般都说成是下午）。这时除一条无尽的公路通向前方外，两边全是荒野，再远处是巍峨的高山，海拔也越来越高，路上的车子也很少，不一会儿刮起了大风，蓝天白云不见了，取而代之的是密布的乌云，而且感觉就像包围了我们的车子一样。很快，漫天雪花飘落了下来，没多久视野里已是银装素裹。好在我们在西藏待得久了，这种景象已是司空见惯，但内地记者朋友还是很好奇，举起相机不停地隔着车窗拍着照片。为了保存他们的体力，尽量少耗氧，没再让他们下来感受"五月雪"。当我们赶到定日宾馆时已是晚上 8 点多钟，此时天已经完全黑了下来，简单就餐洗漱后休息，第二天还要早起赶路。

次日早 7 点从宾馆出发，此时天还未亮，真正天亮得到大约 9 点钟。我们沿着 218 国道继续向南行，不久到达定日边防检查站。办完手续后出检查站向南行程大半个小时后，车子转弯向西继续行驶，此时路上几乎看不到车辆，对面开来的车辆更是没有，路两边还是泛着黄的草场或草甸。这里的海拔在 4000 多米，昼夜温差大，并且风沙也大，草原还没有变成绿色。因天不亮我们也打不起精神，但心中盼望着一个惊喜的到来。很快车子似乎到了路的尽头，其实这里是一个垭口，也是个直角转弯。藏族师傅说，前面就是希夏邦马峰了，这里是过路人的最佳观望点。我们赶快爬出车子，欣赏我梦寐以求的那座神山。估计以后不会再有机会接近希夏邦马峰了，要抓住这难得机会和我的同伴享受此时此刻的美景。这时候已是早上 9 点了，天才蒙蒙亮，太阳尚未爬起来。

其实，在西藏赏景，尤其是观雪山，不一定非得追求"日照金山"，那样固然很美，可日出前的那一刻，沉浸在蓝调之中的雪山也一样美丽。因天已擦亮，尚未改变颜色的洁白神山是她的原色，正是"处子"一般的沉静，默默地等候着太阳的君临。此时，天际、雪山、大地浑然一色，和睦相处，万籁俱寂。我们忽然领悟：原来这里千万年来，每一天都是这样醒来的！

我们也顾不上高原反应缺氧了，赶快按下相机快门"抢镜"。此时远眺希夏邦马峰，正像一位傲慢的女神突兀地立在群山中间。她棱角分明，性格刚毅，因而看上去也更具强烈的压迫感。就算有温柔的白云轻轻飘过，不断来安抚她，也无法掩却这座 8000 米高峰的凌厉刻薄。

高原上的天气说变就变，我们几分钟以前下车还是好好的大晴天，刹那间狂风大作，翻腾的团团厚云，瞬间就把希夏邦马峰和卫峰一并吞没。那情景，甚至让我们感觉连留下个影像的机会都不给，神山真是富有戏剧色彩，这也正是她的神秘神奇之处吧！

此时的垭口温度低得可怜，我们冻得瑟瑟发抖，嘴唇剧烈打战。虽然是远眺，但毕竟目睹了希夏邦马的真容，留下了永恒的纪念。再见了，希夏邦马！我们赶忙钻回车里，一路向南奔着今天的目的地聂拉木和樟木而去。

格 桑 花 开

　　凡到过西藏的人，如果稍加留意，一定会被一种花卉所吸引。她看似再普通不过了，但她在西藏人们的心目中，却代表着坚韧、勇敢和不屈不挠的精神。

　　她，就是格桑花，又名"格桑梅朵"，藏语中格桑是"美好时光"或"幸福"的意思，梅朵是"花"的意思。因而，格桑花也被称为幸福花，象征着友爱、吉祥、圣洁，是藏族人民追求幸福吉祥和美好情感的精神寄托。

　　在西藏漫漫的历史长河中，格桑花作为一种精神谱系存在于藏族百姓心中，成为他们追求幸福吉祥的象征。她美丽而又娇艳，经常成为形容貌美聪慧的代名词。她喜爱高原的阳光，不畏严寒风霜，被视为雪域高原上生命力最顽强的一种花卉。她也是西藏首府拉萨的市花。

　　格桑花有着很多美丽的传说。据说古时候，格桑本来是藏族诸神中掌管人间疾苦和幸福的天神。由于人类的贪婪和无知，肆意滥杀草原上的生灵，激怒了上天，于是上天就派格桑天神来人间惩罚人类。格桑到人间以后却发现，长期的战争已经使这片大地没有了生机，到处瘟疫肆虐。于是，天神违背了天命，帮助人类战胜瘟疫，给人类以改过自新的机会。还有一种说法是，当时在藏区暴发严重瘟疫后，各部落首领想尽一切办法也无力回天。直到有一天，一位来自遥远国度的活佛途经这里，利用当地的格桑花问诊治病，说来神奇，竟度过了这场旷日持久的大灾难。但由于给百姓治病，这位高僧积劳成疾，不幸仙逝。人们由于语言不通，对活佛的唯一印象就是他嘴里常说到的"格桑"，也就是用来治病的植物。于是，为纪念活佛的功德，人们尊称他为"格桑活佛"。人类为了纪念拯救他们的天神和活佛，便使用人间最美丽、最幸福的植物，也就是格桑花来纪念他们。

另外，相传元朝蒙军入藏，西藏被划入元朝版图时期，蒙古人把翠菊种子从中国北方带到了西藏，从此在西藏生根开花。那个时代是西藏历史上继吐蕃王朝灭亡之后出现的空前盛世，被忽必烈赐为"国师"的八思巴那时缔造了辉煌的萨迦，并成功地使元朝皇室接受了藏传佛教，八思巴也成为元朝帝师。蒙古人传播过来的翠菊在寺院和很多人家种植，当时人们就把她叫作"格桑花"。格桑在藏语里完整的表述是"格巴桑布"，格巴意为"时代或世代"，桑布就是"昌盛"的意思，连起来就是"盛世之花"的意思。

还有一种凄美的传说。那是很久很久以前，在广袤的西藏大地上，所有的花都是同一个妈妈的女儿，这些女孩都生活在一个大家庭里。格桑花和雪莲花是一对孪生姐妹，后来因各自性格及长大后的目标不一致而闹矛盾分离，雪莲花选择去了高耸的喜马拉雅山脉地区。但她们毕竟是亲姐妹，格桑花在经过一段时间后非常想念雪莲花，便千里迢迢跋涉前往喜马拉雅山，去看望雪莲花。可是当格桑花到达喜马拉雅的时候，雪莲花已经被冰雪覆盖成了洁白的冰花状。格桑花伤心至极，便变成鲜花陪伴在雪莲花身旁，之后她们姐妹俩又永远在一起了。正是"乐莫乐兮心相知，痛莫痛兮生别离"。她们演绎了凄美的生死离别故事。

这些毕竟是传说，其实在西藏，有个现代版的格桑花的故事更具说服力，也富有感染力。这个故事始于一位藏族女孩的传奇经历。这个女孩名字叫格桑，她出生在一个普通的藏族家庭，从小她的父母就告诉她，格桑花是一种非常珍贵的花卉，代表着藏族人们的精神和文化。他们希望格桑能够像格桑花一样，坚强、勇敢、不屈不挠地面对生活中的挑战。格桑从小就是个聪明可

格桑花

爱懂事的孩子，她很快就学会了藏文和汉语，还喜欢唱歌和跳舞，父母希望她能够有一个幸福美好的未来。然而，不幸时常是难免的，命运对格桑进行了一场残酷的考验，她很无助，但别无选择，只能勇敢地去面对。

在格桑 10 岁的时候，她的父母因为一场意外双双去世了，格桑和她的弟弟成了孤儿，他们只能依靠亲戚和邻居的帮助生活。格桑的坚强也从此中体现出来，她自食其力，不愿意让自己的弟弟受到任何伤害。她每天都要去山上采集柴火和草料，每隔几天

还要去河边洗衣服。虽然姐弟俩的生活异常艰辛，但她从来没有退缩过、放弃过。五年后，格桑也长成了一个水灵的大姑娘，有一天她在河边意外地邂逅了一位汉族青年，他是一名内地来的志愿者，来此帮助西藏地区的贫困群众。一来二去，小伙子被格桑的勇敢和坚毅深深地吸引了，他开始和格桑频繁接触交往，帮助她和弟弟度过了许多困难的时刻。

然而，藏族和汉族之间存在着巨大的文化差异。他们的这段感情并没有得到当地人的认可，格桑的亲戚和邻居认为她应该找一个藏族男孩做丈夫。在当时的那种背景下，格桑作为一个没有父母的女孩子，她感到既无助又痛苦。但她知道自己是深爱那个小伙子的，可是她也不想让自己的亲戚和邻居失望。她开始思考，如何才能让大家接受她俩的恋情。有一天，格桑看到了一朵美丽的格桑花，聪明智慧的她想"要用这朵花为媒，来表达自己的心声"。于是，格桑开始在村子里种植格桑花，她每天都要上山去采集土壤和肥料，去河边取水浇灌种下的小苗。日复一日，她的努力终于没有白费，植物很快就开花了。格桑高兴地把这些花摆放在自己的家门口，让所有人都能看到。

人们看到格桑种植的格桑花后，都非常惊讶。他们从来没有见过这么美丽怒放的花朵，更没有想到格桑会有这么大的耐心和毅力。"人心都是肉长的"，他们开始重新审视格桑和汉族青年的恋情，也终于理解和尊重了他们的选择。最后，他们在所有人的祝福下结婚了。他们一生都一直坚持种植格桑花，希望通过这种方式，让更多的人了解和尊重藏族文化，让更多的人感受到格桑花带给人们的快乐。这个凄美的故事，虽然过程很艰辛，但结局是圆满的。

现在的广大藏区，处处可见格桑花的身影。不仅是户外，就是广袤的草原上和高高的山岭上，也经常能见到美丽的格桑花。在家庭和单位里盆栽格桑花更是司空见惯了。我在西藏的三年，宿舍里一直摆放着几盆格桑花，她给我的高原生活带来了无限生机，即使我冬天回内地，也一定要委托单位同事代我关照好。我的办公室窗台上也是常年摆满了格桑花，工作之余浇水赏花，既是乐趣又放松身心。

给我最大震撼的是，在拉萨的大街小巷，或者是进入寺院、林卡，抑或步入单位庭院，视觉的触角总是绕不开格桑花，她不愧是圣城拉萨的"市花"。当身处西藏，相信你一定会感受到，一朵朵格桑花，美丽而又娇艳，柔弱又不失挺拔。她不仅深受藏族人民的喜爱，也会让来到西藏的人都喜爱。

在此也特别要告诉我的朋友们，格桑花的花朵一般是有八片花瓣，也有极少的是九片花瓣，她的花瓣洁白如雪，花心鲜红如血，俨然就是一种神圣的存在。藏族人有这样一个说法，"不管是谁，只要遇见或是找到了九瓣格桑花，就是找到了一生幸福美满的答案"。在藏区，格桑花就代表幸福。

正像《幸福格桑花》歌词里唱的那样："世上最美的花叫格桑，花儿开在雪域高原上。那一天春风融化了冰霜，那一天阳光洒满了藏乡，格桑花儿微笑了，甜蜜的梦想自由绽放。格桑花就像幸福的仙女，迎着太阳芬芳地歌唱。"

格桑花，我因不经意间进藏援助工作，而荣幸地与你邂逅，并与你结下了不解之缘。正如藏族人送给格桑花的花语"吉祥、幸福；珍惜时光，怜取眼前人"那样，我也祝福你：格桑花，谢谢你带给我的快乐，扎西德勒！

行走尼洋河畔

那是 2002 年的初夏，我陪同央视经济频道的崔记者前往林芝地区。我们一早从拉萨出发，过拉萨河大桥后沿 318 国道一路向东，渐走渐高，两个小时后翻越了海拔 5013 米的米拉山口，继续往东就进入了尼洋河流域。

尼洋河发源于米拉山西侧的错木梁拉冰雪融化的几股涓涓细流，由西向东流淌，在林芝的八一镇汇入雅鲁藏布江，全长 307 千米。尼洋河又称"娘曲"，是林芝的母亲河，藏语意为"神女的眼泪"。它是雅鲁藏布江五大支流之一，这里野生鸟类众多，是黑颈鹤等鸟类的越冬地。

米拉山口西距拉萨 158 千米，东距林芝 248 千米，是 318 国道上的最高点。这里是雅鲁藏布江谷地东西地貌、植被和气候的重要界山，不但是西北边的拉萨河水系与东南面的尼洋河水系的分水岭，也是拉萨内陆性气候与林芝海洋性气候的自然分界。米拉山以西地区气候干燥寒冷，而以东地区温暖潮湿，植被茂盛，具有显著的地理分界特征。米拉山口处垒起了巨大的玛尼堆，布满了迎风飘扬的经幡，地上满是藏民路过时抛撒的"隆达"，也叫风马纸，是藏族人民用于祈祷平安和外出顺利的东西。

车子离开米拉山东行，开始进入了尼洋河流域，我明显感觉到路旁的山上渐渐有了绿意，与山西边光秃秃的山梁和草甸形成了鲜明对比。尼洋河里的流水清澈透亮，飞溅的浪花犹如洁白的雪花，山上、河谷的植被越来越密，树叶绿得发黑，呈现出一种黛色的美。河面上清澈、翠绿、洁白几种视觉效果纷纷攘攘、难分难辨地交织在一起。

尼洋河是一条有故事的河流。在西藏古代的传说中，尼洋河是神女流出的悲伤眼泪。这是怎么回事呢？原来相传很久以前，工布江达地区有个善良美丽的姑娘叫尼洋，一个偶然的机会，她与小伙念青唐古拉相遇相识了。那次见面后，没过多久两人就恋爱了，两年后他们的感情日益加深，如果一切顺利，不用多久两人或许就会结婚生子（女）。可事情远远没有他们想象中的那么简单，由于女方尼洋的家境不好，念青唐古拉的家长极力反对这门亲事，尽管尼洋在念青唐古拉的父母面前极力表现，想让他们给自己一个机会，可事情的发展与她的愿望背道而驰。

两年里，尽管念青唐古拉的父母反对，但两个年轻人相处得非常开心，也非常甜蜜。他们坚信，只要坚持下去，事情终究会好起来的。可是，尼洋却万万没有想到，事情又发生了重大反转，有一天，尼洋去念青唐古拉家找他，令她意想不到的是，她看到了让她崩溃的一幕，念青唐古拉竟然背着她，与另外一个女人在一起！尼洋不敢相信自己的眼睛，曾经那么爱自己的人，会背着她去约会别的女人。尼洋心碎欲绝，哭着跑回了家。从此以后，每当夜深人静时，尼洋便随着不眠的黑夜呜咽。一想起曾经的恋人、如今的负心汉念青唐古拉，一想起那份无法相触的爱和不能相守的情，尼洋的心就不由地坠落于思念的深渊之中，无法自拔。每当这时，心无所依的尼洋只能以泪洗面，久而久之，她的泪水就汇聚成了这条世界上堪称最美的河流。

行驶间，我不时望着窗外的景色，奔腾的尼洋河有力冲刷着河中的石块，河畔两侧的山峰随时都在变幻着自己的形态，有的横卧像猛兽，有的拔地如刀削峭壁。而举目远眺，又会看到层峦叠嶂的奇峰异岭，产生出奇妙的幻觉。

随着尼洋河的曲折蜿蜒，318国道也在千折百回。不知是路依着水，还是水恋着路，总之，二者相依相行，惺惺相惜。看着

中流砥柱

那流绿泛白的河水，看到那叠翠染黛的灌丛，眺望那分外妖娆的山峰，眸中这美不胜收的风景，让我不时地发出啧啧惊叹。

当尼洋河来到中游的高山深谷处时，河水开始有些焦躁不安，似乎是遇到了什么险阻，让它变得汹涌澎湃起来。猛然间，前方开阔的河面中间，一块巨大的石头突兀地矗立着，将咆哮如雷的河水撕裂成两股水流。藏族司机师傅赶忙说，这就是著名的"中流砥柱"了。我们即刻在路边停车，近距离感受这一波澜壮阔的场景，留下终生难忘的纪念。此处正是尼洋河上的第一大峡谷，河水在山

崖间穿越,经长途跋涉至此,又遇巨石挡路,其心情自然不会好过。当河水撞击到这块巨石之上,瞬间发出雷鸣般的声响,又琼飞玉迸地飞溅起洁白的浪花,那阵势如同飞花碎玉的壮美,尼洋河也由此而得"飞花碎玉"的美名。

趁着停车观景和歇息,司机师傅给我们讲述了一则故事。相传,此处常有水妖祸害人间,一位神女为了降服水妖,便把她修炼的宝座投入河中,从而镇住了水妖,保住了一方平安。尽管这是个美丽动人的传说,但眼前的"中流砥柱"奇景着实令人叹为观止。由于河中的巨石背靠神佛山,被当地藏人供为"守护神",每逢黄道吉日必到此烧香朝拜,以求吉祥平安。

我们继续上车前行,尼洋河也冲破各种阻力和障碍,终于度过了中游的峡谷地带,河面兀地一下子平坦开阔起来,水流也渐渐平缓下来。这时的尼洋河已渐入佳境,宽阔的水面更是翠玉般清澈,青山绿树清晰地倒映在水中,让人切实感受到大自然原生态的纯美。

沿途中,不时有一股股细流从山涧里涌出汇集到尼洋河中,使得河流更加充盈。河中、河岸浅滩上长满了茂密的灌木,泛绿的青稞和泛黄的油菜像地毯一样铺在河谷中。一顶顶牧民帐篷优雅地点缀在河滩上,不时飘出阵阵炊烟,白色的羊群、黑色的牦牛和睦相处,悠闲地低着头吃着草,牧童优哉游哉地哼着小曲。在这里,山与水、人与自然完美地融合在一起,使人不由得想起那童话般的世外桃源。

时间不知不觉又过去了两个小时,我们的车来到工布江达县城,这可是拉林之间最重要的县城了。我驻足路边静静观察,河边是由福建省援建的新县城,透露出些许现代化的气息,尼洋河泛着湛蓝透亮的波光穿城而过。这条雅江上的重要支流，不仅滋润了沿河流域的自然生态，也滋养着藏族同胞的生活，难怪当地人称它为"母亲河"。

工布江达是个有着传奇故事的地方。清乾隆年间，清政府将西藏的郡王制改为噶伦制，规定西藏的主要地方官为噶伦，受驻藏大臣及达赖喇嘛管辖。工布江达县城东不远的阿沛村，是旧西藏十二大庄园中的阿沛庄园所在地。阿沛家族历代多为噶伦，这里也是全国人大常委会原副委员长阿沛·阿旺晋美的故乡。我的好友庆斌同志曾经于20世纪90年代初，从张店来工布江达援助工作两年，因县城就在国道边上，我询问想到他曾经居住的宿舍探访一下，但是很遗憾，当时的平房宿舍早已拆迁改造成了二层楼房，无缘看到他当时生活的环境。

离开工布江达县城沿尼洋河前行大约一小时后，就将到达我们此行的目的地林芝。随着海拔的不断降低，一路的美景也在不断变化着。无论是在车内还是在路边停顿，举起相机随便一按快门，捕捉到的就是一幅山水画，美得让人心动、令人沉醉。尼洋河灵秀的河水跋涉300余千米，进入林芝驻地八一镇后汇入了雅鲁藏布江，给西藏带来了"不是江南胜似江南"的无穷的魅力。

尼洋河，我将来如果有机会一定要再次行走在你的河畔！

徜徉拉萨河谷

　　我进藏对口支援工作三年，每次到拉萨总有一种莫名的"冲动"，总感到是一种心灵的震撼，拉萨给我留下的印象可以说是刻骨铭心的。拉萨和西藏没有人们想象中的那么可怕，那么遥不可及，而这里的母亲河"拉萨河"更是令人向往，令我遐想。我一直想写拉萨河谷，直到我离开西藏前，才提笔写下了《拥抱拉萨河谷》。虽然这篇文章比《行走尼洋河畔》晚了近两年时间，但我还是乐意与此文联系起来，故我把它们称为"姊妹篇"。

　　拉萨河，藏语称为"吉曲"，意思是"幸福河""快乐河"。它发源于念青唐古拉山脉中段的米拉雪山附近，自东向西流淌，在拉萨市的曲水县汇入雅鲁藏布江，是雅江五大支流之一。在青藏高原的众多大江大河中，拉萨河是一条很普通的河，无法与气势磅礴、一泻千里的怒江、澜沧江、雅鲁藏布江相提并论，它甚至与发源于同一座山的尼洋河相比，也似乎缺少了很多灵气、绿意和雄壮，拉萨河两岸的山体就是最具说服力的"背景板"，河畔大多河谷、山体呈现出的是与尼洋河不一样的空寂和苍凉。

　　我在写《行走尼洋河畔》时，描绘到尼洋河与拉萨河是两种截然不同的美。这两条河都发源于米拉山融化冰雪淌出的涓涓细流，而米拉山是拉萨到林芝地区行程中的最高山，还是两地的界山，也就自然成了两条河流的分水岭，一条自西往东流向林芝，一条自东往西流向拉萨，但它们都最终奔向了雅鲁藏布江的怀抱。

拉萨河乍看上去平淡无奇，但它却是拉萨人民的母亲河，是拉萨历史的见证者。这条被拉萨人甚至是西藏人称为"吉曲"（因流经吉雄盆地）的河流，犹如一条天然无瑕的纽带，把一个古老文明的文化发展史尽显给世人。"吉曲"，从藏文字义上讲，指的是"心仪的河水"，清清流水，带给藏族人民的总会是一种涅槃的感觉。千百年不变的流淌，仍是年复一年、日复一日地透着明亮，散发出骄人的激滟，改变了吉曲河那份纯粹的飘逸。

在西藏，一个广为人知的美丽传说，诉说着藏王与拉萨河的邂逅。据说，松赞干布为征募士兵，带领几位大臣从山南日行夜宿，北渡雅鲁藏布江到了"吉曲"河边。盛夏的吉曲河两岸，悠悠白云飘浮在蔚蓝的天空上，阵阵花草的清香随风掠过，清澈的河水欢快地自东向西缓缓流淌，不时拍打着岸边的草木，时隐时现的绿树和灌丛映在河水中央，附近三座俊俏的山丘，在细柔的水流声中相伴凝视。这真是美妙非凡的景象，赞普深深地陶醉了，禁不住心怀激荡，脱去衣衫，跳入河中沐浴起来。

松赞干布突然生出一份冲动，他要把自己的宫殿迁移到这里，这份冲动，他认为来自天意。以后的事实证明，当时松赞干布决定迁都拉萨，必然形成了藏民族第一次人口最大程度的集中和生活方式的最大转变，后来也必然成就了藏民族第一次统一的政治、经济、文化共同体发展的实践历程。作为西藏的中心区域，无论地势还是风水，都犹如人工精心雕琢般依山傍

水。晶莹剔透的河
水，宛如华丽的蓝
色缎面轻轻地触摸
着这块神奇妖娆的
土地。正是这样的
河水、这样的谷地，
使得这片区域自古
就形成了独特的气

拉萨河谷

候和纯洁的美丽。当时藏族人们由衷地赞叹它的美，于是一个
闪亮的名字出现了："吉曲沃塘！"这便是拉萨都城建立的最初
名称。

自古有"一江春水向东流"的说法，然而神奇的吉曲河，竟
一反常态地自东向西流，尽显"任性"。而它临近的不高不低的
三座奇山，无疑是装扮这块河谷的别样风景。藏族人称这几座山
为玛波日（红山）、觉布日（铁山）和帕玛日（磨盘山）。吉曲
河谷群山缠绕，地势宽阔平坦，都城里更有红山、铁山、磨盘山
三山凸起，雄伟壮观。这是天然杰作赋予拉萨的灵气，也是上天
赐予拉萨人民的天然屏障。当1300多年前布达拉宫耸立在红山
上时，不仅宣告了一个民族建筑杰作的诞生，还验证了一个强大
王权的神威。

拉萨河不只有快乐，也有忧伤。从松赞干布迁都拉萨，到辉
煌两百多年后吐蕃王朝的解体，拉萨河谷见证了苦难的战火离别。
拉萨河谷在演绎不同时代悲欢离合的同时，也成了一个文化符号
深刻在每个拉萨市民的心中。因拉萨河承载得太多，以至于它的
每一滴水珠、每一片滩涂，都被附加上了很多的象征意义。

　　拉萨河谷的秋色，像水墨画一样的飘逸，韵味悠长，品之心情舒畅、心胸开阔。每天当太阳慢慢落山、夜幕开始降临时，无数市民和游人来到拉萨河畔，随着一排排路灯亮起，一束束五颜六色的灯光照得拉萨河中间的岛屿更加光彩夺目。那些色彩斑斓的灯光又倒映在河中，使河面波光粼粼，别有一番韵味。两岸的河谷成了拉萨市民的休憩乐园，每到周末或节假日，他们三五成群来到这里，搭起帐篷，围坐在草地上"打色子"，喝酥油茶，品青稞酒，带上各种西藏特色小吃，尽情享受灿烂阳光与闲情逸致。

　　正如才旦卓玛演唱的《美丽的拉萨河》那样："那不是天边飞来的孔雀，那是美丽的拉萨河，山巅金顶宫堡，河畔绿色的林卡，白云似的羊群，田野的篝火，给水面印上了缤纷的花朵。啊，我爱你，拉萨河！"

　　每次进出拉萨，拉萨河都是我前行路上的陪伴使者，尤其是从拉萨到曲水大桥的过程中，拉萨河总像条蓝色的绸缎在我的身旁紧紧相随。每次回忆起来，拉萨河就是萦绕我心头的那个倩影。而每当我回看当时留下的照片时，这条天上之河的绝美风姿总在脑际浮现。

　　在西藏的三年，我曾数次徜徉拥抱拉萨河谷。每一次相见的季节、天气、时间各不相同，但相同的是那份激动的心情。无论是春暖花开，抑或秋高气爽；无论是旭日东升的清晨，还是夕阳西下的黄昏，拉萨河谷总是那样的清澈俊俏。即将告别拉萨，告别西藏，清晨从住处"打的"，最后一次来到了拉萨河的岸边，与它算是"握手话别"。此时的时光已进入五月，山巅的积雪已基本消融，厚厚的云层将清晨的蓝天尽数遮掩，只有旭日升起的光亮映衬在了云雾间。而倒映了这一幕的拉萨河，在清晨的宁静中显出了一丝离别的凄楚与苍凉。东眺隐约可见的拉萨河大桥，它还是勇士般地巍巍屹立于晨曦之中，似乎也在默默地与我挥手告别。

我站在河边转身仰望，布达拉宫在晨曦中更显庄重华丽。我此时彻悟，拉萨河就是布达拉宫沉睡的河床，拉萨河谷的阳光便是布达拉宫世世代代最透亮的那面镜子，它记载着历史的沧桑，倒映着布达拉宫的前世今生。原来，拉萨河与布达拉宫是不弃不离的兄弟。

拉萨河，快乐的河，幸福的河。它用自己的独特方式，承载着所有的快乐和忧伤，也诉说着一个个动人的故事。它千百年来不卑不亢地滚滚流淌，为无数人的生命里注入了旷远诗意。

珠穆朗玛后花园

当读者朋友看到这个题目时，可能会浮想联翩，是谁会加冕如此悦耳动听的称谓？我给大家揭晓答案，这个地方就是"吉隆沟"，一个外界鲜为人知的美丽秘境。

吉隆沟，是喜马拉雅处于日喀则地段的五条沟之一，它位于西藏的西南部，南面与尼泊尔毗邻，北面和西面与萨嘎县相邻，东面是聂拉木县。从我工作的昂仁县到吉隆县，一般先走318国道，到希夏邦马峰大本营附近的岔路口时，一路向西再折向南100多千米后进入吉隆镇。或者从聂拉木县城返回时，到达希夏邦马峰标志牌的路口处，从这里离开318国道一直向西，很快便进入吉隆县境内。我曾于2003年"七一"前到聂拉木考察工作，难得来一趟，正好顺路走的这条线，有幸到吉隆沟走一走、看一看。

吉隆沟是日喀则五条沟中最靠西，也是最深的一道沟。从海拔4300米的吉隆县城所在地宗嘎镇起，经吉隆镇一路南下，下降到海拔仅有1800米的热索村，沟谷全长93千米，底部就是吉隆口岸。沟内生机盎然，绿色葱茏，有动植物数百种，享有"西藏最后的秘境""珠穆朗玛后花园"的美誉。

据史料记载，4000多万年前，喜马拉雅地壳的变迁是以"撕裂"的形式完成的，吉隆沟正好发育在被撕裂的断层中，成了一条又深又长的沟谷。它与弯曲深邃的陈塘沟、悬挂斜坡的樟木沟不同，形状基本上是笔直的，就像被一副巨大的犁沿南北向瞬间铧过，两侧几乎垂直的山涧就是其翻开的岩浆土石堆砌而成，其边沿至今还保持着锋利的"刃"。其蜷曲的底层、锋利的切线、狰狞的地貌，处处显露着山体被无情撕裂的"痛苦表情"。如果不是吉隆县城北侧马拉山的凸起与阻挡，喜马拉雅很可能就会被吉隆沟给彻底"切穿"。

吉隆沟的地质结构北高南低，马拉山的海拔虽不算高（5380米），但它却是沟谷北部的起点。"吉隆藏布"是吉隆沟内动植物生命和人民生活的源泉，它从海拔4300米的吉隆县城旁边穿过，沿着大峡谷经过70千米的跋涉，到达海拔2800米的吉隆镇，这里是吉隆沟的核心区域。再经过23千米就到了中尼口岸与尼泊尔隔河相望，这里是海拔1800米的热索村，吉隆藏布与东林藏布汇流后进入尼泊尔境内。

这段93千米的沟谷和河流，一头高悬在冰雪皑皑的世界屋脊，一头低垂在四季如春的亚热带山谷，前30千米是高原峡谷，一路上遍布黄色、褐色、棕色的悬崖峭壁，面目狰狞；后60多千米则峰回路转，雪山环绕，飞瀑跌宕，花木繁盛。置身其中，森林郁郁葱葱，可以感受到这里是野生动物的天堂。无论是坐车还是徒步，经常可见在树梢上跳跃着特有的喜马拉雅长尾叶猴。这里更有在草丛枯木中穿行的棕熊、野猪、猞猁、恒河猴，还有在雪线边缘出没的野生岩羊、高山雪豹等。遗憾的是，这些人们用肉眼是很难看到的。在吉隆沟里，形成了"一沟呈四季，十里不同天"的奇丽壮美的自然风光。

这是我在西藏三年时间，唯一一次从聂拉木借道拐弯过来，到达时已是傍晚，只好夜宿吉隆镇了。吉隆镇的海拔比"西藏小江南"林芝八一镇还要低，很多人盛赞林芝的鲁朗是"东方的小瑞士"，而在我看来，吉隆沟的美一点也不逊色于鲁朗，它更像是一位美丽害羞的少女。只是能够来到这里的人实在是太少了，缺乏对它的认知而已，无缘揭开它神秘的面纱。凡是涉足这里的人，都会赞不绝口地说"遇上了真正的世外桃源、人间仙境"，难怪藏族人称这里是珠穆朗玛的后花园。

当清晨拉开宾馆住处的窗帘，外面的世界把我彻底惊呆了。我的视角所触之处，都是一派温暖的色调，仿佛梦境还未苏醒。

吉隆沟

因吉隆沟周边雪山环绕，此时最震撼人心的是"日照金山"。初升的太阳最先照耀在高耸入云的巍峨雪山上，朝阳将洁白的雪峰染成了金色，在云层中若隐若现，雪山被朝霞映照得那种红无法言表，这时真感到了词汇的苍白无力。我庆幸遇上了如此绝美的胜景，真乃此生无憾啊！

传说，8世纪后期，也就是1200多年前，莲花生大师入藏时途经吉隆沟，曾在此住宿歇息几日。大师被沟谷的美景深深吸引，赞叹不已，在临走之时，欣然命名为"吉隆"，于是吉隆之称遂流传至今。千百年来，吉隆沟历史风云漫卷，官道、商道、战道与佛道"四道合一",也是中国与外来文化和外来文明之间密切交流与荟萃之地。作为蕃尼古道上的重要驿站,印度来传教的莲花生大师自不必说,尼泊尔的赤尊公主也是自此入藏与吐蕃联姻,大唐的传奇使节王玄策到此见证过,据说就连曾经的香格里拉探险发现者也曾误入过这里,故吉隆沟也有"香格里拉第二"的说法。这里无论是历史价值还是地理位置都至关重要,素有"一条吉隆沟,半部西藏史"的美誉。

大自然的神奇魔法,往往只需一道沟壑、一条河谷、一座高山,在不经意间便可改变当地的地貌与气候。要知道,从这里再往西,印度洋的暖湿气流越发稀少,已无力再沿着山谷挺进。由此往西,"沟"实际上就是纯粹的山谷了,像吉隆沟这样温暖湿润的地方就见不到了。

而我们昨天日落时分到达吉隆沟时,见到的又是另一番景象。阳光从一座座山后慢慢退去,空中只留下山体映衬出的巨大光影,夕阳下,倔强的雪山试图强留住最后一丝暮色,正如今天晨曦中,山峰争先恐后得到第一缕阳光的照耀一样。最美的时刻总是短暂出现在朝夕光影之中,这也是最值得人们回忆的瞬间。

吉隆沟给人最大的惊讶在于造物的神奇,竟然会让四季并存在这么狭小的一个山谷里。峡谷里绿树成荫,繁茂似锦。长叶松昂首云天,亭亭玉立;长叶云杉干形笔直,小枝柔细,如同垂柳。藏红花、天麻、贝母、红景天、苦黄连等数十种药材也分散其中。四五月五彩缤纷的杜鹃花,也把这里装扮得万紫千红,婀娜多姿。恬静的小村庄被绿树鲜花环抱着,不远处能清晰窥见云雾缭绕中的雪山。

说起小村庄,不得不提一件趣事,那就是这里有"最年轻的中国公民"的故事。很早以前,有一部分"达曼人",他们原属尼泊尔人的后裔,迁徙到了吉隆镇一带,据说至今已传续到了第七代。这群人是吉隆镇最年轻的中国公民,现已被确定为藏族的一支,正式成为西藏大家庭的成员。之前的200多年里,"达曼人"零星地散居于吉隆沟谷的几个小村落,因为没有国籍,没有土地,没有固定居所,长期在中印、中尼边境周围游弋和生活,而且适应了中国西藏的生活环境。

据媒体报道,在我们来吉隆沟的一个多月前,确切地说就是2003年5月26日,中国政府已接纳他们为中国公民,并投资为他们建设了达曼新村。当时达曼人数为184人,已繁衍到第七代,成为中国的合法公民了。加入中国国籍后,相信他们的生活生产条件一定会越来越好,估计第八代达曼人降生的日子不会太远了,他们将会成为藏族家庭中的"新生代"。达曼,意为"古代骑兵的后裔",多数人以打铁为生,当地藏族人称他们为"铁匠"。一个擅长打铁的民族,由衷希望他们把这一传统手艺传承下去。

吉隆沟,不愧为"珠穆朗玛后花园",它如同一块未被开发的处女地,原始自然生态保持极其完好。这里的雪山、冰川、草原、湖泊、动植物,还有淳朴善良、勤劳好客的人民,不经意间就会将人们的魂魄勾走,使人在超然物外的秘境中飘飘欲仙,物我两忘。

这种物我两忘的境界,只有到了这里的人方能体会得到!

悠哉乐哉朗玛厅

　　"朗玛"是藏语音译，原是西藏贵族上层阶级欣赏的一种宫廷歌舞。随着社会发展、物质文化进步和人民生活水平不断提高，近年来，朗玛厅成为西藏流行的一种文化消费时尚。在林林总总的娱乐场所里，朗玛厅以其浓郁的民族特色和丰富优美的演出节目，为藏族人民特别是到西藏游玩的中外人士所喜爱，一饱眼福甚至亲自参与一下成为很多外地人的向往。"到西藏不到朗玛厅去聚一聚是一大遗憾"成为时下流行的一种说法。

　　随着昂仁县城规模的扩大，人口的增加，居民对消费文化的追求也逐渐提高，夜总会、藏餐厅、茶座、朗玛厅等娱乐场所悄然落户县城，其中有一家较大规模的朗玛厅格外引人注目，算得上是昂仁县的新生事物。身临其境定会为浓浓的民族风情所感染。我曾应邀去过几次，在那里，同藏族同胞一起载歌载舞，开怀畅饮，一切烦恼和孤独都被抛到了九霄云外，疲惫的身心也得到了慰藉。

　　县城的这家朗玛厅虽无法与拉萨、日喀则的朗玛厅相比，但布置还是非常考究的，厅内的墙壁上画着风格迥异的藏式风俗画，屋顶画有旋转法轮等吉祥图案，厅正前方的舞台闪烁着五彩的灯光，舞池在台上，一台多用，这与大朗玛厅里的格局有所不同。大厅中是五六排藏式的木床，相当于内地的大沙发或连椅，配有最具传统特色的卡垫加靠垫，木床前面摆着图案色泽都很古朴的藏式茶桌。几名女服务员看上去很年轻，长得也标致，穿着统一定制的藏裙，挺上档次。

西藏昂仁的时差与我们山东大约相差两个小时，朗玛厅的歌舞晚会开始得很晚，大多在10点钟以后，一般要持续到凌晨4点左右，遇上兴致高的"酒家"和"玩家"不愿离去，就通宵玩耍。我们落座后，服务员彬彬有礼地端上啤酒、青稞酒、饮料、酥油茶和小吃。在朗玛厅里其实没有什么菜肴，一般是几种带壳的小吃，通常是喝啤酒和青稞酒，来客可谓是"豪饮"，服务员每上一次啤酒都是以十听或几十听为计量，青稞酒更是用大壶和大碗。几个藏汉同事和我频频碰杯，都是一饮而尽，边喝酒边聊天，聊天时一定要把耳朵贴近对方的嘴边，才能大致听清对方在说什么，看得出大家非常开心。

藏族朋友劝酒无须什么理由，端起酒杯一碰即喝，这也看得出他们朴实豪放的一面，不一会儿我已有了几分醉意。这时报幕员才登场，真正的歌舞晚会总算拉开了序幕，各种丰富多彩的节目，无论是传统的还是现代的，都让人眼花缭乱，兴奋不已。刚开始时的节目都是由专业演员（朗玛厅雇佣的）表演，他们穿着统一制作的藏袍、藏裙轮番上阵，边唱、边跳、边弹，不时赢得台下热烈掌声和喝彩声。虽然他们表演的是藏歌藏舞，但场上的气氛却使每个到场的人无法不融入其中，深受感染。时间不长，有些朋友靠着酒精壮胆跃跃欲试，登台一显身手。在朗玛厅唱歌是不收钱的，无论唱得好坏也都能赢得喝彩，赢得场下人献上的哈达。置身朗玛厅里，犹如畅游在欢乐的歌舞海洋里，又像是在淳朴好客的藏族同胞家里做客。在这里，无论男女老幼，不分藏族和其他民族，只

朗玛厅

要感兴趣，都可以无所顾忌地表演一番，没有人取笑你，认识不认识都互相敬酒是再平常不过的事了。人与人之间在这里没有距离，没有戒备。

有两个一道来的藏族青年十分活跃，不仅频频劝酒，而且不断展示歌喉和才艺，并邀请我同台表演，我借着酒劲也兴奋地同他们合作了几首藏歌。好在他们唱得不错，也避免了我过于尴尬。一晚下来我居然收到了 30 多条哈达，不过我也不能吝啬，买下 30 条哈达也献了出去。在朗玛厅的消费主要是啤酒、饮料和哈达（一条 5 元）。当然在朗玛厅里对哈达的使用没有那么规范，毕竟这种场合是以娱乐为主。因此，收到的哈达也可以再献出去，买下的哈达也可以重复使用、轮流使用。这是西藏娱乐场合消费的一个独有特点，但不管怎样，这种纯市场行为的娱乐活动，只要开心就足够了。

夜深了，按照内地的娱乐习惯该休息了，看得出几位藏族同事送我回宿舍时意犹未尽。朗玛厅前的霓虹灯仍然在悠扬的舞曲中闪烁，歌声依然轻柔地回响在县城的夜空中。

难忘"八一"行

都说林芝地区有"西藏江南"之称，而其驻地八一镇更有"小香港"之美誉。一睹她的"芳容"是我向往已久的事。

带着考察植被和绿化的任务，我与几位同行有幸走进了这块神奇的土地。

七月下旬的一天，我们从昂仁县出发夜宿拉萨，第二天一早踏上了赴林芝的漫漫长路。过拉萨河大桥，车子在艰险的川藏公路上小心悠闲地行进，刚过9点钟，西藏的天已是骄阳似火，好在心中装着一个美丽的梦要去追寻，才减轻了一份闷热与焦躁。大约两小时后，路过海拔5020米的"米拉山口"时，却突降大雪，漫山遍野成了银色世界，我们在山口处抢下了夏季飘雪这一珍贵的镜头。翻过米拉山，车子开始缓缓地下沉，可能是前几天雨水冲毁了道路，我们看到无数解放军官兵正在冒风雪抢修，顿时对他们肃然起敬。正是有这些高原卫士的无私奉献，才保证了进出西藏大动脉的畅通无阻。过了中午时分，我们到达工布江达县时，已明显感觉到了一丝江南气息，海拔也从拉萨出发时的3650米下降到了3000米左右。沿途风景开始变成一幅美丽的"油画"，一路的苍松古柏、奇峰庙宇、雪山美景、珍禽异兽、名贵药材等，把我们带入了一片惊险、奇美的境地。绵延400多千米的独特风景线在我的眼中分明已经赛过了"江南"。

到达林芝已是下午4点多，顾不上路途疲劳，我们急切地畅游于扑朔迷离的人间仙境中。八一镇是林芝地区的驻地，海拔约2900米，是门巴族、珞巴族等少数民族的集中聚居地，民俗风情迥异。美丽的尼洋河从这里潇洒地流淌而过，它是雅鲁藏布江上一条较大的支流，不久在它的河滩平坝上将建起林芝机场，形成进出西藏的又一条重要空中走廊。从八一镇向南约80千米就进入世界最大的峡谷——雅鲁藏布大峡谷，巍峨的世界第十五高峰、海拔7782米的南迦巴瓦峰就矗立在峡谷大拐弯的内侧，与它隔江对峙的是海拔7294米的加拉白垒峰。

八一镇四周其实就是一个原始大森林，不过在这个森林中每天可享受到"四季不同天"的气候。在这里，面对茫茫原野的微笑，人们仿佛置身于超凡脱俗的仙境之中。朴素的高原柳以它坚贞的品性，在河滩、在路旁、在山峦、在溪畔，或挺或卧或直或斜，它把生机与苍凉裁剪得栩栩如生，富有灵性。连片的苍松翠柏酷似常年驻守在雪域高原的一代又一代戍边军人，在忠实地坚守岗位，默默奉献。特别是林芝巨柏自然保护区，是一片完整的巨柏纯林，有的树龄已长达2000余年。在距八一镇约6千米的巴结村北山坡上生长着一棵"世界柏树王"，树龄约2500年，合围18米，树高达50多米，有西藏"活化石"之称。远处山巅的冰雪放射着光辉，足下的溪水汩汩流淌，周而复始。山涧、路旁、足下，红的、白的、粉的花儿似妙龄少女招人喜爱。此情此景，烂漫芬芳像厚积的白云，灵性摇摆像浩渺的霞波，轻盈跳动像泼墨的油彩一般，令我眼花缭乱，飘飘欲仙。

八一镇的夏日，就像用雪山圣水洗过一般清新爽朗，风光旖旎。湍急清澈的河水酣畅淋漓地游动，去约会奔腾不息的尼洋河，去拥抱雅鲁藏布的大转弯。野花丛中，蝶飞蜂舞；灌木丛里，蘑菇洁白细嫩。山苍，树老，苔深，溪绿，鸟语花香，泉声脆响，黛色的原始森林和古老的高山雪峰相依相衬，绘出无与伦比、美轮美奂的壮丽画卷。

夕阳西下，从远处雪峰间射出的阳光，像扇面一样投到这片旖旎的土地上。一缕缕云雾，伴着尼洋河的涛声升起，在峰脊与雪冠间稍事停留，旋即融化在蓝天上。黄鸭、斑鸠、天鹅、鹰雀等飞禽欢快地嬉戏。斑斑驳驳、绵绵曲曲的山峦上，沉甸甸的苹果、野桃、核桃

林芝八一镇

压弯了枝头。岗峦、飞流、林海……一切都笼罩在神秘莫测的氛围之中。

天空变得低暗，山峦变得凝重，让人平添一种肃敬之情。"八一"迷人之处在于她的自然、古朴、秀美、圣洁，投入她的怀抱，需要用心去品味，去领会，去体验，去感悟。

地球之巅下的庙宇

在珠穆朗玛峰脚下，有座庙宇叫"绒布寺"，亦称"龙布寺"，全称"拉堆查绒布冬阿曲林寺"，藏语意为"谷脑寺"，是世界上海拔最高的寺庙。

绒布寺，位于西藏日喀则地区定日县巴松乡境内，因附近的绒布沟和绒布冰川而得名，是藏传佛教宁玛派寺庙。寺庙修得这么高，据说是为了清静，方便修行。

据史料记载，在吐蕃王朝时期，莲花生大师于8世纪初离开吐蕃，到古印度去研教学法达12年之久，之后又从古印度回藏传法。传说，途经珠峰圣境时，在倾斜的山坡上觅得一个小山洞，他认为此处清幽静谧，于是躬身而进，自此在里面潜心修行，并在107天后涅槃飞升。据说大师飞升时在修行的山洞石壁上还留下了手印与脚印。后人为纪念莲花生大师，便在他修行的山洞周围建起了"查绒布寺"，这便是绒布寺的前身，也叫"旧绒布寺"或"上绒布寺"。这里的海拔5154米。可惜，天有不测风云，一场突如其来的山崩，使查绒布寺几乎被全部摧毁。

1899年宁玛派阿旺·丹增罗布活佛在距查绒布寺遗址不远处

选址，重建了一座寺庙，也就是现在的绒布寺，他亲自任第一任主持。新绒布寺海拔 5150 米，依山而建，距离珠穆朗玛峰约 20 千米，离珠峰大本营 4 千米。这里空气稀薄，人烟稀少，气候复杂多变，从这里向南眺望，珠峰俨然一座巨大的金字塔傲立于连绵的雪峰之间。每当天气晴朗时，山顶总是浮现出一团乳白色的烟云，像一面白色的旗帜在地球之巅飘扬，被称为"世界上最高的旗云"，堪称一大世界奇观。

旧绒布寺即查绒布寺，原始古朴，现仍保留着莲花生大师当年的修行洞。洞内供奉着大师的法相、石板画像、唐卡，大师飞升时留下的手印、脚印，还有传说从古印度飞来的鸽子留下的印记。它们都被清晰地保留在洞内的石壁上。

新绒布寺处于珠峰脚下绒布冰川的末端。1899 年开始建设，1902 年建设完成，其规模宏大，曾拥有 20 多个殿堂，10 多座附属庙宇。后因历史原因遭到损坏，现在的绒布寺于 1982 年重新修葺一新，共有五层，只有一、二层开放使用。大经堂的墙壁上全是精美绝伦的壁画，颜色鲜艳，线条饱满，人物造型丰富多样，栩栩如生。沿着大经堂右侧的楼梯，可以到达供奉莲花生大师的金像殿。

绒布寺鼎盛时期曾有僧人 300 多名和尼姑 200 多名，几经起伏后，现有僧尼 40 余人，而且在西藏是非常少见的僧尼混居的寺庙。去珠峰大本营一过巴松乡政府驻地，是一片开阔且狭长的沟谷地带，种植的多是青稞和油菜，也是珠峰脚下藏族人民的"小粮仓"。从巴松乡向南行程约 20 千米后，路边一块醒目的标志牌映入眼帘，上面用藏汉两种文字清晰地标着"绒布寺"及"绒布招待所"，并提示游人离大本营还有 4 千米路程。坐在车里就能看到整个绒布寺建筑群镶嵌在路边的山坡上，因附近没有村落，也就无从谈"人烟"了，突兀地出现这么一大群建筑自然十分耀眼。一般每年4月到8月，绒布寺招待所的入住率非常高，毕竟是室内旅馆，不会受狂风袭扰。而在大本营就不同了，由于周围生态脆弱，也是出于保护自然环境的需要，除了一排四五间管理用房外，不允许再搞其他实体建筑。故大本营只有几座帐篷旅馆，大多是巴松乡巴松村的村民在此经营。珠峰地区的昼夜温差大得惊人。我第二次到大本营时曾经在帐篷旅馆里住过一晚，夜里帐篷有被大风吹走

绒布寺

的感觉，即便生着牛粪炉子，但还是寒冷难耐，盖着两床被子依然觉得浑身冰凉，只能穿着衣服睡觉，那可是我一生难忘、备受煎熬的一宿，但它也是我记忆最深的经历。我最后一次去大本营时，再也没敢去帐篷旅馆，而是在绒布寺招待所住下。俗话说"没有对比就没有伤害"，在绒布寺室内旅馆的一夜浑身暖融融的，与大本营帐篷旅馆相比，真是幸福而惬意！

我在西藏三年时间，包括匆匆到访共去过珠峰大本营四次，每次都要到绒布寺歇歇脚，同时也体验一下藏传佛教的博大精深和寺庙的建筑风格。绒布寺的寺门很小，开在一面白墙上，有六级石梯直通寺庙小门，穿过庙门，里面是一个四合院式的"小天

井"，一根经幡立柱高高地耸立在院落中央。寺庙的主体建筑有佛殿、诵经殿及辩经场，殿堂门庭装饰华丽，大厅门的檐下有镀金祥云，四角有套兽，檐角有铜铃，厅两侧设置护法神像。主殿正面供奉释迦牟尼佛、莲花生大师等塑像。殿内两侧摆有鼓号角、玉炉金幢，佛像旁布满经幡、哈达和各种绣像。大殿前有一个戏台，雕梁画栋，精巧古朴，寺庙外白塔下的玛尼堆，雕刻精美，错落有致，欣赏之余也是一种艺术享受。

自古以来，广大藏民将珠峰奉若神明。元代藏文名著《红史》是最早提起珠峰的文献，珠峰地区在书中被称为"拉齐"，那一带的雪山被称为"拉齐雪山"，并以"长寿女神五姐妹"尊称珠峰和其附近的四座雪山。此外，在《莲师遗教》中，也称珠峰地区为"拉齐"，称珠峰为"拉齐仁次"。仁次藏意是"长寿"。在藏传佛教绘画中，代表珠峰的女神一袭白衣，骑一头白狮，右手高举黄色金刚杵，左手捧一大长宝瓶，隽秀神武，也称"祥寿神女"。绒布寺便在祥寿神女的身旁，由此可见绒布寺在藏传佛教信众心目中特殊的地位。

长期以来，藏民认为珠峰和周围的四座雪山，各住着一位女山神，统称为"长寿五天女"或"长寿五姐妹"。传说，她们各自有着不同的动物坐骑，骑着雪狮的天女掌管人类寿命，骑着老虎的天女负责世间农田，骑着龙的天女掌管人间牲畜，骑着马的天女负责人间智慧，骑着鹿的天女掌管人间财富。珠峰就是骑着雪狮的女神，因为她正好在五位女山神的中间位置，故称"第三女神"。

藏族民间传说，长寿五姐妹原本是西藏苯教的原始神灵。莲花生大师来到西藏后，五姐妹想以她们的"神通"压服大师，于是发动十八种天魔、丹玛女神、各路山神与鬼妖等，变幻成种种可怕的模样，不过最终还是被莲花生大师降服，统统把她们压服在了掌下。从此，五姐妹立下誓言，永远服从大师的训令，加入护持佛法的行列。这些美丽的传说，给圣洁的珠峰和绒布寺增添了无尽的神秘神话色彩。

绒布寺，除了是藏传佛教信徒心目中的崇高圣地外，也以观赏和拍摄珠峰的绝佳位置而著称。在此登高望远，珠峰的尊容一览无余，尤其是寺庙门口一侧的白塔和玛尼堆旁，常被游人作为拍摄"第三女神"的最前台。我每次都要到此处留下瞬间最美记忆后，再上"大本营"。

在这样一个俯瞰芸芸众生而又超然世外的雪域世界，绒布寺却能默默无闻而又静悄悄地屹立于陡峭山坡上，与世界之巅的雪山女神朝夕对望，这是何等的境界！

那洁白的佛塔，神奇的玛尼堆，飘扬的经幡，千百轮回的转经筒，把这座世界上海拔最高的寺庙，衬托得无比雄伟壮丽，让无数人心向往之……

独树一帜的迥巴藏戏

新世纪初，我受命奔赴西藏昂仁县做对口支援工作三年，这段难忘的工作生活经历，注定在我的一生中成为永恒的印记。我把昂仁视为第二故乡。在平均海拔达 4513 米（昂仁县城海拔 4380 米）的高寒缺氧环境中，1000 多个日日夜夜，磨练了意志，考验了心志，陶冶了情操。我与昂仁结下深厚感情的同时，对其特有的民族文化也有了一个大致的了解。

说到藏戏，内地多数人对其是陌生的，我去西藏之前亦是如此。当真正融入这片神奇的雪域净土，人们一定会被它丰富而独特的民族文化深深感染，而藏戏的传播力、感染力和大众化，更加让人刻骨铭心，正是"进得来西藏，让你没有理由不爱上藏戏"。说到藏戏，那就始终绕不开迥巴藏戏，而迥巴藏戏的发祥地就在昂仁。它是由闻名于藏区的汤东杰布活佛亲自创建的，已有 600 多年的历史，享誉整个西藏。迥巴藏戏是西藏四大戏种之一，以蓝面具派为代表，其表演热情奔放、唱腔优美，艺术感染力极强。

关于藏戏的起源有从 8 世纪开始兴起白面具藏戏之说。据《西藏王统记》记载，8 世纪，在松赞干布颁发"十善法典"的庆祝大会上，"令戴面具，歌舞跳跃，或狮或虎，鼓舞曼舞，依次献技……"，从中大致可以看出，这时西藏的各种歌舞技艺和表演艺术，已经开始同场演出，为以后综合性的戏曲艺术发展奠定了基础。

一般认为，藏戏是个很古老的剧种，起源可追溯到1200多年前，即中唐时期；而初步形成于普遍传说的14、15世纪的汤东杰布时代。所以关于藏戏的历史，总是绕不开西藏的传奇历史人物——汤东杰布，他的故事在西藏甚至南亚地区都流传甚广，且极具神话色彩。汤东杰布藏语意为"旷野之王"，他常怀悲悯百姓之心，一生关注民间疾苦。曾发下宏愿，无论付出何种代价，此生都要为藏族百姓在大江大河上修建多座桥梁，让广大百姓过江河如履平地，来往再不受滚滚江河水阻隔。他深谙藏族医药医术，走遍多地为百姓行医治病，募集大量铁块铁器；利用自己作为活佛的社会地位，游说僧众和百姓捐资建桥；他还广纳英才探矿，试着开采铁矿，并亲自抡锤打铁，培养了一大批能工巧匠。

时至今日，最让人津津乐道的，是汤东杰布为了募集更多资金和铁器，亲自主持改编了传统的藏戏，也就是把白面具派改为蓝面具派，打造出一个藏族特有的全新剧种迥巴藏戏，标志着藏戏艺术逐渐走向成熟。就这样，汤东杰布怀着为人间疾苦发声出力的初衷启航，在此后的几百年里，他创新后的藏戏开启了一场由民族到世界的文化盛宴。因此，汤东杰布被藏族人民视为藏戏的"鼻祖"，今天，在每一场迥巴藏戏演出里，都可以见到汤东杰布的形象被藏戏演职人员感念。

迥巴藏戏所独有的就是在开场戏《甲鲁湿巴》中，要穿插进"波多夏"（小丑）。传说汤东杰布在建造日吾其寺（金塔）时，白天盖好的部分，总是一到夜里就被鬼妖毁为平地，三个弟子忙跑去向汤东杰布报告。他听后并未太过惊讶，而是给徒儿们面授机宜。三个弟子第二天照此去做，果真灵验，从此砌好的部分再也没有被毁掉过。以后，凡迥巴藏戏在演出中，都要用由"湿巴"（猎人）轮流演被砸的"波多夏"角色。有意思的是，演"波多夏"被砸时，要把汤东杰布的唐卡佛像挂在面前，演职人员躺在地上一定要心里装着大师，意念中天空就有一只大鹰在盘旋，那是汤东杰布在保佑着他。

相传 600 多年前，汤东杰布决定在其家乡多白、日吾其一带的雅鲁藏布江上建造第一座铁索桥。当时为了募捐资财，他潜心研究，在白面具藏戏基础上，吸收当地的民间歌舞和说唱艺术，创建了第一个蓝面具藏戏班。他们当时演出的剧目主要有《顿月顿珠》《诺桑王子》《朗萨姑娘》《卓娃桑姆》等。

迥巴藏戏

当时的迥巴藏戏，上承白面具藏戏古老的传说，下启蓝面具藏戏，流传于西藏昂仁、拉孜、定日和四川甘孜等地。迥巴藏戏的表演和唱腔艺术在藏族群众中享有很高的声望，由于它的风格特点鲜明，表演精彩绝伦，既开辟了新颖华丽的蓝面具藏戏流派，又保留了藏族最为古老的发声形式，同时又把宗教祭祀与古老杂技糅合为一体。

昂仁迴巴藏戏当初系广场戏，现在仍以广场戏为主。它因源于昂仁县境内的日吾其乡，又称"日吾其迴巴藏戏"。日吾其金塔附近的"仁青顶村"（也有叫"冲萨"的），便是藏戏创始人汤东杰布的故乡。据说，昂仁迴巴藏戏第一次到拉萨参加雪顿节表演时，他们上演的迴巴《顿月顿珠》受到拉萨人民的一致好评，故而当时的戏师收到了一个镶有金子的太阳和月亮的面具徽章，出演顿珠的演员也获得了一对金耳环的奖赏。

迴巴藏戏的演员出场时多戴蓝色面具，故称"蓝面具派"，也称"新派"。其演出程序一般是，开场时，先敲三遍锣鼓，后由蓝面具的"湿巴"出场报剧目。随着锣鼓的节奏，六名执鞭蹬靴腰系牦牛尾的演员出场，领头者称为"太子"，此场意为"太子降福"。其后是两名扮仙女的演员出场，称为"拉姆堆嘎"，象征"仙女下凡"。上述过程相当于序幕，序幕过后，锣鼓再次敲响，引入正戏。

正戏部分首先出场的两名演员称"杰鲁"，头戴白帽，身穿红袍，手持木杖，其后紧随六人（四男两女），头戴双翼高冠，开始说唱。随着剧情逐渐展开，或由一个解说剧情，或由领唱道白，或由众人帮腔齐唱，唱腔高亢嘹亮，粗犷有力。

演出片段之间穿插集体舞、双人舞和单人舞，场面热烈欢快。最后是集体舞和祝福仪式，藏语称"扎西"（吉祥），全体演员出场将演出推向高潮。迴巴藏戏剧种除唱腔优美、感情浓厚外，最受藏族群众喜爱的还是其轻松娴熟、幽默滑稽的演技。

在西藏，藏历六月底至七月初，一年一度的"雪顿节"是最重要的民俗文化盛事之一，除了主打喝酸奶、过林卡，其重大的看点还是藏戏的会演，故在藏区很多藏民也把雪顿节称为藏戏节。

作为迥巴藏戏发祥地的昂仁，面对新世纪，展现新作为，以培栋同志为首的淄博第三批援藏人，以"文化为媒"写汤东杰布人物文章，设计了"芝麻开门"的汤东杰布雕塑，并以他命名建立文化广场。更为出彩的是连续两年，由先彧、刘平同志分别带队参加日喀则雪顿节和珠峰文化节时，代表昂仁县亮相的迥巴藏戏成为两大节上一道亮丽的风景，轰动了整个"后藏"。

迥巴藏戏，它是一门以歌舞形式表现文字内容的综合艺术，它取材于民间故事、历史传说等，被誉为藏文化的"活化石"，是西藏传统文化的有机组成部分，也是中华民族文化的瑰宝，它在今天更加焕发出光彩照人的光芒。我在援藏工作即将结束时，得知昂仁县已将迥巴藏戏列入申报非物质文化遗产的计划。我觉得未来还应该有信心申报世界非物质文化遗产名录。

我深信，迥巴藏戏走过 600 多年的高原风雪历程，正是西藏民族文化的一朵奇葩。站在新起点上，我以为，迥巴藏戏不应仅在西藏或是藏区徘徊，它应该大踏步地跳出西藏，走向全国，迈向世界！

行走悬挂着的樟木沟

318 国道是中国目前最长的陆路通道，全长 5476 千米，东起上海黄浦区的人民广场，西至西藏日喀则聂拉木樟木沟底的中尼友谊桥。

喜马拉雅山脉的通拉山口是 318 国道上的最后一个垭口，它也是樟木沟的顶端，位于北纬 38 度线上，此处拥有开阔的视野。站在山口上，可以远眺希夏邦马峰、卓奥友峰以及樟木沟谷。这里的景色宜人，仿佛一幅宏伟壮美的画卷展现在人们眼前。通拉山口的形状十分独特，宛若一个大写字母"T"的一横，而樟木沟则像是"T"的一竖。

樟木沟，在日喀则聂拉木县境内（山东省烟台市对口支援），是喜马拉雅山脉中段的五条沟之一，其他四条分别为吉隆沟、亚东沟、陈塘沟、嘎玛沟。从通拉山口到聂拉木县城的公路长仅 45 千米，但海拔却下降了 1000 余米。而从聂拉木县城到樟木镇的 30 千米，地势再次从海拔近 4000 米陡降至 2000 米，山路沿着大斜坡呈反复的"之"字形下降，路途充满了曲折和险峻。而在这个被喜马拉雅山长期阻隔的地方，生活着一群樟木原住民"夏尔巴人"。对于他们来说,这座巍峨的山脉一直是与外界联系的隔阂。

　　然而,这一切在 1951 年西藏和平解放之后发生了改变。当时人民解放军第十八军开始开凿聂拉木至樟木段的山路,为夏尔巴人打开通往外界的大门。这段山路的开凿异常艰辛,尤其是聂拉木至樟木段是在悬崖峭壁上强行开凿而成的,以后樟木至友谊桥段基本到了沟底,建设难度就相对小了。据说,在 1965 年 5 月这段路通车时,共有 87 名战士因为筑路而牺牲。如今,这条被称为 318 国道从峭壁上凿出的山路,就像一条细细的白色绸带,柔软地缠绕在樟木沟的山体上。沟内的夏尔巴人从此可以方便地与外界交流,也有了更多的机会接触到外来的文化和经济。

　　樟木沟,是喜马拉雅地质落差变化最迅速、地质景观变化最丰富的一段。与藏地大部分地方动辄海拔四五千米不同,樟木沟的海拔仅有 2000 多米到 3900 米,这里空气湿润,山清水秀,鸟语花香,气候宜人。如果说吉隆沟是美丽害羞的少女,那樟木沟就是果敢决然的少年。

　　樟木是聂拉木县所辖的一个小镇,从县城前往该地唯一的通道就是沿樟木沟经过一段"地狱"般的盘山公路,樟木镇作为"一条沟"的形态展露无遗。山间是路,谷底是河,蜿蜒崎岖,相伴而行,驱车行驶在狭窄道路上,一边是峭壁,一边是深渊。山间到处都是流水,众多瀑布悬垂崖头,车子似在云雾和水帘中穿行。从县城到樟木镇,越野车要走一个多小时,还好我们是"五一"期间来的,还不到雨季,要好走一些。如果是在 6 月至 9 月的雨季,经过聂拉木县城继续下行,对面可感受到扑面而来的团团云雾,遮住了前进的视线,更需小心翼翼行驶。这些云雾是从印度洋远道而来,带着丰富降水的暖湿气流。随着山势的逐渐降低,云雾迅速递增，充沛的降水让这里成为一个瀑布飞流的奇妙世界。

那些蔚为壮观的瀑布就挂在峡谷的绝壁上，隐秘于密林里，上百米乃至几百米的瀑布随处可见。从天而降的水流与岩石、朽木发生碰撞，划出一道道美丽的白线。在空中溅出的水花白雾，随风在峡谷中飘舞。有的瀑布就直接瞄准公路的中央，让过往车辆接受一次无法躲避的洗礼，而这也正是在别的地方所无法享受到的礼遇。类似这样的礼遇，在几十千米的山路上会碰到四五次。

20世纪60年代，据说樟木只有几十户夏尔巴人定居，基本是在深山里。中尼公路开通之初，更多的是体现政治和战略意义，运输货物多为中国援助尼泊尔的物资，对当地老百姓来说，边贸就是拿羊毛和皮子换尼泊尔的盐巴和手工艺品。直到80年代改革开放之后，当地才真正迎来了发展契机，贸易日渐红火。夏尔巴人纷纷从深山里迁到小镇上，加上内地来此经商务工的人群，樟木很快发展成为一个繁华重镇。现在，小镇上异国风格的店铺星罗棋布，流动着各种肤色和语言，使来到这里的人

樟木镇

难以将它和边陲小镇、喜马拉雅最深最窄的一条沟联系起来。

夜幕降临，华灯初上，樟木沟变成了一条地上的"银河"，数十甚至上百家灯火阑珊的商铺，尤其是灯红酒绿的娱乐商家，随山势和沟形鳞次栉比排开，成了一个"不夜城"。到2003年底，这

里的常住人口已超过 2000 人，年接待游客超过 100 万人次，平均每天都有几百人从樟木口岸出入境。徜徉在樟木街头，车水马龙，满目繁华，如果仔细观察，不同肤色的人和豪车比比皆是，与尼泊尔五颜六色的"塔塔"货车相映成趣。渐渐地，樟木镇和樟木口岸因边贸繁荣和游客众多，而获得了"藏地小香港"的美誉。这里的夏尔巴原居民，也随之成为西藏地区最先富起来的一部分人。

樟木，这座隐藏在喜马拉雅山谷中的美丽边陲小镇，也因此成为世界各地的登山家、登山爱好者和探险家心向往之的快乐驿站。人们或登山或朝圣或旅行，千里万里跋涉，因各种原因会聚于此，再分赴南北东西，这里永远不缺少寻梦的人。

我们从通拉山口眺望希夏邦马峰后再次上车前行时，大地上还狂风大作，漫天飞雪。不久车子已驶入樟木沟，都说这条沟是喜马拉雅中段五条沟中最窄最险的一条，当你真正走一走时才感受到确实"名不虚传"。两边的山几乎夹到了一起，道路好似峭壁上抠出来的"一道槽"。进入沟中，简直就是一个水生世界，山间众多的飞瀑流泉，经过的车辆恍若钻进了水帘洞，说不准在什么时候，就像从上边泼下了几瓢水，"哗啦哗啦"地落于车上，把坐在车里的人吓一跳。在本地人的眼中，这条悬挂在山腰上的沟谷，也是五条沟中最具人气的地方。沿公路顺着弯曲的河谷，穿入幽深的峡谷，绕过葱绿的林涧，分明就是行走在诗画之中。

整个樟木镇依山而建，峭壁之上，建筑风格各异。有的房屋临山面路，后窗是山涧飞泉；有的建在悬崖上，窗子之下是万丈深渊。很多楼房是共用一个小楼梯，楼与楼之间仅一步之遥，因道路狭窄，还有一些过街天桥直接连接起路两边的楼房。这样的建筑一般是宾馆，我们晚上住的就是有过街通道相连的二层楼房宾馆，住在二楼感觉就是悬在半空中。我早晨推开窗户，但见窗外不远处是悬垂崖头的多条瀑布，森林茂密葱郁，翠绿直插云霄，溪流碧澄清澈，奇花异草斗艳，风景美如画卷，空气纤尘不染。这种意境令我身心陶醉，飘然若仙。

　　这就是悬挂着的樟木沟，一个令无数人向往的地方。我因有幸邂逅樟木沟而自豪。

走进第一佛堂

我在《山南印象》一文中，写到了两次赴山南地区乃东县学习考察，同时怀着对藏传佛教的浓厚兴趣走进了昌珠寺，进一步了解了西藏佛教文化的博大精深。

在山南地区雅砻河东岸的贡布日神山南麓，距离泽当镇约2千米的地方，坐落着被称为"西藏第一佛堂"的昌珠寺。它是1300多年前松赞干布和文成公主联姻后共同的杰作，也是藏汉文化相互交融的重要产物，体现了藏汉悠久的历史渊源。

据内地对口支援乃东县的湖北武汉援藏干部和当地藏族同志介绍，昌珠寺最初建设的规模很小，只有"六门六柱"和一个"祖拉康"（经堂）。它的开工兴建时间与拉萨大昭寺相差不远，由于其设计规模小，故竣工时间早于大昭寺。昌珠寺以后又经历了几次修缮与扩建，特别是七世达赖格桑嘉措时期，进行了大面积修缮与扩建，其规模比原来扩大了好几倍，拥有21个祖拉康和漫长的转经回廊，屋顶饰以富丽堂皇、熠熠生辉的金顶，更显得非同凡响。

寺庙里的喇嘛给我们介绍，其实昌珠寺和大昭寺一样，创建之初都还不能称为"寺庙"。一般按照佛教的仪轨，作为弘传佛教佛理的道场，必须具备佛、法、僧三要素，即佛教"三宝"缺一不可。当时的西藏，还没有系统地翻译佛经，更谈不上能宣传包括翻译佛教佛理和戒律的出家僧人，故昌珠寺和大昭寺一样，当初只能算是"佛堂"。

昌珠寺因建成时间先于大昭寺，也因此成为西藏历史上首座有记载的佛堂。在西藏佛教历史上，它或许没有布达拉宫和扎什伦布寺那么雄伟，也没有拉萨"三大寺"（甘丹寺、哲蚌寺、色拉寺）和大昭寺那样超然的地位。当时文成公主远道而来，曾提出要建造 12 座寺院，昌珠寺便是其中之一，而且是最早列入计划和建成的。

大昭和昌珠在建寺之初，就已经安放了"佛祖"和"菩萨"，当时它们都是松赞干布亲自安排建造，而且都是文成公主亲自选址定址。既然把佛祖和菩萨请进殿堂，那么"三宝"齐备的寺庙应该不会遥远了。果然，到了 8 世纪中叶，第 37 代赞普赤松德赞，坐镇位于昌珠寺和大昭寺之间雅鲁藏布江北岸的桑耶寺，召集人员大量翻译经书，并大力培养僧人，为昌珠佛堂向寺庙发展开拓出了广阔的空间。

昌珠寺与大昭寺的结构布局和建筑风格极其相近，都是坐东朝西，都有一个由众多房舍包围起来的封闭式"天井"，整个寺庙群落由大经堂、神殿、僧舍和转经回廊错落有致地组合起来。昌珠寺既蕴含了鲜明的藏族建筑艺术风格，又展现出了当时汉藏文化相互交融互鉴的成果，可谓是藏传佛教和大唐文化融合的经典之作。

昌珠寺的核心建筑是大经堂。在它左右两边的墙壁下，分别安放着两尊制作精美的佛塔，据说北边的佛塔是松赞干布专为昌珠寺制作和供奉用的。大经堂左侧的神殿"托吉拉康"，还供奉着文成公主当时使用过的双孔"老虎灶"和一个古朴的棕色陶盒。文成公主进藏以后，常常与松赞干布一起回雅砻故里过冬，就下榻在昌珠寺前院的一幢二层楼房，楼下是他们的厨房。

传说，文成公主入藏后用五行算法，算出妖魔罗刹女的一臂在贡布日山的西南方向，需要建造一寺镇压，方能保证国运昌盛。

昌珠寺

而那个地方是一个大湖，湖中有五头怪龙在兴风作浪，于是松赞干布即在贡布日修法，变成鹗鸟降伏了怪龙，湖水也随之平静而且很快干涸，昌珠寺也顺利地在此建成。据说降服怪龙时，鹗鸟发出了震耳欲聋的声音，故名为昌珠寺。藏语"昌"为鹗鸟，"珠"为龙，鹗鸟发出了龙一样的声音，昌珠意即为"鹗龙"。

昌珠寺分为前后两部分，前部为一小庭院，后部是以措钦大殿为中心的拉康大院。进了寺庙大门便是小庭院，长约24米、宽约16米，周围一圈转经回廊，廊顶一层是僧房。庭院北侧是"桑阿颇章"，始建于17世纪后期，是南宗宁玛派为便于该派僧众朝见来此礼佛的达赖喇嘛而修建的住房，故其内部配置十分讲究，茶房、柴房、粮物仓库、膳食间、住房等一应俱全。

过了小庭院，是该寺的拉康大院，这也是主体建筑的精华所在。大院前有高大的门廊，门廊两端与围绕在整个大殿外面的转经回廊相接，围成一周，为该寺外转经回廊。大院内，前部的中央为天井院落，其后接措钦大殿，大殿东西长45米，南北宽29米，经堂内有立柱64根，大殿内供奉的主像是莲花生。围绕天井院落和措钦大殿一周，则是内转经回廊。沿着内外之间的中转回廊四周，则分布着12个内容各异的佛堂，形成了井然有序的朝佛"流水线"，信徒们循此便被导引着朝拜了各尊佛像。这种布局和大昭寺大殿布局如出一辙。

转完拉康大院，从西南侧的楼梯上二楼，来到了大殿的二层，围绕着天井与天棚四周的是面积较大的平台通道，通道北边是"珠投拉康"，分内外两殿，外殿主供的是一幅精美绝伦的唐卡。参观完珠投拉康回来时路过护法神殿，这里主供的是"凡天佛"。护法神殿外挂着很多藏戏面具，最醒目的当数两只红、黑皮囊，据说是用来"装人的灵魂的"——好人被装进红色皮囊，坏人被装进黑色皮囊。

到昌珠寺来的信徒和游客，多半是冲着瞻仰它的"镇寺之宝"而来。这是一幅用珍珠串成线条绘出的"观音菩萨憩息图"唐卡，它不是将线条和色彩涂抹在丝绸布料上，而是用珍珠和彩色宝石镶嵌而成。据说此唐卡制作于14世纪，当时，帕木竹巴万户长绛曲坚赞取得西藏的统治权，号称"乃东王"。乃东王的妃子是一个虔诚的佛教徒，晚年用她平生的积蓄和元朝皇帝赏赐的珍珠玛瑙，精心连缀成白度母菩萨憩息图唐卡，敬献给正王府后山的孜措巴寺院。此唐卡高达2米，耗用珍珠2.9万多颗，凤冠用金线织绣，上面镶嵌有红蓝宝石、绿松石、黄金等，十分珍稀贵重。不知道有多少僧众和信徒来到昌珠寺，就是为了一睹珍珠唐卡的真容，它在酥油灯的烛火摇曳下闪着金光，雍容华贵，风情万种。

耳听为虚，眼见为实。这幅唐卡与在其他地方见到的白度母的端庄肃穆相比，其休闲的坐姿更具亲和力，在有些清冷的佛堂中别具一番温柔。最为独特的是她的眸子中仿佛藏着"星辰"，无论人们从哪个方向望去，都无法逃开"她"的目光。据说，昌珠寺是世间仅存珍珠唐卡的所在之地。

庄严的寺院，神秘的仪轨，深邃的哲理。昌珠寺，这里的每一寸土地都与宗教休戚相关，这里的每一个故事都与宗教密切联系。藏族芸芸众生的背后，是雪域高原生活的完美归宿！

茫 茫 天 路

　　横亘在"世界第三极"冰峰雪谷之中的青藏公路，是世界上海拔最高的公路，它像一条洁白的哈达，将北京和西藏紧紧地连接在一起。公路起于青海西宁，止于西藏拉萨，全长 1947 千米，尤其是格尔木至拉萨段，全长 1165 千米，沿线平均海拔 4500 米，空气中含氧量只有内地的一半左右，自然环境十分严酷，最高点为海拔 5231 米的唐古拉山口。

　　在藏工作期间，一直梦想着走一走青藏公路，亲历"茫茫天路"的雄奇壮美，2003 年这个梦想终于化为现实。沿青藏公路回到拉萨，再到县里已有多日，但不知怎的，那段路上的感受一直萦绕在脑际。每当听起《青藏高原》这首歌，总有一种莫名的冲动，催促我提笔抒怀。

　　青藏高原是一块神奇而美丽的土地，颠簸在崎岖蜿蜒的青藏公路上，更有一种极地探秘的味道。在这里，人的心灵得到了完全的净化，真正进入了一个虚实相间、天地同辉、人物共处、至纯至真的世界。那种仰山抚湖、伸手抓云的视觉，那种珍爱生命、和谐自然的感受，既叹人的渺小，又赞人的伟大。对于任何一个踏入这片净土的人来说，既有一种挑战极限的快感，更是一种至上的享受。

出拉萨不久，我们已喜不自禁，唯恐让美丽的风景从眼皮底下溜过。藏族司机战堆师傅给我们介绍，青藏公路沿线可以说处处是风景，有羊八井地热温泉，有海拔7111米的念青唐古拉主峰和高原第一圣湖纳木错，有海拔6600多米的"仙山"桑丹康桑雪山，有一望无垠的羌塘大草原和羌北无人区、可可西里无人区，还要翻越令人震颤而激动的唐古拉山口。正介绍着，战堆师傅说："你们瞧，羊八井到了。"原来拉萨至羊八井段堪称西藏境内最好的公路，大约100千米的路程一个小时就到了。我们透过车窗就能看到远处升腾的雾气，它是西藏乃至全国十分有名的地热资源，开发利用前景非常广阔。因赶路，我们只能透过车窗一睹它的芳容了。再前行路况就不那么好了，配合正在建设的青藏铁路，青藏公路也在全线翻修，很多路段只能走辅路。正因如此，我们到达格尔木时已是凌晨2点多，大约用了18个小时。

车子颠簸3个小时后，到达了当雄县，这也是拉萨市的唯一牧业县。放眼望去当雄草原雄壮辽阔，在苍苍茫茫的冰峰雪岭中，抬眼就能目睹念青唐古拉主峰"当拉山"的尊容，在皑皑雪山丛中异常突兀、挺拔、隽秀，湖面面积约1920平方千米的圣湖纳木错就安详地卧在它的后面。传说念青唐古拉和纳木错是一对恩爱夫妻，是著名的神山圣湖。

在当雄县简单用餐后，我们又匆匆上路，这才进入了真正意义上的羌北高原，是它孕育了丰美的羌塘大草原和神秘的羌北无人区。羌塘大草原是西藏最重要的牧区，是畜牧资源的"摇篮"，而羌北无人区是国家重点野生保护动物藏羚羊、藏野驴、雪豹、獐子、藏狐等和野生植物冬虫夏草、雪莲、贝母生长繁衍的主要地区。此时的汽车缓缓地行驶在北上的公路上，地势从车轮下逐渐升高，我们明显地感到头晕、胸闷、身子发酥。但是车窗外迷人的风光使我们忘却了高原反应，不住地举起相机去拍摄这难得一见的景色。

不知过了多久，我们跑在了地势相对平坦开阔的路段上，在湛蓝的天空映衬下，远处连绵的雪山线条柔和，似一条巨大的哈达平展在那儿，前方有八座经塔引人注目，据说是为了纪念格萨尔王的一位骁勇善战的大将而建的。这里没有一棵树，连低矮的灌木也不长，气候恶劣，氧气稀薄，一年只有冬夏两季，即便在夏天也常会大雪纷

雪山之下的天路

飞。中午1点多我们到达了那曲地区，它由浙江和辽宁对口支援。那曲是西藏平均海拔最高的地区，由于高寒缺氧，被誉为"世界屋脊的屋脊"和"生命的禁区"，地区总面积42万平方千米，有一半面积为无人区，驻地那曲镇海拔在4600米左右。

草原轻柔漫展，车子缓步攀升。行至一座大山脚下时，只见一片雾气蒸腾，在雾气中"天下第一道班"的匾牌若隐若现，我们决定在这里稍作休息。这时，一位藏族道班工兴冲冲地把我们让进屋里，给我们端来了新打的酥油茶。他很热情地向我们介绍说，这里叫109道班，是青藏公路上也是全世界海拔最高的道班，

1990 年被交通部授予"天下第一道班"称号。我想这恐怕不仅是对 109 道班地处海拔最高点的一种认定，更是对这些道班工人在如此恶劣环境中艰辛守护的一种赞誉。

汽车疲惫地爬过一段山坡后，在一个山坳口小心翼翼地停下来，原来有"地狱之门"之称的唐古拉山口到了。刚才还是烈日炎炎的晴空，这会儿却一下子阴沉下了脸，车窗外狂风肆虐，雪花飞舞，哦！这就是壮观的"六月雪"了。从这里望去，四周都是一片茫茫雪域。我们赶紧下车，在标着 5231 米的"唐古拉山口"石碑前匆匆拍了几张照。此时我只觉得头越来越大、越来越重，一阵疼痛，像马上要炸裂一般。抖动着身体爬进车里，无意间碰着了车门玻璃，"啊，好冷！"

过唐古拉山口，很快进入了青海境内，当行至 3150 千米处时，一座饱经沧桑的大桥映入了我们的眼帘，它就是长江源头第一桥——沱沱河大桥。1986 年，中国第一位漂流长江的勇士尧茂书就是从这里下水出发的。沱沱河发源于唐古拉山主峰格拉丹冬西南侧的姜根迪如冰川。令我万分惊奇的是，一路从可可西里无人区流到此处的沱沱河，现在竟然已经严重沙化，看来，保护"长江源"，真的已成为一个热门而沉重的话题。

如不身临其境，根本无法体会青藏公路的凶险、严酷、雄壮和伟大。沿途走来，更令我肃然起敬的还是建设中的青藏铁路。青藏铁路同青藏公路大多路段呈平行状态，如情侣般不舍左右，是目前世界上海拔最高、线路最长的高原铁路，它穿越海拔 4000米以上的地段 960 多千米，5072 米的最高点要翻越唐古拉山口。工程建设中面临多年冻土、高寒缺氧、生态脆弱三大世界性难题，是人类建设史上的一个伟大壮举。据说中铁各局的建设精锐和西藏、青海、四川、甘肃等地的最强路桥施工队伍，大约 13 万铁军长年奋战在施工一线。开工两年多来，建设者们继承发扬"老西藏精神"和"两路"精神，以豪迈的英雄气概和钢铁般的意志排难闯隘，创造了一个个人间奇迹，打破了一个个施工历史记录。

据报道，青藏铁路筑路大军，用一年时间打通了世界上最长的高原冻土隧道"昆仑山隧道"，全长 1686 米；风火山隧道位于可可西里无人区边缘，全长 1338 米，轨面海拔 4905 米，是世界上海拔最高的冻土隧道，也在 1 年零 2 天的时间内贯通；清水河特大桥位于海拔 4600 米的可可西里无人区内，全长 11.7 千米，是世界高原冻土地段最长铁路桥，同时该地段又是藏羚羊、藏野驴等国家珍稀保护动物频繁迁徙地区，施工难度极大。大桥仅用半年多一点时间建成，成为青藏高原上一道亮丽的风景线。短短两年多时间，青藏铁路已铺到可可西里无人区的秀水河车站，青藏铁路的钢轨，宛若一条钢铁巨龙正缓缓向风火山隧道蜿蜒进发。

青藏铁路的横空出世，将结束西藏不通铁路的历史，也使雪域高原从此真正"天堑变通途"。而缔造这一奇迹的建设铁军们，是矗立于青藏高原的一座不朽丰碑，是他们书写了世界上最雄壮梦幻的神话！

曲美辛古大屠杀

　　17 世纪下半叶以来，西方殖民主义不断向东扩张，古老神秘的中国西藏更是进入了西方列强的关注视野。西方一些传教士、探险队、科考队等不同社会群体，冠冕堂皇地披上合法"外衣"，相继秘密进入西藏，成为帝国主义侵略西藏的"探者"和"先声"。

　　据史料记载，进入 18 世纪以后，英帝国主义试图将西藏纳入其殖民版图，在经过数年秘密或公开的精心策划准备后，于 1888 年对西藏悍然发动了第一次武装进攻。之后的 1904 年初，英国再次入侵西藏，首战在亚东制造了骇人听闻的"曲美雄谷惨案"（也称曲美辛古惨案或曲美辛古屠杀）。无耻掠夺的残忍战争时隔 16 年后，再次充斥了这个雪域高原上的边陲小镇，侵略者的贪婪和狡诈嘴脸明目张胆地表露出来。

　　时光追溯到一百年前。那是 1904 年 1 月，一支拥有 400 支来复枪、两门大炮、两挺重机枪等精良装备的英军，又一次打开了西藏门户，占领了堆纳（今日喀则地区亚东县堆纳乡），并计划继续北进，以最快的速度攻克西藏首府拉萨。中华民族是倔强不屈的民族，我西藏领土怎容外国势力肆意践踏。彼时，集中在堆纳嘎吾一带的藏军约 200 人出来强硬阻拦，并要求英军撤回亚东再进行谈判。该提议遭到英军无理拒绝，第二次抗英战争由此全面爆发。

当时，面对英帝国主义即将发动大规模武装入侵及来自腐败软弱清廷的压力，西藏嘎厦政府内部也存在"主战"与"主和"两种声音。在主战一方的强烈请愿下，嘎厦政府最后不顾清廷"切勿动武，看驻藏大臣同英方议和的结果再定"的旨意，果断派出 1000 余人的藏军开赴抗英前线曲美辛古一带阻止英军进犯，把原来布防在江孜一带的防线南移到堆纳北部的古鲁、尚木和曲美辛古一线，利用更靠近喜马拉雅的地形优势，争取主动防御、靠前抗敌。

当时的西藏十分贫穷落后，武器装备可想而知。与英军的装备相比简直是天壤之别，甚至连英军使用的武器听都没有听说过，更别说亲眼所见了。而藏军使用的是土枪（也叫火绳枪）、大刀、鄂多（牛毛制的抛石鞭，可将鸡蛋大小的石头甩出 100~200 米）。士兵穿白色氆氇服、戴礼帽、红丝线缠头，手举龙、虎、日、月旗，吹号角联络指挥。

见此情景，诡计多端的英军一面答应谈判，一面对藏军阵地秘密进行侦察。据记载，1904 年 3 月 31 日，当曲美辛古藏军前线指挥官离开阵地与英军谈判代表见面时，英军已偷偷向藏军驻地推进。在谈判即将进行时，藏军实际上已被敌方重重包围了。英军谈判代表当时首先声称："既然是议和，为表示诚意，我军先将子弹退出枪膛。也请贵方指挥官下令，将火枪的点火绳熄灭。"而狡猾的英军只有一部分士兵退掉了枪膛里的子弹，突然，英军向着藏军开枪开炮，没有装弹的士兵也迅速装上了子弹射击。

　　藏军的火绳枪非常落后，根本无法马上射击。点燃火绳需要使用火镰，而且要反复打击才能碰出火花，仓促之中根本就点不着。在藏军无法有效还击时，就只能任由英军枪炮密集地打击了。而且，此时藏军实际上已按照英军的提议，从有利的山头地形来到了平地上，情景就像被"屠杀"一般，毫无还手之力。当时英军大约有3000人，数量几乎是藏军的3倍，火力更是不知强大多少倍。短短几分钟时间，藏军就有500多人伤亡。这场形同屠杀的惨案，最终导致藏军近1400人牺牲，300多人受伤，几乎全军覆没。

曲美辛古惨案遗址

　　这就是由英军一手炮制的实力悬殊的"曲美雄谷惨案"。对英军来说，此战虽获得了"辉煌"的胜利，但他们却在西藏乃至世界历史上，留下了阴险狡诈、背信弃义的恶名，暴露了帝国主义的罪恶行径。

此役藏军损失惨重，1000余条生命瞬间被"屠杀"，但这也极大地激发了藏族军民的反抗斗志。英军攻占曲美辛古后，继续向北进攻，其间不断遭遇藏军和藏族人民同仇敌忾地阻击，大大延缓了侵略者占领拉萨的进程。

"曲美雄谷抗英纪念碑"就位于亚东县堆纳乡古鲁村以南约2千米处。我于2002年去亚东时专程到这里观瞻了惨案（屠杀）遗址。碑上刻的字虽然有些模糊，但告诉了人们那段悲惨的历史，见证了人们口耳相传的爱国英雄故事。"曲美雄谷惨案"点燃了藏族军民反抗侵略的怒火和意志，在随后的昌谷地游击战、帕拉村伏击战、江孜保卫战中，无数藏族儿女为保卫家园、保卫祖国浴血奋战、不惧牺牲，谱写了一曲曲可歌可泣、气吞山河的壮丽史篇。

通过翻阅西藏历史资料和多次同藏族同事聊起那段惨痛往事，我觉得当时发生的那场惨案应该叫"曲美辛古大屠杀"更准确，更有明鉴作用。今天，我们纪念第二次藏英战争那场屠杀案逝去的1000多名藏族英雄儿女，他们的遗魂在草原和雪山之下突兀地矗立着，悲痛历史伤口的血在这里流淌着。纪念碑的一边是一块布满了密密麻麻弹孔的墙壁，这里没有鲜花，这里寂寞如烟，荒凉突兀，除了巍峨的雪山和残卷的云朵，空旷如野。

亚东，不仅演绎着中国西藏古商道的韵律，而且上演了一部荡气回肠的"红河谷"抗英历史，同时因为这里独特的自然环境，使其成了西藏的"米粮仓"。这座隐藏在中印、中不边境的小镇，在出生和入世后就不断修行着，可以说是带着一身的伤病，在放弃与重生之间，夹杂着的伤痕依旧在隐隐作痛。

　　这里是茶马古道的终点站之一，后来是清朝边境的重要通商口岸，再后来是英国殖民侵略者入侵西藏的关口。一次次的侵略，繁盛与屈辱，自由与抗争，交替辉映在这片奇特天空之下的，是曾经不畏强暴、奋勇抗敌的高原英雄儿女。

　　1904 年 8 月 3 日，英军攻占了拉萨。从 1904 年沦陷到 1954 年完全回归到祖国怀抱，英国丧失了在西藏拥有的所有权利。半个世纪里，英帝国主义从西藏掠夺走了大量的珍贵资源和财富。历史不会忘记，历史也一定会铭记，无数的藏族同胞在这片高寒故土上义无反顾地反抗着侵略者，无尽的热血染成了鲜红的河流，也造就了这里藏族人民铮铮铁骨的性格。

　　这个性格，一如喜马拉雅的巍峨雄壮；这个性格，一如雪域高原的洁白无瑕！

刚烈倔强亚东鱼

　　我把此文称为《曲美辛古大屠杀》的姊妹篇。读者看到后可能感觉有些诧异，怎么把名词的"鱼"和动词的"杀"联系到了一起，还是"姊妹"？听我细细叙述。

　　位于喜马拉雅山脉南麓的亚东沟，被誉为"漩谷或多急流的深谷"，流经这里的亚东河发源于海拔7128米的堡洪里峰，河流湍急，一路自北向南顺势而下，在崇山峻岭、繁盛茂密的森林间穿行。而生长在这片水域里的亚东鲑鱼（也称亚东鱼），不仅喜欢湍急的水流，还喜欢逆流而上。这段河流水温常年保持在2℃至5℃，是亚东鱼生活的最适宜温度，如果水温超过12℃，则会面临着死亡的威胁。

　　亚东鲑鱼喜欢活水，且没有污染和太多的沙土，对环境要求十分苛刻。据说，在全西藏，也只有上亚东乡到下亚东乡这段河流中有这种鲑鱼，数量非常稀少，成年鱼一般半斤左右，生长期3~5年，是西藏二级重点水生野生保护动物，早已禁止捕捞。可以说，亚东鲑鱼也和雪域高原上的人们一样，在精神领域里追求着纯净的世界。

　　在我还没有见到亚东鲑鱼前，听藏族同事讲，它被黑色、红色和绿色斑点镶嵌着，色彩斑斓，到腹部以下斑点渐渐消失了，开始呈现淡黄色，腹部的鳍色为黄褐色，鱼鳞细密。乍一看，鱼身上的斑点花纹好似老虎身上的斑点。亚东鲑鱼的皮很厚，应该是水温极低、生长缓慢的原因吧。当地人将颜色鲜艳的亚东鱼尊称为"花点鱼"。

日喀则五条沟谷中的"亚东沟"是最长、最宽的一条，特殊的地理地貌造就了这里充沛的雨量。沟谷周围植被茂密，大量的枯木腐殖质以及其他腐殖质为亚东河提供了大量的天然营养，使得这里的水生昆虫、甲壳动物等水生物大量繁衍，为野生鲑鱼提供了充足的食物和营养。亚东河的河水甘甜凛冽，纯净的天然之水甚至可以直接饮用。它富含多种矿物质元素，在水中遨游的亚东鲑鱼，身价自然十足金贵。据说，2000 年以前市面上的亚东鱼根据大小不同就能卖到 200~300 元一斤。

藏族人民原本有不吃鱼的宗教习俗。故此，对野生亚东鲑鱼来说，就没有了任何生存环境所带来的威胁，它们可以自由自在地在河流中溯游而上。无拘无束的亚东鱼从容地"以河为翼"，在天地间寄托着这里曾经发生过的苦难，它们就像是勇猛的斗士，身上有着一股从不熄灭的斗争精神和坚强意志。

时常听一些藏族同胞说，有时候看见激流中溅起的浪花间，偶尔飞跳起一个鱼影，虽旋即被激流无情打退，但它又顽强地搏击回来。就是这样一波接着一波，周而复始。那种从不言败、勇往直前的精神与品质，不禁令人动容。

亚东沟里的一草一木，似乎独有一种不屈的个性。在上亚东到下亚东大约 20 千米的河段内，久负盛名的亚东鲑鱼，性情刚烈，彪悍威猛，但又有着深情而温柔的一面。为什么亚东鲑鱼会有如此的性格？当我 2002 年有幸真正踏进这片土地的时候，经当地人引领见到野生亚东鲑鱼时，才豁然明白，也许这一切都源于亚东的历史。

亚东，不仅有独特的自然环境，还是中国茶马古道的终点驿站，是一百年前英帝国主义入侵西藏的关口。俗话说，万物皆相宜，万物皆相惜。生长在这段沟谷里的鲑鱼似乎懂得这里藏族人民的悲欢与意志，性格也因此倔强和刚烈，富有战斗和牺牲精神。

据相关资料记载，有意思的是，亚东鲑鱼的前世其实是第一次英军侵略西藏之前，在1866年由英国前期"探险家"带入喜马拉雅山南侧的。后来，它们爱上了这个地方，在这里世代繁衍生息。再后来，它们看到英国人那般的残忍掠夺和背信弃义，在别国领土上大开杀戒，也开始愤怒悲伤起来。它们的性格也从温顺逐渐变得刚烈，变得坚毅倔强，不卑不亢。

亚东沟谷底

亚东鲑鱼慢慢融入西藏之后，被藏族人民如此珍惜和爱护，它们也逐渐懂得了惺惺相惜、不弃不离。久而久之，亚东鱼更加深情地眷恋上了这片土地，更加深情地爱上了这里的人民。在得到与舍弃之间，在毁灭与重生之间，鲑鱼的回归可谓是个奇迹，但背后其实是情感所至，是藏族人民对鲑鱼养育之恩情的体现。这个故事生动地告诉我们，高原上的一切生命皆有灵性，只要人们珍惜它们，它们就懂得感恩。

　　既然野生的亚东鲑鱼禁止捕捞，食用也无从谈起了。但因为它们的营养价值非凡，肉质极好，随着市场需求的不断扩大，科研机构用野生的鲑鱼进行研究驯化，由此衍生了亚东鲑鱼的人工养殖行业。

　　这里流传着一个真实的故事。为了能人工驯养出最好的亚东鲑鱼，西藏科研机构营造的驯养环境和野生鲑鱼的生存环境一模一样，即使这样，还是遇到了很多磨难和挫折。研究人员为了驯养需要，第一次去接触野生鲑鱼的时候，令他们始料不及的是鲑鱼十分抵抗，也非常顽强，坚决不屈服、不情愿待在被束缚的环境之中。他们本以为野生鲑鱼只是闹闹小性子而已，过几天就会好了。但他们万万没想到的是，野生鲑鱼竟然以集体自杀的方式向他们宣誓：我们绝不屈服！

　　当研究人员看到野生鲑鱼一个个以视死如归的精神，将自己的头撞向墙壁，顿时"血流成河"而没有丝毫犹豫的时候，他们不禁为之震撼了，这是什么样的气节和品质在支撑着它们做出如此选择？是的，如果说有难以驯服的牛马等牲畜的话，他们或许会相信，那么有这般难以驯服的鱼儿，他们还是首次见到。当他们生平第一次遇到如此性格刚烈的鲑鱼时，顿时醒悟，原来这高原上的一切是那么的野性天然，是如此的喜欢自由，是如此的喜爱张扬。

　　我有时候在想，人世间，其实一场场宿命的痛楚轮回，一次次艰辛与磨难，可能都是忘记了最早的那一份初衷，最初的那一份简单。时代在变迁，社会在进步，有些定律终究可能会被打破，有些世俗偏见也不会一成不变，但永远不会变的是心中那份信仰和坚毅。如今，雪域高原上的一切都在悄然发生着改变，一如刚烈倔强的亚东鱼改变了性格，一如发生在亚东的那场惨案改变了以后的时势！

冈底斯的守望

小时候，我是从史地课本上知道中国有个冈底斯山脉，但对这个名字还是相当模糊的。可令我意想不到的是，时光过去近三十年后，我竟然来到了冈底斯山下，而且，一待就是整整三年时间，实乃人生经历之大事。

我是奉"援藏之命"来到冈底斯的。高耸绵延的冈底斯山脉，横贯西藏西南部，与雄伟壮丽的喜马拉雅山脉呈基本平行走势。它西起喀喇昆仑山脉东南部的萨色尔山脊，向东延伸至纳木错西南，与念青唐古拉山脉衔接。它全长 1100 余千米，平均海拔超过 6000 米，是青藏高原南北重要地理界线，也是西藏印度洋外流水系与藏北内流水系的主要分水岭。

在冈底斯的名字里，"冈"为藏语意即"雪"，"底斯"为梵语意即"雪山"，两种文字合二为一得此名称。这里空气中的含氧量极低，气候变化反复无常，高原湖泊虽然很多，但大多是盐碱度非常高的咸水湖。

冈底斯的纯藏语意为"众山之主"。这里是中国吐蕃和象雄地方土生土长的原始宗教、佛教之源，古象雄佛法雍仲苯波佛教的故乡。冈底斯山又被外界称作"世界之轴",印度人、尼泊尔人视冈底斯山为印度教三尊神之一——"湿婆的乐园",苯教认为冈底斯山是"世界的中心",喇嘛教则以冈底斯山为"宇宙中心"。众教徒们普遍认为冈底斯山横亘于世界屋脊之上,好像冥冥之中就是在向世人昭示,这里是万事之源头,这里是世界之中心。

巍峨的冈底斯山脉雄踞于中、印、尼三国边境,西藏阿里地区的狮泉河、马泉河、孔雀河、象泉河四条河流均发源于冈底斯山,它们流经不同的地域,分别进入印度河、雅鲁藏布江、萨特莱杰河和恒河,最终汇入印度洋。

据说,徒步于冈底斯山脉,是目前国内海拔最高,同时也是最危险和艰难的路线之一。其地形复杂,地貌奇特,这里完整保留了大自然原始的生态面貌。复杂奇特的地质地貌,使所有涉足这里的人,无不惊叹大自然馈赠的如此雄壮梦幻的原始洪荒。

时光进入21世纪不久,我们7名来自"齐国古都"的伙伴,经过组织挑选肩负重任,跨越万里之遥,来到了以前只从书本里有所了解的雪域高原,四十不惑之年与冈底斯邂逅。那是中央第三次西藏工作座谈会确定的对口支援西藏政策,使我们有幸走近了冈底斯山麓,有幸走进了昂仁这片高天厚土。近千个日日夜夜的守望,是初心,是责任,是担当,是意志,其中的酸甜苦辣、艰难困苦,只有我们自己知道。但我们都更乐观地面对这段"守望",视为人生旅途中的一段重要经历,一笔宝贵财富。

昂仁,藏语意为"长沟",在历史上不同时期也称为"昂忍""昂木仁""傲不仁""章阿不林"等。它地处西藏第二大城市日喀则的西南部，冈底斯山南麓，雅鲁藏布江上游，东邻谢通门和拉孜两县，西接措勤（阿里地区）和萨嘎两县，南靠定日和聂拉木两县，北依那曲地区的尼玛县。昂仁属于半农半牧、以牧为主的大县，有 17 个乡镇，县域面积 3.96 万平方千米，人口约 4 万人，平均海拔 4513 米，县城驻地的卡嘎镇雪村海拔 4380 米。

14 世纪，帕竹政权在西藏推行宗溪制，"昂仁宗"即于此时建立。在西藏和平解放以前，昂仁宗隶属班

冈底斯山脉

禅堪布会议厅管辖。实行民主改革的 1959 年底成立昂仁县人民政府，隶属日喀则地区管辖至今。昂仁地势由东向西逐渐抬升，山脉约占县域面积的 3/5，山脉阳坡一般多生长爬山柏和少量高原草，阴坡则大面积覆盖着草本植被。雅鲁藏布、多雄藏布横穿昂仁中南部，河谷平原多为草场，比较著名的有贡久布草原、措迈草场、桑桑草原。因冈底斯山脉横亘东西，县域地势中北部较高，南部稍低，境内除雅鲁藏布、多雄藏布（雅江上的四大支流之一）和梅河等主要河流外，众多支流汇成较为密集的水系网，有打加错、浪错、莫卧错、尼阿木错、昂仁错等数个湖泊。

昂仁是历史文化底蕴丰厚的地方，有众多享有盛誉的古迹和景点，如曲德寺、日吾其金塔、铁索桥、达格架喷泉等。曲德寺坐落于县城昂仁宗山的半山腰上，已有 770 多年的历史，是昂仁

县 33 座寺庙中规模最大的一座。日吾其金塔坐落于日吾其乡驻地日吾其村西侧，南邻滚滚雅江仅 300 米远，站在金塔上可同时俯瞰雅江上的新旧两座桥梁，其中已废弃不用的那座是汤东杰布早期建造的铁索桥之一，现在作为景点是历史的重要见证。而在切热乡，坐落于 206 省道旁的达格架高温喷泉群蔚为壮观，其主喷泉是我国也是亚洲最大的间歇性喷泉，是昂仁大地上巧夺天工的一处奇葩所在。

在昂仁，值得炫耀的东西很多，但我个人认为，它最杰出和最具影响力的名片应该是汤东杰布的故乡和迥巴藏戏的发祥地。相传在 600 多年前，汤东杰布出生于昂仁多白乡一个叫"仁青顶"的小村，以后他被称为藏戏创始人和西藏桥梁建设的鼻祖。汤东杰布为了在高原江河天堑上架设铁索桥，需要筹集资金和铁器，为此他将民间歌舞、神舞和传说故事融合创编为综合性的艺术表现形式——"迥巴藏戏"。以后此戏种被誉为藏戏的"活化石"，现在日喀则和昂仁县已经启动迥巴藏戏第一批国家级非物质文化遗产名录的申报工作。据说，汤东杰布一生建造了 58 座铁索桥、60 座木桥和 118 条船，直到今天，遗留在雅鲁藏布江上的一处处铁索桥，有的仍在造福藏族人民，它们在默默见证着数百年的历史，传承着汤东杰布的智慧与精神。

昂仁县是山东对口支援的五个县市中海拔最高、条件最为艰苦的那一个。当 2001 年 6 月初刚进藏时，山东省陪送团在日喀则把剩余的药品全部留给了我们淄博团队，千叮咛、万嘱咐到了县里要保重身体。我们下乡动辄就涉足海拔 5000 米以上的地方，来到人们通常认为的"生命禁区"，此时都知道这对身体意味着什么，但职责使然，也容不得我们考虑太多，心里便坦然坦荡了，

5000 米海拔又算什么呢？

三年岁月，非同寻常，留下了许多动人动情的故事。三年中包括分三批次赴昂仁的 22 名技术援藏人才，他们同样是不畏艰险、吃苦耐劳的铮铮汉子，昂仁人民不会忘记他们的奉献！

我们七兄弟和 22 名技术人才，始终把昂仁视为第二故乡。既来之，则安之，来了就要以山东援藏老前辈孔繁森为榜样，发扬"老西藏精神"，用"惊天动地"的声音，让昂仁人民感受"齐国儿女"代表的优秀品质，也回馈淄博父老乡亲的支持和信任。在昂仁，走出县城下乡，就意味着常态化进入了 4500~5500 米的高海拔地区，到达 5000 米以上的高度，空气中的含氧量大约只相当于淄博的 50%，形象地比喻就是背上了一袋 50 斤装的面粉。我们当然清楚高寒缺氧对身体带来的危害，可时间久了，也就不把缺氧太当回事儿了。

我们援藏兄弟们常挂在嘴边的一句话叫"缺氧不缺精神，艰苦不怕吃苦，海拔高境界更高"。在我看来，这并非空洞的豪言壮语，而是在那种环境当中，每天无法绕开的现实，就是害怕又有什么用，一觉醒来睁开眼还得面对，何况睡觉也是"受罪"，漫漫长夜同样难熬，其实"睡觉也照样缺氧"！久而久之，也就习以为常了。

援藏即将结束时，我时常自问："我们这三年是怎么走过来的？"盘点三年走过的路，我觉得还是用我的援藏座右铭回答这个问题最为恰当，那就是"踏上雪域，磨砺人生；情系昂仁，无悔无畏。"冈底斯三年的守望，守望的是初心，守望的是奉献，守望的是使命！

雅鲁藏布的陪伴

  我在西藏昂仁工作的三年里，雅鲁藏布江一直是我最忠诚的陪伴者。欢乐时有你的分享，孤寂时有你的伴随，忧伤时有你的身影。三年下来，你是我前行路上形影不离的伙伴，我也默默许下诺言："在我离开西藏之前，一定要为你写一篇文章。"在援藏即将结束之际，我在整理思绪时，忽然想起还有一个任务没有完成呢，于是连夜提笔写下了《雅鲁藏布的陪伴》，以兑现当时的承诺。

  《道德经》曰："上善若水，水善利万物而不争，处众人之所恶，故几于道。居善地，心善渊，与善仁，言善信，政善治，事善能，动善时。夫唯不争，故无尤。"藏地之水，因为是挂在天边的上善之水，更引人遐思。雪域高原之水有着无与伦比的冰清玉洁，又有着无与伦比的静谧与神圣，同时还有着无与伦比的深邃与壮丽。

  被称为西藏人民母亲河的雅鲁藏布江，藏语意为"从高山顶上流下来的雪水"。你是一条从世界屋脊皇冠上一点一点滴落而成的岁月长河，你从远古走来，从离太阳最近的地方出发，沿途凝聚雪原冰川的灵性与伟力，奔腾向前永不回。雅鲁藏布江的传奇，正是这个星球最动人的细节。你是这个地球上海拔最高的河流，像一条银色的巨龙，或宁静，或激荡，或锋利，在冈底斯山和喜马拉雅山之间日夜穿行。你是"冰清与玉洁""静谧与神圣""深邃与壮丽"的最好诠释。

冈底斯山脉的主峰冈仁波齐脚下的杰马央宗冰川，是雅鲁藏布江的源头，雅江最上游便是"冈仁波齐四大圣河"之一的马泉河。静静流淌在两座巨大山脉的雪峰之间，数不清的冰川融水涓涓成流，像她们那透明的血管，交织成庞大的血脉与根系，如藏民族神秘而清澈的文字与语言一样，刻画在雪域山川大地。这里河谷宽阔，水波清浅静寂，完全没有中下游的凶猛狂野。

雅鲁藏布江充满着神奇。很久以前，传说有个叫"冰山之母"的冈仁波齐雪山有四个子女，分别是马泉河、狮泉河、象泉河和孔雀河。有一天，母亲把儿女们召到身边，对他们说："你们都长大了，应该到各地去闯荡闯荡，见见世面，也增长知识。"于是儿女们分四路出发，他们相约在印度洋相会，然后一同乘彩云回家乡。小女儿孔雀河向南，三儿子象泉河向北，二儿子狮泉河向西，而大儿子马泉河即雅鲁藏布江奔着太阳升起的东方而去。

雅鲁藏布江一路奔波，据说绕过了 999 座雪山，穿过了 999 条峡谷，来到了林芝的工布地区。这时，一只美丽的小鹞子落到了江面喝水。雅鲁藏布江问："你是从哪里来的呀？"小鹞子回答是从印度洋来的。雅鲁藏布江一听连忙打听："你看见我的弟弟狮泉河、象泉河还有妹妹孔雀河了吗？"其实，小鹞子根本不是从印度洋来的，更没有见过雅鲁藏布江说的什么三兄妹了。但它说了谎："他们都早到印度洋了。"雅鲁藏布江一听，想都没想就掉头南奔。为早日与弟弟妹妹们相见，再高的山崖，它毫不犹豫地闯；再深的险滩，它勇敢地往下跳，最终形成了举世闻名的雅鲁藏布大峡谷。雅鲁藏布及其大峡谷的美丽传说，吸引着四面八方的人们纷至沓来。

日喀则管辖着18个县市，雅鲁藏布江就流经其中的13个县市。这个地方纵横阡陌，麦浪滚滚，是日喀则乃至全藏的粮食之基。横穿昂仁南部的日吾其乡、多白乡和卡嘎镇更是全县"鱼米之乡"。可以说，雅鲁藏布江所到之处，土地肥沃，人文丰富，是文明播撒和成熟之地，充满吉祥和幸福。仅此，它也完全配得上"上善若水"的美名。

对于有着广袤的农田草原、农耕文化发达的日喀则和昂仁来说，雅鲁藏布江还是人们预知四季变化的"晴雨表"，人们以江面的变化，合理安排耕种事宜。当春天来临，雅鲁藏布江面上飘来冰块时，农民开始唤醒沉睡了整个冬天的田地；夏天，当江面变成浑浊的土黄色，这是上游下过大雨的讯号，下游要迎接雨季的到来；秋天，清澈的江水里鱼儿成群逆流而上，人们可以磨刀准备秋收了；冬天，时时刻刻观察江面冰层的厚薄，人们可以掌握踏冰与对岸交流的时间。

雅鲁藏布江上还有一个广为人知的传奇故事。这个故事的主人公叫汤东杰布，他出生于昂仁县多白乡雅江边上的一个名为"仁青顶"的小村子。千百年前的雅鲁藏布江上是没有桥梁的，藏族百姓过江的唯一工具只有简易的牛皮船（筏），许多藏民乘着牛皮船在渡江的过程中，被咆哮的激流吞噬，葬身江底。于是，汤东杰布许下宏愿，发誓要在江上架桥，为广大百姓造福。当时一无所有的汤东杰布，招来的只有一阵阵嘲笑，而且人们骂他是疯子。

　　汤东杰布并不为百姓的冷嘲热讽所动摇，最终成就了一段传奇。他奔走于广大的雅江流域，在山南琼结地区时，结识了七位能歌善舞的姑娘，组成了当时西藏第一个藏戏班子，用歌舞说唱的形式，表演宗教故事和历史传说，劝解人们行善积德，出钱出力，共同修桥。随着雄浑优美的歌舞响彻雪山旷野，有人献出钱财，有人布施铁块，有人送来食物，更有大批的藏族工匠跟随着汤东杰布，从一个架桥工地，走到另一个架桥工地，日复一日，年复一年。

　　藏戏的种子随之撒遍了雪域高原。他们所到之处，藏区广大百姓无不为普姆或阿佳们俊俏的容貌，婀娜的舞姿，优美的唱腔而深深感染，赞叹不已。大家纷纷慷慨解囊，有钱掏钱，有物捐物，有力出力。就这样，凭着一腔为民情怀和顽强毅力，自幼立下宏愿并且身无分文的一代传奇汤东杰布，一生在雅鲁藏布江

雅鲁藏布江

上留下了58座铁索桥，使藏族两岸人民相互往来如履平地。同时，他也成为藏戏的开山鼻祖，使藏戏一代一代师传身授下去，成为西藏的文化瑰宝。

　　我每次进出西藏，或是到工作目的地，经过的节点无外乎拉萨、日喀则、昂仁三个地方，自己形象地称为"三点要靠一线来连接"，这个"一线"就是318国道，而且还有一条"附线"也一并纳入了

我个人心目中的三点一线的"一线"，这条附线就是雅鲁藏布江。贡嘎机场、拉萨、日喀则、昂仁（从拉孜到昂仁变成 219 国道），一路都是沿着 318 国道行驶，沿途总有那条巨龙般的大江始终陪伴左右，它就是奔流于"世界屋脊"上的雅鲁藏布江。

在我的心中，雅鲁藏布江就是一条充满激情和感情的大江。正如歌曲《走出喜马拉雅》中唱的："雅鲁藏布江水，你一路欢唱，走出喜马拉雅，送我走一程。喜马拉雅我的天堂，雅鲁藏布江，我的格桑花，带上雪域的期盼，走出喜马拉雅，带上圣洁的哈达……一路不停地走，一路不停地想，走出喜马拉雅，回头望故乡。"

雅鲁藏布江，这条流淌在雪域高原上的神奇天河，不仅是自然造物的杰作，更是西藏悠久历史的见证。它穿越崇山峻岭，百转千回，跌宕起伏，宛如一条银色巨龙，在茫茫雪域高原上留下一道深深的印记。

我在往返昂仁与日喀则、拉萨的路上，每次目视着奔腾不息的雅鲁藏布江，反复听着藏族歌手阿鲁阿卓唱的《雅鲁藏布》，感慨万千，回味无穷，充满激动。"在很远很远的地方，我抬头把你仰望，天上的河呀，雅鲁藏布江，那是梦的故乡流淌的祥云，那是歌的源头奔涌的天唱，那是千年万世翻飞的哈达，那是百转千回慈悲的柔肠。天上的河，雅鲁藏布江，我抬头把你仰望……你永世闪烁灵光。"

正是有雅鲁藏布江的一路陪伴，我的三年援藏生活才更加充实，更加有意义。因你，我一路豪迈向前，从不寂寞，从不孤单，你的陪伴，就是我的动力源泉。每当我行驶在过江的钢筋混凝土大桥上，或是颤颤悠悠地过铁索桥时，或是几次坐牛皮船渡江时，我都会由衷地生出对雅鲁藏布江的敬畏之情。

仰 望 星 空

在广袤的西藏大地，许多地方海拔在 4000 米以上，这里的空气稀薄且干燥，天空中水汽与尘埃的含量显得微不足道。然而正因如此，才使得这里的天空晶莹剔透，澄澈无瑕。也许，每个人心中都有一个璀璨的星空，但西藏的夜空更能给人以心灵的涤荡。

离天空最近的西藏，白天除享受到最温暖炽烈、最纤尘不染的阳光，以及至纯至真的旖旎风光外，还能撩拨人心的就是浩瀚璀璨的星空了。稍一抬头，密密麻麻地悬挂在深不可测、深不见底的夜空里闪耀着，似乎在向仰望它的人发送出谜一般的信号。置身其中的人们，在此刻无不由衷地对这里的星空世界产生梦幻与敬佩。

西藏的星空，就是"温柔、静谧、浪漫、深邃"的代名词，它如同大自然里那个最神秘的朋友般亲切。著名哲学家康德说过："世界上只有两件东西最值得我们敬畏，一件是我们心中崇尚的道德准则，另一件是我们头顶的星空。"星空之于夜晚，恰似太阳之于白天，太阳带给人们温暖，星空带给人们憧憬。太阳不可直视，只能"沐浴"，通俗地说是"晒太阳"，尤其是西藏的太阳。

而星空却可以毫不吝啬地让人们收进眼里，拥进怀里。仰望西藏的星空，仿佛可以穿透万里星河月夜。

当万籁俱寂之时，我喜欢仰望昂仁宗山的夜空。古城垣壁与星星的对比，光亮与黑暗的结合，还有半山腰上的晒佛塔和山脚下的曲德寺，被繁星义无反顾地映衬着。星光的明亮与残垣的暗淡，照亮了历史，也产生了一种错觉，宗山遗址的辉煌在触手可及的银河之下，似乎恢复了昔日的生机，也给小小的古城增添了丝丝神秘。曲德寺绛红色的建筑在星光的照耀下，红里透着光亮，透着深沉，极具视觉冲击力。此刻的星夜与宗山遗址、曲德寺"同框"闪耀在我的眸中，显得静谧而壮美。

昂仁金错，在县城的西侧，离县机关大院仅1千米之遥，这里也是我青睐的地方。白天的碧水蓝天，与周围的群山和县城相映成趣。夜幕降下，繁星慢慢在天际闪现，昂仁金错便展现了不一样的姿态，特别是站在湖边的观景台上，山峦和星空尽数倒映在呈着亮光的湖面上。此时的夜空时而还有流星闪过，苍穹之下可感受"手可摘星辰"般的距离，星空毫不保留地显露出它最本真的模样。置身星空下，我完全为"天人合一"的场景所陶醉，领悟到什么才叫"赏星""追星"。

昂仁县城中心路十字路口上的"大转盘"，从机关大门出来右转约100米就到。这里是县城人民集聚的最佳地，甚至县里的迎送活动和重大仪式，多半也是安排在此举行，我们第三批援藏人员进出昂仁的迎送仪式同样在此举办。这里自然也成了我们援藏党政干部和技术人才去得最多的地方。站或坐在此处，往下可以清晰地看到昂仁金错的全貌，往上可以看到雪村顶上、宗山脚下的曲德寺和再上边的宗山遗址。而我在漫漫长夜难以入眠，写文章需要整理思绪时，就情不自禁地来到大转盘处，一个人静静仰望昂仁的星夜。此时的昂仁县城经过一天的喧嚣后也归于平静，唯有几处藏式的"朗玛厅"依旧灯火阑珊，这是能歌善舞的藏族百姓最青睐的地方，也是他们夜生活的最好去处。

我有两次下乡，夜里是住在乡政府招待所的，都是陪同培栋书记调研和慰问。这两个地方一个是南部雅鲁藏布江边上的日吾其乡，另一个是西北部最偏远的尼果乡，两个目的地的路途特征分别是一个险、一个远。去日吾其那次，翻山越岭先到多白乡，又沿雅江到达日吾其乡，待吃过晚饭后，我们来到不远处的日吾其金塔和雅鲁藏布江边，星空下的金塔熠熠生辉，雅江水倒映着星辰缓缓向前。特别是站在当

西藏璀璨星空

时汤东杰布主持修建的铁索桥头环视周边，静谧的寺庙，古老的铁索桥，朴素的民房，流淌的雅江，以及肉眼可见的银河尽收眼底。站在这里，我恍然觉得最美的夜景，仿佛是被遗忘的梦境。

去尼果乡那次，近400千米的路程整整跑了一天，我们吃过晚饭已接近子时。吃得饱饱的，不能马上入睡，跑了一天加上海拔又高，聊天也是巨大的耗氧运动。乡里的同志就说到屋外走走，

看看我们这里的星空吧，不用走远了。于是，我们轻松地伸着懒腰，迈出门槛来到了机关大院。说是大院，其实就是由两排藏式风格的几间平房组成，院子四周有简易的围挡，因是在大草原上，藏民是以放牧为主，人烟稀少。此时，我的眼里全是空旷如野的漫天星辰，感觉不是仰望，而是置身星空的环抱之中。站在这里，依稀可见草原上的牧民帐篷也充满着光与影的艺术，朦胧的星光，与牧民帐篷里发出的微光相呼应，勾勒出帐篷的美丽轮廓。在广袤的草原上，让我欣赏到了无限接近银河的美妙，这也是我有生以来第一次，我也不知道是否还有第二次、第三次……

青藏高原是除南极、北极之外，地球上空气洁净度最高的地方，号称"世界第三极"。昂仁县平均海拔 4513 米，县城海拔也达到了 4380 米，每当晴朗少云的夜晚，我都要站在空旷宁静的地方，哪怕是自己居住的十几平方米的小院里，抬头望去，宁静的夜空繁星闪烁，还有那时而划过夜幕，给我带来小惊喜的流星，总能让我心旷神怡，遐思万千。我整个人也仿佛被星空带走，身体消失在黑夜里，只留下一对眸子呼应着天上的星光。我有时在想，"星空是不是也像我在仰望着它一样，在深情地俯视着我呢？"

注视着星空低低盘旋在我的头顶，我才明白诗仙李白的"危楼高百尺，手可摘星辰。不敢高声语，恐惊天上人"。原来说的就是这般意境吧！皓月当空，夜色伴我，唯有星光照亮了我的双眸，褪去了我心中的一切私心杂念，把我还原成无尽宇宙里的一粒尘埃。

天空是亘古存在的，但星空里的景象却是千变万化，也是出神入化的。不同的高度，不同的视角，星空呈现给人们的是完全不同的效果。我曾经路过阿里的狮泉河镇，据说那里有中国的首个"暗夜公园"，距离镇政府驻地大约 25 千米，这里被天文爱好者称为"中国最黑的地方"，同时也被称为"北半球最佳星空观测地"。可惜，我因是匆匆路过，没能欣赏到天下最黑最美的夜空。虽然无从考证，但我觉得这里很有可能是我说的不同高度和视角呈现出星空不同美的最典型代表了吧！

西藏有着灿烂的文化，"宫殿文化"在这个民族的文化史上是一笔宝贵的财富。藏区的座座宫殿、寺庙，在白天展示着它们的建筑特色和西藏文化，而在夜晚星光的映照下，它们又显露出一种别样的风貌。拉萨的布达拉宫、大昭寺，日喀则的扎什伦布寺等展示的是城市上空的美，而城市外的广大藏区矗立着的一座座庙宇，于旷野之上和星空闪耀交融在一起，也是美不胜收。藏族同事给我介绍过雍布拉康的夜晚之美，我后来又查阅资料得知，雍布拉康是西藏历史上的第一座宫殿，坐落在山南地区乃东县泽当镇的扎西次日山上。这里没有布达拉宫下城市光的打扰，如果夏秋季来到雍布拉康，满天繁星在薄云的缝隙中闪耀，而独具特色的是星星能拉出长长的轨迹线，划破灰暗的云层，打破高原世界夜色的单调平庸。

看似静谧神奇，从另一个方面讲，我觉得这正是藏族先民们的智慧所在。他们当时将宫殿选在这里建造，一定是把地理、天象、人文这些因素都完美地融合在了一起。在西藏，还有众多的寺庙、古堡，或建在山顶上，或建在陡壁上，居高临下，俯视四周，尤其是西藏的古堡，是当时地方统治权力的中心，也有寺庙的功能，同时还兼作防御堡垒。它们体现了藏族古建筑独有的迷人特色，是藏民族古建筑艺术的瑰宝。

不同的季节，不同的地方，不同的海拔，不同的天气，总能给人带来不一样的视觉和感悟，甚至是意外的惊喜，让人激动，让人留恋。这就是西藏星空的魅力所在。当一天的喧嚣褪去，只有星空才能读懂我内心的宁静与深沉。

仰望西藏的星空，既感受它的浩瀚、璀璨、神秘，同样能净化洗涤人们的灵魂。而生活工作在这片神奇土地上的各族人民，无疑是一个个忠诚坚定的守护守望者，他们与日月同辉，与天地永恒。

作为比较特殊的一分子——"援藏人"，我亦然。

一个妈妈的女儿

　　我在西藏工作生活的三年里，体会着援藏工作的快乐，沐浴着炽烈的阳光，经受着高寒缺氧的挑战。为了度过一个个漫漫长夜，我拾起了写日记的习惯，汇聚了西藏的点点滴滴，撰写了很多散文。这些作品绝大多数都是在昂仁县城宿舍里完成的，但有几篇文章除外，这篇就是其中之一。它是我在援藏工作快要结束时，也就是2003年底回张店，在2004年春节即将到来之际在家里创作完成的。

　　其实在我的脑海中，这篇文章已经酝酿了有段时间，早就有这份冲动，但一直无从下笔。我进藏工作两年多之后，所见所闻，所思所想，包括查阅了大量资料，同很多汉藏干部群众交流，我对西藏从进藏初的简单感知上升到了理性认识，有了一个比较清晰的构思，觉得时机成熟了，才在2003年的冬季趁着在家休整，再次整理思绪，一气呵成，写下了这篇文章。

　　西藏，这片神奇神秘的雪域大地，从远古时期就是中华民族重要的繁衍和居住地。旧石器时代，喜马拉雅山脉就已成为横亘于西藏高原和南亚之间的一道巨大的地理天堑，也成为西藏高原与南亚之间的一道巨大的民族和文化屏障。这道屏障在阻滞着对外交往的同时，却使西藏在东向、北向上与祖国其他地区之间的民族交往交融、文化交流融合得更加紧密，形成了密不可分的地缘纽带，从而使西藏地区与祖国大地形成共有家园。

在新石器时代，黄河、长江流域的悠久文明及北方的游牧文化等，都曾经汇聚在西藏高原之上，也反映出中华民族族群的交往互动之广，和谐共生的柔情之深。在以后漫长的历史发展长河中，整个青藏高原地区不同民族成分的部落，乃至中原汉族人先祖等水乳交融，逐步走向统一，实现了中华民族的"大一统"。

历史上，藏族和汉族的先民在黄河中上游地区繁衍生息、相互交融，始终保持着密切的血缘亲缘关系，反映出在血缘上汉藏是同源的，汉藏等中华各民族自古就是一个大家庭。

据史料记载，6000多年前，也就是中华文明的最早起源期，黄河中上游地区的汉藏语原始人群中的一支，通过当时的藏彝走廊，向西、向南迁徙进入了喜马拉雅地区，由此产生了今汉藏语系祖先人群中，汉语语族和藏缅语族人群的逐渐分化。这种血缘纽带关系演变的记载，清晰地描述了藏族与中华各民族血脉相连、不可分割的历史事实。

西藏不同历史时期的各个地方政权，以会盟、结盟、联盟、封赠等形式，与华夏其他政权交往交流交融，在政治上形成了团结友善和睦的友谊关系。中华人民共和国成立后的1951年5月23日，《中央人民政府和西藏地方政府关于和平解放西藏办法的协议》签订，自此西藏人民永远摆脱了帝国主义的侵略和羁绊，在共和国的大家庭中走上团结进步发展的光明大道。是共产党和毛主席让西藏百万农奴翻身得解放，真正让他们当家做了主人！

历史上，西藏高原上的大部分藏族百姓从事的是畜牧业，长时间处于游牧民族的状态，这种独特的生活方式，和中原地区主要从事农业生产活动的民族形成了鲜明的反差。但这也造就了西藏与中原地区的优势互补，从而使两者经贸往来频繁，在经济上相互依存，相辅相成。千百年来，唐蕃古道、丝绸之路、茶马古道、京藏古道等，将西藏人民和中华各民族紧密联结在一起，在这些道路上也创造了无数的佳话和传奇故事，甚至有很多演变成为精神图腾、文化符号，至今还广为流传，成为中华民族的重要精神谱系。

唐贞观十五年（641 年），吐蕃松赞干布派遣大臣禄东赞从逻些（今拉萨）千里迢迢赴长安（今西安）求娶公主。当年正月十八，唐太宗下旨由礼部尚书李道宗护送文成公主入藏完婚。据资料记载，从长安到逻些，公主一路走了两年多。这条路在饱经当时的风霜雪雨后，有了一个新名

雪域藏黄羊

字——"唐蕃古道"，而文成公主，也在历史的发展长河和藏汉人民的口耳相传中成了一个传奇。

西藏文化源远流长，与中华文化亦是同源。"大一统"的共

同精神文化纽带，使西藏地区与祖国其他地区的文化互补，联系紧密，交流互鉴成为鲜明的特色，这也是中华璀璨文化的生命力所在。历代中央政府针对西藏地区特殊的自然地理环境、宗教和民族特点，采取了相应的政策，如明代"多封众建，因俗以治"，清代"委派驻藏大臣""活佛转世需金瓶掣签和中央政府册封"等制度，既有效发挥了政治作用，又极大地推动了文化交融，增进了文化和精神认同，从深层次上反映了西藏文化与中华文化的一脉相承。

1949年中华人民共和国成立前夕，毛泽东在西柏坡与斯大林特使米高扬会谈时，第一次谈到关于西藏的解放问题。到1951年5月"协议"的签订，毛主席一系列高瞻远瞩的"进军西藏，经营西藏"的决策部署，为西藏实现和平解放及后期实行民主改革、民族区域自治指明了前进方向和根本遵循。

吃水不忘挖井人。我们重温毛主席对西藏工作的一系列论述和部署，解读共产党人解放西藏、经营西藏、建设西藏的厚重历史，感受毛主席等老一辈无产阶级革命家的深邃思想和战略眼光，至今都深深地浸润于西藏大地，扎根于几百万藏族人民的心中。

中华人民共和国成立后，党中央、毛主席等多批次、全方位安排内地支援西藏，促进了西藏的发展稳定。正是因为毛主席对西藏工作、对西藏人民无微不至的关心关怀，使西藏同胞对毛主席产生了发自肺腑的感情。他们用"毛主席呀派人来，雪山点头笑，彩云把路开，一条金色的飘带，把北京和拉萨连起来""北京的金山上光芒照四方，毛主席就是金色的太阳。多么温暖，多么慈祥，把翻身农奴心儿照亮，我们迈步走在社会主义金色的大道上"的真诚颂歌，来表达对敬爱领袖由衷的爱戴。在他们看来，毛主席就是解放他们、让他们过上幸福生活的"活菩萨",是他们心中永远的红太阳!

1994年,中央第三次西藏工作座谈会召开,确定了"对口援藏、分片负责、定期轮换"的重大决策,号召举全国之力援助西藏,揭开了促进西藏发展稳定、保障长治久安的新篇章。到我们这里已经是第三批了,淄博派出的三批援藏党政和技术人才,始终把昂仁当作第二故乡,视昂仁人民为亲人,践行"老西藏精神",以山东援藏先辈孔繁森为榜样,接续为中央对口支援西藏贡献淄博力量,展现了淄博干部队伍良好的精神风貌。

正像《一个妈妈的女儿》那首歌里唱的:"藏族和汉族,是一个妈妈的女儿,我们的妈妈叫中国,叫中国……"西藏,是祖国永远的西藏,藏族人民是中华民族大家庭中永恒的一员。西藏的脉搏与祖国紧紧相连,始终与祖国同呼吸、共命运、心连心。有幸能为西藏发展和稳定尽一份绵薄之力,是我一生中值得欣慰的大事,这段经历是我跨越万里的一段征程!

献给青藏高原的赞歌（跋）

翟焕远

前些年，李娜一首《青藏高原》带给无以计数的人无限遐想："是谁带来远古的呼唤，是谁留下千年的祈盼，难道说还有无言的歌，还是那久久不能忘怀的眷恋。我看见一座座山一座座山川，一座座山川相连，那可是青藏高原。"从此，西藏一直存在于我的梦想之中，它遥远、陌生而又神秘，常常在我心头萦绕，挥之不去，越是陌生，越是感到它的神秘，走进它的欲望越是强烈。今天读到邹宗森先生的散文集《放飞雪域》，热血不禁一下又沸腾起来。

我和宗森先生结识于 20 世纪八十年代，那时他在张店区政府办公室任职，我在博山区宣传部门工作，因有共同的写作情缘，几十年来联系从未中断，特别是他成为山东省第三批援藏干部后，更是时刻关注着他。得知他在工作之余深入了解西藏风土人情、生活方式、文化习俗时，我料定这些对他日后的散文创作必将提供真实、生动的素材，更是激发他创作的动力和灵感之源。

西藏这个神秘的世界屋脊，每年都有无数人义无反顾地向往着。宗森先生的多篇散文中都描绘了雪山、草地、蓝天、白云等自然景观，并用细腻的笔触表达了对这些美景的赞美和欣赏，更多的是他对大自然的敬畏和对西藏这片热土的挚爱。他在《雅鲁藏布的陪伴》有这样的句子："在往返昂仁与日喀则、拉萨的路上，每次目视着奔腾不息的雅鲁藏布江，反复听着藏族歌手阿鲁阿卓唱的《雅鲁藏布》，感慨万千，回味无穷，充满激动。'在很远很远的地方，我抬头把你仰望，天上的河呀，雅鲁藏布江，那是梦的故乡流淌的祥云，那是歌的源头奔涌的天唱，那是千年万世翻飞的哈达，那是百转千回慈悲的柔肠。天上的河，雅鲁藏布江，我抬头把你仰望，你永世闪烁灵光'。"

西藏具有独特的民俗风情。宗森先生的笔下有精美的唐卡、独特的藏戏、粗犷的歌舞、精致的工艺品和藏刀、宏伟壮丽的布达拉宫，更有高耸入云的雪山和奔腾汹涌的河流。读他的文章可以忘却所有的烦恼，在远离尘世喧嚣的灿烂的阳光下，扬起嘴角，露出最纯真的笑容。

《放飞雪域》一书把我带到了遥远圣洁的雪域高原，它浓墨重彩描述了被称为"生命禁区"的青藏高原，在这片神秘土地上发生的许许多多鲜为人知的故事，由此把我的思绪带到天上布达拉、扎什伦布寺、圣湖纳木错，以及羊八井、珠穆朗玛和茫茫天路，让我进一步认识到生命的意义，领会到"崇高"的丰富内涵。

掩卷沉思，回味是莫大的精神享受。文字是美的，思想是美的，意境是美的，叙事的手法同样也是美的。宗森先生的西藏系列散文，有很多是在《华夏孝文化》杂志和华夏孝文化公众号上首发，编读他的散文时，随着他的笔墨，仿佛看到蓝蓝的天空上白云飘飘，雪域高原上骏马驰骋，挥舞的鞭儿响四方，碧水蓝天倒映在墨绿的青草上，热情奔放的高原儿女尽情歌唱。

总而言之，宗森先生的散文十分注重叙事策略，文章结构上或双线并进，插入倒叙，从容不迫；或悬念迭起，峰回路转，引人入胜；或在平朴的叙述中有神来之笔，插入诗性语言植入叙事主体，由此一下下拨动着读者的心弦，从而收到奇妙的阅读效果。

是为跋。

（作者系中国作家协会会员、中国小说学会会员、中国散文学会会员，现为《华夏孝文化》杂志主编）

难忘援藏岁月（代后记）

　　2024 年，是对口支援西藏 30 周年。在这个历史节点上，我的《放飞雪域》散文集（上、下）终于付梓，与读者见面了。

　　我是山东省淄博市第三批党政援藏干部，于 2001 年 5 月至 2004 年 5 月，赴日喀则昂仁县支援工作，先后任昂仁县建设局局长、县委办公室主任。现在屈指算来，我进藏、离藏已分别是 23 年、20 年前的事了。23 年前的情景历历在目，那是公元 2001 年的 5 月 26 日，我与家人挥泪作别，奔赴距离家乡近万里之遥的茫茫雪域高原，开始了三年援藏的征程。

　　淄博对口支援的昂仁县，地处雅鲁藏布江上中游，冈底斯山南麓，是山东省对口支援的五个县中海拔最高、条件最艰苦的县。我们第三批七人援藏小组中，徐培栋书记作为老大哥是我们的班长，那时也不过刚 40 岁出头的年纪，其他六人是国先彧、郭成、刘平、梁永泉、夏磊和我，当时都是风华正茂、血气方刚的热血青年。

　　我们响应党中央号召，踏上西藏这片热土，以坚韧植根高原，用实干彰显担当，为昂仁县长治久安与和谐发展奉献了才智，挥洒了汗水。三年援藏下来，雪域高原的千余个日日夜夜，犹如过往的风刀，清晰地雕刻在每个人的脸庞上，仿佛是永久的印记。

作为"援藏人"，我们既自信又自豪。在海拔4000多米的雪域高原上工作，最稀缺的是"氧气"，而最宝贵的是"精神"。我们以援藏干部先辈孔繁森为榜样，发扬"老西藏精神"和"两路精神"，践行"缺氧不缺精神，艰苦不降标准，海拔高意志品质更高"的誓言，与昂仁县的藏汉干部和群众想在一起，干在一起，把团结、互助、友爱、平等的真情送到藏族人民的心坎上。正是一代又一代援藏人，舍弃常人所拥有的，放弃常人所享受的，同高原儿女一起，矢志不渝、砥砺前行，缔造了新时代的援藏神话。我永远忘不掉离开昂仁时的那一幕：一条条洁白的哈达，一碗碗醇香浓郁的酥油茶，一杯杯清澈甘洌的青稞酒，分明是在诉说着血浓于水的藏汉友谊！

我们当时援藏的三年间，淄博还有23名技术人才分三批赴昂仁，他们也都是独当一面、出类拔萃的热血男儿。他们透支了健康，奉献了青春，贡献了力量，像圣洁的雪莲花一样在高原绽放。他们也为我的创作提供了很多有益素材。

进藏之前，我简单地认为藏族人有血性、有野性、很彪悍。进藏之后，随着时间推移，彻底改变了我对这个民族的印象。我接触的所有藏族干部和群众，他们的心灵都是那么清澈，骨子里流露着返璞归真的朴实，他们举手投足之间，流露出的那份羞涩和腼腆，是那么的自然与真诚。他们时时处处显现出对我们的友善和信任。

对于西藏和昂仁，我充其量仅仅是一个过客；但西藏和昂仁之于我，却是一生中的永恒。昂仁的藏族干部群众时常挂在嘴边的一句话让我终生难忘："淄博派来的干部和人才是我们的大恩人，我们永远忘不了他们的大恩情！"

最艰苦的地方绽放的雪莲花才是最美的。援藏，就是一场远方的旅行，若能在高寒缺氧的环境中看到一丝美丽，领略一处明媚，途径一场花开，知足矣！援藏三年，无论得与失，无论升与迁，皆为一生中的大幸事。援藏是快乐的，因为我认为我们帮助了最需要帮助的人；援藏是光荣的，因为我认为我们在雪域高原交出了不负韶华的优异答卷。

援藏，为我搭建了磨砺意志的平台，也激发了我文学创作的热情。西藏和昂仁的风土人情、一山一水、一草一木，都给我留下了无法忘却的印痕，为我工作生活之余施展个人爱好与才华提供了广阔舞台，也为我的文学创作提供了广泛素材。

时光无言，历史记忆鲜活如昨；精神有声，内心感动永印人间。舍淄博小家，为西藏大家；万里援藏路，一生雪域情！

我对出版《放飞雪域》西藏散文集，实际上已经策划了多年。文集分上下册，共收录了106篇文章，这些文章绝大部分是我在援藏期间创作的。有些文章陆续在《西藏日报》《日喀则报》《淄博日报》《淄博晚报》《现代文秘》《淄博政协》发表过，有的文章收录进了《山东省对口支援西藏志》《淄博援藏纪实》等，《走进西藏》《西藏——我的第二故乡》等也汇编进我的部分文章，《华夏孝文化》更是在公众号上连续两年每周发表一篇我的文章。这些都让广大读者提前分享并了解了我的文章，很多读者也给我提出了中肯的修改意见，我都一一采纳。

《放飞雪域》散文集的出版凝结着有关领导和同志们的大力关心支持。老领导刘池水同志提出了具体指导意见，老领导郑峰同志亲自为文集作序，我们的援藏领队徐培栋同志题写书名，援藏好战友国先彧、郭成、刘平、梁永泉、夏磊同志参与策划，《华夏孝文化》研究会会长兼总编翟焕远同志为文集作跋，赵金明、邹青山、杨红玉、刘延科、周萌、于应心、任伟、马亮、赵继亮、焦玉涛等同志，都提出了很多意见建议和提供了具体支持帮助。在此，谨向大家表示诚挚感谢！

由于本人知识积累和文学功底有限，不足之处在所难免，敬请读者朋友谅解并批评指正。

邹宗森

2024 年 7 月 31 日